Leo Perutz

Nachts unter der steinernen Brücke

Roman

Herausgegeben und mit einem Nachwort versehen von Hans-Harald Müller

Knaur

In Dankbarkeit
meinem guten Kameraden
G. P.

Die Pest in der Judenstadt

Im Herbst des Jahres 1589, als in der Prager Judenstadt das große Kindersterben wütete, gingen zwei armselige Spaßmacher, ergraute Männer, die davon ihr Leben fristeten, daß sie bei den Hochzeiten die Gäste belustigten, durch die Belelesgasse, die vom Nicolasplatz zum Judenfriedhof führte.

Es dunkelte. Sie waren schwach vor Hunger, beide, denn seit zwei Tagen hatten sie nicht viel mehr als ein paar Bissen Brot gegessen. Die Zeiten waren schlimm für Spaßmacher. Denn in diesen Tagen, da der Zorn Gottes über die unschuldigen Kinder gekommen war, gab es keine Hochzeiten und keine Freudenfeste in der Judenstadt.

Der eine von den beiden, Koppel-Bär, hatte schon eine Woche vorher seinen zottigen Pelz, in dem er, als wildes Tier verkleidet, seine drolligen Sprünge machte, zum Geldverleiher Markus Kopřivy getragen. Der andere, Jäkkele-Narr, hatte seine silbernen Schellen verpfändet. Jetzt besaßen sie nichts als ihre Kleider und ihre Schuhe, und Jäckele-Narr hatte auch noch seine Geige, für die wollte der Pfandleiher nichts geben.

Sie gingen langsam, denn noch war es nicht völlig dunkel geworden, und sie wollten nicht gesehen werden, wenn sie den Friedhof betraten. So viele Jahre hindurch hatten sie sich mit ehrlicher Arbeit das Brot für alle Tage und den Bedarf des Sabbats verdient, und nun stand es so mit ihnen, daß sie des Nachts auf den Grabsteinen nach Kupferpfennigen suchen mußten, die die frommen Besucher des Friedhofes bisweilen für die Armen zurückließen.

Als sie an das Ende der Belelesgasse gekommen waren und die Friedhofsmauer zu ihrer Linken sahen, blieb Jäkkele-Narr stehen und deutete auf die Tür des Flickschusters Gerson Chalel.

»Sicherlich«, sagte er, »ist des Schusters Blümchen noch wach. Ich will ihr aufspielen das Lied: ›Sechs Jahre erst zähl' ich, das Herz ist mir fröhlich‹, so wird sie zur Tür herauskommen und auf der Gasse tanzen.«

Koppel-Bär wachte auf aus einem Traum von einer warmen Rettichsuppe mit kleinen Fleischbrocken darin.

»Du bist ein Narr«, brummte er. »Wenn der Messias kommt und die Kranken heilt, – du wirst ein Narr bleiben. Was schert mich des Schusters Blümchen? Was soll mir ihr Tanzen? Ich bin krank vor Hunger in allen meinen Gliedern.«

»Wenn du bist krank vor Hunger, so nimm ein Messer, schleif es und häng dich auf«, sagte Jäckele-Narr, und dann nahm er seine Geige vom Rücken und begann zu spielen.

Aber soviel er auch spielte, des Schusters Töchterchen wollte nicht kommen. Jäckele-Narr ließ die Geige sinken und dachte nach. Dann ging er über die Gasse und blickte durch das offene Fenster in des Schusters Stube.

Sie war dunkel und leer, die Stube, aber aus der Kammer kam ein Lichtschein, und Jäckele-Narr sah den Schuster und sein Weib, die saßen auf niederen Schemeln einander gegenüber und sangen die Sterbegebete für ihr Kind Blümchen, das sie am Tag zuvor begraben hatten.

»Sie ist tot«, sagte Jäckele-Narr. »So ist denn der Schuster auch vom Himmel herab auf die harte Erd' gefallen. Ich habe nichts und möchte doch alles dafür geben, nur daß sie noch am Leben wär'. So klein war sie und doch war es mir, wenn ich sie sah, als wär' die Welt in ihrem Aug'. Fünf Jahre war sie alt und muß nun auch die kalte Erde kauen.«

»Wenn der Tod zu Markt geht, kauft er alles«, murmelte Koppel-Bär. »Nichts ist ihm zu klein, nichts zu gering.«

Und mit leiser Stimme sagten sie, indes sie weitergingen, die Worte aus dem Psalm des Königs David vor sich hin:

»Nun, da du ruhest im Schatten der Allmacht, kann dir kein Unheil widerfahren. Denn Er gebietet den himmlischen Geistern, und sie werden dich auf deinem Weg geleiten, und sie werden dich auf ihren Händen tragen, daß dir kein Stein an deine Füße stoße.«

Jetzt war es völlig Nacht geworden. Am Himmel stand zwischen dunkeln Regenwolken ein bleicher Mond. So still war es in den Gassen, daß man vom Flusse her das Rauschen des Wassers hörte. Ängstlich und voll Scheu, als ob das, was sie zu tun im Sinne hatten, wider Gottes Gebot wär', traten sie durch das enge Tor in den Garten der Toten.

Er lag im Mondlicht, schweigend und regungslos wie der geheimnisdunkle Strom Sam-Bathjon, dessen Wellen stillestehen am Tage des Herrn. Die weißen und die grauen Steine standen aneinander gelehnt, als ob sie allein die Last ihrer Jahre nicht zu tragen vermöchten. Die Bäume streckten ihre entlaubten Äste wie in verstörter Klage zu den Wolken des Himmels empor.

Jäckele-Narr ging voran, und Koppel-Bär folgte ihm wie ein Schatten. Sie gingen den schmalen Pfad zwischen den Jasminbüschen und den Holunderbäumen, bis sie zu dem verwitterten Stein des Rabbi Abigdor gelangten. Hier, auf dem Grabe des großen Heiligen, dessen Name ein Licht war in der Finsternis der Verbannung, fand Jäckele-Narr einen platten Mainzer Pfennig und einen Kupferdreier und zwei welsche Heller. Nun ging er weiter, dorthin, wo unter einem Ahornbaum der Grabstein des Rabbi Gedalja stand, des hochberühmten Arztes.

Plötzlich aber blieb Jäckele-Narr stehen und haschte nach dem Arm seines Gefährten.

»Horch!« flüsterte er. »Wir sind nicht allein. Hörst du nicht ein Huschen und Raunen?«

»Narr!« sagte Koppel-Bär, der gerade einen krummen

böhmischen Groschen gefunden und zu sich gesteckt hatte. »Narr! Der Wind treibt die verwelkten Blätter über die Erd'.«

»Koppel-Bär!« flüsterte Jäckele-Narr. »Siehst du nicht dort an der Mauer ein Flimmern und ein Leuchten?«

»Wenn du ein Narr bist«, brummte Koppel-Bär, »so sauf Essig und reit auf Stecken und melk die Ziegenböck', aber mich laß zufrieden. Was du siehst, das sind die weißen Steine, die glänzen im Mondlicht.«

Da aber verschwand mit einemmal der Mond am Himmel hinter dunkeln Wolken, und nun sah Koppel-Bär, daß es nicht die weißen Steine waren, nein, dort hart an der Friedhofsmauer schwebten leuchtende Gestalten in den Lüften, Kinder in langen weißen Hemdchen, die hielten einander an den Händen und wiegten sich im Tanz über den frischen Gräbern. Und über ihnen stand, unsichtbar dem menschlichen Aug', der Engel Gottes, der als Hüter über sie bestellt war.

»Möge Gott sich meiner erbarmen!« stöhnte Koppel-Bär. »Jäckele-Narr! Siehst du auch, was ich seh'?«

»Gepriesen sei der Schöpfer der Welt, er allein tut Wunder«, flüsterte Jäckele-Narr. »Ich sehe Blümele, das Täubchen, die Unschuld, und die beiden Kinder meines Nachbars, die vor sieben Tagen gestorben sind, seh' ich auch.«

Und nun, da sie erkannten, daß es die andere Welt war, die sich ihren Augen offenbarte, kam das Entsetzen über sie, und sie wandten sich und liefen, sie sprangen über die Steine und stießen an die Äste, sie fielen nieder und rafften sich auf, sie liefen um ihr Leben und blieben nicht stehen, eh' sie nicht wieder draußen auf der Gasse waren

Dort erst blickte sich Jäckele-Narr nach seinem Gefährten um. »Koppel-Bär«, fragte er und die Zähne schlugen ihm aneinander, »lebst du noch und bist du da?«

»Ich lebe und lobpreise meinen Schöpfer«, kam Koppel-

Bärs Stimme aus der Dunkelheit. »Wahrlich, die Hand des Todes ist über mir gewesen.«

Und daran, daß sie beide am Leben geblieben waren, erkannten sie den Willen Gottes, daß sie Zeugnis ablegen sollten von dem, was sie gesehen hatten.

Eine Weile noch standen sie flüsternd im Dunkeln, und dann gingen sie und suchten den verborgenen König in seinem Haus, den hohen Rabbi, der kundig war der Sprache der Toten, der die Stimmen der Tiefe hörte und die furchtbaren Zeichen Gottes zu deuten vermochte.

Er saß in seiner Kammer über das Buch der Geheimnisse gebeugt, das genannt wird Indraraba oder die große Versammlung. Verloren in die Unermeßlichkeit der Zahlen, der Zeichen und der wirkenden Mächte, hörte er die Schritte der Eintretenden nicht, und erst als sie ihn grüßten: »Friede dem heiligen Licht!«, kehrte seine Seele aus der Geisterferne zurück in die irdische Welt.

Und nun, da die Augen des hohen Rabbi auf sie gerichtet waren, begannen die beiden zu sprechen, sie riefen Gott an und priesen seine Macht, und Jäckele-Narr berichtete, atemlos und mit fliegenden Worten, wie ihn das Lispeln und Flüstern, das Flimmern und Leuchten zwischen den Holunderbäumen des Friedhofs erschreckt hatte, was er zu Koppel-Bär gesagt und welche Antwort er bekommen hatte, und daß sie dann, als der Mond sich verbarg, der Gestalten der toten Kinder gewahr geworden waren, die im Geisterreigen über den Gräbern schwebten.

Der hohe Rabbi, der in den dunkeln Nächten die zweiunddreißig verborgenen Wege der Weisheit gegangen war und in magischer Verwandlung die sieben Tore des Erkennens durchschritten hatte, – der hohe Rabbi verstand das Zeichen Gottes. Er wußte nun, daß in den Gassen der Judenstadt ein Sünder lebte, der in seiner Verborgenheit immer wieder von neuem frevelte, Tag um Tag. Und um dieses Sünders willen war das große Sterben über die Stadt gekommen, und um dieses Sünders willen fanden die Seelen der Kinder keinen Frieden in ihrem Grab.

Schweigend blickte der hohe Rabbi vor sich hin. Dann erhob er sich und verließ die Kammer, und als er wiederkam, hatte er in der Rechten eine Schüssel mit Grütze und zwei Fladen und in der Linken eine kleine Schale aus getriebenem Silber, in der war gewürztes Apfelmus, die süße Speise des Osterfestes.

»Greift zu und eßt«, sagte er und wies auf die Grütze und die Fladen. »Und wenn ihr euch gesättigt habt, so nehmt diese Schale mit süßer Speise und geht zurück zu den Gräbern der Kinder.«

Sie erschraken, als sie hörten, daß sie ein zweites Mal auf den Friedhof sollten. Doch der hohe Rabbi fuhr fort:

»Fürchtet euch nicht. Der, durch dessen Wort die Welt entstanden ist, hat die Macht über die Lebenden und die Toten, und sein Ratschluß allein besteht. Ihr werdet bei den Gräbern sitzen und warten, bis eines von den Kindern sich euch nähert und von der süßen Speise zu kosten begehrt, denn die Geister der Verstorbenen haben die irdische Nahrung noch nicht vergessen. Ihr aber erfaßt mit beiden Händen den Saum seines Kleides und fragt im Namen dessen, der der Ursprung ist und das Ende, um welcher Sünden willen das große Sterben über diese Stadt gekommen ist.«

Und er sprach über sie die Worte des Priestersegens. Da wich die Angst von ihnen, und sie erhoben sich und gingen, entschlossen, dem Gebot des hohen Rabbi zu gehorchen.

Sie saßen zwischen den Gräbern, an die Friedhofsmauer gelehnt, und vor ihnen stand auf der feuchten Erde die Schale mit dem gewürzten Apfelmus. Rings um sie her war

Stille und tiefe Dunkelheit, kein Grashalm regte sich, kein Lichtschein kam vom wolkenbedeckten Himmel. Und während sie saßen und warteten, kam wiederum die Angst über sie, und Koppel-Bär begann mit sich selbst zu reden, denn er konnte die Stille nicht länger ertragen.

»Ich wollt', ich hätt' ein Groschenlicht«, sagte er. »Ich mag nicht hier im Dunkeln sitzen. Es sollt' heut Vollmond sein, aber ich seh' ihn nicht, da hat sicherlich ein Hahn gekräht, und der Mond ist davon. Jetzt wär' es besser, zu sitzen daheim hinter dem Ofen. Aus der Erd' kommt ein Frost, der kriecht in meinen Rock, der Frost, der ist mein Feind. Jäckele-Narr, friert dich auch, ich mein', du zitterst. Hier unter der Erd' sind viele hundert Stuben, alle wohlgebaut, die haben kein Fenster und keine Tür. Der Frost kann nicht hinein und der Hunger auch nicht, müssen beide draußen bleiben, sollen einander die Zeit vertreiben. Jung und alt, arm und reich, unter der Erd' sind alle gleich...«

Er verstummte, das letzte Wort blieb ihm in der Kehle stecken, denn vor ihnen stand, von weißem Licht umflossen, des Flickschusters Kind, Blümchen, und hielt die silberne Schale in den Händen.

»Blümchen!« sagte Jäckele-Narr mit gepreßter Stimme. »Ach, daß du gehen mußtest! Erkennst du mich? Ich bin Jäckele-Narr, und neben mir sitzt Koppel-Bär. Denkst du daran, wie du hüpftest und tanztest, wenn ich in den Gassen auf meiner Geige spielte? Und wie du lachtest, wenn Koppel-Bär auf allen vieren lief und seine Späße trieb?«

»Das alles«, sagte das Kind mit einer fremden Stimme, »das alles ist vorüber und war nur für die Zeit. Jetzt aber bin ich in der Wahrheit und in der Ewigkeit, die hat nicht Maß noch Ziel.«

Die silberne Schale glitt zur Erde nieder, und das Kind wandte sich und wollte zurück zu seinen Gefährten. Da entsann sich Jäckele-Narr des Auftrags, der ihn hierhergeführt hatte. Er hielt das Kind am Saum seines Hemdchens fest und ließ nicht los und rief:

»Im Namen dessen, der der Ursprung ist und das Ende, beschwöre ich dich: Sag und bekenne, um welcher Sünde willen das große Sterben über diese Stadt gekommen ist.«

Eine Weile hindurch war Stille, das Kind regte sich nicht und blickte in die Dunkelheit, dorthin, wo über den Gräbern, unsichtbar dem Aug' der Lebendigen, der Engel Gottes stand, der Hüter der Seelen. Dann sagte es:

»Der Engel Gottes hat gesprochen, der Diener des Herrn hat gesagt: ›Es ist geschehen um der Sünde Moabs willen, die eine unter euch begangen hat. Und Er, der Ewige, hat es gesehen, und Er, der Ewige, wird euch vertilgen, wie Er vertilgt hat Moab‹.«

Da ließ Jäckele-Narr den Saum des Hemdchens los. Und das Kind entschwebte, als wäre es vom Wind dahingetrieben, und sein Glanz und sein Leuchten verlor sich hinter den dunkeln Schatten der Holunderbäume.

Die beiden aber, Jäckele-Narr und Koppel-Bär, verließen den Friedhof und gingen in das Haus des hohen Rabbi und hinterbrachten ihm die Worte, die sie vernommen hatten.

Als der Morgen graute, schickte der hohe Rabbi seine Boten von Tür zu Tür. Er rief die Gemeinde in das Haus Gottes, und sie kamen in Scharen, Männer und Frauen, und niemand blieb zurück. Und als sie alle versammelt waren, stieg er die drei steinernen Stufen empor, und unter seinem Mantel trug er die weißen Sterbekleider, und über seinem Haupte rauschte die Fahne, auf der geschrieben stand:

»Der Herr Zebaoth erfüllt mit seiner Herrlichkeit
die ganze Welt.«

Da nun ringsum alles still geworden war, begann der hohe Rabbi zu sprechen. Er sagte, daß unter ihnen eine sei, die dahinlebe in der Sünde des Ehebruchs, den Kindern des verfluchten Stammes gleich, den Gott vertilgt hat. Und er rief die Sünderin an, daß sie vortrete und bekenne und die Strafe auf sich nehme, die Gott, der Her, über sie verhängen wollt'.

Unter den Frauen erhob sich ein Flüstern und Raunen, sie blickten einander voll Schrecken an, aber keine von ihnen trat vor, keine wollte die Sünde Moabs begangen haben.

Zum zweitenmal erhob der hohe Rabbi seine Stimme. Er sagte und verkündete, daß um dieser verborgenen Sünde willen das große Kindersterben über die Stadt gekommen sei. Und er beschwor die Sünderin bei den heiligen Buchstaben und den zehn furchtbaren Namen Gottes, sie möge hervortreten und bekennen, damit die Not ein Ende hätte.

Aber wiederum hatte der hohe Rabbi vergeblich gesprochen. Die die Sünde begangen hatte, schwieg und wollt' sich nicht abkehren von ihrem Weg.

Da kam die finstere Wolke des Zornes über den hohen Rabbi. Er nahm die heiligen Rollen aus ihrem Schrein und sprach die Worte des großen Bannes über die Sünderin, daß sie verdorren möge wie die Felsen von Gilboa, die David verflucht hat. Daß die Erde ihr tun möge, wie sie getan hat dem Datam und dem Abirom. Daß ihre Name ausgelöscht und ihr Geschlecht verflucht sei im Namen der Funkelnden und im Namen der Flammenden und im Namen der strahlenden Lichter und das Zadekiel, der das Ohr ist und das Auge. Und daß ihre Seele hinabsteigen möge in den Schrecken und dort verbleiben bis an das Ende der Zeiten.

Dann verließ er das Haus Gottes. Und in den Gassen der

Judenstadt war Angst und Jammer und Ratlosigkeit und Verzweiflung.

Als der hohe Rabbi wieder daheim in seiner Kammer saß, kam ihm ein Tag und ein Geschehnis aus den vergangen Jahren in den Sinn. Da waren zwei Metzger vor ihn hingetreten und hatten Klage geführt, sie hätten in dieser Nacht all das Ihrige verloren. Ein Dieb war in ihre Fleischbank eingedrungen und hatte mit ihrem Gut als ein Übeltäter gehaust. Soviel er konnte, hatte er von dem Fleisch mit sich fortgeschleppt, und was übrig geblieben war, das war besudelt.

Auch damals hatte der hohe Rabbi die Gemeinde zusammengerufen und den Dieb ermahnt, er möge bekennen und den Schaden gutmachen, soweit es in seinen Kräften stehe. Doch da der Dieb schwieg und im Bösen verharrte, hatte der hohe Rabbi den Bann über ihn verhängt, der ihn und sein Geschlecht ausstieß aus der Gemeinschaft der Kinder Gottes.

In der Nacht darauf aber war ein Hund vor des hohen Rabbi Haus gestanden, der hatte laut geheult und nicht aufgehört mit seinem Jammern und so furchtbar anzuhören war seine Klage gewesen, daß der hohe Rabbi den Dieb in ihm erkannte und den Bann von ihm nahm.

Wenn also die Gewalt des Bannes so groß ist, sagte sich der hohe Rabbi, daß selbst die Kreatur ihn nicht erträgt, in deren dunkle Seele kein Leuchten der Erkenntnis Gottes dringt, wie soll es möglich sein, daß diese Ehebrecherin fortlebt unter der Last des Fluches und nicht vor mich hintritt und ihre Sünde bekennt, eh' noch der Tag vorüber ist.

Aber die Stunden liefen, die Nacht kam und ging dahin, und der hohe Rabbi hatte vergeblich gewartet. Da rief er seinen schweigenden Diener, das Werk seiner Hände, der den Namen Gottes zwischen den Lippen trug, und hieß ihn, den Koppel-Bär und den Jäckele-Narr in den Gassen suchen, denn er bedurfte ihrer.

Und als sie kamen, sagte er zu ihnen:

»Wenn der Tag verweht und die Schatten fliehen, werdet ihr wiederum auf den Friedhof gehen, und du, Jäckele-Narr, wirst auf deiner Geige eines von den Liedern spielen, die die Kinder an den Tagen des Laubhüttenfestes singen. Und die Geister der Verstorbenen werden dich hören, denn sie bleiben sieben Tage lang durch die irdischen Melodien mit dieser Welt verbunden. Dann kehrt ihr hierher zurück und du, Jäckele-Narr, hörst nicht auf zu spielen. Sobald ihr aber diese Kammer betreten habt, sollt ihr sie sogleich wieder verlassen, und hütet euch, zurückzublicken. Denn das, was ich zu tun begehre, ist ein Geheimnis, das den Flammenden gehört, die auch genannt sind die Throne, die Räder, die Mächte und die Scharen, und eure Augen sollen es nicht sehen.«

Sie gingen und taten nach seinem Befehl. Jäckele-Narr spielte auf seiner Geige die fröhlichen Weisen des Laubhüttenfestes, und Koppel-Bär machte seine Sprünge, und so gingen sie zwischen den Gräbern des Friedhofs und zurück durch die einsamen Gassen und hinter ihnen schwebte ein Leuchten, das stieg mit ihnen die Treppe hinauf und trat mit ihnen in die Kammer des hohen Rabbi.

Sobald sie aber die Kammer verlassen hatten, sprach der hohe Rabbi das verbotene Wort aus, das geschrieben steht im Buch der Finsternisse, das Wort, das die Erde erbeben macht und die Felsen entwurzelt, das Wort, das die Toten zurück ins Leben ruft.

Da stand das Kind vor ihm in irdischer Gestalt und war von Fleisch und Blut, und sein Leuchten war erloschen. Und es warf sich zur Erde nieder und weinte und bat und klagte und wollte zurück in den Garten der Toten.

»Ich lasse dich nicht zurück in die Wahrheit und in die Ewigkeit«, sagte der hohe Rabbi, »und du mußt von neuem beginnen das irdische Leben, es sei denn, daß du mir Antwort gibst auf meine Frage. Im Namen dessen, der der Einzige ist und der Alleinige, im Namen dessen, der war und der sein wird, beschwöre ich dich: Sprich und bekenne, wer jene Sünde begangen hat, um derentwillen das große Sterben über die Stadt gekommen ist.«

Das Kind senkte den Blick zur Erde und schüttelte den Kopf.

»Wer jene Sünde begangen hat«, sagte es, »um derentwillen uns Gott zu sich rief, das weiß ich nicht und auch der Diener des Herrn weiß es nicht, der über uns gesetzt ist. Das weiß nächst Gott nur einer und der bist du.«

Da kam ein Stöhnen aus der Brust des hohen Rabbi. Und er sprach das Wort, das den Zauber löste, und das Kind floh zurück in die Heimat der Seelen.

Der hohe Rabbi aber verließ sein Haus und ging einsam durch die nächtlichen Gassen des Ghettos hinab zum Fluß und dem Ufer entlang, an den Fischerhütten vorüber, bis er zur steinernen Brücke kam.

Dort unter der steinernen Brücke stand ein Rosenstrauch, der trug eine rote Rose, und an seiner Seite wuchs ein Rosmarin aus der Erde, und sie hielten einander so eng umschlungen, daß die Blätter der Rose die weiße Blüte des Rosmarins berührten.

Der hohe Rabbi bückte sich und grub den Rosmarin aus der Erde. Dann nahm er den Bann von dem Haupte des Weibes, das die Ehe gebrochen hatte.

Schwarze Wolken jagten über den Himmel, das bleiche Licht des Mondes hing an den Pfeilern und Bogen der steinernen Brücke. Der hohe Rabbi trat an das Ufer und warf den Rosmarin hinab in den Fluß, daß er dahintrieb mit den Wellen und in den rauschenden Tiefen versank.

In dieser Nacht erlosch die Pest in den Gassen der Judenstadt.

In dieser Nacht starb in ihrem Haus auf dem Dreibrunnenplatz die schöne Esther, die Frau des Juden Meisl.

In dieser Nacht fuhr auf seiner Burg zu Prag der Kaiser des Römischen Reiches, Rudolf II., mit einem Schrei aus seinem Traum.

Des Kaisers Tisch

An einem Frühsommertag des Jahres 1598 gingen zwei junge böhmische Herren von Adel Arm in Arm durch die Gassen der Prager Altstadt. Der eine war Herr Peter Zaruba von Zdar, Student der Rechte an der Universität Prag, ein unruhiger und unternehmender Geist, der Pläne schmiedete, wie man der utraquistischen Kirche zu ihren Rechten verhelfen, die landesherrliche Gewalt des Kaisers mindern und die der Stände mehren und wie man vielleicht sogar einen König böhmischer Nation und reformierten Glaubensbekenntnisses erlangen könnte. Solchen Gedanken hing der Peter Zaruba nach. Der andere, ein wenig älter an Jahren, hieß Georg Kapliř von Sulavice und saß im Berauner Kreis auf seinem Gut. Er befaßte sich nicht viel mit Politik und Glaubenssachen, seine Gedanken kreisten um das Schmalz, das Federvieh, die Butter und die Eier, die er dem Obersthofmeisteramt für die kaiserliche Küche geliefert hatte, und um die Juden, denen er die Schuld an den schlechten Zeiten beimaß. Er war nach Prag gekommen, um nach seinem Geld zu sehen, denn das Obersthofmeisteramt war seit vielen Monaten mit der Begleichung der Rechnungen im Rückstand. Er und der Peter Zaruba waren ein Jahr zuvor in Verwandtschaft zueinander getreten, – einer von den Kaplířs hatte eine Zaruba zur Frau genommen.

Sie waren in der Heiligen-Geist-Kirche gewesen, und der Georg Kapliř hatte sich gewundert, daß sie auf ihrem Weg so vielen Juden begegnet waren. Der Peter Zaruba hatte ihm erklärt, die Juden seien hier bei sich zu Hause, denn diese Kirche sei auf allen vier Seiten von Judengassen und Judenhäusern umgeben. Der Kapliř sagte, das sei eine Schande, daß man nicht zur Andacht in die Kirche gehen könne, ohne auf die breiten Judenbärte zu stoßen, und der Peter Zaruba meinte, die Juden könnten Bärte so breit wie die Zuber tragen, ihm sei's gleich.

Für einen, der wie der Georg Kaplíř seine Tage im Berauner Kreis verbrachte, gab es in der Prager Altstadt vielerlei zu sehen. Der spanische Gesandte fuhr in seinem Galawagen, von Hartschierern und Hellebardieren geleitet, zum erzbischöflichen Palais. Im Wacholdergäßlein sprach ein närrischer Bettler die Vorübergehenden mit den Worten um ein Almosen an, er nehme alles: Dukaten, Dublonen, Rosenobels und Portugalöser, nichts sei ihm zu gering. In der Teinkirche wurde unter großem Gepränge die Taufe eines Mohren, der zur Dienerschaft des Grafen Kinsky gehörte, vollzogen, und der hohe Adel Böhmens drängte sich zu diesem Schauspiel. Die Buchdrucker und die Zeltmacher, die beide an diesem Tage ihr Innungsfest hatten, begegneten einander in der Plattnergasse mit ihren Fahnen und gerieten in Streit, weil keiner der beiden Züge dem anderen den Weg freigeben wollte. Auf dem Johannesplatz hielt ein Kapuzinermönch eine Ansprache an die Moldaufischer, in der er sagte, er sei auch ein Fischer, das Miserere sei seine lange Rute, an der hänge das Paternoster als eine goldene Angel, und das de profundis, der Toten liebste Speise, sei der Köder, und damit zöge er die armen Seelen wie Karpfen oder Weißfische aus dem Fegefeuer. Und vor einer Schenke auf dem Kreuzherrnplatz waren zwei Schlächtermeister aneinander geraten, weil der eine das Pfund Schweinefleisch um einen Heller billiger hergab als der andere.

Für all dies hatte aber der Georg Kaplíř von Sulavice weder Aug' noch Ohr, er sah nur die Juden, denen er auf seinem Weg begegnete. Auf dem Altstädter Ring stand einer im Halseisen am Pranger, weil er sich, wie auf einem an seiner Brust befestigten Zettel zu lesen war, ›wiederholtermaßen und gröblich‹ gegen die Marktordnung vergangen hatte. Und der Georg Kapliř ließ es sich nicht nehmen, diesem Juden ins Gesicht zu sagen, was er von ihm dachte. Er sprach ihn dabei mit Moises und mit Eisig an, denn so hießen die beiden Berauner Juden, die er kannte.

»He, du Moises oder Eisig!« rief er. »Hast du heute deinen Buß- und Wehetag? Wenn heute dein Messias käm' und dich da stehen säh', der hätte wenig Freud' an dir.«

Da er keine Antwort erhielt und auch keine erwartete, ging er weiter. Auf dem Kleinen Ring holte er den Peter Zaruba ein.

Hinter der Moldaubrücke, wo die Insel lag, gerieten sie in einen ganzen Trupp von Juden, die unter scharfer Bewachung, daß keiner echapieren könnt', in die Kirche »Maria an der Lake« geführt wurden. Dort sollten sie die Judenpredigt anhören, die ein Jesuitenpater in hebräischer Sprache hielt, um sie für die Taufe zu gewinnen. Sie gingen wie Trunkene, denn sie hatten, um die Predigt nicht anhören zu müssen, zu einem alten und erprobten Mittel gegriffen: Zwei Tage und zwei Nächte hatten sie durchwacht, und nun waren sie in einem solchen Zustand der Erschöpfung, daß sie in Schlaf fallen mußten, sobald sie sich in der Kirche zum Sitzen niederließen.

»Juden hier, Juden dort, Juden drüben, Juden herüben, überall Juden«, erzürnte sich der Kapliř. »Sie haben sich dermaßen vermehrt, daß ihrer bald mehr sein werden als Christen im Land.«

»Das steht in der Allmacht Gottes«, sagte der Zaruba, den es zu verdrießen begann, daß sein neuer Verwandter von nichts anderem zu reden wußte, als von seinem Schmalz, seinen Eiern und von den Juden.

»Ich sehe«, fuhr dieser fort, »in ihrer Menge und in ihrem Reichtum nur ein trauriges Zeichen, daß Gott wider uns Christen erzürnt ist.«

Der Zaruba ging auf diesen Gedanken ein und spann ihn weiter.

»Vielleicht«, meinte er, »hat sie uns Gott, da sie doch Unbekehrte sind, als einen Spiegel der Besserung und zu unserer Erleuchtung vor Augen gesetzt.«

»Ach, geh du mit deiner Erleuchtung, daß ich dich nicht auslach'!« schrie der Kapliř halb belustigt und halb erzürnt. »Sie kommen bei uns auf die adeligen Höfe, aber nicht wegen der Erleuchtung, sondern sie kaufen das Schmalz, die Butter, den Käse, die Eier, die Leinwand, die Schafwolle, die Häute und das Groß- und Kleinvieh. Sie zahlen bar, das ist wahr, für den Stein Wolle legt der Jude dir vier Gulden auf den Tisch. Und wenn sie nicht bar zahlen, so geben sie Sicherheiten und gute Bürgschaft. Und dann bringen sie dem Gutsherren die Schnüre und die Litzen für die Livreen der Dienerschaft ins Haus, Zimt, Ingwer, Nägelein und eingemachte Muskatnüsse für die herrschaftliche Küche, und Seidenfransen, Flor und Schleier für die Frau und die Töchter.«

»Du siehst also selbst«, sagte der Peter Zaruba, »und gibst es zu, daß durch die Juden die Kommerzien florieren.«

»Mein Vater hochseligen Gedächtnisses«, sprach Georg Kapliř weiter, »hat mich aber unterwiesen, daß man den Juden nichts verkaufen soll. Jeder zu den Seinen, hat er immer gesagt, der Jud' soll mit Juden Handelschaft treiben und der Christ mit Christen. Und so hab' ich es auch mein Leben lang gehalten. Wenn nur die oben in der Burg nicht gar so säumige Zahler wären! Sag mir, Peter, wohin geht das viele Geld? Wohin gehen die Zollgefälle, die Landeskontributionen, die Kreissteuer, die Haussteuer, die Kopfsteuer, die Akzisen, der Kammerzins, die Umlagen, die Bierkreuzer, die Mautgebühren –, wohin läuft des Kaisers Geld?«

Sie waren auf dem Platz vor der Burg angelangt, da war ein großes Kommen und Gehen von Lakaien, Kanzlisten, Kurieren, Stallknechten, Standespersonen, hohem und niederem Klerus und Offizieren zu Pferd und zu Fuß. Armbrustschützen von des Kaisers Leibgarde hielten die Wache am Tor.

»Da mußt du den Philipp Lang fragen«, sagte der Zaruba und wies mit der Hand auf die hohen Fenster der Burg. »Der ist des Kaisers Leib- und Kammerdiener, und es heißt, daß er seine Hände in allen Staatsgeschäften hat. Vielleicht weiß der, wohin des Kaisers Geld geht.«

Der Georg Kaplíř war stehengeblieben.

»Hör mich, Peter!« schlug er seinem Anverwandten vor. »Hätt'st du nicht Lust, mit dabei zu sein, wenn ich mein Geschäft dort oben erledige? Ich werd' dich dem Johann Osterstock präsentieren, zweitem Sekretär im Obersthofmeisteramt, der ist's, der mir mein Geld auszahlt, wenn der erste Sekretär die Rechnung durchgesehen und für richtig befunden hat. Ein freundlicher Herr, der Johann Osterstock, von meinem Vater im zweiten Glied ein Vetter, spricht auch immer von unserer Verwandtschaft, und das Ende wird sein, daß er uns beide, dich und mich, zu einer Collation an des Kaisers Tisch lädt.«

»An des Kaisers Tisch?« unterbrach ihn der Peter Zaruba. »Mich an des Kaisers Tisch?«

»Ja, dich auch, Peter, wenn du mit mir kommst«, erklärte ihm der Kaplíř. »Wie man so sagt, an des Kaisers Tisch. Wir werden mit den Herren Offizieren von der Leibwache speisen. Diese Ehre hat mir der Johann Osterstock immer erwiesen.«

»Hör mich an, Georg!« sagte der Peter Zaruba nach einem kurzen Schweigen. »Wie lang ist es jetzt her, daß die Anna Zaruba mit deinem Bruder Heinrich zusammengegeben worden ist?«

»Am Freitag nach Invocavit war's ein Jahr«, gab der Kaplíř verwundert zur Antwort. »In der Chrudimer Kirche.«

»Und in dieser Zeit hat sie euch nie gesagt, daß kein Zaruba von Zdar von des Kaisers Tisch ißt, noch je gegessen hat?« fuhr ihn der Peter Zaruba an. »Und sie hat euch nie von der Prophezeiung des Johannes Zischka erzählt?«

Der Georg Kapliř zuckte die Achseln.

»Vielleicht hat sie's dem Heinrich erzählt, das mag sein, mir hat sie's nicht erzählt«, sagte er. »Du siehst drein, als wäre dir damit, daß ich's nicht weiß, irgendein Unrecht angetan worden. Was ist das also für eine Prophezeiung?«

»Das war, als der Johannes Zischka im Sterben lag«, berichtete der Peter Zaruba, »im Přibislauer Lager, wenn du dich erinnerst. Da ließ er seine Feldhauptleute kommen, und einen von ihnen, den Lischek Zaruba von Zdar, meinen Urahn, den rief er ganz nahe zu sich heran und sagte: ›Ja, du bist der Zaruba, du bist der Lischek, ich erkenne dich an deinem Schritt.‹ Und weiter sagte er: ›Ich hab' mein Werk nicht zu Ende gebracht, mir war's versagt, aber einer aus deinem Geschlecht, ein Zaruba von Zdar, der wird nicht ein Fuchs sein wie du, sondern ein Löwe, er wird's zu Ende bringen, er wird die heilige böhmische Freiheit wieder aufrichten, aber merk dir das eine, Lischek, merk es dir: Er soll nicht von des Kaisers Tisch essen, sonst ist's verspielt, dann ist er der Rechte nicht, und Blut und Jammer kommen über das Böhmerland.‹«

»Und dann drehte er sich um und starb?« erkundigte sich der Kapliř.

»Ja, dann starb er«, bestätigte der Zaruba.

»Das tun sie nämlich immer, wenn sie ihre prophetischen Worte losgelassen haben«, meinte der Kapliř. »Aber sieh her, Peter, jede Familie hierzulande hat solche Historien. Was hat mir meine Großmutter nicht alles von den Kaplířs erzählt, wie einer den König Wenzel den Faulen unter den Tisch getrunken hat, drei Tage und zwei Nächte haben sie miteinander auf dem Wyschehrad gesoffen, die Helden, und ein anderer Kapliř hat den letzten böhmischen Drachen umgebracht, das Tierchen soll irgendwo in der Saazer Gegend gelebt haben, wo jetzt der Hopfen steht.

Aber nimm schon an, daß die Geschichte heiligwahr ist – wahr wie das Evangelium –, wer sagt dir denn, daß der Zischka solch ein großer Prophet war? Ein Kriegs- und Freiheitsheld war er, das bestreit' ich nicht, aber daß er auch ein Prophet gewesen ist, davon hab' ich nichts gehört.«

»Vergiß nicht, der Zischka war blind, hat im Krieg erst das eine, dann das andere Auge verloren«, erklärte ihm der Zaruba. »Bisweilen verleiht Gott den Blinden prophetische Gaben, läßt sie mit dem geistigen Aug' in die Zukunft sehen. Und ich glaub' an Zischkas Prophezeiung, wie mein Vater und mein Großvater an sie geglaubt haben, ich glaub' daran, daß ein Zaruba unsere alte böhmische Freiheit wiederaufrichten wird, und vielleicht ... Kurzum, ich esse nicht von des Kaisers Tisch.«

»Halt es damit, wie du willst«, sagte der Georg Kaplíř. »Ich hab' ja nicht die böhmische Freiheit zu retten, ich halt's anders. Wo man mir aufspielt, dort tanz' ich, und wo man mir aufträgt, dort greif' ich zu. Also mit Gott, Peter, du triffst mich heut abend in meiner Herberge.«

Und damit ging er.

Der Peter Zaruba war jetzt in einer recht verdrießlichen Laune. Er hatte damit gerechnet, daß ihn der reiche Georg Kaplíř zum Mittagessen in seinen Gasthof bitten werden, weil das doch unter Verwandten so üblich war. Damit war es nun nichts. Er und zwei seiner Kommilitonen führten gemeinsamen Haushalt, eine Frau aus der Nachbarschaft besorgte ihnen die Küche. Es ging nicht gar hoch bei ihnen her. Wenn er jetzt nach Hause kam, erwartete ihn gehacktes Lungenfleisch in brauner Sauce und Küchlein oder Fladen, die mit Pflaumenmus bestrichen und mit Weißkäse bestreut waren. Aber dieser beiden groben Gerichte war er herzlich überdrüssig, er bekam sie mit ermüdender Regelmäßigkeit jede Woche am gleichen Tage vorgesetzt.

Wie er nun zur Moldaubrücke hinunterging, kam er an

einem Wirtshausgarten vorbei, und der Wirt stand am Eingangspförtchen und dienerte und lachte ihn an. Der Peter Zaruba war ein sparsamer Mann und trug sein Geld nicht gern den Wirten zu. Doch dieser da sah so freundlich und vertrauenerweckend aus, als hätte er nur das Wohl seiner Gäste im Sinn, und der Zaruba dachte, den Kopf könnt's nicht kosten, und so blieb er stehen und fragte, was er zu essen haben könnt'.

»Ich weiß noch nicht, was mein französischer und mein italienischer Küchenmeister heute zuwege gebracht haben«, gab der Wirt zur Antwort. »Aber das eine kann ich dem Herrn schon jetzt sagen: Es wird vier Haupt- und acht kleine Schüsseln geben und dazu noch ein letztes Gericht, das als Überraschung aufgetischt wird. Und für das alles wird der Herr drei böhmische Groschen zu bezahlen haben. Aber soweit ist es noch nicht. Eine halbe Stunde wird sich der Herr bis zum Essen noch gedulden müssen.«

Der böhmische Groschen war kein geringes Geld, sondern eine breite und gewichtige Silbermünze. Aber für solch eine Mahlzeit mit vier Haupt- und acht Nebenschüsseln und einer Überraschung noch hinterher waren drei Groschen nicht viel, und so trat der Peter Zaruba in den Garten und nahm an einem der schon gedeckten Tische Platz.

Es waren noch acht oder neun andere Gäste im Garten, die schienen einander alle zu kennen, sprachen von Tisch zu Tisch miteinander, und keiner von ihnen bezeigte Ungeduld darüber, daß das Essen so ungebührlich lange auf sich warten ließ. Denn es war fast eine Stunde vergangen, als endlich der Wirt an den Tisch des Peter Zaruba trat und sich die Ehre ausbat, dem hochedelgeborenen Herrn in eigner Person aufwarten zu dürfen. Zugleich stellte er die erste von den verheißenen zwölf Schüsseln auf den Tisch und sagte:

»Der Herr lasse es sich wohl bekommen. Eine feine Wildsuppe oder potage chasseur.«

Nach der Suppe trug er zweierlei Eierkuchen auf. Der eine war nach Bauernart, der andere mit Schnittlauch und Kerbelkraut zubereitet. Dann kamen zwei weitere Vorgerichte: Karpfenmilch mit Trüffeln und ein Chaudfroid aus gehacktem Hühnerfleisch.

Nach einer kleinen Pause erschien, feierlich vom Wirt serviert, das erste von den vier Hauptgerichten: Gespickter und gefüllter Hecht. Dann gab es Nierenschnitten am Spies gebraten, Spargel in Fleischbrühensauce, junge Zuckererbsen und eine kalte Schüssel: Kalbszünglein und gefüllten Schweinsfuß.

Der Peter Zaruba dachte mit ein wenig Mitleid an seine beiden Kommilitonen, die sich heute an gehacktem Lungenfleisch und Pflaumenmusfladen sattessen mußten. Er bedauerte es auch nicht mehr, daß ihn der Kapliř nicht in seinen Gasthof geladen hatte, denn so gut wie hier hätte er es dort nicht getroffen. Von dem Fasanenmischgericht, das der Wirt ihm jetzt anbot, kostete er nur. Dann kam die angekündigte Überraschungsschüssel: Wachteln auf gerösteten und mit Ochsenmark bestrichenen Brotschnitten. Zum Schluß gab es noch Marzipankügelchen mit Zuckerguß, welsche Trauben und scharfen ungarischen Büffelkäse.

Der Peter Zaruba war jetzt ein wenig müde und schläfrig geworden. Er saß und träumte vor sich hin, so, dachte er, speist vielleicht der Abt des Strahover Klosters an den hohen Festtagen. Aber trotz der Schlafsucht, die über ihn gekommen war, gewahrte er den Georg Kapliř, der mit zornrotem Gesicht die Gasse herunterkam und im Gehen mit sich selber sprach und gestikulierte.

Er rief ihn an.

»He, Georg! Komm herein, Georg! Hier bin ich.«

Der Georg Kapliř blieb stehen und wischte sich den Schweiß aus dem Gesicht. Dann kam er in den Garten. Er nickte dem Zaruba zu und stützte sich mit der Hand auf die Tischplatte.

»Hast du hier auf micht gewartet, Peter?« fragte er. »Das ist gut, daß ich einen habe, mit dem ich reden kann. Peter, ich habe soviel Ärger mit denen oben gehabt, nicht eine Unze mehr hätt' ich davon ertragen können.«

»Was für Ärger?« fragte der Peter Zaruba mit einem leichten Gähnen.

Der Georg Kaplíř ließ sich ächzend in einen Stuhl fallen.

»Mit dem Osterstock«, berichtete er. »Er sagte, er könnt' mir nichts bezahlen, er hätt's nicht. Redete des langen und breiten, wie schwer sie's in der Burg hätten mit dem Geld und ich sollt' doch um der nahen Verwandtschaft willen Geduld mit ihm haben und ein andermal kommen.«

»Seid ihr denn so nahe Verwandte, du und der Osterstock?« fragte der Zaruba verschlafen.

»Verwandte?« rief der Kaplíř entrüstet. »Meines Großvaters Hahn hat vielleicht einmal in seiner Mutter Hühnerhof hineingekräht, das ist unsere Verwandtschaft. Und dann hat er mich zum ersten Sekretär geführt, und das ganze Hin und Her ›Wir haben's nicht und woher nehmen!‹ hat wieder von vorn begonnen. Und der Herr Sekretär hat mir gezeigt, wie man auf allen Seiten vom Kaiser Geld begehrt, hat mich ein ganzes Konvolut von Bittgesuchen und Beschwerdebriefen sehen lassen –, Himmel, da geht es zu! Ja, Peter, wohin läuft des Kaisers Geld? Der Herr von Kollonitsch, Kriegsoberster in Ungarn, braucht's, um die Grenzhäuser instand zu setzen. Der Kommandant der Festung Raab klagt über Mangel an Vorräten, muß befriedigt werden. Der Vizedom von Linz verlangt Geld für Ihro Majestät Bausachen, soll warten. Die drei Tigerkatzen, die im vorigen Jahr aus Florenz in des Kaisers Tiergarten eingetroffen sind, sind bis heute nicht bezahlt. Graf Wolf von Degenfeld will für vierzigjährige Dienste durch ein kaiserliches Gnadengeschenk erfreut sein, soll warten.

Die Hartschierer in der Burg haben ihre Löhnung noch nicht empfangen, beginnen störrisch und obstinat zu werden...«

»Man sagt aber«, sprach ein Mann, der am Nachbartisch saß, den Kaplíř an, »daß der Olmützer Bischof dem Obersthofmeisteramt vor drei Tagen achthundert Dukaten für die kaiserliche Tafel vorgestreckt hätt', davon müßt' doch noch etwas vorhanden sein.«

»Man sagt! Man sagt!« äffte ihn der Kaplíř nach, denn er liebte es nicht, wenn sich fremde Leute in sein und seiner Freunde Gespräch einmengten. »Ich geb' nichts drauf, was fremde Leut' daherreden. Ein Tauber hat gehört, wie ein Stummer erzählt hat, daß ein Blinder gesehen hat, wie der Lahme auf dem Seil tanzte.«

Er streifte den Mann am Nebentisch mit einem geringschätzigen Blick und fuhr dann, zum Zaruba gewendet, fort:

»Wie ich ihnen dann immer wieder sagte: Kein Geld, kein Schmalz, und mir wolle man meine Zahlungen auch nicht stunden, da fragte mich der Herr Sekretär, ob ich mich für diesmal mit zwanzig Gulden zufrieden geben wolle, und schrieb mir eine Anweisung aus, mit der soll ich...«

Er hielt inne, schüttelte den Kopf, fuhr sich über die Stirne und sagte dann:

»Was ist doch das Leben für eine Pulcinell-Komödie!«

»Wohin sollst du mit deiner Anweisung?« fragte der Zaruba.

»Halt dich fest, Peter, daß du nicht vom Tisch fällst!« sagte der Kaplíř. »Zum Meisl-Juden ins Haus auf dem Dreibrunnenplatz soll ich gehen, der wird mir mein Geld auszahlen. Ich, der Georg Kaplíř auf Sulavice, soll zum Juden in die Judengasse! Ist das zu glauben?«

Er zog die Anweisung aus der Tasche, sah sie durch, faltete sie zusammen und steckte sie wieder ein.

»Zuletzt«, berichtete er, »hat mich dann der Johann Osterstock an die Offizierstafel gesetzt, aber mir hat der rechte Appetit gefehlt, ich hab' dem Essen wenig Ehre erwiesen. Von der Suppe hab' ich ein paar Löffel genommen, eine Wildsuppe war es …«

»Eine Wildsuppe hab' ich auch gehabt«, fiel ihm der Peter Zaruba ins Wort. »Und nachher Eierkuchen, ein Chaudfroid von Hühnerfleisch und noch ein zweites Vorgericht …«

»So?« sagte der Kaplíř in gedehntem Ton. »Das hast du gehabt? Und was noch weiter?«

»Gespickten Fisch und weiß Gott, was noch alles«, sagte, gegen ein Gähnen ankämpfend, der Zaruba. »Zwölf Schüsseln, es war zuviel.«

»Auch ein Fasanenragout?« wollte der Kaplíř wissen, »auch Wachteln auf geröstetem Brot?«

»Ja«, bestätigte der Zaruba. »Woher weißt du das?«

»Und zum Schluß Marzipan, Trauben und ungarischen Käse?«

»Ja. Woher weißt du das?«

Der Kaplíř lehnte sich in seinen Stuhl zurück und rief den Wirt herbei.

»Wie geht das zu«, fragte er ihn, »daß du deinen Gästen heute die gleichen Schüsseln gereicht hast, die man mir oben auf der Burg vorgesetzt hat?«

»Bei mir geht es ganz ordentlich zu«, erwiderte der Wirt. »Jedermann darf wissen, wie es zugeht. Es wird viel gesotten und gebraten in der kaiserlichen Küche, aber verzehrt wird dort oben nicht gar viel, und was übrig bleibt, das verkaufen die Tafelaufwärter den Wirten in der Umgebung, und da hab' ich auch meinen Teil. Aber nur an Werktagen, denn an Sonntagen, da kommen die kleinen Leute, die wollen nicht drei böhmische Groschen fürs Essen zahlen.«

Der Peter Zaruba war bleich geworden. Der Schlaf war ihm vergangen.

»Georg!« stieß er hervor. »Ich hab' von des Kaisers Tisch gegessen.«

»Wahrhaftig, ja!« lachte der Kapliř. »Nun –? Ist nicht das Leben eine Pulcinell-Komödie?«

Aber dem Peter Zaruba war es, als ob ihm ein Mühlstein auf der Brust läge.

»Ich hab' von des Kaisers Tisch gegessen«, flüsterter er. »Was wird aus dir, evangelische Freiheit? Mein goldenes Böhmerland, was wird aus dir?«

»Er hat gedacht«, sagte mein Hauslehrer, der stud. med. Jakob Meisl, der mir fünfzehnjährigem Jungen auf seiner »Bude« in der Zigeunergasse die Geschichte vom Peter Zaruba und dem Tisch des Kaisers erzählt hatte, »er hat, wie er in den Wirtshausgarten ging, der Peter Zaruba, gedacht, den Kopf kann's nicht kosten, – es hat ihn aber doch den Kopf gekostet, denn er ist nach der Schlacht am Weißen Berg mit vierundzwanzig anderen Herren vom böhmischen Adel auf dem Altstädter Ringplatz hingerichtet worden. Und da kannst du wieder sehen, wie die Geschichtsprofessoren am Gymnasium und die Herren, die die Geschichtsbücher für die Schulen verfassen, wie die alle zusammen nichts wissen und nichts verstehen. Sie werden dir erzählen und haargenau beweisen, daß die böhmischen Aufständischen die Schlacht am Weißen Berge verloren haben, weil auf der anderen Seite der Tilly kommandierte und weil ihr Feldherr, der Graf von Mansfeld, in Pilsen geblieben war, oder weil sie ihre Artillerie nicht richtig postiert hatten und weil ihre ungarischen Hilfstruppen sie im Stiche ließen. Das ist alles Unsinn. Die böhmischen Aufständischen haben die Schlacht auf dem Weißen Berg verloren, weil der Peter Zaruba damals im Wirtshausgarten nicht den Verstand gehabt hat, den Wirt zu fragen: ›Wie kannst du zwölf solche Portionen für drei böhmische Groschen geben, das ist doch, Mensch, eine volkswirtschaftliche Unmöglichkeit!‹ Und so hat also Böhmen seine Freiheit verloren und ist österreichisch geworden, und wir haben jetzt das k.u.k. Tabakmonopol und die k.u.k. Militärschwimmschule und den Kaiser Franz Joseph und die Hochverratsprozesse, weil der Peter Zaruba von den böhmischen Dalken und Golatschen, die ihm seine Hauswirtin gemacht hat, schon genug gehabt hat, sie waren ihm nicht fein genug, und weil er also von des Kaisers Tisch gegessen hat.«

Das Gespräch der Hunde

An einem Wintertage des Jahres 1609, einem Sabbat, wurde der Jude Berl Landfahrer aus der Stube, die er in einem Hause des Ufergäßleins in der Prager Judenstadt innehatte, herausgeholt und in das Altstädter Gefängnis abgeführt, das die Prager Juden in Erinnerung an die Zwingburgen Ägyptens »Pithon« oder auch »Ramses« nannten. Er sollte am nächsten Morgen auf dem Schindanger zwischen zwei Straßenhunden gehängt und auf diese Art vom Leben zum Tode befördert werden.

Dieser Berl Landfahrer war sein ganzes Leben lang vom Unglück verfolgt. Von Jugend auf war ihm alles mißraten. Er hatte es mit vielen Berufen versucht und war dabei mit aller Mühe und Plage so arm geblieben, daß er am Sabbat und an Wochentagen den gleichen Rock trug, und andere haben doch für jeden Halbfeiertag einen anderen Rock. Zuletzt hatte er in den Dörfern der Umgebung die Häute des geschlagenen Viehs, die ihm die christlichen Fleischhauer übrigließen, gekauft, aber das geschah zu einer Zeit, in der sich die Bauern in den Kopf gesetzt hatten, zwölf Kreuzer für eine Haut zu verlangen, die nicht achte wert war. Wenn der Berl Landfahrer, sagten seine Nachbarn in der Ufergasse, beginnt, mit Kerzen zu handeln, so geht die Sonne gewiß nicht mehr unter. Wenn es Dukaten regnet, sagten sie, sitzt er in der Stube, aber wenn Steine vom Himmel fallen, da ist er auf der Gass'. Es gibt keinen Knüppel, über den er nicht stolpert, und wenn er Brot hat, so fehlt ihm das Messer, und hat er beides, so findet er kein Salz.

Daß er am heiligen Sabbat, aus der Festesfreude heraus, verhaftet und hinweggeführt worden war, das gehörte auch zu seinem Unglück. Dabei konnte man nicht sagen, daß er in dieser Sache völlig unschuldig war, denn das wahre

Mißgeschick kommt ja nicht von Gott. Er hatte von einem Soldaten einen mit Zobelpelz verbrämten Mantel und ein Samtgewand mit hängenden Ärmeln zu einem, wie er selbst zugab, ungewöhnlich billigen Preis gekauft. Er wußte nicht, daß der Herr Oberst Strassoldo, Kommandant der in der Altstadt liegenden kaiserlichen Truppen, der vom Kaiser der unruhigen Zeiten wegen große Vollmachten erhalten hatte, zwei Tage zuvor mit Androhung des Galgens ein Verbot erlassen hatte, irgend etwas von Soldaten zu kaufen, wenn diese nicht eine Bescheinigung ihres Hauptmannes vorweisen konnten, daß ihnen der Verkauf erlaubt sei. Es waren nämlich in der Altstadt von unbekannten Soldaten Einbrüche verübt und aus adeligen Häusern kostbare Stoffe, Vorhänge und Kleider entwendet worden. Das Verbot war dem Brauche gemäß in allen Gotteshäusern der Judenstadt, in der Alt- und in der Neuschul, in der Pinchas-, der Klaus-, der Zigeuner-, der Meisl-, der hohen und der Altneuschul, ausgerufen worden, aber just an diesem Tage war Berl Landfahrer daheim in seiner Stube so tief in die geheimen Lehren des Buches »Raja Mehemna« oder »Der getreue Hirte« versenkt gewesen, daß er darüber den »Schulgang« versäumt hatte. Wohl hatte er den Zobelmantel und den Samtrock dem Vorsteher der Judengemeinde übergeben, sobald er erfahren hatte, daß ihm Diebsgut in die Hände geraten war. Aber es war zu spät. Der Kommandant der Altstädter Truppen war ergrimmt darüber, daß sein Verbot mißachtet worden war, und wollte nicht mit sich reden lassen. Und so sollte der Berl Landfahrer am nächsten Morgen als warnendes Exempel zwischen zwei Hunden am Galgen hängen.

Die Judenältesten und die Judenräte taten alles, was sie vermochten, um dieses Los von ihm abzuwenden, sie liefen hierhin und dorthin, sie baten, sie versprachen, – es war alles vergeblich. Es schien, als hätten sich die Mächte des Schicksals gegen den Berl Landfahrer verschworen. Eine

Audienz beim Kaiser in der Burg war auch durch die Gunst seines Ofenheizers nicht zu erlangen, – der Kaiser lag mit Fieber zu Bett, und im Kapuzinerkloster auf dem Hradschin beteten neun Mönche Tag und Nacht für seine Genesung. Die Ehefrau des Herrn Czernin von Chudenitz war mit dem Strassoldo verschwägert, aber sie befand sich auf ihrem Gut Neudeck, drei Tagesreisen weit von Prag. Der Prior des Kreuzherrenklosters, der den Juden wohlgesinnt war und sich oft für sie verwendet hatte, war auf dem Weg nach Rom. Und der hohe Rabbi, das Haupt und die Leuchte der Verbannung, auf dessen Wort auch die Christen gehört hatten, war schon lange in der andern Welt.

Die beiden Straßenhunde hatten nichts verbrochen. Nur um die Schmach des Juden zu vergrößern, sollten sie mit ihm zugleich den Tod erleiden. Sie hatten niemanden, der für sie sprach.

Der eine von ihnen war schon in der Gefängniszelle, als der Schließer den Berl Landfahrer hineinführte. Es war ein großer, bis auf die Knochen abgemagerter, armseliger Bauernköter mit struppigem rotbraunem Fell und großen, schönen Augen. Er mochte seinen Herrn verloren haben oder ihm entlaufen sein, denn schon seit einigen Tagen hatte er sich hungernd in den Gassen der Altstadt umhergetrieben. Jetzt nagte er an einem Knochen, den ihm der Schließer hingeworfen hatte. Er hob, als der Schließer mit dem Berl Landfahrer in die Zelle trat, den Kopf und knurrte sie an.

Der Berl Landfahrer besah sich seinen Schicksalsgenossen mit Besorgnis. Den großen Hunden traute er nicht, sie waren auf den Bauernhöfen seine schlimmsten Feinde gewesen, hatten ihm die Häute, die er hinwegführte, immer mißgönnt.

»Beißt er?« fragte er.

»Nein«, sagte der Schließer. »Tu du ihm nichts, so wird

er dir nichts tun. Vertrag dich mit ihm, denn ihr müßt morgen miteinander in das Tal Hinnom fahren.«

Und er ließ den Berl mit dem Hund allein und schloß die Türe hinter sich zu.

Das Tal Hinnom, – so heißt die Hölle in der Redeweise der Juden. Der Schließer kannte die Sprache der Juden, er hatte ihrer genug bei sich beherbergt.

»Ins Tal Hinnom!« murmelte der Berl Landfahrer mit einem Erschauern. »Was weiß denn der, wohin ich gehe! Kennt er mich denn? Aus Bosheit hat er es gesagt, er hat solchen Blick, wenn er ins Wasser schaut, sterben die Fische. Ins Tal Hinnon! Ewiger und gerechter Gott, – nicht daß ich Dir es vorhalte, aber Du weißt es, Du hast es gesehen, wie ich mein Leben mit Lernen, Beten und Fasten verbrachte und wie ich mein Stücklein Brot in Ehren gesucht habe.«

Er seufzte und blickte durch das vergitterte Fenster zum Himmel hinauf.

»Drei Sterne seh' ich«, sagte er, »der Sabbat ist zu Ende. Zuhaus' bei mir, in der Stube nebenan, da sitzen sie jetzt, der Simon Brandeis, der Bierzapfer, und sein Weib, die Gittel. Er hat die Hawdala gesprochen, das Gebet der Unterscheidungen, und jetzt singt er den Segen für die kommende Woche, er wünscht sich und seinem Weib, ›viel Freuden und Gesund, soviel begehrt dein Mund zu jeder Zeit und Stund'‹, und die Gittel fällt wie an jedem Sabbatausgang mit ihrem Sprüchlein ein: ›Amen! Amen! Es soll werden wahr, der Meschiach soll kommen in diesem Jahr.‹ Und jetzt sprechen sie vielleicht, während das Feuer im Herd gemacht und die Abendsuppe auf den Tisch gestellt wird, von mir, und sie nennen mich den armen Berl Landfahrer oder, mag sein, den guten Berl Landfahrer, denn ich hab' der Gittel erst gestern wieder Öl für die Sabbatlampen gegeben und Wein auf Kiddusch, sie hatte nicht Geld, das Notwendige einzukaufen. Heute bin ich in der Menschen

Mund der arme oder der gute Berl Landfahrer und morgen bin ich der Berl Landfahrer seligen Angedenkens oder der Berl Landfahrer, Friede sei mit ihm. Heut bin ich der Berl Landfahrer, der in der Ufergasse im Haus ›Zum Hahn‹ wohnt, und morgen heiß' ich der Berl Landfahrer, der in der Wahrheit ist. Gestern wußt' ich nicht, wie gut es mir in der Welt erging: Ich hab' gegessen, was mich gelüstete, hab' in der Schrift gelesen und mich des Abends in mein Bett gelegt. Heut ist die Hand des Feindes über mir. Wem soll ich's klagen? Den Steinen in der Erde muß ich es klagen. Was hilft's? Ich muß ertragen, was Er über mich beschlossen hat. Gelobt seist Du, ewiger und gerechter Richter! Ein Gott der Treue bist Du, Dein Tun ist ohne Fehle.«

Und da es dunkel geworden war, wendete er sein Gesicht gegen Osten und sprach das Abendgebet. Dann kauerte er sich in einen Winkel der Zelle auf der Erde nieder, so daß er den Hund, der wiederum knurrte, im Auge behalten konnte.

»Kalt ist es, als ob Himmel und Erde zusammenfrieren wollten«, sagte er. »Der Hund will auch nicht Frieden halten, knurrt und bleckt die Zähne. Wenn er erst wüßt', was ihm bevorsteht! Aber solch ein Tier, – was verliert es, was kann man ihm nehmen? Nur das sinnliche Leben. Der Mensch verliert den Ruach, sein geistiges Wesen, und wir Juden, wir verlieren mit dem Leben mehr als alle anderen Menschen, denn was wissen denn die anderen von der süßen Freude, die wir gewinnen, wenn wir uns in die Bücher der Frommen versenken, in das ›Buch der Ährenlese‹, in das ›Buch der vier Reihen‹, in das ›Buch des Lichtes‹.«

Er schloß die Augen und flüchtete mit seinen Gedanken in die Höhen und Tiefen der geheimen Lehre, von der es heißt, daß sie über zehn Stufen zu den Engeln Gottes hinaufführt. Er tat dies, weil geschrieben steht: »Beschäftige dich mit den Geheimnissen der Weisheit und der Erkenntnis, so wirst du die Angst vor dem Morgen in dir überwinden.« Und die Angst vor dem Morgen war groß in ihm und fast nicht zu ertragen.

Er durchmaß in seinem Geiste die Welt der göttlichen Gewalten, die von den Eingeweihten »Apirjon«, das ist »die Hochzeitssänfte« genannt wird, dort sind die »ewig Leuchtenden« zu Hause, die auch »die Bringer der Einsicht« heißen, sie sind in dieser Weklt die Stützen und die Säulen. Er sann über die bewegenden Kräfte nach, die der vierbuchstabige Gottesname in sich birgt, und über den Geheimnisvollen, der sie beherrscht, der »der Verborgenste unter den Verborgenen« genannt wird, »der, der gänzlich unerkennbar ist«. Er ließ die Buchstaben des Alphabetes mit ihrer nur dem Wissenden verständlichen Bedeutung an sich vorüberziehen; wie er aber zur Betrachtung des Caf gelangte, das, wenn es am Ende eines Wortes steht, das Lächeln Gottes ist, da wurde die Türe aufgeschlossen und geöffnet, und der Schließer stieß den zweiten Hund zu ihm hinein.

Dieser Hund war ein weißer Pudel mit zottigem Haar und je einem schwarzen Fleck unter dem rechten Auge und über dem linken Ohr. Der Berl Landfahrer kannte ihn, die ganze Prager Judenstadt kannte ihn, denn dieser Pudel war viele Jahre lang im Hause des reichen Mordechai Meisl gehalten worden, der dann als armer Mann gestorben war. Und seit dem Tod des Mordechai Meisl strich der Hund in den Gassen der Alt- und Judenstadt umher, suchte sich seine Nahrung bald hier, bald dort und war mit jedermann gut Freund, doch er wollte keinen neuen Herrn haben.

»Meisls seligen Angedenkens Pudelhund«, murmelte der Berl Landfahrer betroffen. »Dem wollen sie also auch ans Leben! Wer das dem Meisl selig gesagt hätt', daß sein Pudelhund einmal am Galgen hängen müßt'!«

Er sah den beiden Hunden zu, wie sie einander nach Hundeart begrüßten, indem sie kläffend übereinander herfielen und sich balgten. Bald aber wurde ihm ihr Lärmen verdrießlich, denn die Hunde wollten nicht aufhören, einer hinter dem anderen in der Zelle hin und her zu jagen und dabei zu knurren und zu kläffen. Und nun begannen auch die Hunde des ganzen Viertels sich in den Lärm zu mengen, sie bellten und heulten bald aus der Nähe und bald aus der Ferne.

»Stille!« rief der Berl Landfahrer erzürnt den beiden Hunden zu. »Müßt ihr denn immer knurren und kläffen, könnt ihr nicht Ruhe halten? Es ist spät, die Leut' wollen schlafen.«

Aber das war wie in den Wind gesprochen, die Hunde hörten nicht auf ihn und fuhren fort, zu lärmen und zu toben. Der Berl Landfahrer wartete eine gute Weile, er dachte, die beiden Hunde würden vielleicht doch ihres Spieles müde werden und sich zum Schlafen niederlegen. Er selbst dachte nicht an Schlaf, er wußte, er würde ihn nicht finden. Er wollte in dieser Nacht bis zu ihrer letzten Stunde in tiefer Versenkung mit den heiligen Gegenständen verbunden sein, aber die Hunde ließen es nicht zu.

Nun verleiht die geheime Lehre, die Kabbala, denen, die in ihre tiefsten Tiefen eingdrungen sind, die ihre Abgründe durchmessen und ihre Höhen erklommen haben, große Kräfte von besonderer Art. Er durfte diese Kräfte nicht verwenden, um sein Leben zu retten, denn damit hätte er dem göttlichen Ratschluß entgegen getrachtet. Aber er konnte sich durch sie zum Meister über diese Kreaturen machen, die ihm nicht gehorchen wollten.

Von dem hohen Rabbi sagte man, er habe mit den Melochim – den Engeln – gesprochen, als wären sie seine Diener gewesen. Er aber, der Berl Landfahrer, hatte sich der enthüllten Geheimnisse und ihrer magischen Kräfte in seinem Leben nie bedient, denn er war von furchtsamer Natur und er wußte: Die Feuerflamme der geheimen Lehre zündet und verzehrt, was nicht Feuer ist wie sie. Jetzt aber, in dieser Stunde, entschloß er sich zitternd und in großer Bangigkeit, es zu versuchen und sich mit Hilfe der geheimen Formel und der magischen Anrufung zum Herrn über die lästigen Hunde zu machen, die ihm in seiner letzten Nacht den Frieden der Seele und die Gottesnähe nicht vergönnen wollten.

Er wartete, bis der Mond hinter den Wolken hervortrat, und dann schrieb er mit dem Finger in den Staub, der die Wände der Zelle bedeckte, den Buchstaben Waw. Mit diesem Zeichen muß jede Beschwörung beginnen, denn im Waw vereinigt sich der Himmel mit dem Weltengrund.

Unter das Waw schrieb er das Zeichen des Stiers, denn in diesem Zeichen sind alle Kreaturen inbegriffen, die auf der Erde unter den Menschen leben. Daneben schrieb er das Zeichen des göttlichen Thronwagens in den Staub und darunter in der vorgeschriebenen Reihenfolge sieben von den zehn Gottesnamen und als ersten Ehieh, das ist »das Immer«, denn die Kräfte dieses Namens sind es, von denen der Stier gelenkt und geleitet wird. Und unter das Ehieh setzte er den Buchstaben des Alphabets, der die Kraft und die Gewalt in sich birgt.

Nun wartete er, bis der Mond wieder hinter den Wolken verschwunden war. Dann rief er die zehn Engel mit ihren Namen, die Werkleute Gottes, die zwischen Gott und der Welt stehen. Sie sind genannt: »Die Krone«, »das Wesen«, »die Gnade«, »die Gestalt«, »das hohe Gericht«, »das strenge Beharren«, »die Pracht«, »die Majestät«, »der Urgrund« und »das Reich«. Er beschwor flüsternd die drei himmlischen Urmächte. Und zuletzt rief er mit lauter Stimme die Engelscharen der unteren Bereiche: Die »Lichter«, die »Räder« und die »Tiere der Heiligkeit«.

»Ich weiß nicht, warum er schreit. Nicht immer kann man sie verstehen. Vielleicht hat er Hunger«, sagte in diesem Augenblick der Pudel zu dem Bauernköter.

Der Berl Landfahrer ist sich nie darüber klar geworden, welcher Fehler sich in seine magische Formel eingeschlichen hatte. Er hatte unter den ersten der sieben Gottesnamen den Buchstaben Theth gesetzt, aber sein Gedächtnis hatte ihn dabei getäuscht. Denn der Buchstabe Theth begreift nicht die Kraft und die Gewalt in sich, sondern das Eindringen und das Erkennen. Und diese Veränderung der Beschwörungsformel hatte bewirkt, daß er nicht die Gewalt über die Kreaturen gewann, sondern nur ihrer Sprache kundig wurde.

Er dachte darüber nicht nach. Er wunderte sich auch nicht darüber, daß er plötzlich verstehen konnte, was der Pudel zu dem Bauernhund sagte. Es erschien ihm selbstverständlich, daß er es verstand. Es war so einfach und so leicht. Er konnte nur nicht begreifen, wieso er es bisher nicht verstanden hatte.

Er lehnte sich in seinem Winkel zurecht und hörte zu, was die Hunde einander sagten.

»Hunger habe ich auch«, knurrte der Bauernköter.

»Ich werde dich morgen zu den Fleischbänken führen«, versprach ihm der Pudel. »Ihr Landhunde findet euch allein ja nicht zurecht. Du wirst aufrecht auf zwei Beinen gehen und einen Stock im Maul tragen, und für diese Kunst wird man dir einen schönen Knochen geben mit Fleisch und Fett daran.«

»Zu Hause auf dem Hof bekam ich Knochen, ohne daß ich auf zwei Beinen gehen mußte«, sagte der Bauernhund. »Auch Grütze bekam ich. Ich mußte dafür nur den Hof hüten und achthaben, daß sich die Füchse nicht über unsere Gänse hermachten.«

»Was sind das – ›die Füchse‹?« fragte der Pudel.

»Füchse«, wiederholte der Dorfköter. »Wie soll ich dir erklären, was Füchse sind? Sie haben keinen Herren. Sie leben in den Wäldern. Sie kommen nachts und stehlen Gänse. Das sind die Füchse.«

»Und was sind Wälder?« erkundigte sich der Pudel.

»Du weißt auch gar nichts«, knurrte der Bauernhund. »Wälder, das sind nicht etwa drei Bäume oder vier, sondern – ich weiß nicht wie ich es dir erklären soll – wohin du schaust, nichts als Bäume. Und hinter den Bäumen wieder Bäume. Von dort her kommen die Füchse. Wenn einer eine Gans wegschleppte, bekam ich Stockprügel.«

»Ich habe niemals Schläge bekommen«, rühmte sich der Pudel. »Auch nicht, als mich mein Herr auf zwei Beinen gehen und tanzen lehrte. Er war immer freundlich zu mir. Wir hatten auch Gänse, aber die Füchse ließen sie in Frieden, denn es gibt hier keine Wälder, aus denen Füchse kommen. Wenn es hier Wälder und Füchse gäbe, hätte mein Herr es mir gesagt. Er sagte mir alles, er verbarg nichts vor mir. Ich weiß sogar, wo er das Geld vergraben hat, das man bei ihm nicht finden sollte, und wem es gehört.«

»Ja, sie vergraben Geld«, bestätigte der Bauernköter. »Wozu? Man kann's nicht essen.«

»Das verstehst du nicht«, wies ihn der Pudel zurecht. »Es ist klug, Geld zu vergraben. Alles, was er tat, war klug. Ich war in jener Nacht bei ihm, in der sie ihn in Leinwand hüllten und davontrugen. Aber vorher kam einer, der brachte ihm das Geld in einem Beutel, achtzig Gulden seien es, sagte er, und damit sei die Schuld beglichen. Mein Herr ging mit ihm zur Tür, er ging sehr langsam, er war krank, und als er zurück kam, fragte er mich: ›Was soll ich mit diesem Geld beginnen? Ich hab' das Geld von mir getan, aber es läuft mir nach. Sie sollen es hier nicht finden, wenn sie morgen kommen, nicht einen Groschen davon sollen sie finden, heute nacht noch muß es fort von hier. Aber wohin, sag mir, wohin?‹ Er hustete und klagte über Schmerzen, hielt immer ein Tüchlein vor den Mund. Dann sagte er: ›Ich weiß einen, der niemals Glück gehabt hat, dem könnt' mit diesem Geld geholfen sein. Glück, – das kann ich ihm nicht hinterlassen, aber die achtzig Gulden, die soll er haben.‹ Gleich darauf aber schlug er sich mit der Hand vor die Stirn und hustete und lachte. ›Das sieht ihm gleich, dem Berl Landfahrer‹, sagte er. ›Wenn es hier Gulden regnet, ist er nicht da, ist er mit seinem Karren über Land gefahren. Wahrhaftig, dem ist schwer zu helfen.‹ Er dachte eine Weile nach und dann nahm er seinen Stock, seinen Hut und seinen Mantel, und den Beutel nahm er auch, und wir gingen hinaus und durch die Gassen zum Flußufer, und dort hieß er mich die Erde aufscharren und vergrub den Beutel. Er sagte: ›Wenn der Berl Landfahrer in die Stadt zurückkommt, dann fasse ihn am Mantel und führe ihn hierher, das Geld ist sein, aber ich kann's ihm nicht mehr geben, denn ich werde heute noch den Weg aller Menschen gehen. Du kennst den Berl Landfahrer, – er geht ein wenig schief und vorn im Mund fehlen ihm drei Zähne‹.«

»Das ist nicht gut«, meinte der Dorfköter. »Er soll aufhören, Knochen zu nagen. Er soll Grütze essen, sag ihm das.«

»Aber ich kannte ihn nicht und ich kenne ihn auch heute nicht«, rief der Pudel. »Ich kann mich seiner nicht entsinnen. Das Geld liegt noch heute in der Erde. Wie kann ich denn sehen, wem die Zähne fehlen, die Leute gehen doch nicht mit offenem Maul über die Gasse. Wie soll ich wissen, wer von ihnen der Berl Landfahrer ist?«

Der Berl Landfahrer hatte mit Verwunderung gemerkt, daß von ihm die Rede war, und von da an hatte er mit gespannter Aufmerksamkeit zugehört. Und wie er jetzt vernahm, daß Meisls Pudelhund ihn seit Jahren suchte, kam er aus seinem Winkel hervor und sagte vorwurfsvoll und traurig:

»Ich bin der Berl Landfahrer.«

»Du bist der Berl Landfahrer?« rief der Pudelhund und er stellte sich auf seine Hinterbeine und begann aufgeregt zu wedeln und aufzuwarten. »Laß sehen! Mach das Maul auf! Ja, die Zähne fehlen dir. Du bist also der Berl Landfahrer. Nun gut, – morgen geh' ich mit dir und zeig' dir, wo dein Geld vergraben ist.«

Und er ließ sich wieder auf seine Vorderpfoten fallen.

»Morgen?« rief der Berl Landfahrer mit einem schrillen Lachen. »Morgen? Ich bin doch der Berl Landfahrer! Morgen werden wir alle drei gehängt.«

»Wer wird gehängt?« fragte der Pudel.

»Ich, du und dieser dort«, sagte der Berl Landfahrer und wies auf den Dorfköter, der eingeschlafen war.

»Warum sollt' man mich hängen?« fragte der Pudel verwundert.

»Es ist so der Befehl«, gab der Berl Landfahrer zur Antwort.

»Dich werden sie vielleicht hängen«, meinte der Pudel. »Mich nicht. Mich hängt man nicht. Sie brauchen nur die Türe aufzumachen, so bin ich auch schon fort.

Er begann sich im Kreise zu drehen, und dann ließ er sich auf dem Boden nieder.

»Ich will jetzt schlafen«, sagte er. »Leg auch du den Kopf zwischen die Beine! Du bist also der Berl Landfahrer. Nein, mich hängt man nicht.«

Und damit schlief er ein.

Als der Morgen graute, wurde die Türe geöffnet, aber nicht der Henker kam, den Berl Landfahrer zur Richtstatt zu führen, sondern es traten Rebb Amschel und Rebb Simcha, die beiden Judenräte, in die Zelle. Der Herr Oberst Strassoldo hatte sich auf vieles Bitten und Drängen hin bereitfinden lassen, gegen ein Bußgeld von hundertfünfzig Gulden, das die Judenältesten sogleich zu erlegen hatten, dem Berl Landfahrer die Strafe zu erlassen.

»Wir bringen Freiheit dem Gefangenen und Erlösung dem Gefesselten«, rief Rebb Amschel. »Lobpreiset Gott, der uns seine Gnade nicht entzogen hat.«

Und Rebb Simcha sagte das Gleiche, nur mit nüchterneren Worten: »Ihr seid frei, Rebb Berl. Das Bußgeld ist für Euch bezahlt, Ihr könnt nach Hause gehen.«

Aber es schien, als hätte sie der Berl Landfahrer nicht verstanden.

»Der Hund! Der Hund!« schrie er. »Wo ist der Hund, er war doch eben noch hier. Meisls Hund! Er weiß, wo mein Geld vergraben ist. Achtzig Gulden!«

»Rebb Berl, Ihr seid frei«, wiederholten die Judenräte. »Versteht Ihr nicht? Gott hat geholfen, die Strafe ist Euch erlassen. Ihr könnt nach Hause gehen.«

»Der Hund! Der Hund!« jammerte der Berl Landfahrer. »Habt Ihr ihn nicht gesehen? Er ist zur Tür hinaus. Meisls Pudelhund, ich muß ihn finden. Achtzig Gulden! Ich Unglücklicher, ich Geschlagener! Wo ist der Hund?«

Man sah ihn noch viele Jahre in der Prager Judenstadt und in der Altstadt, er lief den Hunden nach und lockte sie an sich und hielt sie fest und dann fragte er sie, ob sie nicht den weißen Pudel gesehen hätten, den mit dem schwarzen Fleck unter dem Aug' und über dem Ohr, und wenn sie ihn träfen, so sollten sie ihm doch sagen, er, der Berl Landfahrer, sei nicht gehängt, und der Pudel solle doch zu ihm in die Ufergasse kommen, es werde ihm nichts geschehen, er werde nicht gehängt werden, das Bußgeld sei auch für ihn, den Pudel, gezahlt worden. Die Hunde schnappten nach ihm und rissen sich los, und der Berl Landfahrer lief den Hunden nach, und die Kinder liefen dem Berl Landfahrer nach, und die Erwachsenen schüttelten die Köpfe und sagten: »Der arme Berl Landfahrer! Er hat in jener Nacht in der Zelle vor Angst seine Menschenseele verloren.«

Die Sarabande

Auf einem Fest, das der Geheime Rat und Kanzler von Böhmen, Herr Zdenko von Lobkowitz, aus Anlaß der Taufe seines ersten Enkelkinds in seinem Prager Stadthaus gab, befand sich unter den Gästen auch ein kaiserlicher Hauptmann, ein Baron Juranic, der ein oder zwei Tage vorher aus Kroatien oder aus dem Sklawonierland in der böhmischen Hauptstadt eingetroffen war. Und während die anderen Herren so gekleidet waren, wie es der Anlaß und die Mode vorschrieben, indem sie nämlich den goldgestickten Rock aus purpurfarbenem Samt mit weißgefütterten geschlitzten Ärmeln und dazu mit Goldbrokat besetzte, an den Knien enge Hosen, seidene Strümpfe und Atlasschuhe mit seidenen Schleifen trugen, war der Baron Juranic in Reisekleidern, mit Lederhose und hohen Stiefeln, erschienen, was er damit entschuldigte, daß sein Gepäck in der letzten Poststation liegen geblieben und ihm noch nicht nachgesendet worden sei. Auch hatte er sich nach dem Brauch der Grenzoffiziere das Haar und den Bart mit Schweineschmer eingerieben, aber diese Eigenheit hielt man einem Manne zugute, dem der immerwährende Kampf gegen die Türken, die Erbfeinde der Christenheit, nicht Zeit gelassen hatte, sich darüber zu unterrichten, was die Mode einem Kavalier verstattete und was nach ihrem Gesetz verpönt war.

Der Baron Juranic also ließ es sich auf diesem Fest recht wohl ergehen, er trank und tanzte mit großer Ausdauer und in guter Laune, wobei es freilich mit seinem Tanzen nicht weit her war. Ob nun die Musikanten zu einer Gigue, zu einer Courante oder zu einer Sarabande aufspielten, – ihm machte das keinen Unterschied, er vollführte bei jedem dieser Tänze die gleichen Sprünge und bezeigte dabei weit mehr Eifer als Geschicklichkeit. Kurzum, – dieser tapfere Offizier tanzte so zierlich wie ein dressierter Bär. Wenn die Musik für eine Weile schwieg, dann stieß er mit jedem, der ihm in den Weg kam, auf die Gesundheit des Täuflings an, auch machte er den Damen seine Komplimente, einer jeden versicherte er, er habe ihre Schönheit von Leuten rühmen hören, die etwas von der Sache verstünden. Seine besondere Aufmerksamkeit aber widmete er der jüngsten der drei Töchter des Herrn von Berka, die an diesem Abend zum erstenmal in einer größeren Öffentlichkeit erschienen war. Diesem sehr schönen, aber etwas schüchternen jungen Fräulein berichtete er von seinen Waffentaten, von geglückten Anschlägen, Überfällen und von anderen Streichen, die er den Türken gespielt hatte, wobei er nie vergaß, zu bemerken, es sei von dieser Sache viel Lärm in der Welt gemacht worden, sie habe aber nicht viel zu bedeuten. Auch ließ er das junge Fräulein wissen, daß er sich in seiner Heimat, wo der Scheffel Korn sieben Weißlinge gelte und die Tonne Bier einen halben Gulden, einen reichen Mann nennen könne, und die Frau, der es dereinst beschieden sei, mit ihm auf seinem Gut zu hausen, die werde im Vollen sitzen mit Federn, Wolle, Honig, Butter, Korn, Vieh und Bier, kurz, mit allem, dessen sie zu einem vergnüglichen Leben bedürfe. Sie müsse nur vom Himmel mit einer guten Figur begnadet sein, setzte er mit einem Blick auf die des Fräuleins hinzu, denn eine solche gelte ihm noch weit mehr als adelige Herkunft und gute Sitten.

Nun war aber unter den Gästen ein junger Graf Collalto, venezianischer Herkunft, ein rechter à la Mode-Herr, der vermeinte, gewisse Rechte auf die jüngste der drei Berka-Fräulein zu haben, und ihm mißfiel sowohl die Person wie auch das Auftreten des kroatischen Edelmanns. Und wie nun dieser wiederum eine Sarabande mit dem Fräulein auf seine Art gehüpft und gesprungen hatte, trat der Graf mit einer Verbeugung auf ihn zu und bat ihn in respektvollem

Ton, ihm doch geneigtest zu verraten, bei welchem berühmten Ballettmeister er es in der hohen Schule des Tanzes zu solcher Perfection gebracht habe.

Der Baron Juranic war ein Mann, der einen Spaß, auch wenn er auf seine Kosten ging, mit guter Miene hinzunehmen wußte. Er lachte und sagte, er wisse wohl, daß er in der Tanzkunst nur wenig erfahren sei, er müsse dessenthalben auch alleraufrichtigst um Entschuldigung bitten, jedoch bereite ihm das Tanzen großes Vergnügen, und er hoffe damit der Demoiselle und den übrigen Gästen nicht allzu beschwerlich gefallen zu sein.

»Der Herr wird sich selbst nicht gerecht, er ist zu bescheiden«, meinte der Collalto. »Der Herr wird mit den schwierigsten Tanzfiguren so leicht fertig wie ein anderer mit einer warmen Brotsuppe. In dem großen Wasserspiel und Schäferballett, das man demnächst Seiner Majestät in der Burg vorführen wird, könnte der Herr mit seiner Kunst sehr wohl einen von den Faunen oder vielleicht sogar den Silenum selbst agieren.«

»Ich bin«, sagte der Baron gelassen, »Soldat und daher den Waffentanz besser gewohnt als jeden anderen, hab' auch in meinem Leben die Kanonen öfter spielen lassen als die Flöten und Violen. Für den bocksfüßigen und gehörnten Silen mag der Herr sich also nach einem anderen Darsteller umsehen. Was aber die Brotsuppe betrifft, so geb der Herr nur acht, daß er nicht auslöffeln muß, was er sich einbrockt.«

Und damit verbeugte er sich, bot seiner Dame den Arm und trat mit ihr wiederum in die Reihe der Tanzenden.

Der junge Collalto blickte den beiden nach, und sein Zorn wuchs immer mehr, weil dieser tölpelhafte Baron dem schönen Berka-Fräulein nicht von der Seite weichen wollte, und da er nun sah, daß er seinen Gegner mit Stichelworten nicht aus der Ruhe bringen konnte, entschloß er sich, es auf anderem Wege zu versuchen. Er trat an das tanzende Paar heran und wußte dem Baron so geschickt ein Bein zu stellen, daß dieser der Länge nach hinschlug und im Fallen zwar nicht die Demoiselle, wohl aber den Herrn, der ihm zunächst tanzte, mit sich zu Boden riß.

In den Reihen der Tanzenden entstand ein Durcheinander, die Musikanten unterbrachen ihr Spiel, man vernahm Gelächter, Fragen und bestürzte Rufe, doch die Verwirrung nahm sogleich ein Ende, denn der Baron stand schon wieder auf seinen Beinen und war dem Herrn, den er zu Fall gebracht hatte, beim Aufstehen behilflich. Der sah zuerst recht mißmutig drein, sobald er aber bemerkte, daß an seinen Kleidern, Spitzen und Bändern kein Schaden entstanden war, gewann er seine Contenance wieder, und er sagte, zu dem Baron gewendet, mit vollendeter Höflichkeit, der nur eine kleine Prise Spott beigemegt war:

»Der Herr versteht es, wie ich sehe, einige Abwechslung in das Tanzvergnügen zu bringen.«

Der Baron Juranic lüftete seinen Hut und brachte seine Entschuldigungen vor. Dann suchte er das Berka-Fräulein, doch er fand die Demoiselle nicht mehr an seiner Seite, sie hatte, beschämt und bestürzt über das peinliche Mißgeschick, das ihrem Kavalier zugestoßen war, schon während des Durcheinanders den Saal verlassen. Indessen setzte die Musik wieder ein, die Paare ordneten sich, der Tanz ging weiter, und der Baron Juranic schritt durch die Reihen der Tanzenden und trat auf den Collalto zu.

»Der Herr mag sagen«, sprach er ihn an, »ob er mir das mit Absicht und ex malitia getan hat.«

Der junge Collalto blickte hochmütig über ihn hinweg in die leere Luft und gab keine Antwort.

»Ich will wissen«, wiederholte der Baron, »ob der Herr mir das ex malitia getan hat, daß die junge Demoiselle über mich lachen sollt'.«

»Ich bin nicht verhalten«, sagte jetzt der Graf Collalto,

»auf eine Frage Antwort zu geben, die in solch einem insolenten Ton an mich gerichtet wird.«

»Der Herr ist schuldig, mir die Genugtuung zu geben, die mir nach geschehenem Affront als einem Edelmanne zusteht«, erklärte der Baron.

»Es nennt sich hier mancher einen Edelmann, der daheim in Holzschuhen hinter seinem Ochsen herläuft«, meinte der Graf Collalto mit einem Achselzucken.

In dem Gesicht des Barons regte sich kein Muskel, doch eine Säbelnarbe, die vordem kaum zu bemerken gewesen war, flammte jetzt an seiner Stirne auf, rot wie ein Feuermal.

»Da der Herr mir die Genugtuung verweigert«, sagte er, ohne die Stimme zu erheben, »und fortfährt, mich zu offendieren, so kann ich den Herrn nicht länger als einen Kavalier traktieren. Ich werd' ihn mit Stockprügeln zur Raison bringen wie einen gemeinen Bauernknecht.«

Der Graf Collalto hob die Hand, um dem Baron ins Gesicht zu schlagen, der aber hielt sie auch schon mit eisernem Griff fest in der seinen.

Jetzt erst bequemte sich der Collalto dazu, mit dem Baron in anderem Ton zu reden.

»Es ist hier nicht der Ort, noch ist es die rechte Zeit, die Sache auszutragen«, erklärte er, »aber in einer Stunde wird der Herr mich im Kinskyschen Garten vor dem großen Rondeau finden. Das Haupttor ist versperrt, aber das Seitenpförtchen steht offen. Dort werd' ich den Herrn zu bedienen wissen.«

»Das ist ein Wort so kräftig wie spanischer Wein«, sagte der Baron zufrieden, und nun gab er dem Collalto die Hand frei.

Es wurde vereinbart, daß der Zweikampf mit Degen, jedoch ohne Sekundanten ausgetragen werden sollte. Dann gingen die beiden auseinander, und kurze Zeit darauf verließ der Baron, ohne von dem Berka-Fräulein Urlaub zu nehmen, die Gesellschaft und das Haus.

Der junge Collalto ging indessen in einen von den Nebenräumen, dort traf er den Hausherrn, den Zdenko von Lobkowitz, am Kartentisch. Er setzte sich neben ihn und sah eine Weile dem Spiel zu. Dann fragte er:

»Kennen Euer Liebden hier einen, der sich Baron Juranic nennen läßt?«

»Sieh mal her, das hier ist ein Spiel, bei dem gilt die grüne Sieben alles«, erklärte ihm der Herr von Lobkowitz. »Ich spiel' es heute zum erstenmal. Den Juranic? Ja, den kenn' ich.«

»Gehört er zu uns? Ist er von Adel?« erkundigte sich der Collalto. »Er hat recht bäurische Manieren.«

»Der Juranic? Er mag bäurische Manieren haben, ist aber doch von gutem, echtem Adel«, sagte der Zdenko Lobkowitz, der alle adeligen Stammbäume im Kopfe hatte und daher in Fragen der Herkunft wie kein zweiter Bescheid wußte.

Der Collalto sah wiederum eine Weile hindurch dem Spiele zu.

»Es ist zum Lachen«, meinte der Zdenko Lobkowitz. »Wenn einer in diesem Spiele die grüne Sieben und den Schellenbuben hat, dann kann er spielen, wie er will, er muß gewinnen. Sonst aber, – so viel kann der Meisl-Jude gar nicht borgen, wie man in diesem Spiel verlieren kann, wenn man mit seinem Kopf nicht bei der Sache ist. Was ist's mit dem Lorenz Juranic? Hat er im Trinken excediert?«

»Nein, aber ich hatte dennoch Händel mit ihm«, berichtete der Collalto. »Ich werd' mich heute nacht noch mit ihm treffen.«

Der Zdenko Lobkowitz legte die Karten aus der Hand.

»Mit dem Juranic?« rief er mit gedämpfter Stimme. »Dann geh nur gleich und empfiehl dich der göttlichen Protection! Der Juranic ist ein mörderischer Fechter.«

»Ich weiß aber meinen Degen auch recht gut zu gebrauchen«, erklärte der Collalto.

»Was, deinen Degen! Er wird dich an deinen Ohren zu packen bekommen, der Juranic«, sagte der alte Edelmann. »Glaub mir, es ist nicht gut mit ihm anzubinden, ich kenn' ihn. Schlag dich mit dem Teufel, aber nicht mit dem Lorenz Baron Juranic. Geh und bring die Sache in Ordnung, es wird dir an deiner Ehre kein Abbruch geschehen, wenn du dich excusierst, oder soll ich es für dich tun?«

»Ich werd' es Euer Liebden vermelden, wenn die Sache in Ordnung gebracht ist«, sagte der Collalto.

Das große Rondeau im Kinskyschen Garten war einer der Orte, an denen der Prager Adel seine Streitigkeiten mit dem Degen auszutragen pflegte. Es war ein Rasenplatz, um den ein Kiesweg lief, und in der Mitte des Rasens gab es zwischen zwei einsam stehenden Ulmen eine Fontäne, deren Plätschern man schon von weitem hören konnte. Ein steinerner, mit Moos bewachsener Meergott lag hingestreckt auf einem Felsenriff, und die Meermädchen, Tritonen und Sirenen aus verwittertem Sandstein, die am Rande des Bassins kauerten, sandten ihre sich kreuzenden Wasserstrahlen auf das Schilfrohr, auf das Felsenriff und in steilem Bogen zum Himmel empor.

Hier auf dem Rasen traf der Collalto den Baron, der zwei kroatische Diener mit sich gebracht hatt, die Fackeln trugen, denn der Mond stand im letzten Viertel. Diese beiden Kroaten, Kerle mit verwegenen Schnauzbärten und mit Haarsträhnen, die im Nacken zu einem dicken Knoten zusammengeflochten waren, standen in gebückter Haltung vor den Steinfiguren der Fontäne, bekreuzten sich und murmelten Gebete.

»Für meine Leute«, erklärte der Baron dem Grafen Collalto, »ist diese Wasserkunst ein großes Mirakel, sie haben dergleichen noch nie gesehen. Sie glauben, in dem Neptun dort den heiligen Laurentius zu erkennen, meinen

Schutz- und Namenspatron, und die Meerweiber und die Tritonen halten sie für Engel, die vom Himmel herabgesandt sind, um diesem heiligen Märtyrer beizustehen und ihm mit ihren Wasserstrahlen Kühlung zu bringen, denn er liegt auf dem Rost. Ja, meine Kroaten sind fromme Leute und große Verehrer der Heiligen, und sie würden hier durch alle Kirchen auf den Knien rutschen, wenn es nicht auch Trinkstuben in der Stadt gäbe.«

Er wies den beiden Dienern ihre Plätze an, so daß der Rasen und der Kiesweg im Lichtschein ihrer Fackeln lagen. Die beiden Gegner traten einander im vorgeschriebenen Abstand gegenüber und grüßten einander mit den Degen. Dann warf der Collalto einen Kieselstein, den er vom Boden aufgelesen hatte, steil in die Höhe, sie standen beide regungslos und horchten, und sowie er niederfiel, begann der Kampf.

Er dauerte nicht lange. Der Collalto, der in seinem Leben schon manchen fremden Rock mit dem Degen durchlöchert hatte, sah sich diesmal einem Gegner gegenüber, der es mit vieren zugleich hätte aufnehmen können: Drei von ihnen hätte er, wie man so sagt, auf seinen Hut gesteckt und den vierten gefragt, ob ihrer noch mehr seien. Der Baron Juranic war wahrhaftig, was ihn der Lobkowitz genannt hatte, – ein mörderischer Fechter. Anfangs rührte er sich nicht von der Stelle und ließ den Collalto seine Ausfälle machen. Dann aber trieb er ihn mit Degenhieben und Degenstößen den Kiesweg entlang und über den Rasen bis zur Wasserkunst, fragte ihn dazwischen, ob es ihm nicht zu kühl sei und wann er seinen Vetter, den Franz Collalto, zuletzt gesehen habe, jagte ihn zweimal um das Bassin und wieder über den Rasen auf den Kiesweg und den gleichen Weg zurück, und dann nahm die Sache ein Ende. Der Graf Collalto fand sich in einer Situation, in der kein Widerstand und kein Retirieren möglich war. Er hing, nach Atem ringend, mit dem Oberkörper über den Rand des Bassins hinaus, und der Degen des Barons war auf seine Brust gerichtet.

»Das wäre somit erledigt«, sagte der Baron, »und ich könnte dem Herrn meinen Degen so leicht und mit ruhigem Gewissen durch den Leib jagen, wie ich ein Glas Wein trinke. All den Nöten und Drangsalen dieser armen Welt wär' der Herr enthoben.«

Der Collalto schwieg. Von den Wasserstrahlen der Tritonen sprühten kalte Tropfen in sein Gesicht. Und das Sonderbare war, daß ihn jetzt, nach diesen Worten erst, eine beklemmende Angst befiel, eine Angst so stark, wie er sie während des Zweikampfs nicht empfunden hatte.

»Was hält der Herr«, fragte der Baron, »von der heiligen Barmherzigkeit? Hat man ihm auch soviel davon erzählt, wie lieblich sie dem allmächtigen Gott ist und wie große Verdienste sich der erwirbt, der sie übt?«

»Wenn der Herr mir mein Leben läßt«, sagte der Collalto, von Angst geschüttelt, »so wird er für alle Zeiten einen wahren Freund an mir besitzen.«

Der Baron stieß einen kurzen und scharfen Pfiff aus.

»Ich hab' um des Herrn Freundschaft nicht geworben«, erklärte er, »wüßt' auch nicht, was mit ihr beginnen.«

In diesem Augenblick hörte der Collalto eine leise Musik, ein Flötenspielen, ein Geigen und ein Trommeln. Es war die feierlich bewegte Weise einer Sarabande, die sich hinter den Büschen vernehmen ließ und langsam näher kam.

»Vielleicht ist der Herr im Tanzen geschickter als mit dem Degen«, fuhr der Baron fort. »Mit Fechten hat der Herr sein Leben an mich verspielt, mit Tanzen kann er es von mir zurückgewinnen.«

»Mit Tanzen?« fragte der Collalto, und es schien ihm plötzlich, als ob dies alles, die Stimme des Barons, das Plätschern der Fontäne, die Degenspitze an seiner Brust und die Musik, die jetzt ganz aus der Nähe erklang, nur ein schwerer Traum wäre.

»Mit Tanzen, jawohl. Wenn der Herr sein Leben behalten will, so wird er tanzen«, sagte der Baron, und wiederum flammte die Säbelnarbe an seiner Stirne auf. »Der Herr hat's dahin gebracht, daß die junge Demoiselle über mich gelacht hat. Der Herr wird tanzen.«

Er trat einen halben Schritt zurück, und der Collalto richtete sich auf. Er sah jetzt, daß hinter dem Baron nicht nur die beiden Fackelträger, sondern noch fünf andere kroatische Diener standen, die alle des Barons Livree trugen. Drei von ihnen waren Musikanten und zwei, die recht gefährlich dareinsahen, hielten Terzerole in den Händen.

»Der Herr wird tanzen von jetzt bis in den lichten Morgen«, erklang die Stimme des Barons. »Durch alle Gassen Prags wird der Herr tanzen. Er wird nicht müde werden, ich rat's ihm nicht, denn wenn er innehält, bekommt er eine Kugel in den Leib. Ist's dem Herrn nicht recht, so mag er's sagen. Nun? Läßt der Herr mich warten?«

Die beiden Kroaten hoben ihre Terzerole, die Musikanten spielten, und der Graf Collalto begann, von Todesangst getrieben, eine Sarabande zu tanzen.

Es war ein sonderbarer Zug, der sich durch die Gassen und über die Plätze des nächtlichen Prag bewegte. An der Spitze schritten die Fackelträger, dann kamen mit Flöte, Geige und Trommel die Musikanten, hinter ihnen tanzte Graf Collalto, die beiden Kerle mit den Terzerolen folgten ihm und ließen ihn nicht aus den Augen, und der Baron Juranic machte, obwohl er als letzter ging, den Führer, denn er wies mit seinem Degen den Fackelträgern den Weg, den sie einzuschlagen hatten.

Es ging durch enge, winkelige Gassen bergauf und bergab, vorbei an adeligen Palästen und an schmalen, windschiefen Giebelhäusern, vorbei an Kirchen, Gartenmauern, Weinschenken und steinernen Brunnen. Die Leute, denen sie begegneten, fanden nichts Verwunderliches an diesem Zug, sie meinten, der Kavalier, der da hinter den Musikanten hertanzte, habe ein wenig über den Durst getrunken und sei in fröhlicher Laune, und einer seiner guten Freunde brächte ihn mit Musikanten und Lakaien in sein Quartier, und niemand ahnte, daß da einer verzweifelt um sein Leben tanzte. Und wie nun der Collalto so abgemattet und erschöpft war, daß er glaubte, er könne nicht weiter und das Herz müsse ihm in Stücke springen, und doch kein Erbarmen fand und weitertanzen mußte, – da traf es sich, daß sie just auf einem kleinen Platz angelangt waren, in dessen Mitte eine Muttergottes stand. Und sobald die Kroaten dieses steinerne Bildwerk erblickten, warfen sie sich auf die Knie, schlugen das Kreuz und sagten Gebete her, und da ließ sich der Collalto auf die Erde gleiten und schöpfte Atem.

Der Baron Juranic lachte laut und schallend.

»Bei meiner armen Seele, so war das nicht gedacht«, sagte er und schlug nun auch ein Kreuz. »Aber ich hätt' es wissen müssen, daß das so kommen wird. Ja, meine Kroaten sind fromme Leut', die wissen, was sie Christo und seiner Mutter schuldig sind, und der Lange dort, der mit dem Terzerol, der ist von ihnen allen der Frömmste. Der schlägt sich lieber die Hand ab, als daß er an einem Sonntag ein Pferd stehlen geht.«

Indessen hatten die Kroaten ihre Andacht beendet und nur der eine, der am Sonntag kein Pferd stehlen wollte, lag noch auf den Knien, und den fuhr der Baron nun an:

»Steh auf, daß dich das Mäuslein beiß'! Die heilige Jungfrau will auch einmal etwas anderes sehen als dein Gesicht.«

Es gab – und es gibt heute noch – viel hundert Kruzifixe und steinerne Heilige in der Stadt Prag, sie stehen leidend, segnend oder beschwörend auf den Plätzen und in den Nischen und Winkeln; vor den Kirchenportalen stehen sie, vor den Hospitälern, vor den Armenhäusern und auf der steinernen Brücke. Und wo die Kroaten an solch einem Bildwerk vorüberkamen, fielen sie auf die Knie und murmelten Gebete oder sangen Litaneien, und der Collalto hatte eine kurze Rast. Anfangs nahm dies der Baron Juranic gelassen hin, er wußte, in den heiligen Dingen war mit den Kroaten nicht zu spassen. Dann aber begann es ihn immer mehr zu verdrießen, daß seine Diener in ihrer frommen Einfalt seinem Feinde solchen Beistand taten, und er dachte nach, wie dem abgeholfen werden könnte. Und da, wie er so nachsann, kam ihm ein Gedanke, der erschien ihm so über die Maßen spaßhaft, daß er laut auflachte. Ja, das sollte der letzte Streich sein, den er in dieser Nacht dem Collalto spielen wollte. In den Gassen der Judenstadt sollte der Collalto seine Sarabande tanzen, denn dort gab es keine Kruzifixe und keine Heiligenfiguren.

Damals war die Prager Judenstadt noch nicht mit einer Mauer umgeben, die wurde erst in der Zeit der Schwedenbelagerung errichtet. Man konnte aus den Gassen der Altstadt in die Judenstadt gelangen, ohne erst an ein verschlossenes Tor pochen zu müssen. Und so führte der Baron seine Schar durch das Valentinsgäßlein in das Judenquartier, durch enge und verschlungene Gassen ging es, an der Friedhofsmauer entlang bis an das Moldauufer und wieder zurück, vorbei am Judenbad, vorbei am Rathaus, vorbei am Backhaus, an den versperrten Fleischbänken vorbei und über den Trödelmarkt, der verlassen dalag, und die Musikanten spielten und der Collalto tanzte, und kein Heiligenbild, das ihm Rast verschafft hätte, lag auf diesem Wege. Hier und dort wurde, wenn der Zug vorüberkam, ein Fenster geöffnet, verschlafene und verängstigte Gesichter blickten hinaus, und das Fenster schloß sich wieder. Hier und dort bellte ein Hund, dem der Zug verdächtig erschien, Und wie nun die beiden Fackelträger und die Musikanten hinter ihnen aus der Zigeunergasse in die Breite Gasse einbogen, dort wo das Haus des hohen Rabbi Loew lag, da war der Collalto am Ende seiner Kräfte. Er stöhnte, taumelte, griff sich an die Brust und schrie mit schwacher Stimme um Hilfe.

Der hohe Rabbi, der oben in der Stube über den heiligen und zaubergewaltigen Büchern saß, hörte diese Stimme, und er wußte, daß sie aus den Tiefen der Verzweiflung kam.

Er trat ans Fenster, beugte sich hinaus und fragte, wer da rufe und womit ihm geholfen sein könnte.

»Ein Jesusbild!« keuchte der Collalto mit seinem letzten Atem und dabei tanzte und taumelte er immer noch weiter, »um der Liebe Gottens willen, ein Jesusbild, oder es ist aus mit mir.«

Der hohe Rabbi Loew umfaßte mit einem Blick die Fackelträger und die Musikanten, den tanzenden Collalto, die beiden Lakeien mit den Terzerolen und den lachenden Baron, und mit diesem einen kurzen Blick war es ihm klar geworden, warum dieser Tanzende nach einem Jesusbild schrie, und daß ein Mensch aus Todesnot zu retten war.

Gegenüber, auf der anderen Seite der Gasse, war ein Haus durch Feuer zerstört, und nur eine einzige Mauer stand noch aufrecht, die war vom Alter und von Rauch geschwärzt. Und auf diese Mauer wies der hohe Rabbi mit seiner Hand. Auf dieser Mauer ließ er durch seine zauberische Kraft aus Mondlicht und Moder, aus Ruß und Regen, aus Moos und Mörtel ein Bild entstehen.

Es war ein »Ecce homo«. Aber es war nicht der Heiland, nicht der Gottessohn, auch nicht der Sohn des Zimmermanns, der aus dem galiläischen Gebirge in die heilige Stadt gekommen war, um das Volk zu lehren und für seine Lehre den Tod zu erleiden, – nein, es war ein »Ecce homo« von anderer Art. Doch solche Erhabenheit lag in seinen

Zügen, so erschütternd war das Leiden, das aus seinem Antlitz sprach, daß der Baron mit seinem steinernem Herzen von einem Blitzschlag des Selbsterkennens getroffen wurde und als erster in die Knie sank. Und vor diesem »Ecce homo« klagte er sich an, daß er in dieser Nacht ohne Erbarmen und ohne die Furcht Gottes gewesen war.

Mein Hauslehrer, der stud. med. Jakob Meisl, der mir diese Geschichte wie viele andere aus dem alten Prag erzählt hatte, machte eine kurze Pause.

»Viel ist nicht mehr zu sagen«, beendete er dann seine Erzählung, »und was noch zu sagen wäre, ist nicht sehr wichtig. Es heißt, daß der junge Graf Collalto in seinem Leben nie wieder getanzt, und daß der Baron Juranic den Dienst quittiert hat, und mehr weiß ich nicht von ihnen. Der ›Ecce homo‹ des hohen Rabbi Loew? Es war nicht Christus. Es war das Judentum, das durch die Jahrhunderte hindurch verfolgte und verhöhnte Judentum war es, das auf diesem Bild seine Leiden offenbart hat. Nein, geh nicht in die Judenstadt, du würdest es dort vergeblich suchen. Die Jahre, Wind und Wetter haben es zerstört, keine Spuren sind von ihm geblieben. Aber geh durch die Straßen, wo du willst, und wenn du einen alten jüdischen Hausierer siehst, der seinen Binkel von Haus zu Haus schleppt, und die Straßenjungen laufen hinter ihm her und rufen: ›Jud! Jud!‹ und werfen mit Steinen nach ihm, und er bleibt stehen und sieht sie mit einem Blick an, der nicht der seine ist, der von seinen Ahnen und Urahnen herkommt, die wie er die Dornenkrone der Verachtung getragen und die Geißelhiebe der Verfolgung erduldet haben, – wenn du diesen Blick siehst, dann hast du vielleicht etwas, ein Kleines und Geringes, von dem ›Ecce homo‹ des hohen Rabbi Loew gesehen.«

Der Heinrich aus der Hölle

Rudolf II., Römischer Kaiser und König von Böhmen, hatte eine schlaflose und unruhvolle Nacht.

Schon gegen elf Uhr hatte seine Angst begonnen, die Angst vor etwas, dessen Kommen er vorhersah und das er nicht abwenden konnte, auch nicht, wenn er die Fenster und die Türe verriegelte. Er hatte sich von seinem Bett erhoben und ging, in seinen Mantel gehüllt, mit eiligen Schritten in der Schlafkammer auf und nieder. Bisweilen blieb er vor dem Fenster stehen und blickte hinaus, dorthin, wo hinter dem schimmernden Band des Flusses die Dächer und Giebel des Judenquartiers zu erkennen waren. Von dort war einst, vor Jahren, Nacht für Nacht, seine Liebste, die schöne Jüdin Esther, zu ihm gekommen. Das war vorüber seit jener Nacht, in der die Dämonen der Finsternis sie ihm aus den Armen gerissen hatten. Dort, in einem der Häuser des Judenquartiers, lag auch sein geheimer Schatz, sein verborgener Hort, das Gold und das Silber des Juden Meisl.

Die Geräusche, die aus dem Hirschgraben zu ihm drangen, das Rascheln des welken Laubs, das der Wind dahintrieb, das Schwirren der Nachtfalter, das Rauschen der Baumkronen, der nächtliche Gesang der Wasserfrösche und der Unken, – alle diese Geräusche verwirrten ihn und vermehrten seine Unruhe. Dann, gegen ein Uhr, kamen die Schreckbilder und die Nachtgespenster.

Es war halb zwei, als der Kaiser die Türe aufstieß und mit einem Stöhnen in seiner Stimme nach seinem Leibkammerdiener, dem Philipp Lang, rief.

In diesen Tagen aber war der Philipp Lang wie alljährlich auf seinem Gut in Melnik bei der Obsternte. Statt seiner kam der Kammerdiener Červenka atemlos, die Nachtmütze schief auf dem Kopf, herbeigelaufen. Mit einem Leinentüchlein wischte er behutsam die Schweißtropfen von des Kaisers Stirn.

»Ich hab' Eure Majestät«, stieß er hervor, »oftmals treugehorsamst gemahnt, mehr auf höchstdero Gesundheit achtzuhaben, sich nicht der kalten Nachtluft auszusetzen. Aber auf einen alten Diener wird nicht gehört.«

»Lauf und hol den Adam Sternberg und den Hanniwald!« gebot ihm der Kaiser. »Ich hab' mit ihnen zu reden. Und lauf zum Colloredo, er soll mir starken Wein reichen, Rheinfall oder Malvasier, bin dessen bedürftig.«

Der Kaiser wußte genau, welcher von den drei Mundschenken und welcher von den elf Vorschneidern der kaiserlichen Tafel dem Turnus gemäß an jedem Tag der Woche den Dienst bei ihm zu versehen hatte. Aber er wußte nicht oder er hatte es vergessen, daß der Graf Colloredo etliche Wochen zuvor an einem Schlagfluß verstorben war und daß nun ein junger Graf Bubna das Amt eines zweiten Mundschenken bei Hof bekleidete.

Der Hanniwald, des Kaisers Geheimsekretär, trat zuerst in die Kammer. Er war ein langer, hagerer Mann mit scharfen Zügen und silberweißem Haare, der Červenka hatte ihn noch bei der Arbeit angetroffen. Bald hernach kam der Oberststallmeister Graf Adam Sternberg im Nachtgewand und mit nur einem Pantoffel. Der Kaiser ging mit eiligen Schritten in der Kammer auf und nieder, der Mantel war ihm von den Schultern geglitten. Jetzt blieb er stehen. In seinen Zügen drückte sich Erregung, Ratlosigkeit und Übermüdung aus. Er holte Atem und wollte zu erzählen beginnen, was ihm in dieser Nacht und in den beiden vorangegangenen Nächten begegnet war, da wurde die Türe geöffnet und der Červenka ließ den jungen Grafen Bubna eintreten und hinter ihm einen Lakaien, der die Weinkannen trug.

Der Kaiser sah dem Bubna starr ins Gesicht, trat dann erschrocken einen Schritt zurück und fragte:

»Wer bist du? Was willst du? Wo ist der Colloredo?«

»Eure Majestät geruhe sich zu erinnern«, sagte der Hanniwald, »daß der Graf Colloredo vor kurzem nach Gottes Ratschluß den Weg gegangen ist, den wir alle gehen müssen. Eure Majestät weiß es, war auch bei der Messe anwesend, die für Euer Majestät getreuen Diener in der Domkirche gehalten worden ist.«

»Und das«, nahm jetzt der Graf Sternberg das Wort, »ist sein Nachfolger im Amt, der Vojtech Bubna, Euer Majestät zu dienen. Guter Leute Kind, der Vojtech Bubna.«

»Er sieht aber dem Bernhard Rußwurm gleich«, sagte der Kaiser, und er trat, indem er abwehrend seinen Arm erhob, wiederum einen Schritt zurück. »Ist es nicht zum Erschrecken, wie er dem Rußwurm gleichsieht?«

Der Kaiser fürchtete sich bisweilen vor neuen Gesichtern. Sie beunruhigten ihn. Er glaubte in ihnen die Züge längst Verstorbener zu erkennen, von denen er sich verfolgt wähnte. Den General von Rußwurm hatte er vor vielen Jahren als einen Duellanten gefangensetzen und erschießen lassen, und diese Tat, die er im Jähzorn begangen hatte, lastete schwer auf seiner Seele. Aus jedem neuen Gesicht blickte ihn der Rußwurm feindselig und voll Hohn an, er kam immer wieder aus seinem Grabe, um ihn zu bedrohen.

»Dem Rußwurm? Ach wo!« sagte der Adam Sternberg leichthin. »Der Rußwurm war von kleiner Statur, hatte eine breite Nase und ein fleischiges Kinn. Ich sag' es Euer Majestät, ich kenne den Vojtech Bubna seit den Tagen, da ihm das Hemd aus dem Hosenlatz hing.«

»Er sieht aber dennoch dem Bernhard Rußwurm gleich«, rief der Kaiser, und die Zähne schlugen ihm aneinander. »Wer bist du? Woher kommst du? Kommst du aus der Hölle?«

»Euer Majestät zu dienen, – ich komm' aus Prastice. Das ist unser Gütlein, liegt bei Chotebořim Časlauer Kreis«, erklärte der junge Graf Bubna, der nicht begriff, was da vorging und warum ihn der Kaiser so hart anfuhr.

»Wenn du nicht ein verlogener Geist bist«, sagte der Kaiser, »so bet ein Paternoster, nenn mir die Namen der zwölf Apostel Christi und zähl mir die Artikel des Glaubens auf!«

Der junge Bubna warf einen bestürzten und fragenden Blick auf den Grafen Sternberg, der aber nickte eifrig mit dem Kopf, und so betete er ein Paternoster, sagte die Namen der zwölf Apostel her, wobei er den Apostel Thaddäus vergaß, dafür aber St. Philppum zweimal nannte, und dann zählte er die Artikel des Glaubens auf, und wo er stecken blieb und nicht weiter wußte, da half ihm der Kammerdiener Červenka, der hinter ihm stand, mit einem geflüsterten Wort aus der Not.

Nach dem zweiten Glaubensartikel gab sich der Kaiser zufrieden.

»Es ist gut. Es ist gut«, meinte er. »Du hast recht, Adam, ich habe mich getäuscht, er sieht dem Bernhard Rußwurm nicht gleich. Er mag in Frieden ruhen, der Rußwurm, ich hab' ihm längst vergeben.«

Der Červenka war hinter ihn getreten und legte ihm den Mantel um die Schulter. Der Kaiser nahm die Weinkanne aus den Händen des jungen Bubna und leerte sie.

»Lustig! Lustig!« sagte er sodann. »Es geht sonderbar zu hier auf der Burg. Heut nacht war wiederum einer bei mir in der Kammer und hat mich geplagt.«

»Wer war bei Eurer Majestät heute nacht?« fragte der Hanniwald, wiewohl er des Kaisers Antwort im vorhinein wußte.

»Einer von seinen Boten«, sagte der Kaiser, der den Teufel nicht gern beim Namen nannte, mit einem leisen Stöhnen.

»Und wiederum in eines Gewürzkrämers Gestalt?« fragte der Hanniwald, und dabei strich er sich sein silberweißes Haar zurecht.

»Nein, nicht in eines Menschen Gestalt«, erwiderte der Kaiser. »Es ist jetzt zwei Tage her, da kamen sie zum erstenmal, seine Boten, sie kamen zu dritt in der Nacht in einer Krähe, eines Kuckucks und einer Hummel Gestalt. Sie schrien aber nicht, wie diese Vögel zu schreien pflegen, sondern sie sprachen mit Menschenstimmen zu mir und plagten mich.«

»Gott steh' uns Sündern bei!« murmelte der Červenka entsetzt, und der Lakai, der die Weinkannen hielt, versuchte, eine Hand frei zu bekommen, um hastig ein Kreuz zu schlagen.

»Der Kuckuck«, fuhr der Kaiser fort, »begehrte, ich sollt' den Sakramenten, den Messen, den Vigilien, dem Chrysam und dem Weihwasser absagen. Der in der Hummel Gestalt raunte mir zu, daß der Herr Jesus, unsere Hoffnung, nicht in das Fleisch gekommen und daß die heilige Muttergottes in der Erbsünde empfangen worden sei.«

»Dann ist's wohl klar, von welcher Art und Herkunft diese Vögel waren«, bemerkte nachdenklich der Adam Sternberg.

»Der dritte, der in einer Krähe Gestalt sich zeigte«, berichtete der Kaiser weiter, »der beschwor mich, es sei jetzt die Zeit und ich dürfe nicht länger warten, ich müsse absagen der heiligen Taufe und dem heiligen Kreuz, den Messen und dem geweihten Wasser, sonst werde der, der ihn sende, die Krone von meinem Haupte nehmen und sie mit all meiner Macht in die Hände des Frevlers und Lotterbuben geben.«

Wenn der Kaiser vom Frevler und Lotterbuben sprach, dann meinte er seinen Bruder Matthias, den Erzherzog von Österreich.

»Gott wird's nicht zulassen«, sagte der Hanniwald. »In seinen Händen liegt des Reichs und Eurer Majestät Geschick und nicht in denen des Widersachers.«

»So ist es. In Ewigkeit Amen«, ließ sich der Červenka vernehmen.

»Gestern in der Nacht«, fuhr der Kaiser fort, »kamen nur zwei von seinen Boten, der in des Kuckucks und der in der Hummel Gestalt. Der Kuckuck nannte den Papst einen losen spanischen Kaplan, der in Rom residiert, und die Hummel raunte mir zu, ich sollt' mich ihrem Herrn nicht länger widersetzen, sondern ihm seinen Willen tun, sonst werde es mir übel ergehen, der geheime Schatz werde nicht in meine Hände kommen, er werde in Nichts zergehen wie Märzenschnee, und ich müßte verzweifeln.«

»Weiß Eure Majestät von einem geheimen Schatz?« fragte der Sternberg. »Ich weiß nur von Schulden da und Schulden dort.«

»Und heute in der Nacht«, sprach der Kaiser weiter, »kamen sie wiederum zu dritt, aber der in des Kuckucks Gestalt führte allein das Wort.«

»Er wird Eurer Majestät wohl nicht das Benedictus vorgepfiffen haben«, meinte der Sternberg.

Der Kaiser fuhr sich mit dem Rücken seiner schmalen Hand über die feuchte Stirne. Sein Blick war abwesend und in seiner Seele war das Grauen und der Tod.

»Er sagte«, berichtete er, »er und seine beiden Gesellen kämen nun zum letztenmal, mich zu mahnen, und nach ihnen käme nur einer noch, der werde sich mir in eines Menschen Gestalt zeigen, und ihm müßt' ich die Antwort sagen. Und ich sollt' meine Antwort wohl bedenken, denn wenn sie seinem Herrn mißfiele, dann werde er meine Krone und kaiserliche Gewalt dem Frevler, dem Lecker, dem Lotterbuben geben. Und unter des Frevlers Herrschaft werde der Krieg kommen in allen Ländern vom Aufgang bis zum Niedergang, mit Verfinsterung des Mondes und der Sonne, mit vielen feurigen und blutigen Zeichen am Himmel und auf der Erde, mit Rebellion, Blutvergießen, fallenden Seuchen und Hungersnot. Da würden alle

Menschen verzagen und viele sterben, und um Bretter zu Särgen werd' überall ein großes Bitten sein. Und ich konnt's nicht länger hören«, so schloß der Kaiser seinen Bericht, »ich lief zur Tür hinaus und dann traf ich diesen dort.«

Und er wies mit einer müden und kraftlosen Bewegung seines Arms auf den Kammerdiener Červenka.

»Ja«, sagte dieser, »und ich fand Eure Majestät an allen Gliedern zitternd und mit Schweißtropfen an der Stirn, nahm mir daher heraus, Eure Majestät um Schonung höchstdero Gesundheit getreulich zu bitten.«

Der Sternberg machte dem jungen Grafen Bubna ein Zeichen, daß er dem Kaiser die Weinkanne reichen möge. Denn nach der zweiten Kanne Weins pflegte sich des Kaisers Erregung zumeist sehr rasch zu legen, die düsteren Vorstellungen und die schwermütigen Gedanken wichen für einige Zeit von ihm, und es stellte sich das Schlafbedürfnis ein. Der Kaiser nannte das »sein Leid vergessen«.

Indessen fragte der Hanniwald:

»Hat Eure Majestät bereits geruht, die Antwort zu erwägen, die dem angekündigten Ambassadeur des Satans zu erteilen sein wird?«

Der Kaiser schwieg und fuhr sich mit der Hand über die Stirne und durch sein gekraustes Haar. Sein Atem ging hörbar, seine Brust hob und senkte sich. Eine Minute währte dieses Schweigen.

Der Hanniwald, den bisweilen die Furcht beschlich, der Kaiser könnte dem katholischen Glauben untreu werden und sich in seinem Gemüte der utraquistischen Ketzerei zuneigen, flüsterte dem Sternberg zu:

»Metuo, ne Caesar in apostasiam declinet.«

»Optime! Optime!« gab der Sternberg, der kein Wort verstanden hatte, zur Antwort.

Jetzt begann der Kaiser zu reden. Er sprach mit leiser Stimme, langsam und die Worte mit Vorsicht wählend.

»Du weißt es, Hanniwald«, sagte er, »wie so unruhig die Sachen in Böhmen beschaffen sind und wie gefährlich es hier mit dem Landfrieden und der Religion steht. Wir müssen daher durch zeitliche Klugheit den wütenden Feind und Widersacher zu besänftigen trachten und so das Übel abwehren, mit dem er die von Gott uns anvertrauten Länder bedroht. Denn ich will den Krieg nicht, der aller Menschen Nahrung, Vieh und Gewächse, Handel und Hantierung verheert und verstört und der in seinem Mantel das große Sterben trägt. Ich will den Frieden, hab' mich all mein Leben um ihn gemüht, den edlen Frieden will ich, der alle Menschenkinder ernährt.«

»Recht so!« rief der Sternberg. »Mag's regnen, mag's schnei'n, nur gut Wetter soll sein.«

»Die Gewalt, mit der der böse Feind und Widersacher sich so hoffärtig brüstet, ist nicht gar groß«, sagte jetzt der Hanniwald. »Nur in seiner Hölle hat er Gewalt, auf Erden nicht. Sein Drohen ist eitel, ist Teufelstrug und Teufelsgespinst. Und um seinem Netz und Fallstrick zu entgehen, bedarf es weltlicher Klugheit wahrlich nicht, sondern daß wir uns nicht eines Fingers breit von dem Herrn Jesus, der uns erlöst hat, hinwegbegeben, das allein tut not.«

»Das allein tut not«, wiederholte der Sternberg, und er gab dem Bubna wiederum ein Zeichen, daß er dem Kaiser die Weinkanne reichen sollt'. »Gut gesprochen, Hanniwald, gut gesprochen.«

»War also alles nur Teufelstrug und Teufelsgespinst«, flüsterte der Kaiser mit einem tiefen Aufseufzen.

»Ein excellenter Kopf, der Hanniwald, ich hab' es Eurer Majestät immer gesagt«, erklärte der Sternberg, und er gab dem Bubna, der wie ein Stock dastand, ein neues Zeichen.

». . . daß wir uns nicht eines Fingers breit von dem Herrn Jesus, der uns erlöst hat, hinwegbegeben«, flüsterte der Kaiser. »Das ist ein gutes Wort, tröstet die Seele, ist stark wie Bezoar.«

Jetzt endlich fiel sein Blick auf den Grafen Bubna, er nahm ihm die Kanne aus der Hand und trank sie leer.

»Alles nur Trug!« sagte er sodann. »Lustig! Lustig! Du bist also der Vojtech Bubna. Ich hab' einen Bubna gekannt, war mit meinem geliebtesten Herrn Vater hochlöblichen Gedächtnisses bei einem Bubna auf der Wildschweinjagd. Und du? Wie steht's mit dir? Wieviel bist du dem Meisl-Juden schuldig?«

Der junge Bubna wurde blutrot im Gesicht. Wie die meisten jungen böhmischen Herren von Adel hatte er vom Meisl gegen Schuldschein Geld geliehen, denn von zu Hause gab es nur kargen Zuschuß. Er begann zu stammeln:

»Siebzehn rheinische Gulden. Eure Majestät wird verzeihen, – es ist nicht recht, aber ich hatte im Spiel Verluste, wußt' mir anders nicht zu helfen.«

Dem Kaiser schien dieses Eingeständnis eine Art Vergnügen zu bereiten.

»Ist gut. Ist gut«, unterbrach er ihn. »Nur brav Schulden gemacht! Nur tapfer zum Juden gelaufen! Ist gut. Ist gut.«

Jetzt trat der Kammerdiener Červenka langsamen Schritts und mit steifer Würde auf den Kaiser zu.

»Eure Majestät!« sagte er. »Es ist mein pflichtheischendes Ersuchen und treugehorsamstes Bitten, daß sich Eure Majestät nunmehr allergnädigst zu Bett begeb'.«

»Die außerordentlichen Dinge«, schrieb einmal der spanische Gesandte seinem König, »sind am Prager Hof die alltäglichen und gewöhnlichsten.«

Zu den außerordentlichen Dingen, die in Prag nur wenig Aufsehen erregten, gehörte der feierliche Aufzug eines kaiserlich-marokkanischen Gesandten, der sich, zwei Tage nach jenem nächtlichen Begebnis, beim Schall der Fagotten, Cornetten, Schalmeien und Kesselpauken vom

Haus »Zum Resedenstock«, wo der Gesandte mit seinem Gefolge abgestiegen war, durch die Gassen der Kleinseite und den Hradschin hinauf zur Prager Burg bewegte.

Dieser Gesandte hatte in Venedig Verhandlungen eingeleitet, die die Lieferung von Schiffsgeschützen, Kriegsmunition, Pulver und Tauwerk für die marokkanische Flotte zum Ziele hatten, und war von Venedig nach Prag gekommen, um Rudolf II. ein Begrüßungs-, Ehrerbietungs- und Freundschaftsbezeigungs-Schreiben seines Souveräns zu überreichen, denn dieser hoffte durch Vermittlung des Römischen Kaisers in ein besseres Verhältnis zur spanischen Krone zu gelangen, die ihm durch Unterbindung seines Seehandels Schaden und Abbruch tat.

Auf seiner Fahrt nach Venedig war der Gesandte in Liza Fusina von zwölf in Seide und Scharlach gekleideten venezianischen Edelleuten erwartet worden, die ihm den Willkommensgruß entboten. Er war in eine Gondel gestiegen, die mit Stickereien überdeckt war, und schöne Teppiche waren ausgespannt, auf denen man sich niederließ. Bei den Klängen eines Saitenspiels war er unter einem strahlend blauen Himmel dahingeglitten, das Meer war seicht und ruhig, und in der klaren Flut konnte man Fische aller Art sehen. Dann war vor seinen Augen die Stadt aus dem Wasser aufgetaucht mit ihren Palästen, Klöstern und Glockentürmen. Vor der Kirche St. Andrea hatten ihn wiederum zwölf Edelleute erwartet. Er war in ein anderes, flaches, aber geräumiges Fahrzeug gestiegen, das sie den Bucentoro hießen, und unter einem Sonnendach von karmesinroten Atlas war er die breite Wasserstraße, den canale grande, dahingefahren. Sehr groß und hoch standen hier die Häuser, aus Stein und buntbemalt die einen, aus weißem Marmor die anderen. Am ersten Tag hatte man ihm den Schatz von St. Marco gezeigt, vierzehn Edelsteine, jeder achthundert Karat im Gewicht, und viel goldenen Tand, aber auch Gefäße aus Hyazinth und Amethyst, ja sogar ein Fläschchen, das aus einem einzigen Smaragd geschnitten war. Er hatte auch das Arsenal gesehen, in dem die Venezianer alles herstellten, was für eine Kriegsflotte erforderlich war. Am nächsten Morgen hatte man ihn mit großem Gepränge in die Signoria geführt, und er hatte dem Dogen seine Briefe überreicht.

Paläste und goldene Kuppeln, leises Dahingleiten unter unhörbaren Ruderschlägen, Saitenspiel und blauer Himmel, – das war Venedig, eine triumphierende Stadt, die mit großer Weisheit regiert wurde und ihre Gäste zu ehren verstand.

Hier in Prag war ihm nur wenig Ehre zuteil geworden. Als Quartier hatte man ihm ein Haus mit feuchten, kahlen Wänden zugewiesen, dessen enge und dumpfe Stuben nur dürftig eingerichtet waren. In dieses Quartier war ein Diener oder Sekretär des Kanzlers von Böhmen gekommen, um ihm Tag und Stunde der ihm vom Kaiser bewilligten Audienz anzuzeigen und ihn mit dem Zeremoniell bekannt zu machen, das für Audienzen dieser Art in Übung war. Und jetzt geleiteten zwei kaiserliche Kammerherren, die ohne jeden Prunk gekleidet und nur mäßig gut beritten waren, ihn und sein Gefolge hinauf zur Burg.

Vor dem Burgtor empfing ihn ein Hauptmann der Hellebardiere und führte ihn über den inneren Burghof und eine breite Treppe hinauf und dann durch etliche Korridore in ein Kabinett, in dem der böhmische Kanzler, Herr Zdenko von Lobkowitz, und der Oberstkämmerer Graf Nostiz ihn erwarteten. Ein Mönch vom Orden der geringen Brüder, der aller afrikanischen Sprachen kundig war, machte den Dolmetsch.

Die beiden großen Herren und der gelehrte Mönch geleiteten den Gesandten und sein Gefolge von Mameluken, Läufern, Aufwärtern und Musikanten in den Audienzsaal.

In der Mitte des Saales stand ein Thronsessel unter einem Baldachin. Teppiche, die auf dem Boden lagen, machten die Schritte unhörbar, Teppiche, die an den Wänden hingen, zeigten mythologische und Jagdszenen. Für den Gesandten waren Kissen und ein Taburett bereitgestellt. Sein dunkler Bart hob sich scharf von seinem weißen seidenen Gewande ab.

Hinter dem Gesandten nahmen drei seiner Mameluk-ken Aufstellung. Der vornehmste unter ihnen, ein alter Mann, dem ein Auge fehlte, trug in einer krystallenen Schale, die mit einem goldgestickten Schleier bedeckt war, das Handschreiben des Beherrschers von Marokko.

Die Musikanten waren in den Hintergrund verwiesen worden. Der Saal füllte sich mit Würdenträgern, Hofbediensteten und Offizieren der Leibwache. Der Obersthofmarschall, Herr Karl von Lichtenstein, zeigte sich für eine kurze Weile. Er schien mit den getroffenen Anordnungen zufrieden zu sein. Er grüßte und dankte nach allen Seiten und verschwand.

Ein kurzer Trommelwirbel. Eine Tür sprang auf und hinter dem Zeremonienmeister, der dreimal seinen Stab zu Boden stieß, trat der Kaiser mit raschen Schritten und lebhaft umherblickend in den Audienzsaal.

Er lüftete den Hut. Die Würdenträger und die Hofbediensteten richteten sich aus ihren tiefen Verbeugungen auf. Die Offiziere der Leibwache standen unbeweglich wie Bildsäulen. Auf ein Zeichen des Zeremonienmeisters trat nun der Kanzler von Böhmen vor und präsentierte Seiner Majestät den Gesandten des Kaisers von Marokko.

Der Gesandte senkte den Kopf, legt die rechte Hand an seinen Turban und machte dem Kaiser die drei vorgeschriebenen feierlichen Verbeugungen. Dann trat er einen Schritt zurück und nahm aus der krystallenen Schale das Handschreiben seines Souveräns. Er drückte es an seine Lippen und übergab es dem Kanzler von Böhmen, der es dem Kaiser überreichte. Der Kaiser brach die Siegel und entfaltete das Schreiben. Dann legte er es in die Hände des böhmischen Kanzlers zurück, der es nunmehr dem Dolmetsch zur Verlesung übergab.

In diesem Augenblick setzten die Fagotten, die Cornetten, die Schalmeien und die Kesselpauke mit einer kurzen und lärmenden Musik ein. Einer von den Mamelucken machte Tanzbewegungen und stieß langgezogene Rufe aus, – ein Gehaben, das im Zeremoniell nicht vorgesehen gewesen war. Dann trat Stille ein, und der gelehrte Mönch begann mit der Verlesung:

»Ich, Muley Mehemed, aus göttlichem Willen ein gewaltiger Gebieter und Kaiser im occidentischen Afrika diesseits und jenseits des Atlasgebirges, in Fez, Zagora und Tremissa König, Herr über Mauretanien und die Berberei, entbiete meinem Bruder, dem Römischen Kaiser und König von Böhmen, meinen Gruß und wünsche ihm...«

»Es ist der Heinrich«, sagte plötzlich der Kaiser, der den Gesandten unverwandt angesehen hatte.

»... und wünsche ihm«, fuhr der Dolmetsch nach einem kurzen Augenblick der Verwirrung fort, »ein langes Leben und die rechte Erkenntnis Gottes, die allein...«

»Frag diesen dort«, unterbrach ihn der Kaiser, und er wies dabei auf den Gesandten, »ob er glaubt und bekennt, daß Jesus Christus zu unserer Erlösung in das Fleisch gekommen ist.«

»... die allein die Tore des Paradieses öffnet, daß er ewig darin wohne...«

»Du sollst ihn fragen«, rief der Kaiser jetzt mit überlauter Stimme, »ob er glaubt und bekennt, daß Jesus Christus in das Fleisch gekommen ist.«

Unter den Anwesenden erhob sich ein Flüstern. Der Oberstkämmerer und der Kanzler von Böhmen traten auf den Kaiser zu, um ihn zu beschwichtigen. Der gelehrte Mönch ließ das Handschreiben sinken und wandte sich mit einigen Worten an den Gesandten.

Der Gesandte blickte einen Augenblick lang schweigend vor sich hin. Dann machte er eine Handbewegung, als ob er die Frage, die an ihn gerichtet worden war, als eine, die ihn nicht zu bekümmern habe, von sich wiese.

»Er will nicht bekennen«, rief der Kaiser. »So heiß ihn die Artikel des Glaubens hersagen.«

Der Dolmetsch übermittelte dem Gesandten das Begehren des Kaisers. Der Gesandte deutete durch eine Kopfbewegung an, daß er außerstande sei, dieses Begehren zu erfüllen.

»Es ist der Heinrich«, sagte jetzt der Kaiser kurz und entschieden. »O Jammer über Jammer! Es ist der Heinrich, und er kommt aus der Hölle.«

Der böhmische Kanzler, der Oberstkämmerer und der Zeremonienmeister erkannten jetzt, daß der Kaiser den marokkanischen Gesandten für einen gewissen Heinrich Twaroch hielt, der vor vielen Jahren als Futterkencht in den kaiserlichen Stallungen beschäftigt gewesen war, und sie waren sich einig darüber, daß man der Audienz so rasch, als es ginge, ein Ende bereiten müsse. Denn der Irrtum, dem der Kaiser allem Anschein nach verfallen war, wirkte um so peinlicher, als dieser Heinrich Twaroch nicht nur von sehr geringer Herkunft gewesen war, – er war auch des Diebstahls überwiesen und gefänglich eingezogen worden, denn er hatte dem Kaiser, der ein großer Liebhaber von alten Münzen und Medaillen war und eine schöne Collection von ihnen zusammengebracht hatte, drei römische Goldmünzen und eine silberne Medaille aus der Tasche gezogen. Und dafür wäre er gehängt worden, wenn es ihm nicht gelungen wäre, das Fenstergitter zu durchfeilen und so in letzter Stunde aus dem Gefängnis zu entkommen. Daß er dem Galgen entwischt war, hatte man dem Kaiser, der über den an ihm begangenen Diebstahl sehr aufgebracht gewesen war, verschwiegen.

Aber bevor der böhmische Kanzler und die beiden anderen großen Herren noch etwas tun konnten, um den befürchteten Eclat zu verhindern, hatte sich der Kaiser von seinem Thronsessel erhoben und war auf den Gesandten zugetreten.

»Höre, Heinrich!« sagte er mit einer Stimme, in der Kummer, unterdrückte Furcht und verhaltenes Grauen klang. »Ich weiß, aus welchem Reich du kommst und was du von mir zu hören begehrst.«

Der böhmische Kanzler, der Oberstkämmerer und der Zeremonienmeister atmeten erleichtert auf, und alle die anderen vom Hof, die anwesend waren, machten erstaunte Gesichter und steckten die Köpfe zusammen. Denn der Kaiser hatte den marokkanischen Gesandten in böhmischer Sprache angeredet.

»Ich will dir auch meine Antwort nicht versagen«, fuhr der Kaiser mit erhobener Stimme fort. »Geh zurück zu dem, der dich gesendet hat, und sag ihm, daß ich mich nicht eines Fingers breit von dem Herrn Jesus, der uns erlöst hat, hinwegbegeben werde. Und dieses ist mein Vorhaben und dabei will ich verharren, sollt' auch mein Kaisertum und alle meine Macht darüber zugrunde gehen.«

Er hielt erschöpft inne, seine Hände zitterten, Schweißtropfen waren auf seine Stirne getreten. Der Gesandte stand leicht nach vorn geneigt, regungslos, die Arme über der Brust gekreuzt.

»Du hast mir«, sprach der Kaiser mit gedämpfter Stimme weiter, als wäre das, was er noch zu sagen hatte, nur für diesen einen, der vor ihm stand, bestimmt, »dereinst, als ich in den Stall kam, um mir die flandrischen Hengste zu besehen, als Dieb, der du warst, aus meiner Tasche drei von meinen goldenen Heidenköpfchen entwendet, hast sie verkauft und den Erlös vertrunken, dafür hast du elend dahinfahren müssen, hast es gebüßt. Ich hab' dir's vergeben und will Gott bitten, daß er dir gnädig sei. Und jetzt gib Frieden, Heinrich! Gib Frieden, geh hinweg von hier, geh an den Ort, den Gott dir zubereitet hat!«

Der Kaiser trat zwei Schritte zurück, blieb stehen, sah den Gesandten oder Boten des Teufels nochmals an und schlug wie zu einem Abschied mit zwei Fingern seiner Hand das Zeichen des Kreuzes. Dann wandte er sich und ging zur Tür hinaus. Der Zeremonienmeister, der wie in einer Erstarrung dagestanden war, schien zu erwachen und stieß seinen Stab dreimal zu Boden. Die Trommeln wirbelten, die Türe schloß sich, die Audienz war beendet und Herr Zdenko von Lobkowitz, der Kanzler von Böhmen, sandte ein Dankgebet zum Himmel, daß die Sache so glimpflich abgelaufen war.

Am Abend dieses Tages, kurz nach Einbruch der Dunkelheit, verließ der Gesandte durch ein Hinterpförtchen das Haus »Zum Resedenstock«. Er war wie ein böhmischer Handwerksmann, wenn er am Abend ins Wirtshaus geht, gekleidet, trug einen Rock aus dickem Tuch, grauwollene Strümpfe, derbe Schuhe und einen breiten Filzhut.

Er ging durch die untere und obere Neustadt zu den Weinbergen, die außerhalb des Stadtgebietes lagen, und weiter auf der Landstraße und dann auf einem Feldweg den Bottič-Bach entlang, bis er zu den Flachsfeldern und den Obstgärten gelangte, die das Dörfchen Nusle umgaben.

Hier stand ein Häuschen inmitten eines Gartens, in dem Kohlrüben, Zwiebeln und Runkelrüben gezogen wurden. Auf der Umrandung eines Ziehbrunnens schlief eine Katze. Es roch nach Kuhmist und nach feuchter Erde.

In dieses Häuschen trat der Gestandte des Kaisers von Marokko ein.

Der Gärtner, ein kahlköpfiger alter Mann, saß neben dem Herd und blickte auf die Milchsuppe, die über dem Herdfeuer brodelte. Er stand nicht auf. Er fuhr sich mit der Hand über das stoppelige Kinn und nickte dem Besucher zu.

»Da bist du wieder«, sagte er. »Du kommst immer wie der Nicodemus in der Nacht.«

»Ich war heut in der Burg«, berichtete der Besucher und sah sich nach einem Stuhl um.

»Das war recht unvorsichtig von dir«, meinte der Gärtner. »Es hätte schlimm für dich ausgehen können.«

»Wer dient, der muß solche und auch noch gefährlichere Dinge wagen, wenn sein Herr es befiehlt«, erklärte der Besucher.

»Nun, du bist heil zurückgekommen«, sagte der alte Mann. »Du hast immer Glück gehabt. Wenn man dich in den Fluß wirft, kommst du mit einem Fisch im Maul zurück.«

Er stellte die Milchsuppe auf den Tisch und holte einen halben Brotlaib aus dem Kasten. Sie begannen zu essen.

»Nur daß du drüben in Afrika ein gar so großer Herr geworden bist, das sollst du mir nicht aufbinden. Daß dein Mohrenkaiser kommt, um dich um Rat zu fragen«, sagte der alte Mann und schob eine Brotschnitte, die er in die Milchsuppe getaucht hatte, in seinen Mund.

»Es ist so«, erwiderte der Gesandte. »Ich steh' meinem Gebieter so nahe wie Petrus dem Herrn.«

»Und daß dich in Vendig der Herzog, der dort regiert, elf Tage lang auf seine Kosten bewirten ließ, das mach mir auch nicht weis.«

»Es ist aber die Wahrheit«, beteuerte der Besucher. »Nur, was ich dort den Trompetern und Trommelschlägern, den Türhütern, den Lakaien, den Läufern und den Ruderknechten spendieren mußte, davon könnt' einer hier in Prag ein halbes Jahr lang leben.«

»Und deine hundert Sklaven und Diener und deine ich weiß nicht wieviel Frauen, – die soll ich dir glauben?« fuhr der alte Mann streitsüchtig fort. »Freilich, – etliche Frauen hab' ich auch gehabt, ich hatte aber nur Verdruß mit ihnen, denn hier in der Bottič-Gegend taugen die Weiber alle nichts. Wenn ich mir wieder eine nehme, dann will ich mir sie von weiterher holen, aus fremden Gegenden, aus Michle oder aus Jessenitz. Aber daß du den wahren Glauben verlassen hast und ein Türke geworden bist, das war nicht recht von dir und gefällt mir gar nicht. Mit der ewigen Seligkeit ist es für dich Essig.«

»Bei wem die Wahrheit ist, ob bei euren Pfaffen oder bei den unsrigen, das mag Gott erkennen«, erwiderte der Besucher.

»Du bist mir ein verstockter Bursche geworden«, sagte der alte Mann verdrießlich.

Eine Weile aßen sie schweigend. Dann fragte der Gärtner:

»Wen hast du oben in der Burg getroffen?«

»Den Zdenko Lobkowitz«, gab der Besucher zur Antwort. »Er ist recht alt geworden.«

»Das kommt von der Lebensweise«, erklärte ihm der Gärtner. »Er sollt's machen wie ich, tagsüber Kohlrüben, Rettiche und Rotkohl, morgens und abends eine Milchsuppe und eine Schnitte Kornbrot dazu, – das erhält jung. Hast du auch Seine Majestät, den Kaiser, gesehen?«

»Seine Majestät, der Kaiser, hat mich empfangen«, berichtete der Besucher.

Der alte Mann warf einen Blick auf die Stubentüre, ob sie geschlossen sei.

»Er soll aber schon recht schwach im Kopfe sein, sagen die Leute«, bemerkte er sodann.

»Der? Schwach im Kopf?« rief der Besucher. »Von all denen, die um ihn sind, ist er der klügste. Nicht einen Augenblick lang hat er sich beirren lassen von meinem seidenen Staatsgewand, von meinem Turban und den Saffianschuhen, von meinem Bart und von dem Smaragd an meiner Hand. Der nicht.«

Der alte Mann hörte zu essen auf und blickte seinen Besucher fragend an.

»Ja, Vater, er hat mich erkannt. Nach soviel Jahren hat er mich erkannt«, sagte der Heinrich Twaroch halb stolz, halb traurig.

Der entwendete Taler

Der junge Sohn Kaiser Maximilians II., der spätere Kaiser Rudolf II., der eben aus Spanien, wo er am Hofe König Philipps seine Erziehung erhalten hatte, zurückgekehrt war, ritt einstmals, ohne jedes Gefolge und auch von keinem seiner Diener begleitet, von Prag nach seinem Schlößchen Benatek, um dort etliche Tage zu verbringen. Nun geschah es aber, daß er bei einbrechender Dunkelheit vom Weg abkam und immer tiefer in einen dichten Wald geriet, der kein Ende nehmen wollte, und wie er nun mit seinem Reitpferd nicht mehr weiterkonnte und sich damit abzufinden begann, die Nacht unter den Tannenbäumen auf dem feuchten Moos zu verbringen, da sah er in einiger Entfernung den Schein eines Feuers. Er meinte, daß sich dort vielleicht Holzfäller oder Kohlenbrenner ihre Abendmahlzeit bereiteten, und die würden ihm, dachte er, den Weg nach Benatek weisen können. Er band daher sein Pferd an einen Baumstamm und ging auf die Feuerstelle zu.

Er gelangte zu einer Lichtung, da standen ihm plötzlich zwei Männer gegenüber, beide von riesenhaftem Wuchs und brandrotem Haar, mit gewaltigen Stangen in den Händen, und was er für ein Holz- oder Kohlenfeuer gehalten hatte, das waren drei leuchtende Haufen, der eine von gemünztem Gold, von Silbertalern der zweite und von kupfernen Dickpfennigen der dritte, und es waren der Gold-, der Silber- und der Kupfermünzen so viele, daß man drei Kornsäcke mit ihnen hätte füllen können.

Der junge Erzherzog dachte nun nicht anders, als daß er da auf zwei Räuber gestoßen sei, die ihren Schatz im dichten Holz verbergen wollten. Doch er fürchtete sie nicht, denn er sah, daß sie keine anderen Waffen zur Hand hatten als ihre Stangen, die er leicht mit seinem Degen unterlaufen konnte. Und so fragte er sie im gelassenen Ton, ob sie ihm den Weg nach Schloß Benatek weisen könnten.

Der eine von den beiden deutete mit seiner Stange schweigend in östliche Richtung. Der junge Erzherzog aber begann jetzt Gefallen an diesem Abenteuer zu finden, er ging nicht, er fragte die beiden Männer, wer sie den seien.

»Die unter mir stehen, nennen mich den Großen und Mächtigen«, gab der, der ihm den Weg gewiesen hatte, zur Antwort. »Und mein Geselle heißt der Furchtbare und Starke.«

An diesen Worten, aber mehr noch am Klang der Stimme erkannte der Sohn des Kaisers, daß diese beiden nicht der Erde angehörten. Sie waren Nachtgespenster oder Dämonen. Er hatte in jenen Tagen noch die Kühnheit und Unbekümmertheit der Jugend, aber dennoch befiel ihn Angst, er wäre jetzt gerne weit weg gewesen, doch er wollte um alles in der Welt die beiden nicht merken lassen, wie es um ihn stand. Und so tat er, als hielte er sie noch immer für Menschen von Fleisch und Blut und fragte, woher das viele Geld käme.

»Du wirst es«, sagte der eine, der schon vordem gesprochen hatte, »dereinst erfahren, wenn du es noch nicht weißt, du Erstgeborener und Erbe der drei Kronen, daß das Gold dem Feuer entspringt, das Silber der Luft, das Kupfer dem Wasser.«

»Und wem gehört es? Für wen hütet ihr es?« fragte der Sohn des Kaisers weiter, und er bemühte sich, seiner Stimme einen festen Klang zu geben.

»Das alles«, lautete die Antwort, »ist für einen aus dem verfolgten Stamm bestimmt, für den Mordechäus Meisl, deinen künftigen Kammerknecht.«

Und der andere, der bis nun geschwiegen hatte, wiederholte mit einer Stimme, die noch furchtbarer klang als die des ersten:

»Für den Mordechäus Meisl, deinen Kammerknecht.«

Des Kaisers Kammerknechte, – so wurden in jenen Tagen die Prager Juden genannt. Und in dem jungen Erzherzog überwog für einen Augenblick der Verdruß die Angst. Er verzog den Mund.

»Soll denn alles einem Juden gehören?« rief er. »Das gilt nicht. Ich will auch meinen Teil.«

Und um sich selbst seinen Mut zu beweisen, nahm er von dem silbernen Haufen, der ihm zunächst lag, einen Taler, der trug auf der einen Seite das Bildnis seines Vaters und auf der anderen das Landeswappen, den böhmischen Löwen.

Der Schweigsame von den beiden Dämonen, der »Furchtbare und Starke«, hob drohend seine Stange, doch der andere fiel ihm in den Arm.

»Du Zornmütiger, was tust du?« rief er ihm zu. »Du weißt, es steht geschrieben: Der Zornmütige ist dem Götzendiener gleich.«

Dann wandte er sich an den Sohn des Kaisers.

»Behalte den Taler, behalte ihn nur!« sagte er. »Du wirst nicht Glück, noch Frieden haben, bis er nicht in den Händen dessen ist, für den er bestimmt ist.«

Im nächsten Augenblick war alles verschwunden: die Männer, die Lichtung, die drei leuchtenden Haufen, und der Sohn des Kaisers stand allein im dunkeln Tannenwald.

Jetzt gab er sich keine Mühe mehr, seine Angst zu unterdrücken. Er lief und stolperte über Steine und Baumwurzeln, ein Ast riß ihm den Hut vom Kopf, sein Mantel blieb im Buschwerk hängen. Als er sein Pferd gefunden hatte, wurde er ruhiger. Er führte es in die Richtung, die ihm gewiesen worden war, und eine kurze Weile später kam er auf den Weg, der nach Benatek führte.

Aber erst, als er wieder zu Pferd saß und dahinritt, merkte er, daß er den entwendeten Taler noch immer in der Hand hielt.

Am nächsten Tag erhielt der junge Erzherzog die Nachricht, daß sein geliebtester Herr Vater, der Kaiser, in der Prager Burg an einem Fieber erkrankt sei. Er machte sich sogleich auf den Weg zurück nach Prag, da stürzte sein Pferd und zerschlug sich ein Bein. Er setzte seine Reise in einem Bauernfuhrwerk fort, da brach dem Wagen die Achse. Und als er nach mancherlei anderen Zufällen und Behinderungen endlich in die Prager Burg kam, da empfing ihn sein Herr Vater seines verspäteten Eintreffens wegen mit harten und zornigen Worten, drehte sich zur Wand und wollt' auf keine Entschuldigung hören.

Aber das war nicht alles. Während seiner Abwesenheit war in einem von den Zimmern, die er in der Prager Burg bewohnte, ein Brand entstanden, der hatte ihm seinen schönsten flandrischen Teppich, ein Geschenk des spanischen Königs, verdorben. Auch war sein Lieblingshund, ein kleines spanisches Windspiel, »Graumännlein« genannt, aus der Burg entlaufen und trotz allem Suchen nicht wiedergefunden worden.

Der junge Erzherzog wußte wohl, woher all dies Mißgeschick über ihn kam. Er durfte den entwendeten Taler nicht länger behalten, er mußte ihn in die Hände des Mannes gelangen lassen, für den er bestimmt war.

Einer von den beiden Leibärzten des Kaisers war ein getaufter Jude, der aus Candia in Griechenland auf die Prager Burg berufen worden war. Der kannte alle Judengemeinden in der Levante, in Italien und Deutschland, stand auch trotz der an ihm vollzogenen Taufe mit den Prager Juden in Relation. Den fragte der junge Erzherzog nach dem Mordechäus Meisl.

Der Arzt strich sich den Bart und dachte lange nach. Dann fragte er, wo dieser Jude lebe und von welchem Handel oder Gewerbe er sich nähre.

»Ich mein', er ist ein großer Zauberer und Alchimist, hat in der unsichtbaren Welt auch große Gewalt, lebt hier im Land«, sagte der Sohn des Kaisers.

Der Arzt schüttelte den Kopf. Er kannte keinen Mordechäus Meisl, hatte diesen Namen auch nie gehört.

Nun entsandte der junge Erzherzog zwei seiner Diener ins Judenquartier, die sollten nach dem Mordechäus Meisl Umfrage halten. Sie kamen zurück, hatten nichts erfahren. Einer von ihnen hatte ein Übriges getan und war bei des Kaisers Fiskalen und Pfennigschreibern gewesen, die alle Steuern und Abgaben der Prager Juden in ihren Büchern vermerkten. Aber auch die wußten nichts von einem Mordechäus Meisl.

Da nun der Sohn des Kaisers den Mordechäus Meisl nicht aufzufinden vermochte, entschloß er sich, ein Spiel mit der Vorsehung zu wagen und die Macht der Bestimmung auf eine Probe zu stellen.

Durch ein fast immer verschlossenes Pförtchen, zu dem er sich den Schlüssel verschafft hatte, verließ er eines Abends ungesehen die Burg und ging den Hradschin hinunter und auf die steinerne Brücke, dort stand er eine Weile und blickte den Fluß hinab, und dann beugte er sich über die Brüstung und ließ den Taler aus seiner Hand gleiten.

Er meinte, der werde nun für immer in den Wellen verschwinden, aber just in diesem Augenblick kam unter dem Brückenbogen ein kleines Fischerboot hervor, und der Mann, der darin saß, ließ das Ruder fahren, griff sich an den Kopf und begann wild zu fluchen, denn er glaubte, irgendwer habe mit einem Stein nach ihm geworfen. Dann fiel sein Blick auf den Taler, der im Lichtkegel der Bootslaterne zu seinen Füßen lag.

»Das hat die göttliche Providenz getan«, flüstere der Sohn des Kaisers und legte die Hand an sein Herz, das heftig pochte. Er wußte, daß der Taler nun seinen Weg angetreten hatte, und vielleicht mußte er durch vieler Menschen Hände gehen, ehe er an sein Ziel gelangte. Und er mußte ihm auf diesem Wege folgen, denn sonst fand er seine Ruhe nicht wieder, und den Mann im Boot durfte er nicht aus den Augen verlieren.

Der Mann im Boot hatte inzwischen den Taler aufgehoben. Er besah ihn umständlich, dann machte er ein paar Ruderschläge, besah ihn von neuem, warf ihn zu Boden, um am Klang seine Echtheit zu prüfen, hob ihn wieder auf und ließ ihn, nachdem er sich nach allen Seiten umgeblickt hatte, in der Tasche seines Mantels verschwinden.

Der junge Erzherzog ging nun eilig die Brücke hinab und über den Kreuzherrnplatz und dann am Moldauufer weiter, und gleich hinter der Mühle fand er seinen Mann. Der hatte das Boot an einen Pflock gekettet und unter der Ruderbank einen Eimer mit Fischen hervorgeholt, und mit dem Eimer in der einen und der Bootslaterne in der anderen Hand ging er langsam die Bethlehemgasse hinauf. Vor einem kleinen Hause, dessen Seitenfront an einen Garten stieß, blieb er stehen, stellte die Laterne auf die Erde und wollte eben den Klopfer an der Haustür in Bewegung setzen, als aus dem Schatten der Gartenmauer ein Mann hervortrat und ihn am Arm faßte.

»Was trägtst du da? Fische?« fragte er kurz und in einer herrischen Manier, und dann sagte er wie einer, der gewohnt ist, daß man seine Wünsche für Befehle nimmt:

»Ich brauche deinen Mantel, deinen Hut und diesen Eimer da mit den Fischen.«

»Geh der Herr zum Teufel und mich lasse er in Frieden!« brummte der Fischer ganz verdutzt und machte seinen Arm los.

Statt aber zum Teufel zu gehen, griff der Herr in die Tasche, holte etliches Geld hervor und drückte es dem Fischer in die Hand. Der besah sich beim Schein der Laterne, was er da bekommen hatte. Dann sagte er mit einem vergnügten Lachen:

»Euer Gnaden, noch einen Dukaten und ich will Euer Gnaden auch meinen Rock, mein Hemd und meine Hosen geben, wenn es Euer Gnaden Spaß macht, und nach Hause gehen, so wie mich Gott erschaffen hat.«

Er übergab dem Fremden seinen Mantel, der schlecht und abgenützt war und dazu noch erbärmlich nach Fischen roch, seinen Hut, der nur noch aus einer breiten Krempe bestand, und den Eimer mit den Fischen. Dann nahm er seine Laterne, wünschte dem Herrn Gesundheit nebst allem Wohlergehen und verschwand hinter der nächsten Ecke. In seiner Freude über das empfangene Geld hatte er nicht an den Taler gedacht, der in der Tasche seines Mantels verblieben war.

Der Fremde hing sich den Mantel um, zog das, was von dem Hut vorhanden war, tief in seine Stirne, griff nach dem Eimer und klopfte an die Tür. Der Dienstmagd, die ihm öffnete, sagte er, er brächte die bestellten Fische.

Sie ließ ihn eintreten, und er ging mit ihr die Treppe hinauf, und oben stand eine recht hübsche junge Frau, die hielt sich ein Tüchlein vor die Nase, als sie den vermeintlichen Fischer kommen sah. Der bog die Hutkrempe ein wenig nach oben und blinzelte der Dame zu, und sie erkannte ihren Liebhaber, der sich auf diese Art Eintritt in ihr Haus verschafft hatte, ohne daß das Gesinde etwas merkte.

Die junge Frau schickte die Magd sogleich mit den Fischen in die Küche, und wie sie nun miteinander allein waren, flüsterte er ihr zu, er habe seit Tagen an nichts anderes gedacht, als wie er zu ihr gelangen könne, aber, verdammt der Fischhändler, sein Mantel rieche so übel, daß es nicht zu ertragen sei, – und sie drückte und preßte seine Hand und zog ihn mit sich in die Schlafkammer, und sie verbrachten die Nacht miteinander.

Der junge Erzherzog hatte mit angesehen, wie der Mantel und mit ihm der Taler in andere Hände übergingen, er hatte dann den Mantel im Haus verschwinden sehen, und nun wartete er darauf, daß er wieder zum Vorschein käme. Er ging auf und nieder, auf und nieder, er wurde müde, und die Stunden schlichen so langsam dahin.

Gegen Morgen, als es zu dämmern begann, sah er den neuen Besitzer des Mantels, der sich mit den Beinen voran aus einem Fenster schwang, dann mit beiden Händen den dicken Ast eines Birnbaums ergriff und von Ast zu Ast sich schwingend sich hinabließ, bis er zuletzt wie eine reife Birne auf den Rasen fiel. Für einen Augenblick zeigte sich eine junge Frau im Nachtgewand am Fenster und warf dem Besitzer des Mantels eine Kußhand und den Mantel nach. Die Kußhand erreichte ihr Ziel. Der Mantel verfing sich in den Zweigen des Birnbaums. Der Besitzer des Mantels richtete sich auf, erklomm mit ziemlicher Anstrengung die Gartenmauer und sprang nach einigem Zögern und Überlegen hinab. Unten angelangt rieb er sich sein Knie und tastete nach seinen Knöcheln, und dann machte er sich, einen Fuß leicht nachziehend, rasch davon. Der Mantel blieb im Geäst des Birnbaums hängen, roch übel und bauschte sich im Wind.

Der junge Erzherzog zweifelte nicht daran, daß der Mantel bald wieder einen neuen Herrn finden werde, und wirklich, nicht lange hernach kam ein mit Weinfässern schwer beladener Wagen daher gefahren. Als der Fuhrmann den Mantel im Geäste des Birnbaums hängen sah, fuhr er ganz dicht an die Gartenmauer heran, hielt an und holte ihn mit seinem Peitschenstiel herunter. Dann warf er ihn hinter sich auf die Weinfässer und fuhr weiter, und der Sohn des Kaisers folgte dem Wagen nach.

Er hatte nicht gar lang zu gehen. Vor einer Herberge auf dem Kleinen Ringplatz blieb der Wagen stehen, die Weinfässer wurden mit viel Lärmen abgeladen, die Pferde in den Stall geführt, der Wagen kam in den Schuppen. Der Fuhrmann nahm den Mantel und ging hinüber ins Judenquartier, und in der Breiten Gasse, die aber auch nur ein enges, wenngleich sehr belebtes Gäßlein war, trat er in den Laden eines Altkleiderhändlers.

Der Juden fremdartige Gesichter und absonderliche Gebärden, ihr geschäftiges Treiben, und daß er da, von der Menge hin und her gestoßen, vor einem Trödelladen stand, das alles erschien dem Sohn des Kaisers wie ein wirrer Traum. Oben auf der Burg hatte man sein Verschwinden sicherlich schon entdeckt, und nun war alles in Bewegung, um ihn aufzufinden, aber hier im Judenquartier suchte ihn keiner. Er verfluchte die Stunde, in der er, nur von seinem Vorwitz beraten, den Taler an sich genommen hatte. Er war übernächtig, müde, hungrig, – es war ihm elend zumut'. Aber er durfte nicht fort, er mußte bleiben und sehen, wohin der Taler lief.

In einer wandernden Garküche, deren es viele in den Judengassen gab, kaufte er sich ein gesottenes Ei, einen Apfel und ein Stücklein Brot. In der lärmenden Gasse wollte er nicht länger stehen und warten, und so trat er in den Trödelladen ein.

Der Altkleiderhändler, der den Mantel in der Hand hielt, indes der Fuhrmann auf ihn einsprach, warf einen Blick auf den Neueingetretenen, und mit diesem einen Blick hatte er den Wert seines Hutes, seiner Halskrause, seiner Kleider und ihres Aufputzes und seiner Schuhe abgeschätzt und zugleich festgestellt, daß dieser Besucher seines Ladens nicht um zu kaufen oder zu verkaufen gekommen war, sondern aus einem anderen, noch nicht ersichtlichen Grund. Und er fragte ihn, womit er ihm zu Diensten sein könnte.

Der junge Erzherzog erbat sich die Gunst, hier im Laden ein wenig zu rasten und sein Frühstück verzehren zu dürfen. Er sei, sagte er, die ganze Nacht auf den Beinen gewesen und habe noch einen weiten Weg vor sich. Dann ließ er sich, nachdem er ein Paar Schuhe und einen Gürtel beiseite geschoben hatte, auf eine Bank, die an der Wand stand, nieder und zog das Ei und das Brot hervor. Der Altkleiderhändler wandte sich wieder dem Mantel und dem Fuhrmann zu.

»Was soll ich mit ihm?« fragte er, und dabei drehte und wendete er den Mantel hin und her und deutete mit dem Finger auf die Flicken und Löcher. »Ich hab' den Laden voll von solcher Ware, die nicht abzusetzen ist.«

»Aber zwölf Pfennige ist er dennoch wert«, meinte der Fuhrmann. »Einen Mantel braucht jeder, und wenn das Geld zu einem neuen nicht reicht, so kauft er einen alten.«

»Aber nicht solch einen«, wendete der Altkleiderhändler ein. »Solch einen kauft keiner, heute, wo auch die Schreiner und die Bürstenbinder gefütterte Mäntel mit geschlitzten Ärmeln tragen wie die Edelleute.«

»Zwölf Pfennige ist er dennoch wert«, redete ihm der Fuhrmann zu. »Mögen ihn auch die Bürstenbinder und die Edelleute nicht kaufen, so kauft ihn doch der geringe Mann.«

Der Altkleiderhändler begann mit kummervoller Miene von neuem den Mantel hin und her zu wenden.

»Er taugt nicht zu Kidusch und nicht zu Hawdolo«, erklärt er, und damit wollte er in der Juden Redeweise sagen, daß der Mantel zu gar nichts nütze sei. »Er ist wert ein ausgeblasenes Ei. Er ist eines Fischers Mantel, und der Fischgeruch ist nicht aus ihm herauszubringen.«

»Er mag eines Fischers Mantel sein«, gab der Fuhrmann zu, »ist aber dennoch« – er überlegte ein wenig – »zehn Pfennige wert.«

»Acht Pfennige, Euer Gestrengen!« sagte jetzt der Trödler und zählte ihm das Geld auf den Tisch. »Acht Pfennige, ich verliere bei dem Handel. Aber weil Ihr es seid und weil es das erste Geschäft ist, das ich heute mache, und damit Ihr ein andermal wiederkommt.«

Der Fuhrmann strich nach einigem Murren und Zögern die acht Pfennige ein und stampfte zur Tür hinaus.

Der junge Erzherzog, der auf der Bank saß und das Brot und das Ei verzehrte, war sehr zufrieden, daß der Handel so ausgegangen war, denn er hatte befürchtet, der Fuhrmann werde das Geld zurückweisen und mit dem Mantel davongehen, und dann wäre es aus mit seiner Rast gewesen, und er hätte, so müde er auch war, dem Taler in des Mantels Tasche noch weiter folgen müssen.

Der Händler warf den Mantel zu einem Haufen alter Kleider, der in einem Winkel lag. Der junge Erzherzog holte ein Messerchen aus der Tasche hervor und begann seinen Apfel zu schälen. Und während er damit beschäftigt war, kam ein Mann, allem Anschein nach ein Schreiber, in den Laden und begehrte einen schwarzen Tuchrock mit Messingknöpfen und gepufften Ärmeln zu kaufen. Der Trödler holte etliche solche Röcke von den Schragen und pries sie dem Schreiber an, doch dem war keiner recht, der eine war zu lang, der andere zu eng, bei diesem war das Tuch zu grob, bei jenem der Preis zu hoch, und nach vielem Hin- und Herreden und nachdem der Trödler in seinem Eifer so weit gegangen war, zu beschwören, der Herr Oberstburggraf selbst trüge, wenn er in die Altstadt käme, keinen Rock von auch nur halb so feinem Tuch, verließ der Schreiber den Laden, ohne daß sie handelseins geworden wären.

»Ihr treibt da, scheint es, ein recht mißliches Gewerbe«, bemerkte der junge Erzherzog und biß in seinen Apfel.

»Ein mißliches Gewerbe. Das ist das rechte Wort«, stimmte ihm der Altkleiderhändler bei. »Und voll Sorgen und Plage. Auf zwölf, die feilschen, kommt einer, der kauft. Viel Schaden tun uns auch die Händler, die ohne Schragen an den Markttagen vom Arm weg die Ware verkaufen, die verderben die Preise. Auch sind wir wider die Billigkeit mit Steuern beschwert, und darüber ließe sich soviel sagen wie über den Auszug aus Ägypten. Das Schlimmste aber ist, daß man uns nicht vergönnt, unser Gewerbe in der Christenstadt zu treiben.«

Oho! Läuft's da hinaus? dachte der künftige Kaiser bei sich. Bleib du nur in deiner Judenstadt, sonst gäbe es Unruhe und Beschwernis, statt Ordnung und gutem Frieden. Und laut sagte er, um den Altkleiderhändler zu beschwichtigen, ein Sprüchlein her, das er des öfteren von einem seiner Diener oben auf der Burg gehört hatte:

»In der Welt ist viel Pein,
ein jeder findet die sein'.
Du mußt dich getrösten zu jeder Frist,
daß du gesund und bei Kräften bist.«

»Gesund bin ich, – gelobt sei der Name«, sagte der Altkleiderhändler. »Zum Kranksein gehört Zeit, und die habe ich nicht. Aber das weiß ich, daß dieses Gewerbe mir zur Buße meiner Sünden auferlegt ist.«

»Nein, nicht zur Buße Eurer Sünden, sondern weil Ihr, wie ich Ursach' hab' zu glauben, vom Stamme Ruben seid«, klärte ihn der junge Erzherzog auf. »Denn die vom Stamme Ruben haben, so hat man mich in Spanien gelehrt, um den Rock und den Mantel unseres Heilands gewürfelt. Und darum ist ihren Nachfahren auferlegt, daß sie zeitlebens mit alten Kleidern Handelschaft treiben müssen und nichts anderes damit gewinnen können als Sorge und wiederum Sorge und Mühe und Plag.«

»Davon steht nichts in den Büchern, die unsere Weisen geschrieben und uns hinterlassen haben«, wendete kopfschüttelnd der Altkleiderhändler ein. »Auch bin ich nicht vom Stamme Ruben. Ich bin aus dem Priestergeschlecht, vom Stamme Lewi.«

Aber auch über den Stamm Lewi wußte der junge Erzherzog Bescheid.

»Die vom Stamme Lewi, die haben auch ihren Teil«, berichtete er. »Einer von ihnen hat unseren Herrn Jesus mit Essig und Galle getränkt, und darum haben die aus diesem

Geschlecht allezeit Durst und mögen doch nichts Rechtes trinken.«

»Ist das so?« fragte ein wenig spöttisch der Altkleiderhändler. »Ich nämlich trinke, wenn ich Durst habe, recht gerne einen halben Schoppen Wein.«

Der junge Erzherzog ließ sich durch diesen Einwand nicht beirren.

»Dann seid Ihr erlöst«, bedeutete er dem Trödler, »und der Fluch ist von Euch genommen.«

Und um ihm zu zeigen, daß er auch sonst über die Juden und ihre Historie wohl unterrichtet sei, wechselte er den Gegenstand seiner Erörterungen.

»Ihr Juden«, sagte er, »rühmt und gloriert euch, ihr hättet einen weisen Mann gehabt, den König Salomo. Der hat sich aber mit siebzig Ehefrauen und dazu noch mit dreihundert Metzen behängt, war so weise nicht.«

»Er wußte, wieviel Süßes und wieviel Bitteres unter einem Weiberrock verborgen ist«, entgegnete ihm der Altkleiderhändler. »Aber das eine mögt Ihr wissen: Nehmt alle Könige unserer Tage, ja den Römischen Kaiser selbst, so sind sie nur ein Fünklein von König Salomons Majestät.«

Der junge Erzherzog nahm diese Belehrung recht unwillig auf. Sein geliebtester Herr Vater stand für ihn weit über dem König Salomo.

»Ihr sprecht mit wenig Devotion von seiner Majestät, dem Römischen Kaiser«, hielt er dem Juden vor.

»Ich bin sein getreuer Kammerknecht«, sagte der Händler. »Bin auch mit Darreichung meiner Steuern und Abgaben jederzeit richtig befunden worden. Der Herr erhöhe seine Macht! Möge das Schwert der Feinde niemals in seine Länder dringen!«

Die Türe war sachte aufgetan worden, und eine sonderbare kleine Gestalt trat in den Laden, ein Knabe, der in viel zu großen Schuhen ging, und der Rock, den er trug, war an allen Ecken und Enden geflickt und sein Mützlein war so oft gewaschen worden, daß es seine Farbe verloren hatte. In den Händen hielt er einen Sack aus grobem Leinen, der nur zu einem kleinen Teil gefüllt war.

»Da bin ich«, sagte er und legte zwei Kupfermünzen auf den Ladentisch. »Gepriesen sei der Name, ich habe mich auch heute mit Bezahlung einfinden können.«

»Gesegnet sei dein Kommen!« grüßte ihn der Altkleiderhändler und strich die Kupfermünzen ein, und der Knabe ging in den Winkel und machte sich dort mit dem Haufen alter Kleider zu schaffen.

»Er zahlt mir«, erklärte der Altkleiderhändler dem jungen Erzherzog, der ihn fragend angeblickt hatte, »zwei Dickpfennige, wenn er sie hat, aber nicht alle Tage hat er sie. Und dafür gehört ihm alles, was er in den Taschen der Kleider findet, die ich an diesem oder an dem vorangegangenen Tag gekauft habe. Was er findet? Immer die gleichen Dinge. Ein Stück Brot oder Fladen, Nüsse, einen Apfel oder eine Kohlrübe, ein Stück Bindfaden, einen Knopf, einen Nagel, ein leeres Fläschchen, – das alles kommt in seinen Sack. Bisweilen findet er nichts, denn es gibt auch Leute, die die Taschen ausleeren, bevor sie den Rock zum Händler tragen. Manchmal wieder findet er Schätze: ein Stück Band, einen Handschuh, ein Knäuel Wolle und, wenn es hoch hergeht, einen Zinnlöffel oder gar ein Tüchlein. Und damit, Herr, Ihr werdet es nicht glauben, ernährt er seine Mutter und zwei jüngere Geschwister. Geld? Nein, Geld hat er noch nie gefunden. Das lassen die Leut', die ihre Kleider verkaufen, nicht in den Taschen.«

»Herr der Welt! Erheb mich nicht und wirf mich nicht hinab!« kam plötzlich die Stimme des Knaben aus der Staubwolke, die über dem Kleiderhaufen lag.

»Was gibt es? Was hast du gefunden?« fragte der Altkleiderhändler.

»Gepriesen sei der heutige Tag!« sagte der Knabe und kam mit dem Taler in der Hand aus dem Winkel hervor.

»Einen Taler!« rief der Altkleiderhändler, und der Atem stockte ihm beinahe.

»Einen Taler, wahrhaftig, ja«, hauchte der Knabe und er wurde vor Erregung, vor Angst und Freude, blaß und rot und wiederum blaß. In seinen Augen lag eine Frage.

»Was siehst du mich an? Er gehört dir«, sagte der Altkleiderhändler. »Der Narr, der ihn in seinem Rock gelassen hat, der kommt nicht, der weiß nichts mehr von ihm, der meint, er habe ihn längst vertrunken. Sei ohne Sorge, ich kenne meine Leut'.«

Der Knabe machte einen Luftsprung, daß er beinahe aus seinen Schuhen fuhr, und begann im Laden umherzutanzen.

»He, du! Was wirst du mit dem Geld beginnen?« fragte der junge Erzherzog, der in Sorge war, daß er dem Taler noch weiter folgen müßt'. »Wirst du dir neue Schuhe kaufen? Eine neue Mütze? Einen Rock?«

Der Knabe blieb stehen und sah ihn an.

»Nein, Herr«, gab er zur Antwort. »Mein Vater – sein Andenken sei gesegnet – hat mich gelehrt: Aus einem Schuh kann man nicht zwei machen, und eine Mütze bleibt immer nur eine Mütze. Aber aus einem Taler können leicht ihrer zwei werden.«

Und er griff nach seinem Leinensack und war im nächsten Augeblick zur Tür hinaus.

»Wie heißt du? Wohin läufst du?« rief ihm der Sohn des Kaisers nach, aber der Knabe hörte ihn nicht mehr.

»Er heißt Mordechai Meisl, und wohin er läuft, das weiß ich nicht«, sagte der Altkleiderhändler. »Er hat es immer eilig. Vielleicht will er noch heute, noch in dieser Stunde aus dem einen Taler ihrer zwei machen.«

Nachts unter der steinernen Brücke

Wenn der Abendwind über den Wellen des Flusses dahinglitt, schmiegte sich die Blüte des Rosmarins enger an die rote Rose, und der träumende Kaiser fühlte an seinen Lippen den Kuß der Traumgeliebten.

»Du bist spät gekommen«, flüsterte sie. »Ich lag und wartete. So lange hast du mich warten lassen.«

»Ich war immer da«, gab er zur Antwort. »Ich lag und blickte durch das Fenster in die Nacht hinaus, ich sah die Wolken ziehen und hörte das Rauschen der Baumkronen. Müde war ich von der Last und dem Lärm des Tages, ich meinte, die Augen müßten mir zufallen, so müde war ich. Dann endlich kamst du.«

»Kam ich? Und bin ich bei dir?« fragte sie. »Aber wie kam ich zu dir? Ich kenn' den Weg nicht, bin ihn nie gegangen. Wer hat mich zu dir gebracht? Wer bringt mich Nacht für Nacht zu dir?«

»Du bist bei mir und ich halte dich in meinen Armen, mehr weiß ich nicht«, sagte der Kaiser.

»So ging ich wohl«, flüsterte sie, »durch die Gassen, meiner selbst nicht bewußt, stieg die Treppen hinauf, und die Leute, denen ich begegnete, sahen mich verwundert an, aber keiner trat mir in den Weg, keiner hielt mich an. Das Tor sprang auf, Türen öffneten sich, und nun bin ich bei dir. Es ist nicht recht, ich sollt's nicht tun. Hörst du den Fluß rauschen?«

»Ja, ich höre ihn. Des Nachts, wenn du bei mir bist, rauscht er stärker als sonst, es ist, als wollt' er uns in Schlaf singen. Als du ihn zum erstenmal rauschen hörtest, da weintest du vor Angst. Du weintest und riefst: ›Was ist mit mir geschehen? Wo bin ich?‹«

»Ich hatte Angst. Ich erkannte dich und konnt' es nicht

begreifen, daß ich bei dir war«, sagte sie. »Als ich dich zum erstenmal sah, da rittest du auf einem milchweißen Zelter, und hinter dir ritt ein Zug von Geharnischten, da war ein Blitzen und Schimmern, die Hufe dröhnten und die Trompeten jauchzten, und ich lief nach Hause und rief: ›Ich hab' des Kaisers Herrlichkeit gesehen‹, – und ich glaubte, das Herz müßt' mir stille stehen.«

»Als ich dich sah zum erstenmal«, sprach der Kaiser, »da standest du an eines Hauses Wand geschmiegt, die Schultern ein wenig in die Höh' gezogen, als wolltest du fliehen oder dich verbergen, scheu und ängstlich wie ein Vögelchen, so standest du, und die braunen Locken fielen dir in die Stirne. Ich sah dich an und wußte, daß ich dich nicht würde vergessen können, daß ich an dich würd' denken müssen Tag und Nacht. Doch je näher ich dir kam, desto ferner erschienst du mir, von Augenblick zu Augenblick rücktest du weiter von mir fort, so unerreichbar wurdest du mir, als wärest du für alle Zeiten für mich verloren. Und als du dann kamst und bei mir warst und ich dich hielt, da war es wie ein Wunder oder wie ein Traum. Mein Herz war voll Glückseligkeit, und du weintest.«

»Ich weinte und ich möcht' auch heute weinen. Wo sind wir und was ist mit uns geschehen?«

»Wie du duftest!« sagte der Kaiser. »Wie eine zarte, kleine Blume, deren Namen ich nicht kenne, so duftest du.«

»Und du«, flüsterte sie, »wenn ich mit dir bin, dann ist es mir, als ginge ich durch einen Rosengarten.«

Sie schwiegen beide. Rauschend zogen die Wellen des Flusses vorbei. Ein Windhauch kam, und Rosmarin und Rose fanden sich in einem Kuß.

»Du weinst«, sagte die rote Rose. »Deine Augen sind naß und an deinen Wangen hängen Tränen wie Tautropfen.«

»Ich weine«, sprach der Rosmarin, »weil ich zu dir gehen muß und will's doch nicht. Ich weine, weil ich muß fort von dir und möcht' doch bleiben.«

»Du sollst nicht fort. Du bist mein, und ich halte dich. Ich habe Gott in hundert Nächten um dich gebeten. Gott hat dich mir geschenkt, nun bist du mein.«

»Ja, ich bin dein. Aber nicht Gott hat mich dir geschenkt, nicht seine Hand war es, die mich zu dir geführt hat. Gott zürnt mir, und ich habe Furcht vor seinem Zorn.«

»Er zürnt dir nicht«, sagte der Kaiser. »Wie könnt' er dir zürnen! Er sieht dich an und lächelt und verzeiht.«

»Nein«, flüsterte sie. »Er lächelt nicht. Ich habe mich vergangen gegen sein Gebot. Er ist kein Gott, der lächelt und verzeiht. Aber mag geschehen, was will, mag er mich verwerfen und verstoßen, – ich bin bei dir, und ich kann von dir nicht lassen.«

Und Rosmarin und Rose schmiegten sich, in Furcht und Seligkeit erschauernd, aneinander.

»Wie war dein Tag?« fragte der Rosmarin.

»Mein Tag«, sagte die Rose, »war eines armen Mannes Tag mit Sorge, Müh und Plage. Große Herren und kleine Herren, Schurken, Schwätzer, Schelme und Lügenkredenzer, große Narren und kümmerliche Narren, – sie waren alle da, das war mein Tag. Sie kamen und bliesen mir Worte ins Ohr, böse, törichte oder leere und nichtige Worte, sie begehrten das und jenes und fielen mir beschwerlich. Aber wenn ich die Augen schloß, sah ich dich. Das war mein Tag, und wie war der deine?«

»Stimmen und Schatten rings um mich, das ist mein Tag. Ich geh' durch ihn wie durch einen Nebel, ich find' mich nicht zurecht, er ist nicht wirklich, er ist Trug. Phantome rufen mich an, ich höre mich sprechen und weiß nicht, was ich sag'. Dann vergeht der Tag, wie ein Spuk zerstiebt, wie Rauch verweht, und ich bin bei dir. Du allein bist Wirklichkeit.«

»In den dunkeln Stunden des Tages, wenn die Wirrnis der Zeit wie an Alb auf mir lastet«, sprach der Kaiser, »und rings um mich treibt die Welt ihr Wesen mit Untreue, Arglist, Lüge und Verrat, – dann fliehen meine Gedanken zu dir, du bist mein Trost. Bei dir ist Klarheit, mir ist's, wenn ich bei dir bin, als verstünde ich den Weltenlauf, als könnt' ich die Falschheit und die Lüge durchschauen und der Untreue ins Herz hinein sehen. Manchmal rufe ich dich, find' mich allein nicht mehr zurecht, ich rufe laut nach dir und dennoch so, daß keiner mich hört, – aber du kommst nicht. Warum kommst du nicht? Was hält dich, wenn ich dich rufe? Was bindet dich?«

Es kam keine Antwort.

»Wo bist du? Hörst du mich? Ich sehe dich nicht, bist du noch da? Eben hielt ich dich noch, spürte deinen Herzschlag und deinen Atem, – wo bist du?«

»Hier bin ich, ich bin bei dir«, erklang ihre Stimme. »Einen Augenblick lang schien es mir, als wäre ich weit fort. Als läge ich daheim in der Stube, das Mondlicht fiel auf mein Kissen, ein Vogel flatterte durchs Zimmer und wieder hinaus, und da war die Katze, die kam aus dem Garten und sprang aufs Fensterbrett und irgend etwas klirrte, und ich lag und horchte und dann hörte ich dich rufen ›Wo bist du?‹ und war bei dir, und das alles, die Stube, das Mondlicht, die Katze und der erschrockene Vogel, – das hab' ich wohl geträumt.«

»Du hast eines Kindes Träume«, sagte der Kaiser. »Als ich ein Knabe war, da träumte ich auch von Feld und Wald, von Jagd, von Hunden, Vögeln und allerlei Getier, und wenn ich erwachte, war ich voll Morgenlust und Fröhlichkeit. Dann, später, kamen die schweren Träume, die Träume, die mich ängstigten, und oft wünschte ich des Nachts, es wäre schon Morgen. Und doch ist die Nacht schöner als der Tag. Das Lärmen der Menschen ist verstummt, ein Glockenton, das Wehen des Winds, das Rauschen der Bäume und des Flusses, der Flügelschlag eines Vogels, – das sind die Stimmen der Welt, die noch zu hören sind, und über uns sind die ewigen Sterne, die gehen nach des

Schöpfers Willen ihren Gang. Ich denke oft darüber nach, daß Gott die Menschen schuf, wie er die Gestirne geschaffen hat, und oben ist Ordnung und Gehorsam ewiglich, hier unten aber ist Unruhe, Streit und Wirrnis. – Wo bist du? Warum schweigst du? Woran denkst du?«

»Ich denke daran und kann es nicht verstehen, wie ich dereinst leben und glücklich sein konnte ohne dich. Ich denke daran, daß die Sterne ihren Gang gehen und sollten doch stille stehen, die Zeit sollt' stille stehen, wenn ich bei dir bin.«

»Sie steht nicht still und just, wenn einer glücklich ist, läuft sie wie ein gehetztes Tier, und Stunde um Stunde stürzt hinab ins Grenzenlose. Komm und küsse mich! Wo bist du?«

»An deinen Lippen bin ich, an deinem Herzen bin ich, ich bin bei dir.«

Trunken von Traum und Glück löste sich die Blüte des Rosmarins von der roten Rose.

»Ich muß fort«, flüsterte sie. »Leb wohl, ich kann nicht bleiben, ich muß fort.«

»Wohin? Wohin? Bleibe doch! Warum kannst du nicht bleiben?«

»Ich weiß es nicht. Laß mich, halt mich nicht, ich kann nicht bleiben, ich muß fort.«

»Bleib doch! Wo bist du? Ich seh' dich nicht. Wo bist du? Eben hielt ich dich noch, wo bist du? – Wo ist sie hin?«

»Wo ist sie hin?« rief der Kaiser und hob den Kopf und blickte um sich.

Der Leibkammerdiener Philipp Lang stand in der Schlafkammer.

»Ich hab' Eure Majestät stöhnen und rufen gehört, da trat ich ein«, meldete er. »Euer Majestät haben sicherlich einen schweren Traum gehabt, haben darum gestöhnt und gerufen, wäre vielleicht gut gewesen, Eure Majestät zu wecken, daß sich nicht hochdero male di testa wiederum einstellt. Draußen stehen etliche Leut', bitten um Gehör. – Befehlen Euer Majestät das Frühstück?«

»Wo ist sie hin?« flüsterte der Kaiser.

In ihrem Haus auf dem Dreibrunnenplatz erwachte die schöne Esther, die Frau des Mordechai Meisl. Das Licht der Morgensonne fiel in ihr Gesicht und gab ihrem Haar einen rötlichen Schimmer. Die Katze strich lautlos in der Stube umher und erwartete ihr Schüsselchen mit Milch. Ein Blumentöpfchen, das auf dem Fensterbrett gestanden war, lag zerbrochen auf dem Fußboden. In der Kammer nebenan ging der Mordechai Meisl auf und nieder und verrichtete singend sein Morgengebet.

Sie richtete sich auf und strich sich die braunen Locken aus der Stirne.

»Geträumt!« flüsterte sie. »Und immer, Nacht für Nacht, der gleiche Traum! Ein schöner Traum, aber, gelobt sei der Schöpfer, doch nur ein Traum.«

Der Stern des Wallenstein

»... gar zart war ihm sein böhmisch Hirn,
konnte nicht hören der Gläser Klirren.
Hahn, Hund und Katz er arrestiert
an allen Orten, wo er kampiert.

Hat große Kriegsmacht zusammengebracht,
dem Kaiser gewonnen manche Schlacht,
tat auch viel Geld und Gut verschenken,
und oftmals Leut unschuldig henken.

Nun muß er gehen des Todes Straßen,
Hund bellen und Hahn krähen lassen.«

Aus einem Epitaph des Wallenstein

Johannes Kepler, der große Mathematiker und Astronom, dessen Geist die sichtbare Welt umspannte, lebte um das Jahr 1606 unter den allerdürftigsten und armseligsten Umständen in einem verfallenen Hause der Prager Altstadt, von dessen Fenstern sich ihm kein anderer Ausblick bot als der auf die Werkstätte eines Huf- und Nagelschmieds, auf eine Wirtsstube, in der betrunkene Soldaten lärmten, und auf einen Bretterzaun mit einem Tümpel dahinter, in dem die Frösche sangen. Man hatte ihm, als er nach Tycho de Brahes Tod das Amt eines kaiserlichen Hofastronomen übernahm, große Versprechungen gemacht und ihm fünfzehnhundert Gulden als jährliches Relutum ausgesetzt, aber die Versprechungen vergaß man und das Geld blieb man ihm schuldig, wie es eben am Prager Hof der Brauch war, und wenn er etliche Gulden als Abschlagsumme erhalten wollte, so mußte er tagelang in der böhmischen

Hofkammer stehen und supplicieren, und oftmals wußte er nicht, womit er am nächsten Tag seine kranke Frau, seine drei Kinder und sich selbst ernähren sollte. Auch waren die Zeiten teuer, und mit dem Herbst war, wie es Kepler in seinem Kalender für das Jahr 1606 vorausgesagt hatte, eine frühe und strenge Kälte ins Land gekommen.

So war denn Kepler an einem trüben und regnerischen Novembertag wiederum oben auf dem Hradschin im Hirschgraben gewesen und hatte sich dort bei einem der kaiserlichen Wildhüter sein Deputat an Brennholz abgeholt, – das war eine Arbeit, die er selbst verrichten mußte, denn er konnte sich keinen Knecht oder Bedienten halten. Seine Last war nicht schwer gewesen, das Brennholz reichte gerade aus, den Suppentopf auf dem Küchenherd zum Sieden zu bringen und die Kammer, in der seine kranke Frau lag, ein wenig zu erwärmen. Und nun saß er, in seinen vom Regen noch feuchten Mantel gehüllt, in der ungeheizten großen Stube und ließ geduldig die Vorwürfe des kaiserlichen Geheimsekretärs Hanniwald über sich ergehen, der ihm vorhielt, daß die astronomischen Tabellen, denen er nach Wunsch und Willen seiner Majestät den Hauptteil seiner Zeit zu widmen hatte, noch immer nicht fertiggestellt seien.

»Ihr wißt ja«, sagte Kepler, als der Hanniwald seinen Sermon beendet hatte, »wie dunkel, wie verworren und wie überaus hart die Zeiten sind, und mir will's nun einmal auch nicht Butter in den Brei regnen. Ich wollt', ich müßt' die Sache nicht erwähnen, doch ich hoffe entschuldigt zu sein, wenn ich sage, daß ich bei den Kammerbefehlen Seiner Majestät samt den Meinen hätte verhungern müssen, denn ich kann mich nicht wie das Chamäleon vom Wind nähren. So war ich, um die Ehre Seiner Majestät zu schonen, genötigt, statt der Tabellen, mit deren Herstellung mich die Gnade Seiner Majestät betraut hat, Prognostika anzufertigen und nichtswertige Kalender, die mir keinen

Ruhm bringen werden. Aber damit habe ich mich und die Meinen ernährt, und es ist dies doch um ein weniges besser, als wenn ich Seiner Majestät alle Tage mit Bitten, mit Klagen und mit Protesten beschwerlich gefallen wäre.«

»Damit hätter Ihr nichts erreicht, wäret auch nur einmal und nicht wieder vor Seiner Majestät Augen gekommen«, meinte der Hanniwald, der dem Johannes Kepler als einem Anhänger der protestantischen Lehre nicht gar gut gesinnt war.

»Mußt' also um so eher darauf bedacht sein«, fuhr Kepler, ohne Verdruß zu zeigen und ohne jede Bitterkeit in seiner Stimme, fort, »mir und den Meinen die geringe Zehrung, deren wir bedürfen, zu beschaffen. Es war nicht leicht, und, um Euch alles zu sagen, – just heute ist solch ein Tag, an dem ich mit meinem Vermögen nicht zweier Groschen mächtig bin. Ich klage es Gott, ich baue und vertraue auf ihn, der alles ändern kann. Aber, in summa: Es ist ein elendes Leben.«

Er schwieg erschöpft, führte ein Tüchlein an seinen Mund und hustete.

»Seine Majestät«, erklärte, ohne auf Keplers Klagen einzugehen, der Hanniwald, »ist auch erzürnt, weil Ihr seine Befehle, was den Streit zwischen Seiner Heiligkeit, dem Papst, und der Republik Venedig anlangt, so gänzlich mißachtet habt.«

»Seine Majestät«, erwiderte Kepler, und noch immer machte ihm der Husten zu schaffen, »hat vor kurzem seinen Kammerdiener, den Philipp Lang, zu mir geschickt, der redete des langen und breiten, ich sollt' ein astrologisches Gutachten über den künftigen Verlauf und den zu erwartenden Ausgang dieses Streites anfertigen. Ich hab' dem Philipp Lang mit schuldigem Respekt gesagt, ich könnt's nicht tun. Denn ein Sternkundiger, der sich vermißt, nicht nur die Bewegungen der Gestirne und ihre künftige Konfiguration, sondern auch das künftige Geschick der Menschen und der Staaten, das Gott allein vorausschaut, zu verkünden, – der sich dessen vermißt, ist ein gemeiner Lügenschmied und nichts anderes.«

»Ich habe also zu verstehen«, stellte der Hanniwald fest, »daß Ihr die Astrologie, welche doch eine von alters her auf uns gekommene und tausendfach erprobte, auch von vielen Fürsten und großen Herrn zu ihrem zeitlichen Vorteil, wie auch zu ihrem ewigen Heil oftmals angewandte Disciplin und Wissenschaft ist, – daß Ihr die Astrologie also zur Gänze verwerft.«

»Nicht zur Gänze! Nein, nicht zur Gänze verwerfe ich sie«, widersprach ihm Johannes Kepler. »Die Einteilung des Himmels in zwölf Häuser, die Herrschaft der Trigone und was es dergleichen mehr gibt an bloßen Einbildungen und Erfindungen kleiner Geister, – das alles verwerfe ich. Aber die Harmonie des Himmels, die lasse ich gelten.«

»Und die Konfiguration der Gestirne? Wie haltet Ihr es damit?« forschte der Hanniwald weiter.

»Auch die lasse ich, wenngleich mit mancherlei Beschränkungen, als einen Faktor von einiger Bedeutung gelten«, erklärte Kepler. »Denn je nachdem die Strahlen der Gestirne bei der Geburt konfiguriert sind, fließt dem Neugeborenen das Leben in dieser oder jener Form zu. Ist die Konfiguration harmonisch, so entsteht eine schöne Form des Gemütes.«

»Die Astrologie, wie Ihr sie darstellt«, bemerkte nachdenklich der Hanniwald, »erscheint mir, wenn ich Euch recht verstanden habe, als eine in ihren Grundlagen sehr veränderte, wenn nicht gar völlig neue Disciplin. Habt Ihr versucht, Eure Hypothesen mit den Lehren der Kirche in Übereinstimmung zu bringen?«

»Verhüte Gott, daß ich das jemals tue!« sagte Johannes Kepler. »An den Streitigkeiten der Theologen will ich nicht teilhaben. Was ich sage, schreibe und tue, das sage, schreibe und tue ich als ein der Mathematik Beflissener. Die Sache der Kirche aber lasse ich ungestört.«

Der Geheimsekretär des Kaisers schüttelte den Kopf.

»Eure Antwort betrübt mich, Domine Kepler, und mißfällt mir sehr«, erklärte er. »Ihr führt demütige Worte im Mund und dennoch klingt das, was Ihr sagt, hochfahrend und wenig christlich. Ja, mir will's scheinen, als wäre Eure Antwort bocksfüßig und gehörnt. Aber es ist nicht meine Sache, sie nach dieser Richtung hin zu prüfen. Mein allergnädigster Herr hat mich zu Euch gesandt, weil Ihr ihm mehrfach Anlaß gegeben habt, über Euch erzürnt zu sein. Ich habe gehört, was Ihr zu Eurer Entschuldigung vorzubringen hattet, nur das und weiter nichts. Wenn ich Seiner Majestät Bericht erstatte, werd' ich nicht vergessen, die mißlichen Umstände zu erwähnen, über die Ihr Klage führt. Und somit, Domine Kepler...«

Er hatte sich erhoben und seinen Hut ein wenig zurückgestoßen, – damit hatte er dem Kepler die Ehre erwiesen, die ihm gebührte. Und nun wollte er in steifer Haltung und mit einem Ausdruck der Unnahbarkeit in seinem Gesicht zur Türe hinaus wie einer, dem man eine Beleidigung zugefügt hat. Aber Johannes Kepler hielt ihn zurück.

»Ich bin«, sprach er zu ihm, »nach fünf Jahren noch immer ein Fremder in dieser Stadt, habe mit der Noblesse des Landes nur wenig Umgang, kenn' auch sonst nicht viel Leut' von Importanz. Ist Euch, Herr Secretarius, ein junger Edelmann und Offizier bekannt mit Namen...«

Er warf einen Blick auf ein beschriebenes Zettelchen, das mit einem Stein beschwert auf seinem Arbeitstisch lag.

»Mit Namen Albrecht Wenzel Eusebius von Waldstein«, sagte er sodann. »Ist Euch der bekannt?«

»Die Waldsteins«, begann der Hanniwald seine Erklärung, und je länger er sprach, desto mehr geriet er in Eifer, an die »bocksfüßige und gehörnte« Antwort Keplers dachte er nicht mehr, »die Waldsteins sind ein altes böhmisches

Geschlecht, leiten sich von zwei Brüdern, Havel und Zavic, her, die im zwölften Saeculo lebten, nennen sich auch Valstein, Wallenstein oder Wartenberg. Ich kenne ihrer drei: den auf Krinic, Heinrich, der ist ein Utraquist. Den auf Slowic im Rakonitzer Kreis, Ernst Johann, der hat von Geburt her nur einen Arm. Und den Ernst Jakob auf Zlotic im Königgrätzer Kreis, den Reichshofrat, sie nennen ihn den Türken, weil er in seiner Jugend Gefangener des Deys in Algier war, – mußte dort Leinwand weben. Dann kannte ich noch einen, den Wilhelm, der saß auf dem Gute Hermanic auch im Königgrätzer Kreis, war mit einer Smirzikka verehelicht, sind beide verstorben. Aber einen Albrecht Wenzel und wie sagtet Ihr? Eusebius? Nein, den kenne ich nicht.«

Der Gedanke, daß es einen Herrn von altem böhmischen Adel gab, über den er nicht Bescheid wußte, ließ ihm keine Ruhe. Er setzte sich, stützte seinen Kopf mit der Hand und dachte nach.

»Albrecht Wenzel Eusebius von Waldstein«, wiederholte er sodann. »Jetzt fällt's mir ein. Ich muß den Namen schon einmal gehört, – nein, nicht gehört, sondern auf einem Aktenstück gelesen haben, und das kann nicht gar lang her sein. Vielleicht, daß er ein Bittgesuch an seine Majestät gerichtet hat, und es ist durch meine Hände gegangen. Offizier? Sagtet Ihr nicht, er sei ein Offizier? Hat er sich nicht kürzlich um ein Kommando bei den in Ungarn stehenden Truppen beworben? Oder um Wartegeld, solang man seiner Dienste nicht bedarf? Oder um sonst ein Recompens für im Kriege bewiesene gute Haltung und Conduite? Mir ist, als hätte ich etwas dergleichen gelesen. Ist sein Gesuch gebührend befürwortet gewesen, hat er sich einen Empfehlungsbrief vom Onkel Reichshofrat oder von sonst wem verschafft? Denn wenn nicht, dann schreibt der Philipp Lang ›soll warten!‹ auf das Bittgesuch und legt's beiseite.«

»Von all dem weiß ich nichts«, erklärte Kepler. »Dieser

junge Edelmann hat mir durch einen Boten ein Brieflein geschickt, in dem er mich bat, ad noticiam zu nehmen, daß sein Wunsch und seine Absicht sei, mir am heutigen Tag ›In Sachen des Himmels‹ seine Aufwartung zu machen.«

»In Sachen des Himmels?« verwunderte sich der Hanniwald. »So gehört er also dem geistlichen Stande an?«

»Nein«, sagte Kepler. »In Sachen des Himmels, – das will heißen, daß ich den Stand der Planeten zur Zeit seiner Geburt erforschen und ihm sodann ein Prognostikon schreiben soll. Er steht, so mein' ich, vor wichtigen Entscheidungen, vielleicht vor einer Wende seines Lebens, und begehrt meinen Rat.«

»Wer aber sich vermißt, das künftige Geschick der Menschen, das Gott allein vorausschaut, zu verkünden, der ist ein gemeiner Lügenschmied und nichts anderes. – Ist es nicht so, Domine Kepler?« spottete der Hanniwald.

»So ist es. Ja, so ist es«, bestätigte Johannes Kepler, und er war in einen Gedanken so verstrickt und versponnen, daß er den Spott nicht merkte. »Denn wer die Dinge bloß und allein aus dem Himmel vorhersagt, der geht auf keinem rechten Grund, und wo es ihm gerät, hat er's dem Glück zu danken. Mir aber gilt, mehr als jegliches Gestirn, des Menschen Natur und Neigung, sein Gemüt und seiner Seele Vernunft. Dies alles aber ...«

Er nahm den Brief des Herrn von Waldstein vom Tisch und betrachtete ihn schweigend eine Weile hindurch.

»Dies alles spiegelt sich in seiner Schrift«, sagte er sodann.

»Hör' ich recht?« rief der Hanniwald. »Ihr wollt eines Menschen Natur, seine Neigungen und sein Gemüt aus eben dieses Menschen Schrift erkennen? Domine Kepler ...«

»All dies und noch viel mehr«, unterbrach ihn Kepler. »Wenn ich eines Menschen Schrift eine Zeit hindurch recht aufmerksam betrachte, so gewinnt sie Leben und spricht zu mir, sie enthüllt mir seine geheimsten Gedanken und seine verborgenen Pläne. Ich kenne diesen Menschen sodann von Grund aus und so gut, als hätt' ich in jahrelangem Umgang einen Scheffel Salz mit ihm gegessen.«

Seine letzten Worte gingen im schallenden Gelächter des Hanniwald verloren.

»Das hab' ich nicht gewußt«, rief der Geheimsekretär des Kaisers, »bei meiner Seele, das hab' ich nicht gewußt, daß man sich solch ein Zettelchen nur unter die Nase halten muß, und schon beginnt es, confessiones zu machen. Bei meiner Seele, wenn ich nicht wüßte, daß Ihr ein Träumer und arger Phantast seid, Domine Kepler, so müßt' ich mich wahrhaftig davor hüten, daß Euch jemals etwas, das ich geschrieben habe, in die Hände kommt. Aber sagt mir doch, – was hat Euch die Schrift dieses Herrn von Waldstein über ihn verraten?«

»Große Dinge, Herr Secretarius, große Dinge!« sagte Johannes Kepler. »Viel Böses, vieles, was mich erschreckt hat, aber, in summa, große Dinge. Er ist gar unruhig, dieser Herr von Waldstein, nach Neuerungen begierig, trachtet nach seltsamen Mitteln, um seine Pläne zu fördern, ist argwöhnisch, zu Zeiten melancholisch, verachtet menschliche Gebote, wird dessenthalben auch oftmals mit seiner Obrigkeit in Konflikte kommen, bis er gelernt hat, zu dissimulieren und seine wahre Meinung zu verbergen. Ist ohne Erbarmen und brüderliche Lieb', – und dennoch: Seine ungewöhnliche Natur, die ihn heut nach Macht und Dignitäten trachten heißt, wird dereinst, wenn sie zur Reife und vollen Entfaltung gelangt, zu hohen und erhabenen Taten fähig sein.«

»Der Tausend! Man wird von diesem Herrn von Waldstein also wohl noch hören«, meinte der Hanniwald. »Bis jetzt hat er freilich nicht viel Redens von sich gemacht. Und das alles habt Ihr aus diesem Zettelchen erraten. Nun, Domine Kepler, ich bin keiner von denen, die gelernt haben, zu dissimulieren und ihre wahre Meinung zu verbergen, und darum sag' ich es Euch frei heraus, daß ich das alles für Spielereien eines gelehrten Kopfes nehme. Euer Diener, Domine Kepler, Euer gehorsamer Diener!«

Johannes Kepler begleitete den Geheimsekretär des Kaisers die Treppe hinunter und schloß die Haustür auf. Es hatte zu schneien begonnen. Es war der erste Schnee, der in diesem Herbst gefallen war.

Als Kepler wiederum in seiner Stube war, dachte er nicht mehr an den Hanniwald und an das Gespräch, das er mit ihm geführt hatte. Er sah eine Schneeflocke, die an dem Ärmel seines Mantels hängengeblieben war, und betrachtete sie durch ein Brennglas. Dann griff er zur Feder und schrieb mit dem Lächeln eines, der seine Meinung wiederum bestätigt gefunden hat, auf ein Blatt Papier die Worte:

»De nive sexangula. – Von dem sonderlichen, vielgestaltigen, aber immer sechswinkeligen Wesen der Schneesternlein.«

Wahrhaftig, ein unruhiger Kopf, oder irgend etwas verdrießt ihn und macht ihn ungeduldig, sagte Johannes Kepler zu sich selbst, als er sah, daß der junge Offizier, der »in Sachen des Himmels« zu ihm gekommen war, nicht eine halbe Minute lang stillsitzen wollt', sondern erst hin- und herrückte, dann aber aufsprang und in der Stube auf und nieder ging.

»Ihr seid also«, wandte er sich jetzt wiederum an seinen Besucher, »am heutigen Tag dreiundzwanzig Jahre, zwei Monate und sechs Tage alt.«

»Ja«, sagte der junge Edelmann, und er ging vom Fenster zum Ofen und streckte die Hände aus, um sie zu erwärmen, und dann erst merkte er oder er merkte es auch nicht, daß kein Feuer im Ofen war, »ja, Herr, und wenn Ihr damit sagen wollt, daß andere in diesem Alter schon denkwürdige Taten vollbracht und ihren Namen in das Ehrenbuch der Geschichte eingetragen haben – wenn Ihr das meint, so habt Ihr völlig recht. Ich kann auf nichts anderes verweisen, als daß ich in Padua und in Bologna die Kriegswissenschaft studiert, und daß ich mich hernach unter dem General Basta hab' gegen die Türken brauchen lassen. Hab' einen Bassa oder Beg in seinem Quartier ausgehoben, aber dies ist auch alles, dessen ich mich rühmen kann. Nach der Affaire von Gran hab' ich den Dienst quittiert und bin sodann.... Es ist nicht zu ertragen!« unterbrach er sich und preßte die Hand an seine Schläfe, als verspüre er dort einen jähen und grausamen Schmerz.

»Ist Euch nicht wohl, Herr?« fragte Kepler.

»Es ist nicht zu ertragen, das Lärmen unten auf der Gasse«, erklärte der junge Edelmann mit einer Stimme, die jetzt nicht mehr klagend, sondern eher zornig klang. »Laßt Euch, Herr, meine Kühnheit nicht mißfallen, aber ich kann es nicht verstehen, daß Ihr es bei solchem Lärm zuwege bringt, in Euern Büchern zu lesen und Eure Gedanken zu sammeln und zu ordnen.«

»Das Lärmen? Ich mein', es ist recht still jetzt unten in der Gasse«, sagte Kepler. »Der Nagelschmied hat Feierabend gemacht und die Soldaten in der Schenke, die beginnen erst spät am Abend mit ihrem Singen, Fluchen, Poltern und Streiten.«

»Ich red' auch nicht von den Soldaten, deren Lärmen bin ich gewohnt«, bedeutete ihm der junge Edelmann. »Von dem gottlosen Geschrei der Frösche red' ich, es müssen ihrer unten mehr als hundert beisammen sein, – hört der Herr es nicht?«

»Ich höre es und höre es nicht«, erwiderte Kepler. »Von den Fällen des Nils wird erzählt, daß ihr Brausen und Toben die umwohnenden Menschen taub gemacht hat. Ich mein' aber, die Sache ist anders: Sie sind des Lärms gewohnt, achten seiner nicht. Und so acht' ich des Geschrei's der Frösche nicht, will's auch nicht gottlos nennen, denn wie alle Kreatur erheben auch sie ihre Stimme zu Gottes Ruhm.«

»Wenn ich der Herrgott wär', wüßt' ich mir einen besseren Ruhm, würde mich nicht von den Fröschen molestieren lassen«, sagte der junge Edelmann verdrossen. »Kann den Lärm nun einmal nicht ertragen, mag keines Tieres Stimme hören, sei es Hund, Katze, Esel oder Geiß, es macht mir Pein. – Nun aber zum Zweck!« fuhr er in verändertem Ton fort. »Hora ruit, es läuft die Stunde, ich will dem Herrn seine Zeit nicht nehmen.«

»So soll ich Euch die Nativität stellen?« fragte Johannes Kepler.

»Nein, für diesmal nicht, ich bin dem Herrn sehr obligiert, aber nicht der Nativität halber bin ich gekommen«, erklärte der junge Edelmann. »Ich hab' an den Herrn nur eine einzige kurze Frage zu richten: Hat morgen in der Nacht der feuertobende Mars die Herrschaft im Bereich des Wagens?«

»Ist es weiter nichts? Dann kann ich Euch sogleich mit Antwort dienen«, meinte Kepler. »Nein, nicht der Mars, sondern die Venus steht oder herrscht morgen in der Nacht im Bereich des Wagens. Der Mars aber, den Ihr den Feuertobenden nennt, ist auf dem Weg in den Bereich des Skorpions.«

»Ist es möglich?« rief auf das äußerste betroffen der junge Edelmann. »Die Venus? Nicht der Mars? Die Venus? Es kann nicht sein. Der Herr muß sich irren.«

»Nein, ich irre mich nicht«, versicherte ihm Kepler. »Die Venus, nicht der Mars. Ihr könnt' dessen gewiß sein.«

Eine Weile stand der junge Edelmann schweigend, in Gedanken versunken. Dann begann er, mehr zu sich selbst als zu Johannes Kepler, wiederum zu sprechen.

»So ist die Sache verspielt, ehe sie noch begonnen hat«, sagte. er. »Und dennoch«, fuhr er nach kurzer Überlegung fort, »muß sie unternommen werden. Errare humanum, und dann, es hängt zviel an ihrem Gelingen.«

Wiederum schwieg er. Er sah den Kepler an, als habe er noch eine Frage auf den Lippen. Doch er sprach sie nicht aus. Er zuckte die Achseln, und eine Bewegung seiner Hand schien sagen zu wollen, er müsse nun allein mit seiner Sache fertig werden. Er wandte sich zum Gehen.

Unten im Torweg erwies er dem Kepler mit Hutschwenken und Sichverneigen seine Reverenz.

»Ich bin dem Herrn für seine Güte sehr verbunden, sehr bald, am übernächsten Tag, denk' ich, wird der Herr von mir hören. Wenn der Herr recht behält und die Sache mißlingt, – nun gut, so hab' ich noch den Ring, den ich aus dem Türkenkrieg als rare Beute davongebracht hab'. Will sehen, was ich auf ihn zuwege bring'. Bis dahin bin ich des Herrn treugehorsamer Diener.«

Er schwenkte nochmals seinen Hut, und dann ging er die steile Gasse hinauf und an dem Bretterzaun vorbei, hinter dem die Frösche, als täten sie es ihm zu Trotz, ihre Stimme noch lauter als zuvor erhoben.

In einem Haus in der Jakobsgasse, nicht weit vom Altstädter Ring, lebte um diese Zeit ein alter Mann mit Namen Barvitius, der war einstmals ein großer Herr im Königreich und zuletzt sogar Geheimer Rat gewesen, war aber aus dem Dienst entlassen worden, weil er bei des Kaisers Kammerdiener, dem Philipp Lang, in Ungnade gefallen war. Auch hatte er sein Geld und Gut teils am Spieltisch gelassen, teils in mißglückten Handelsgesellschaften verspekuliert, und so hätte er, wenn es mit rechten Dingen zugegangen wäre, seine alten Tage in Armut und Dürftigkeit verbringen müssen. Und doch lebte er so, wie er immer zu leben gewohnt gewesen war. Er lud Gäste zu sich, hielt sich Dienerschaft, auch Pferde und Wagen, – obwohl er es meist vorzog, um seiner Gesundheit willen, wie er sagte, zu Fuß zu gehen, – war in vielen adeligen Häusern am Spieltisch anzutreffen, hielt auf gute Küche und exquisite Weine, – kurzum, er versagte sich nichts.

Es ging eben bei ihm nicht mit rechten Dingen zu. Wer ihn an Sonn- und Feiertagen, auf seinen Krückstock gestützt, in die Heiligen-Geist- oder in die Teinkirche zur Predigt gehen sah, der wäre nicht auf den Gedanken gekommen, daß dieser respektabel, ja ehrwürdig aussehende alte Mann das Haupt einer Diebsbande war.

Die meisten von denen, die der Barvitius um sich geschart hatte und zum Diebsgeschäft verwendete, waren von Grund aus verderbte und verlotterte Burschen von dunkler Herkunft, Kerle, die für einen halben Gulden Gott und seine Heiligen verkauft hätten, – das wahre Galgenfutter. Es gab aber auch Söhne ehrbarer Bürger in der Bande, die auf Abwege geraten waren, weil sie ehrliche Arbeit scheuten wie der Teufel den Weihkessel, hingegen zu jedem liederlichen Streich, der ihnen Geld einbrachte, und wenn es nicht anders ging, auch zu einem Messerstich bereit waren. Unter ihnen war einer, der Georg Leitnizer, Sohn eines Goldwirkers vom Kleinen Ring und gewesener Student, der seiner leidlich guten Manieren und seines beweglichen Verstandes wegen das besondere Vertrauen des Barvitius genoß. Diesen Georg Leitnizer ließ der Barvitius fast alle Tage zu sich kommen, während ihn die anderen nur bei seltenen Gelegenheiten und auch dann nur des Nachts, bei Kerzenlicht, und wenn er sich das Gesicht vermummt oder sonstwie unkenntlich gemacht hatte, zu sehen bekamen.

Alle aber waren sie dem Barvitius in blindem Gehorsam ergeben. Sie wußten, daß sie ohne ihn nichts vermochten. Er spähte die Gelegenheiten aus. Er entwarf unter Bedachtnahme auf alle Umstände, die etwa eintreten konnten, die Pläne. Und er traf seine Vorbereitungen mit solcher Umsicht, daß ihm nur selten ein Anschlag mißglückte.

An einem Tag im November, es war noch früh am Morgen, kam der Leitnizer wieder zum Barvitius. Er traf ihn daheim an, wie er mit sich selbst Karten spielte, bald auf diese, bald auf jene Karte einen Gulden oder zwei setzte und unbändig fluchte, wenn er verlor. Das gefiel dem Leitnizer nicht. Denn der Barvitius vertrieb sich meist dann auf solche Art die Zeit, wenn er in übler Laune war, wenn er bei einer Sache, die er betrieb, auf unvorhergesehene und schwer zu überwindende Schwierigkeiten gestoßen war und bisweilen auch wenn ihn die Gicht plagte, denn die machte ihm viel zu schaffen.

Die Art, wie der Barvitius ihn empfing, deutete auf die allerübelste Laune hin.

»Bist du wieder da?« schnaubte er ihn an. »Hab' ich dich kommen heißen? Kannst du mich nicht einen Tag lang in Frieden lassen?«

»Es regnet. Ich hab' mir kalte Füße geholt«, sagte der Leitnizer. Er setzte sich an den Kamin, zog die Schuhe aus, streckte die Beine von sich und tat so, als wäre er nur gekommen, um sich an des Barvitius' Feuer die Füße zu wärmen.

Der Barvitius fuhr fort zu spielen, zu fluchen, die Gulden von einer Karte auf die andere zu schieben, mit der Faust auf den Tisch zu schlagen, die Karten durcheinander zu werfen und sie wieder aufzulegen, – den Leitnizer beachtete er nicht. Dann, nach einer Viertelstunde etwa, schob er die Karten beiseite, strich das Geld, das gewonnene wie das verlorene, ein und nannte sich einen Stümper, der am Kartentisch immer, wie er es auch anfinge, den anderen einen Narren abgeben müsse. Dann wandte er sich mit einem Ausdruck im Gesicht, als wäre er überrascht, aber nicht unzufrieden, ihn hier zusehen, dem Leitnizer zu.

»Es ist gut, daß du da bist, Georg, ich hab' mit dir zu reden«, sagte er, und der Leitnizer stand auf, schlüpfte in seine Schuhe und trat an den Tisch. »Ich will es dir nicht länger verhehlen, Georg, du sollst es wissen: Die Dinge laufen nicht gut.«

»Das ist wahr«, bestätigte der Leitnizer, und dabei blickte er auf seine Schuhe, ob sie schon trocken seien. »Wir haben in den letzten Wochen, wie man so sagt, mehr Licht verbrannt als Geld verdient.«

»Es ist nicht das«, bedeutete ihm der Barvitius. »Wenn es nur das wäre! Hör zu, Georg, aber sag es den anderen nicht, behalt es bei dir. Einer von meinen guten Freunden dort oben«, er wies mit dem Daumen über seine rechte Schulter, und der Leitnizer verstand, daß mit dem »dort oben« die Prager Burg gemeint war, »einer von denen, die es redlich mit mir meinen, hat mich vor kurzem, bevor wir uns an den Spieltisch setzten, beiseite gezogen, hat vom Philipp Lang zu sprechen begonnen und hin und her geredet, wie gefährlich es sei, den Lang zum Feind zu haben, und daß er seine Hände in allen Sachen hätte, und daß der Stadthauptmann just eben jetzt so überaus geschäftig sei, – und dann, als wir am Spieltisch saßen, hat er davon geredet, wie sehr zu empfehlen und der Gesundheit förderlich das Reisen sei.«

»Das war vielleicht nur so dahergelallt«, meinte der Leitnizer.

»Eine Warnung war es, versteh's nur recht, Georg, – der Philipp Lang hat immer schon ein Aug' auf mich gehabt«, erklärte ihm der Barvitius. »Ein Rat war es von einem, der es redlich mit mir meint. Und seitdem hab' ich keine Ruhe mehr, es ist mir immer, als spüre man mir nach, ich gehe auf der Gasse und höre Schritte hinter mir, und wenn ich mich umseh', ist keiner da.«

»Nun also«, sagte der Leitnizer. »Da habt Ihr es. Es ist keiner da.«

»Und heut im Traum«, fuhr der Barvitius fort, »da hab' ich dich gesehen, der Henker hat dich die eine Gasse hinauf und die andere hinuntergepeitscht. Du hattest die Hände auf den Rücken gebunden, Georg.«

Der Leitnizer wurde plötzlich recht lebhaft.

»Man müßt' darüber in den Traumbüchern nachlesen«, rief er. »War's eine lange Peitsche? Ich mein', – hat sie rechtschaffen geknallt? Eine Peitsche nämlich, die knallt, – das hat was zu bedeuten. Ich glaub', es will einem Geld ins Haus kommen. Man müßte darüber ...«

»Hör mich an Georg!« fiel ihm der Barvitius ins Wort. »Laß in Gedanken unsere Leute antreten, sieh dir sie an, einen nach dem anderen, prüfe, überlege und dann sag mir: Ist unter ihnen einer, dem zuzutrauen wäre, daß er doppeltes Spiel getrieben hat?«

»Patron!« sagte in feierlichem Ton der Leitnizer. »Es ist nicht einer unter ihnen, der sich für Euch nicht brennen, schinden und radbrechen ließe.«

»Sprich mir nicht vom Radbrechen!« fuhr ihn der Barvitius an. »Du weißt, ich hör's nicht gerne. Ich hab' genug an meiner Gicht, die mich alle Tage henkersmäßig radbricht.«

Eine Weile saß er schweigend, mit gefurchter Stirn.

»Soll ich mir dereinst sagen müssen«, begann er dann, »du hast es nicht besser gewollt, hast guten Rat für nichts geachtet, jetzt hast du deinen Teil? Ich mein', ich werd' auf Reisen gehen. Zuvor aber ... Und du, Georg?« unterbrach er sich. »Hast du nicht Lust, dir Frankreich und die Niederlande zu besehen oder St. Marci Münster in Venedig?«

»Das kenne ich«, erklärte der Leitnizer. »St. Marci Münster in Venedig ist mir bekannt. Ich hab' es in Kupfer gestochen gesehen. Drüben in der Niklasgasse sitzt einer in einer Bude, der hält Kupferstiche feil. Aber sollten wir nicht von unseren Leuten einen mit uns nehmen, den Smutny oder den Reißenkittel, daß wir einen haben, der uns die Stube fegt, die Betten macht und den Ofen heizt im fremden Land?«

»Dienerschaft findet sich überall«,sagte der Barvitius. »Bevor wir aber gehen, bevor ich Prag verlasse ...«

Er verstummte und blickte eine Weile hindurch in Gedanken vor sich hin.

»Bevor wir aber gehen«, sprach er dann weiter, »will ich noch eine Sache ausführen, die ich schon lang im Kopf hab', – solch eine Sache, daß dem geschäftigen Herrn Stadthauptmann hinterher nichts anderes zu tun bleibt, als sich das Maul zu wischen, eine Sache, Georg, von der man noch nach Jahren in Prag, ja im ganzen Königreich sprechen soll.«

»Und was ist das für eine Sache, Patron?« fragte der Leitnizer voll Eifer.

Der Barvitius lehnte sich in seinen Stuhl zurück und verschränkte die Arme auf der Brust.

»Du weißt«, begann er, »daß ich meine Augen und Ohren überall habe, – auch in der Judenstadt. Und da ist einer, dessen nähere Bekanntschaft zu machen mich schon lang gelüstet. Juden und Christen umschwirren sein Haus wie die Fliegen den Milchtopf. Alles, was er unternimmt, gelingt ihm. Die Juden sagen von ihm: ›Wenn die ganze Stadt ein schwarzes Jahr hat, so ist das seine in Milch gekocht.‹ Und weiter sagen sie: ›Er ist so reich, sogar auf den Honig streut er sich Zucker.‹ – Kennst du den Juden, weißt du wie er heißt?«

»Es ist der Mordechai Meisl, der sich auch Markus Meisl nennt, wohnt auf dem Dreibrunnenplatz«, gab der Leitnizer zur Antwort.

»Ja. Von dem ist die Rede«, bestätigte der Barvitius. »Er hat sein Gewerb' damit begonnen, daß er den kleinen Handwerksleuten auf geringes Pfand, das kein anderer nehmen wollt', Geld lieh, auf allerlei Kram, einen kupfernen Wagbalken, ein schlechtes Bocksfell, ein zerbeultes Messingbecken. Fuhr auch auf die Märkte nach Jičin, nach Chrudim, nach Welwarn, nach Časlau, wo die Wolle gehandelt wird, kaufte Wolle, soviel er vermochte, tauschte sie bei den Tuchmachern in der Altstadt gegen feines Tuch ein, das schickte er nach Linz auf die Bartholomäi-Messe, verdiente zwiefach, es gelang ihm alles. Wenn er das Geld liebte, so liebte ihn das Geld noch mehr, es schien ihn zu suchen, es lief ihm nach. Immer weiter dehnte sich seine Handelschaft. Und dann hat ihn der Kaiser durch einen Majestätsbrief in seinen Schutz genommen, gefördert und mit vielen Privilegien bedacht. Und es gibt Leut' dort oben«, – wiederum wies er mit dem Daumen über die rechte Schulter, »die sagen, die flüstern, die raunen, Seine Majestät, der Kaiser, sei heimlich mit dem Meisl associiert.«

»Der Kaiser? Mit dem Meisl? Mit dem Juden in der Judengasse?« rief der Leitnizer bestürzt und empört.

Der Barvitius zuckte die Achseln.

»Sie sagen es«, wiederholte er. »Und sie sagen auch, daß der Kaiser seit jenem Majestätsbrief immer Geld in seinen Truhen hat. Die alten Schulden, klagen die Leut', werden nicht bezahlt, aber für seine Kunst- und Raritätenkammer läßt der Kaiser Kostbarkeiten aus allen Teilen der Welt kommen. Der Mansfeld kauft in den Niederlanden Gemälde für ihn ein, der Khevenhueller in Madrid, der Harrach in Rom und Florenz. Aus Mantua kommen marmorne Statuen und Reliefs. Der Abt von St. Moriz in Besançon schickt ihm Ringe und geschnittene Steine, die man in römischen Gräbern gefunden hat. Von den Welsern und Hochstaettern in Augsburg kommen Wundervögel aus der neuen Welt. Der Kurfürst zu Pfalz hat ihm einen elfenbeinernen Altar mit Darstellungen aus dem Leben Christi gebracht und ein Mönch aus Alexandria den Stab Mosis zugleich mit einer Urkunde, in der die Echtheit dieses Stücks bewiesen war, aber der Kaiser wollt' es nicht haben, er sagte, der Stab sei vordem eine Schlange gewesen und könnt' wiederum eine werden. Der Antonio di Giorgio verfertigt sphärische und parabolische Spiegel für ihn und der Miseroni krystallene Pokale, – und für all dies ist Geld da. Woher kommt es, frag' ich.«

»Der Kaiser mit dem Juden in der Judengasse! Ich kann's nicht glauben«, murmelte der Leitnizer.

»Weißt du denn, wie es in der Welt zugeht? Was weißt du von der Welt? Nichts weißt du«, hielt ihm der Barvitius vor. »Wir haben uns auch nicht um Seine Majestät, den Kaiser, zu bekümmern, sondern um den Meisl-Juden, und da heißt es rasch zugreifen, sonst gehen wir leer aus, denn er ist ein Narr geworden und verschenkt sein Geld.«

»Ich kenne einen Narren«, warf der Leitnizer ein, »der läuft im bloßen Hemd durch die Straßen und schreit, man solle Wasser über ihn gießen, er sei eine Seele im Fegefeuer, und einen kenne ich, der hält sich für einen Fisch, sitzt tagsüber in einem Zuber, und des Nachts, wenn er zu Bette gehen soll, muß man ihn mit Angel und Schnur aus dem Zuber ziehen. Aber einen Narren, der sein Geld verschenkt, kenne ich nicht, wünsche mir aber schon lange, einem solchen zu begegnen.«

»Er mag ein Narr sein oder nicht, er verschenkt sein Geld«, erklärte der Barvitius. »Er tut das in größter Heimlichkeit, er will, scheint es, nicht, daß es offenkundig werde. Und er verschenkt sein Geld nicht nur, er streut es aus, er stößt es von sich, ja, man sollt' es nicht glauben, er wirft es auf die Gasse hinaus. Er gibt den Leuten, die zu ihm kommen, Darlehen ohne Pfand, ohne Schuldbrief, ohne Bürgen und verlangt nur Stillschweigen von ihnen, es soll nicht einer vom andern wissen. Arme Mädchen, die sich verehlichen wollen, erhalten das Geld für ihre Aussteuer und wissen nicht, von wem es kommt. Er war es, der das alte Badhaus niederreißen ließ und ein neues baute, das alte war ihm nicht stattlich genug. Und ein neues Rathaus muß in der Judenstadt gebaut werden und ein Siechenhaus und eine Herberge für Waisenkinder, und mit wessen Geld? Mit des Meisls Geld. Und als ob es ihm auf diese Art nicht rasch genug durch die Finger ginge, will er jetzt, so wurde mir hinterbracht, alle Gassen und Winkel und Pfützen des Judenquartiers mit schönen Würfelsteinen pflastern lassen.«

»Das habt Ihr also gemeint, Patron, als Ihr sagtet, daß er sein Geld hinaus auf die Gasse wirft«, bemerkte der Leitnizer.

Der Barvitius stand auf und lachte leise vor sich hin.

»Lang wird er's nicht mehr tun, es ist Zeit, daß ich eingreife«, sagte er. »Ich will ihn aus seinem Haus holen und an einen sicheren Ort bringen und dort wird er bleiben, bis er sich losgekauft hat. Und loskaufen wird er sich mit solch einer Summe, daß wir sie unser Leben lang nicht werden aufzehren können. Viel werd' ich ihm nicht lassen, ich mein', die Judenstadt wird ungepflastert bleiben.«

Der Leitnizer nickte, ihm war es recht. Er begann im Kopf eine Rechnung aufzustellen, wie hoch eine Summe sich belaufen müßte, daß er und der Barvitius zeitlebens von ihr zehren könnten, kam aber mit dem Rechnen zu keinem Ende, denn der Barvitius, der einen Plan oder Abriß des Meisl-Hauses und der umliegenden Judengassen vor sich auf dem Tisch ausgebreitet hatte, blickte jetzt auf und fragte:

»Wie viele hast du, die für diese Sache zu brauchen sind, Georg?«

»Wir sind unser elf und, wenn es not tut, vierzehn«, gab der Leitnizer Bescheid.

»Elf oder vierzehn, – es ist um einen Mann zu wenig«, sagte der Barvitius. »Ja. Um einen Mann zu wenig«, wiederholte er, als der Leitnizer ihn verwundert ansah, mit Nachdruck. »Du wirst in dieser Sache nicht das Kommando führen, und auch von den anderen taugt keiner dazu. Denn es ist eine Sache, wie sie sonst nur der Krieg mit sich bringt. Ohne einigen Lärm, Verfolgung und Scharmützel wird es diesmal nicht abgehen, und da brauche ich einen, der es im Krieg gelernt hat, wie man mit einer Handvoll Leut' einen Anschlag ausführt, eine Person in ihrem Quartier aufhebt und sie sicher davonbringt, – einen, der, wenn er auf Hindernisse stößt, selbst weiß, was er zu tun hat, und nicht erst nach meinen Befehlen fragt, kurzum: Ich suche einen, der das Kriegshandwerk von Grund aus versteht und sich in einer Sache brauchen läßt, die ihm als einem Soldaten wohl nicht Ruhm und Beförderung einbringt, dafür aber...«

Er machte die Gebärde des Geldzählens.

»Einen solchen kenne ich«, erklärte der Leitnizer. »Ja, Patron, ich mein', ich hab' den Mann, den Ihr sucht. Ein junger Edelmann, von den Waldsteins einer. Hat sich im Türkenkrieg mit Bravour geschlagen, ist dann mit seinen Obristen in Streit gekommen, hat den Dienst quittiert, ist nach Prag gegangen und sitzt nun hier, studiert, hat die Stube voll Bücher...«

»Was studiert er?« wollte der Barvitius wissen.

»Studiert, wie er Stadt und Schloß Peterwardein oder die Festung Raab im Sturm nehmen könnte, läßt Truppen aufmarschieren, legt Minen, bringt die Artillerie in Stellung. Weiß einem auch genau darzulegen, wie die Römer bei Cannae hätten manövrieren müssen, um über den Hannibal zu triumphieren...«

»Schon gut. Weiter!« gebot der Barvitius.

»Hängt dem sterngucherischen Aberglauben an«, setzt der Leitnizer seinen Bericht fort. »Sagt, der Mars und das Sternbild des Wagens, die seien am Himmel seine Patrone, und wenn der Mars im Bereich des Wagens stünde, das sei dann sein Tag, an dem gelänge ihm alles. Ist aber trotz dieser hohen himmlischen Protection so arm, daß er sich nur alle Wochen einmal im Wirtshaus ein Stück Gebratenes und einen Schoppen Wein vergönnen kann. Ist unzufrieden, weil er, wie er sagt, ohne Geld nichts Großes unternehmen könne, hat mich mehrmals schon gefragt, wie es einer anstellen müßte, daß er rasch zu Geld käm', läßt merken, daß ihm jede Sache recht wäre, auch wenn sie gefährlich, ja selbst wenn sie gegen die Ordnung des Königreiches gerichtet wäre. Sagt, auf geraden Wegen sei es in diesen Zeiten schwer, etwas zu erlangen.«

»Das klingt alles recht gut und vielverheißend«, meinte der Barvitius. »Aber sag mir, – wie alt ist dieser Edelmann?«

»Nicht gar viel über zwanzig.«

»Oh weh!« rief der Barvitius. »Holz von grünem Strauch ...«

»Ich weiß«, sagte der Leitnizer. »... gibt nicht viel Feuer, macht viel Rauch. Aber das gilt nicht für den Waldstein. Der ist schon der Rechte. Ein Kerl, dem kein Graben zu tief und keine Mauer zu hoch ist. Er hat mit einem halben Dutzend seiner Dragoner einen türkischen Wesir mitten aus dem Türkenlager herausgeholt und hat ihn mit sich fortgeführt.«

»Dann ist er vielleicht doch der Rechte«, gab der Barvitius zu. »Geh hin, sprich mit ihm! Üb aber Vorsicht, sag ihm nicht zu viel, denn bei solch einem jungen Gesellen, da ist das Gewissen oft noch wie ein Füllen, das um sich schlägt, wenn man ihm zu nahe tritt.«

»Seid ohne Sorge«, sagte der Leitnizer. »Ich werd' ihm die Sache schon so vorzupfeifen wissen, daß sie ihm gefällt.«

Der junge Albrecht von Waldstein, der nach des Leitnizers Aussage und Meinung der Rechte war, den Anschlag des Barvitius ins Werk zu setzen, – dieser Herr von Waldstein wohnte damals bei einer Schneiderswitwe in einem kleinen und etwas windschief geratenen Haus, das unterhalb des Hradschins in jenem Teil der Stadt lag, der »die kleine Seite« genannt wird. Von dem Fenster seiner schmalen

Dachkammer hatte er einen weiten Blick bis hinunter zum Strahover Kloster. Aber wenn er des Morgens ans Fenster trat, fiel sein Auge zuerst auf den kleinen Küchengarten der Schneiderswitwe, in dem sich, sehr zu des Herrn von Waldsteins Ärger, ihre beiden Ziegen, ihre Hühner und ihr Hund Lumpus meckernd, gackernd und kläffend umhertrieben. Den meisten Verdruß aber machte ihm der Hahn, ein kleiner, zerzauster Geselle, den die Schneiderswitwe ihren »Jeremias« nannte, weil sein Krähen so jammervoll und traurig klang, als hätte er das Elend der Welt zu beweinen. Und wenn dem Herrn von Waldstein der Lärm zu arg wurde, dann ließ er den Polybius, in dem er studierte, und lief die Treppe hinunter und in die Küche, in der die Schneiderswitwe mit dem Schaumlöffel, mit den Pfannen und den Töpfen hantierte. Er schrie, er könne es nicht länger ertragen, das sei ja die Hölle, und man sollte dem Lärm ein Ende machen, sonst müsse er fort, – und die Schneiderswitwe lachte und sagte, sie hielte die Hühner nicht um des Gackerns willen, wenn der Herr Milchsuppe und Eierkuchen haben wollte, dann müsse er auch die Ziegen und das Federvieh gewähren lassen, und was den Jeremias beträfe, dessen Tage seien gezählt, und er werde ihnen bald zu einem Sonntagsbraten dienen.

Am Nachmittag ging es im Küchengarten weniger laut zu. Der Lumpus war nicht mehr hinter den Ziegen und den Hühnern her, er hatte sich davongemacht und strich durch die Gassen der kleinen Seite. Erst in der Nacht kam er zurück und immer um die gleiche Stunde, wenn nämlich die Glocke des Loretokirchleins zwölf Uhr geschlagen hatte. Er kläffte und winselte vor dem Haus, daß man ihm die Tür aufmachen sollt', und darüber erwachte der Jeremias und begann das Elend der Welt zu beklagen, und nun mengten sich auch die Ziegen ein, der Waldstein aber preßte die Hände an die Schläfen und stöhnte und schrie, das sei ja die Hölle, er wolle hier keine Nacht länger bleiben, bei Tag sei keine Ruhe und bei Nacht auch nicht. Indessen hatte die Schneiderswitwe den Lumpus eingelassen, der schlich sich still in seinen Winkel, die Ziegen gaben sich zufrieden und zuletzt schlief auch der Jeremias ein und vergaß das Elend der Welt.

Wenn also der Küchengarten mit den Hühnern, den Ziegen, dem Lumpus und dem Jeremias für den Waldstein die Hölle war, so lag gleich hinter der Hölle das Paradies. Das war ein großer, von schönem Gitterwerk und Taxushecken umschlossener Park, hinter dessen alten Bäumen die Giebel, der Schornstein und die Windfahnen eines kleinen Lustschlosses zu erkennen waren. Hier in diesem Park war Stille, nichts regte sich, nur der Wind fuhr klagend durch die entlaubten Baumkronen und bisweilen hörte man aus der Ferne den Ruf und das leise Hämmern eines Spechts.

Der Park und das Lustschloß gehörten der Lucrezia von Landeck, einer jungen Witwe, die als eine der reichsten Erbinnen im ganzen Königreich galt. Man erzählte von ihr, daß sich viele Kavaliere und große Herren um ihre Hand beworben hätten, aber alle habe sie abgewiesen, sie wolle, so sagte man, unvermählt bleiben, um ihren Reichtum ungeteilt der Kirche hinterlassen zu können. Denn sie war eine von den Frommen. Es hieß, daß sie alle Tage in der Loretokirche die Messe höre und immer ein Evangelienbüchlein bei sich trage, um, wo sie auch sei, Gottes Wort vor Augen zu haben. An den Zerstreuungen, die die große Stadt bot, hatte sie wenig Anteil, in der Hofgesellschaft ließ sie sich fast niemals blicken. Sie pflog Umgang mit einem Domherrn von St. Veit, der ihr Anverwandter war, mit zwei ältlichen Fräulein vom adeligen Damenstift auf dem Hradschin und mit einem Jesuitenpater von St. Salvator.

Oft stand der Albrecht von Waldstein am Fenster und blickte auf den Park hinüber, er wußte selbst nicht, warum er dies tat. Manchmal schlich sich die Schwermut in sein Herz, und er mußte an sein vom Vater ererbtes Gütlein denken, das in seinen Knabenjahren wegen angehäufter Schuldenlast unter den Hammer gekommen war. Einmal hatte er die Lucrezia von Landeck gesehen, wie sie mit einem Gärtnerburschen sprach, der den Arm voll frisch geschnittener Rosen hatte. Sie schien ihm von nicht gar hohem Wuchs, doch von zierlichem Gliederbau zu sein, ihre Züge hatte er nicht zu erkennen vermocht. Nachher beschlich ihn ein Zweifel, ob er wirklich die Lucrezia von Landeck gesehen habe. Es konnte auch eines ihrer Kammerfräulein gewesen sein.

So lebte der Albrecht von Waldstein mit dem Blick auf die Hölle und auf das Paradies bis zu dem Tage, an dem der Leitnizer in seine Dachkammer trat.

Der Leitnizer hatte sich einen Plan zurechtgelegt, wie er mit seiner Sache am besten an den Waldstein herankäme, und er begann damit, daß er den Barvitius, seinen »Patron«, aufs höchste rühmte: Was der für ein seltener Mann sei, wie jederman bei Hofe ihn achte, wie alle Türen ihm offenständen, wie er seinen Einfluß jederzeit zum Vorteil seiner Freunde zu verwenden wisse und wie sehr es dem Waldstein anzuraten sei, dieses Mannes Bekanntschaft zu suchen.

»Und wer ist der Herr, von dem Ihr da sprecht?« erkundigte sich der Waldstein. »Bekleidet er eine Stelle bei Hof? Oder in der Verwaltung des Königreichs?«

Der Leitnizer machte eine abwehrende Geste.

»Davon später«, bedeutete er dem Waldstein. »Aber soviel kann ich Euch sagen: Er ist sein eigener Herr. Für den Augenblick tut sein Name nichts zur Sache. Wir nennen ihn nie anders als den Patron. Ich spreche da von einigen meiner Freunde, die sich auch seinem Dienst gewidmet haben. Und um Euch gleich alles zu sagen: Ich habe mit ihm schon über Euch gesprochen, hab' es ihm beigebracht, daß Ihr und kein anderer der Mann seid, der ihm in seiner Sache behilflich sein könnte.«

»Und was ist das für eine Sache?« fragte der Waldstein.

»Davon später«, meinte der Leitnizer. »Aber soviel kann ich Euch vielleicht schon jetzt sagen, daß es sich um eine Aktion handelt, die die böhmische Hofpartei gegen die spanische unternimmt, weil nämlich das Haupt der spanischen Partei ...«

»Ich dank' Euch, mir taugt das nicht. Mit Hofintrigen und Sachen der Staatspolitik will ich nichts zu schaffen haben«, schnitt ihm der Waldstein das Wort ab, denn er dachte an seine Zukunft und wollte sich keine der bei Hof um Einfluß ringenden Parteien, weder die spanische, noch die böhmische, noch die der österreichischen Erzherzoge, zum Feinde machen.

Der Leitnizer erkannte sogleich, welchen Fehler er da begangen hatte, und beeilte sich, ihn wieder gut zu machen.

»Eine staatspolitische Sache ist es just eben nicht«, versicherte er dem Waldstein. »Es ist vielleicht zu früh, davon zu reden, aber glaubt mir, der Mann, der aus seinem Haus geholt und an einen sicheren Ort gebracht werden soll, hat mit der Hof- und Staatspolitik so wenig zu tun wie die Hühner dort unten im Garten.«

»Wer soll aus seinem Haus geholt und an einen sicheren Ort gebracht werden?« fragte der Waldstein. »Das will mir auch nicht recht gefallen, was Ihr da sagt.«

»Es gibt Dinge, die vielleicht nicht gut klingen, wenn man sie sagt, aber ausgeführt gefallen sie jedem«, hielt ihm der Leitnizer entgegen. »Und dann, überlegt Euch: Eine solche Occasion, mit einem Streich fünf- oder sechshundert Dukaten zu gewinnen, wird sich Euch in aller Ewigkeit nicht wieder präsentieren.«

»Sechshundert Dukaten«, wiederholte überrascht der Waldstein. Er überlegte und berechnete, daß er mit dieser

Summe eine Schwadron leichter Reiter aufstellen und ausrüsten konnte. Und mit einer Schwadron leichter Reiter konnte er einen Streif- und Beutezug ins türkische Grenzland unternehmen und auf diese Art vielleicht sein Glück begründen.

Er ließ sich seine Überraschung nicht anmerken.

»Sechshundert Dukaten«, meinte er, »das ist nicht eben viel für eine Sache, in der man, wie es scheint, dem Teufel ein Meßlicht anzünden muß, damit sie gelingt.«

Wie der Leitnizer den Waldstein sagen hörte, daß man dem Teufel ein Meßlicht anzünden müsse, da wußte er, daß der Waldstein für die Sache, obwohl er sie für eine üble hielt, schon so gut wie gewonnen war, und daß es jetzt nur noch darum ging, sich mit ihm über die Höhe der Summe, die er empfangen sollte, einig zu werden.

»Sechshundert Dukaten, sagt Ihr, sei nicht viel?« erwiderte er. »Nun, man muß sich bisweilen auch mit einem guten Anfang zu begnügen wissen. Aber um den Teufel braucht Ihr Euch nicht zu scheren, die Sache steht unter höherer Protection. In zwei Tagen regiert Euer Stern, der Mars, im Bereich des Wagens, hab' ich mir sagen lassen, und da kann's Euch nicht mißlingen.«

»Soll die Sache in zwei Tagen vonstatten gehen?« fragte der Waldstein. »Und wer ist der Mann ...«

»Davon später«, sagte der Leitnizer, sehr zufrieden mit dem, was er erreicht hatte. »Jetzt muß ich gehen, der Patron erwartet mich.«

Er kam noch ein zweites und ein drittes Mal. Beim drittenmal gab es kein »davon später« mehr, er war mit dem Waldstein in allen Stücken zu einem Einverständnis gelangt.

»Der Patron«, sagte er, bevor er ihn verließ, »will heute abend selbst mit Euch sprechen. Und das ist eine Ehre, die er nicht jedermann erweist. Geht, wenn es dunkel zu werden beginnt, vor Eurem Hause ein Weilchen auf und nieder. Man wird Euch holen. Aber wundert Euch nicht, wenn es etliche Zeremonien dabei geben wird. Denn der Patron läßt keinen gerne sein Gesicht sehen, auch will er nicht, daß man erfährt, wo er sein Quartier hat. Darin ist er eigen.«

Lang bevor es zu dunkeln begann, ging der Waldstein vor seinem Hause auf und nieder. Eine Stunde vorher hatte er vom Johannes Kepler erfahren, daß in der Nacht des Anschlags nicht der Mars, sondern die Venus im Bereich des Wagens der Regent war. Das beunruhigte ihn und machte ihn unsicher, aber es war zu spät, sich von der Sache zurückzuziehen.

Wie er nun so auf und nieder ging und schon ungeduldig zu werden begann, da kam ein Wagen die holperige Gasse hinuntergefahren. Vor dem Hause hielt er. Der Kutscher stieg vom Bock herab und öffnete den Wagenschlag. Er hatte den Hut tief ins Gesicht gezogen.

»Wenn's dem Herrn beliebt«, sagte er, »der Herr wird erwartet.«

Der junge Waldstein stieg in den Wagen. Und wie die Tür hinter im zufiel und er sich niederließ, hörte er neben sich aus dem Dunkel eine Stimme:

»Ich bitt' den Herrn, sich's gefallen zu lassen, daß ich ihm die Augen verbind'. Es ist so anbefohlen.«

Der Wagen hatte sich in Bewegung gesetzt.

Es wurde eine lange Fahrt.

Bald, schon nach einer Viertelstunde etwa, merkte der Waldstein mit Verwunderung, daß er nicht mehr auf den Pflastersteinen Prags dahinfuhr, sondern auf der vom Regen durchweichten Heerstraße durch offenes Land. Der Mann, der schweigend neben ihm saß, öffnete jetzt eines der Kutschenfenster. Ein herbstlichkalter Luftzug war zu verspüren und der Geruch der feuchten Ackererde. Von einem nahen Wald kam das Sausen des Winds und der Ruf eines Käuzchens. Jetzt schien man sich einem Dorf oder einem Gutshof zu nähern, denn man vernahm Hundegebell und das Brüllen der Rinder. Es war ein Dorf, denn wie sie vorüberkamen, war ländliche Wirtshausmusik zu hören, eine Geige und ein Dudelsack.

»Das ist Vlasic«, sagte der Mann neben ihm und schloß das Fenster wieder. »Wir fahren durch Vlasic. Von hier kommen Blaubeeren und Pilze nach Prag auf die Märkte.«

»Ist es noch weit bis zu dem Quartier des Patrons«, erkundigte sich der Waldstein.

»Bis wohin?« fragte der Mann neben ihm.

»Zum Patron«, wiederholte der Waldstein. »Ich dachte, er hätte sein Quartier in der Stadt.«

»Wir haben noch etliche Meilen zu fahren, vier oder fünf«, gab ihm der Mann Bescheid.

»Das ist sonderbar. Ich kann's nicht recht verstehen«, sagte der Waldstein halb zu sich selbst.

Dann war wiederum Schweigen. Der Waldstein hüllte sich fester in seinen Mantel. Der Regen schlug mit großer Heftigkeit an das Dach der Kutsche, und unter den Rädern und den Pferdehufen sprang das Wasser aus den Pfützen in Kaskaden hoch. Als eine halbe Stunde unter dem Trommeln des Regens vergangen war, wandte sich der Mann von neuem an den Waldstein:

»Jetzt sind wir in Hochauz«, berichtete er. »Hier auf dem Schlickschen Gut wird ein starkes Bier gebraut, jedermann rühmt es. Der Herr hat jetzt die halbe Reise hinter sich.«

Der Waldstein hörte ihn nicht. Er hatte den Kopf auf seinen Arm gesenkt und schlief.

Er fuhr auf, als der Wagen hielt, wollt' sich die Augen reiben und spürte die Binde, da kam ihm die Erinnerung wieder. Er stieg aus dem Wagen. Es regnete nicht mehr. Kies knirschte unter seinen Füßen und eine Hand ergriff die seine.

»Geh der Herr nur geradeaus. Er wird erwartet«, sagte eine Stimme, die nicht dem Manne angehörte, der mit ihm im Wagen gefahren war.

Er ging auf einem Kiesweg. Es roch herbstlich nach späten Rosen und vergilbtem Laub.

»Stufen!« warnte die Stimme.

Er stieg eine Treppe hinauf und dann ging es, wie die Hand ihn führte, auf Steinfließen nach rechts, nach links, geradeaus und wiederum nach rechts. Jetzt ließ die Hand des Führers die seine los. Er blieb stehen. Trotz der Binde vor seinen Augen wußte er, daß er sich in einem hell erleuchteten Raum befand. Hinter ihm flüsterte es:

»Die Herrschaft.«

Und im gleichen Augenblick hörte er ein verhaltenes Lachen und eine helle Stimme:

»Seh der Herr doch nicht so streng darein wie die Themis selbst. Nehm der Herr doch endlich die Binde von den Augen und tret er näher, er ist willkommen.«

Der Waldstein streifte die Binde ab. Der Raum, in dem er sich befand, war nicht so hell beleuchtet, wie er vermutet hatte. Nur das Kaminfeuer erhellte ihn und das Licht zweier Wachskerzen, die in einem silbernen Leuchter auf einem Tisch standen, der für zwei Personen gedeckt war. Am Kaminfeuer saß eine Dame in einem Kleid von dunkelviolettem Samt, das gar nicht nach der Mode war, dafür aber auf anmutige Art den Fluß ihrer Körperlinien erraten ließ. Ihr Haar hatte einen Stich ins Rötliche, ihre Hände waren schmal, ihre Knöchel zart, aber das war auch alles, was der Waldstein zu erkennen vermochte, denn ihr Gesicht war hinter einer schwarzseidenen Maske verborgen.

»Da seh einer! Das ist also der Patron. Eine Weibsperson«, sagte der Waldstein zu sich, während er sich verbeugte.

»Ich find's charmant, daß der Herr gekommen ist, hab's zu hoffen nicht gewagt«, erklang hinter der Maske die Stimme der Dame. »Der Herr hat um meinetwillen in schlechtem Wetter und auf grundlosen Wegen eine beschwerliche Fahrt gehabt.«

»Im geringsten nicht«, versicherte der junge Waldstein. »Bin das Reisen gewohnt, sitz' freilich lieber zu Pferd als in einer Kutsche.«

»Ich weiß, daß der Herr bei den Dragonern ein Hauptmann war«, sagte die Dame.

»Der Demoiselle zu dienen«, bestätigte der Waldstein mit einer neuen Verbeugung.

Indessen waren zwei Diener, beide maskiert wie ihre Herrin, eingetreten, die trugen den ersten Gang des Abendessens auf: Weinsuppe, gefüllte Lammsbrust, Spanferkel, Rotkohl, Hühnerflügel, Hühnerleber und Wildschweinschinken, und die Dame lud den Waldstein ein, sich mit ihr zu Tisch zu setzen.

»Nehm der Herr mit dem vorlieb«, bat sie, während die Diener die Gläser füllten, »was das Haus und die Küche vermag, es ist nicht viel.«

»Nur um der allergnädigsten Demoiselle nicht zu mißfallen«, sagte, wie es der gute Ton vorschrieb, der junge Waldstein, und dann legte er sich ein Stück Lammsbrust, zwei Hühnerflügel, etwas Rotkohl und zwei Scheiben Schinken auf den Teller.

Als der zweite Gang mit seinen Gerichten von Kalbfleisch und Wildbret beendet war und die Diener das Dessert auftrugen und sich sodann entfernten, fand der Waldstein, es wäre nun an der Zeit, mit dem Patron über das Unternehmen zu sprechen, das ihm sechshundert Dukaten einbringen sollte.

»Ich trinke«, sagte er und dabei hob er sein Glas und sah

der Herrin des Hauses in die Augen, »auf ein gutes Gelingen in der morgigen Nacht.«

»Ich tue Euch gerne Bescheid«, sagte die maskierte Dame, »wenn ich auch nicht weiß, was Ihr für die morgige Nacht im Sinne habt. Ich will aber hoffen, daß Ihr darüber die heutige nicht vergeßt, der ich mit einiger Erwartung entgegensehe. Oder seid Ihr etwa einer von denen, die, wenn sie in einer Sache darin sind, schon an die nächste denken?«

»Wie? Versteh' ich recht? Die Sache soll heute noch vonstatten gehen?« erkundigte sich der Waldstein mit Besorgnis. »Ich fürchte, die Zeit wird nicht reichen, da ich doch . .«

»Warum sollt' die Zeit nicht reichen? Habt Ihr es so eilig, zu Eurer Schneiderswitwe zurückzukehren?« fragte die maskierte Dame in etwas spitzem Ton.

»Das nicht, Patron«, gab der Waldstein zur Antwort. »Aber wenn die Sache heute noch . . .«

»Wie nennt Ihr mich?« rief die Herrin des Hauses. »Patron? So hat mich noch keiner meiner, – so hat mich noch keiner von den Herren genannt, die ich zu Gast hatte. Patron! Ist das die Art, mit einer Dame zu reden und noch dazu mit einer, die, was Stand und Herkunft anlangt, hinter keinem von Euch zurücksteht?«

»Verzeihung!« murmelte der junge Waldstein ganz bestürzt. »Einer von Euern Dienern hat mir gesagt, daß ich Euch so nennen müßte.«

»Wahrhaftig?« rief die Dame empört. »Und welcher von meinen Bedienten war so närrisch oder so tölpfelhaft, Euch das aufzubinden?«

»Der, der heute morgen mit einer Botschaft von Euch bei mir war und gestern auch«, erklärte der Waldstein. »Ich weiß, wie er heißt, aber im Augenblick will's mir nicht einfallen.«

»Einer hat mit Lügen so weit sich verstiegen, daß er ohne Leiter nicht mehr recht kann weiter«, trällerte die maskierte Dame, während sie aufstand und um den Waldstein wie eine Katze herumstrich. »Laßt Euch sagen, Herr Hauptmann, daß ich nicht ein Wort von Eurer Geschichte glaube. Denn ich habe weder gestern noch heute morgen einen meiner Bedienten oder sonst wen mit einer Botschaft zu Euch geschickt.«

»Aber er sagte doch«, hielt ihr der Waldstein vor, »daß er von Euch käme, und ich sollt' mich bereit halten, weil Ihr mit mir von Geschäften zu reden hättet.«

»Von Geschäften?« lachte die Dame. »Das wird ja immer schöner. Nein, mein Herr Hauptmann! Ich will Euch ins Gesicht nicht zu sehr rühmen, aber daß ich einen schönen und jungen Offizier, wie Ihr einer seid, zu mir bitte, um mit ihm von Geschäften zu reden, – nein, Herr Hauptmann, wer das sagt, der kennt mich nicht. Ich fürchte, Ihr seid da in eine Kette von Irrtümern verstrickt.«

»Das fürchte ich auch«, sagte betrübt der junge Waldstein, der seine sechshundert Dukaten davonschwimmen sah. »Aber wollt Ihr mir nicht erklären, in welcher Absicht Ihr mich habt hierher kommen lassen?«

»Man könnte wahrhaftig glauben, daß Euer Mund noch nach der Ammenmilch riecht«, sagte lachend die maskierte Dame, und wiederum strich sie wie eine verspielte Katze um den Waldstein und sah ihn bald von der einen, bald von der anderen Seite an. »Warum ich Euch hab' hierher kommen lassen? Ist das so schwer zu erraten? Denkt einmal nach!«

Der Waldstein dachte im Augenblick an alles eher als an ein verliebtes Abenteuer, die Worte des Leitnizer klangen ihm im Ohr, der gesagt hatte, solch eine Gelegenheit, sechshundert Dukaten zu gewinnen, werde sich ihm in aller Ewigkeit nicht mehr präsentieren. Er blickte mißmutig vor sich hin und schwieg.

»Man sagt Euch nach, Ihr hättet einen hohen Verstand«, sprach die Dame weiter. »Aber Ihr scheint Euch seiner mit Mäßigung zu bedienen, denn sonst, Herr Hauptmann, hättet Ihr gemerkt, wie es um mich steht. Ich bin Euch schon mehrmals begegnet und habe nach einer Gelegenheit getrachtet, mit Euch zu sprechen, denn es schien mir, als wäre etwas Besonderes an Euch, etwas, das Euch von allen Männern, die ich kenne, unterscheidet. Irre ich mich? Aber das wißt Ihr ja wohl selbst nicht. Kurzum, Ihr gefallt mir, und ich möchte es dazu bringen, daß auch Ihr mich ein wenig liebt.«

Sie hatte die letzten Worte gar nicht zaghaft oder schüchtern gesprochen, sondern so, als wäre das, was sie begehrte, die selbstverständlichste Sache von der Welt. Der junge Waldstein lächelte, sein Mißmut war verflogen. Und er mußte an den Johannes Kepler denken, der ihm gesagt hatte, daß nicht der Mars, daß die Venus über seinem Abenteuer leuchten werde.

»Da es also der allerschönsten Dame«, begann er und ergriff ihre Hand, »gefallen hat, mich zu ihrem Liebsten zu erwählen ...«

»Daß Ihr mich recht versteht: Für eine Nacht!« fiel ihm die allerschönste Dame ins Wort, und sie machte ihre Hand frei und begann an dem dunkelvioletten Samt ihres Kleides zu nesteln. »Für eine Nacht, mein Herr Hauptmann, merkt Euch das wohl! Denn ich will frei sein und mit mir tun können, was mir beliebt. Aber diese eine Nacht wird Euch für hundert gut sein.«

»Wenn es Euch also«, sagte, ohne große Enttäuschung zu zeigen, der junge Waldstein, »gefallen hat, mich für diese Nacht zu Eurem Liebsten zu erwählen, warum wollt Ihr mir Euer Gesicht nicht zeigen, daß ich es in die Hände nehmen und liebkosen kann.«

»Weil ich«, gab die Dame, noch immer an ihrem Kleide nestelnd, zur Antwort, »mehr, als Ihr denkt, auf meinen Ruf bedacht bin und den Männern nicht traue. Sie rühmen sich allzu gerne ihrer Liebsten, können nicht schweigen.«

»Vielleicht ist es eben das, wodurch ich mich von den anderen unterscheide. Ich kann schweigen«, beteuerte der Waldstein.

»Vielleicht«, gab die Dame zu. »Aber auch die Männer, die zu schweigen verstehen, begehen oft die erstaunlichsten Fehler, so daß die ganze Welt ihr Geheimnis errät. Nein, Liebster! Du kannst in dieser Nacht alles von mir erlangen. Aber die Maske bleibt.«

Sie warf den Kopf zurück, ließ die Arme sinken und der dunkelviolette Samt glitt an ihr zu Boden.

Wie sie nun nach genossenen Freuden Seite an Seite in zarter Umschlingung lagen, kam eine Lust, zu plaudern, die Dame an, sie konnte jetzt nicht stille sein, sie begann von allem, was ihr durch den Kopf ging, zu sprechen.

»Ich bin recht munter«, sagte sie. »Aber du, Liebster, solltest schlafen, denn morgen, wenn die Sonne aufgeht, mußt du schon drei Meilen weit weg von hier sein, kommst heim, da wird alles sein, wie es war, wirst an mich nicht denken. Man sagt von dir, man hat mir erzählt, daß du Tag und Nacht über deinen Büchern sitzest; ist es die Heilige Schrift, in der du so fleißig liest?«

»Nein«, erklärte ihr der Waldstein, »es sind lateinische und griechische Autoren, die über die Kriegswissenschaft geschrieben haben.«

»Dann bist du ja ein wahrer Schrein der Gelehrsamkeit«, meinte die Dame halb spöttisch, halb bewundernd. »Ich kann auch Latein. Willst du hören, wie ich Latein kann? Hodie – heute, morgen – cras, aliquid schwimmt im Butterfaß. Ja, Liebster, hodie bist du bei mir und morgen, cras, o wehe, da bist du fort, ja, leider, es geht nicht alles so, wie man es möchte, und was das aliquid ist, das im Butterfaß schwimmt, das hab' ich auch gewußt, aber ich hab' es vergessen, kannst du's mir nicht sagen, da du doch so gelehrt bist?«

»Laß mich dein Gesicht sehen, so will ich's dir sagen«, schlug ihr der Waldstein vor.

Sie schüttelte den Kopf, ließ sich küssen und küßte wieder, und ihre Gedanken nahmen eine andere Richtung.

»Sag mir, Liebster, da du doch so gelehrt bist, – warum fallen die Frauen so gerne und so oft in Sünde? Wenn du's nicht weißt, wenn's nicht in deinen Büchern steht, so will ich dir's sagen. Ich sündige, weil ich drei gewichtige Gründe dafür habe: Zum ersten, weil es vor der Welt verborgen bleibt, es mengt sich keiner in meine Sachen. Zum zweiten, weil Gott barmherzig ist, er läßt den Sündern Zeit, zu bereuen und sich zu bekehren, das hat mir mein Kaplan gesagt. Und zum dritten, weil es die anderen Frauen auch tun, aber das weißt du ja besser als ich, oder weißt du es nicht?«

Von einem Kirchturm her kamen Glockenschläge, der Waldstein zählte sie, es waren zwölf. Und wie der letzte Glockenschlag verhallt war, da war aus der Ferne ein leises Kläffen und Winseln zu vernehmen, zuerst achtete der Waldstein nicht darauf, es war so leise, er hörte es kaum, doch nun kam ein Ziegengemecker dazu und dann –, war es denn möglich? Klang das nicht wie der jammervolle Hahnenschrei des Jeremias? Es konnte kein Zweifel sein. Das war der Jeremias, der die Sünden der Welt beklagte.

Einen Augenblick lang war der Waldstein ganz verwirrt und wie vor den Kopf geschlagen, und dann begriff er. Er wußte nun, wo er sich befand und wer an seiner Seite lag.

»Zwölf Uhr«, stellte indessen die Dame fest. »Liebster, du sollst schlafen. Du mußt früh fort, hast eine lange Fahrt vor dir.«

Sie ließ ihn aber nicht schlafen, sondern plauderte weiter:

»Sechs Meilen. Fünf Meilen, – da denkst du noch an mich. Vier Meilen, – da hast du mich vergessen. Drei Meilen, – da wirst du ungeduldig. – Kutscher, fahr zu! Und der

Kutscher knallt mit der Peitsche, die Gänse stieben aus dem Weg und strecken die Hälse und schreien dir nach, zwei Meilen, eine Meile noch, da ist die Prager Neustadt,

und wenn du kommst zum Neustädter Tor
da steht ein steinerner Ochse davor.
Eins, zwei, muh!
Der Ochse, der bist du!«

»Schweig still, Lucrezia!« sagte der junge Waldstein. »Laß die Possen! Ich habe keine lange Fahrt, und ich komme auch nicht zum Neustädter Tor.«

Sie hob den Kopf und sah den Waldstein aus erschreckten Augen an. Ihre Verwirrung verbarg sich hinter einem Lachen.

»Wie hast du mich genannt?« fragte sie. »Was hast du dir für einen neuen Namen für mich ausgedacht? Erst Patron und jetzt, – wie sagtest du?«

»Ach geh!« rief der Waldstein. »Vom ersten Augenblick an hab' ich gewußt, wer du bist. Nein, Lucrezia, Liebste, ich hab' nicht Lust, nochmals zwei Stunden lang in deiner Kutsche zu sitzen. Ich lauf' durch den Garten, spring' über den Zaun und bin daheim.«

Die Lucrezia von Landeck seufzte, sah ihn an, seufzte wiederum und nahm die seidene Maske ab. Ein schmales, blasses, erschrockenes Gesicht mit großen Augen und langen Wimpern kam zum Vorschein, ein spitzes Näschen und ein eigenwillig geformter Mund. Um ihre Lippen zuckte es.

»Ach Liebster!« klagte sie. »Was hast du angerichtet. Was hast du nur getan! O Jammer, jetzt ist es aus mit dir, du mußt sterben und ich werd' mein Leben lang keinen guten Tag mehr haben.«

Sie richtete sich auf und ging zu einem Spind, das an der Wand stand, suchte eine Weile darin, und als sie zurückkam, hatte sie ein Terzerol in den Händen, das hielt sie auf den Waldstein gerichtet.

»Sieh her!« sagte sie. »Ich hab' oft daran gedacht und mir's vorgestellt und ausgemalt, wie einer, der auf mein Geheimnis käm', das Haus nicht lebend verlassen dürfe, wie er himmelhoch um sein Leben bittet, aber es ist keine Gnade für ihn. Sich's auszumalen ist nicht schwer, aber wenn's dazu kommt, – ich kann ja mit diesem Ding nicht umgehen, weiß nicht einmal recht, wie man's anfaßt, ich hab' ja nicht die Kriegswissenschaften studiert.«

»Soll ich dir's zeigen, wie man damit umgeht?« schlug ihr der Waldstein vor. »Es ist nicht schwer. Erst das Zündkraut aufgelegt, gib aber acht, daß es dir der Wind nicht fortweht.«

Sie legte das Terzerol aus der Hand und sah den Waldstein mit einem hilflosen Blick an.

»Was soll ich tun?« klagte sie. »Rat mir, Liebster, was soll ich tun?«

»Ich hätte dir nie begegnen dürfen, Lucrezia«, sagte der junge Waldstein. »Nun aber ist's um mich geschehen, und ich muß dich lieben, solange ein lebendiger Hauch in mir ist.«

In ihrem Gesicht leuchtete es auf, als hätte sie auf diese Worte gewartet.

»Ja, es gibt nur diesen einen Weg«, erklärte sie mit fester Stimme. »Als mein Gatte wirst du schweigen und meine Ehre bis zum Tode behüten. An Stand und Herkunft sind wir einander gleich, kennen einander auch, wie Frau und Mann einander kennen. Ist's dir lieb so? Der Kaplan und zwei Zeugen sind bei der Hand.«

»Ja, mir ist's lieb so, wie sollt's mir nicht lieb sein! Her mit dem Kaplan und her mit den Zeugen!« rief der junge Waldstein so laut, daß die Lucrezia erschrocken zusammenfuhr.

»Still!« flüsterte sie und legte die Finger an die Lippen. »Mach nicht Lärm. Vergiß nicht, daß du mit einer Dame im Bett liegst, die noch nicht deine Frau ist. Willst du denn, daß die ganze Stadt dazugelaufen kommt?«

Als der Waldstein am nächsten Morgen nach vollzogener Ehe in seine Dachkammer zurückkehrte, fand er dort den Leitnizer, der stand in einem Winkel und wartete auf ihn. Er sah zum Erbarmen aus, müde und verstört. Er mußte die Nacht auf einem Heuboden verbracht haben, denn in seinen Haaren, in seinen Schuhen und in seinen zerdrückten Kleidern staken Strohhalme.

»Wo seid Ihr gestern geblieben?« rief er, sowie der Waldstein die Türe hinter sich geschlossen hatte. »Ihr habt nicht hier geschlafen? Hat man Euch gewarnt?«

»Gewarnt? Wovor?« fragte der Waldstein.

Der Leitnizer schlug die Hände vors Gesicht und begann zu schluchzen.

»Man hat ihn verhaftet!« jammerte er. »Hört Ihr? Man hat ihn verhaftet! Ich wartete auf Euch, zwei Stunden lang hab' ich gewartet. Ihr kamt nicht und ich ging zurück, um es dem Patron zu melden, und wie ich hinkam, sah ich, daß sie das Haus umstellt hatten, und sie führten den Barvitius hinaus mit Ketten an den Füßen, die Hände hatten sie ihm auf dem Rücken gebunden.«

»Den Barvitius? Wer ist das?« fragte, ohne sonderlichen Anteil an der Sache zu nehmen, der Waldstein.

»Der Patron!« stöhnte der Leitnizer. »Und er hat es vorhergesehen! Er hat es vorhergesehen, und ich wollte nicht auf ihn hören. Und was wird das Ende sein? Gefängnis, Ketten und der Galgen oder die Galeere. Und ich? Was werde ich ohne ihn beginnen? Wo ist Frankreich! Wo sind die Niederlande?«

Er sah den Waldstein mit einem zornigen Blick an und rief:

»Da muß einer ja von Stein und Marmor sein, wenn er dabei kein Mitleid fühlt.«

»Ich habe mit all dem nichts zu schaffen«, erklärte der Waldstein.

»Ganz so sicher fühlt Ihr Euch aber nicht«, meinte der

Leitnizer, »sonst hättet Ihr die Nacht nicht außer Haus verbracht. Und Ihr tatet recht daran, denn man hat mir sicherlich nachgespürt und gesehen, daß ich etliche Male bei Euch war. Ich mache mich davon, lasse mich in Prag nicht mehr sehen, und Euch rat' ich, sucht Euch rasch ein anderes Quartier.«

»Das hab' ich schon getan«, sagte der Waldstein.

Am gleichen Tag erhielt Johannes Kepler ein Schreiben des Herrn Albrecht Wenzel Eusebius von Waldstein, in dem dieser ihm »den schuldigen Dank für empfangenen großgünstigen Bescheid« zum Ausdruck brachte. Die Venus, hieß es in dem Schreiben weiter, müsse aber auch schon in der vergangenen Nacht im Bereich des Wagens gestanden sein, denn er, der »dienstwilligst und gehorsamst Unterzeichnete« habe in eben dieser Nacht seine Sache aufs rühmlichste gewonnen.

Dem Brief war ein versiegelter Beutel mit fünf ungarischen Dukaten beigelegt.

Johannes Kepler ging mit dem Beutel in die Kammer, in der seine kranke Frau lag. Er setzte sich an den Rand ihres Bettes, flößte ihr mit einem Löffelchen Arznei ein und wischte ihr die Schweißtropfen von der Stirn.

»Du weißt«, erklärte er ihr, »und ich hab' es dir gesagt, daß die Astrologie, die von der Menge der Urteilslosen so hoch gepriesen wird, die schlechte und entartete Tochter der erhabenen Sternenkunde ist. Ich liebe sie nicht. Aber wie manches verlorene Kind ernährt auch sie mit ihren Reizen die arme Mutter, deren keiner sonst gedenkt.«

Und er legte die fünf Dukaten auf das Bett der Kranken.

»Ein Hund, der bellte, und ein Hahn, der krähte, die haben das Glück des Wallenstein begründet«, sagte mein Hauslehrer, der stud. med. Meisl, als er mir an einem regnerischen und nebligen Novembertag diese Geschichte erzählte, statt mich in die Mysterien des Rechnens mit Sinus und Cosinus einzuführen. »Davon wirst du freilich in deinem Gymnasium nichts gehört haben, denn dort trichtert man euch nur Jahreszahlen ein. Ich will, Gott behüte, nichts Schlechtes auf ihn sagen, aber er war ein guter Rechner, im Krieg wie in der Liebe, der Wallenstein, und darum habe ich meinen Zweifel, ob damals wirklich nur die Venus im Bereich des Wagens gestanden ist. Denn, – erinnere dich daran, was ich dir von der Lucrezia von Landeck gleich zu Anfang erzählt habe: daß sie eine der reichsten Erbinnen im Königreich Böhmen war. Sie ist früh gestorben. Ihr Reichtum aber hat den Wallenstein in den Stand gesetzt, zwei Dragonerregimenter aufzustellen, als der Krieg gegen Venedig ausbrach, und sie dem Kaiser zuzuführen. Und das war der Beginn seines steilen Aufstiegs, dem dann ein Hellebardenstoß in Eger ein Ende gesetzt hat.«

Der stud. med. Meisl stopfte sich seine lange Studentenpfeife, deren Porzellankopf das Bild Voltaires zeigte, mit irgendeinem billigen Produkt der k. u. k. Tabakregie. Dann fuhr er fort:

»Johannes Kepler, der so tief in die Gesetze des Weltalls blickte, hat sich sicherlich nicht geirrt. Die Venus herrschte in jener Nacht im Bereich des Wagens. Aber mir will es scheinen, als wäre noch ein anderer, ein kleiner, unscheinbarer Stern ganz in der Nähe gestanden, – der wahre Stern des Wallenstein: der Merkur. Und wenn du auch ein schlechter Lateiner bist und nicht einmal eine leichte Stelle aus dem Ovid anständig übersetzen kannst, das weißt du doch, daß bei den Alten Merkur der Gott des Geldes war.«

Der Maler Brabanzio

Es gab in Prag einen Maler, von dem der Nachwelt nur wenig überliefert ist, er hieß Vojtech oder Adalbert Brabenec, doch er hörte es nicht ungern, wenn man ihn mit Signor Brabanzio ansprach. Man konnte ihn freilich eher einen Landstreicher und Vaganten nennen als einen Maler. Er pflegte alljährlich die böhmischen und österreichischen Länder, Ungarn und die Lombardei zu durchwandern, doch nahm er nur selten bei einem guten Meister Arbeit an, blieb auch nirgends lange, er hatte nämlich seine eigenen Anschauungen über die Malkunst und wollte sich den Weisungen des Meisters nicht fügen. Auch sonst war er von unruhiger Gemütsart, er führte, wo immer er sich befand, rebellische Reden gegen die Obrigkeit und bezeigte allen Personen von Stand und Ansehen, ja auch solchen Leuten, die nur anständig gekleidet waren, seine Mißachtung. So trieb er sich denn zumeist in Bauernschenken, in Hafenkneipen und in verrufenen Häusern herum, wo man auf seine aufrüherischen Reden gerne hörte und auch seine Fähigkeit, mit wenigen Strichen die Gesichter seiner Zechkumpane festzuhalten, zu schätzen wußte. Er sah, auch wenn er nicht betrunken war, ja selbst an Sonntagen so aus wie einer, den man soeben aus dem Rinnstein aufgelesen hatte, und sein Gesicht zeigte die Spuren überstandener Raufhändel, denn er und seine Gesellen hatten, wenn es Streit gab, das Messer immer gleich bei der Hand.

Wenn er für einige Zeit der Händel und des Wanderlebens müde geworden war, kehrte er nach Prag zurück, in zerrissenen Schuhen, ohne Hemd, ohne einen Kreuzer in der Tasche, ja bisweilen sogar ohne sein Malgerät. Er ließ sich dann in der Werkstätte seines Bruders nieder, der am Moldauufer, unweit des Agnesklosters, das Gewerbe eines

Flickschneiders ausübte. Sie liebten einander, aber sie kamen nur schlecht miteinander aus. Den Flickschneider verdroß es, daß sein Bruder nicht die ehrbaren Leute malte und auch nicht die Muttergottes und die lieben Heiligen, sondern immer nur geringes Volk und liederliches Gesindel: Betrunkene Soldaten, Zigeuner, Hundefänger, Taschendiebe, die Wäscherinnen vom Moldauufer mit ihren Körben, Quacksalber, Zahnbrecher, Musikanten, allerlei Gestalten aus den Gassen des Ghettos und die Höckerweiber, die auf dem Kleinen Ringplatz ihre selbstgefertigten Pflaumenmuskuchen feilhielten. Auch nahm er ihm übel, daß er mit dem Geld, das ihm seine Pinseleien bisweilen einbrachten, nicht hauszuhalten wußte. Denn – wie das Sprichwort sagt – ein Narr und seine Groschen bleiben nicht einen Tag lang beieinander.

Nun waren aber einige dieser Bildchen, flüchtige Skizzen und Entwürfe, in die Hände solcher Leute gelangt, die etwas von der Malerei verstanden oder zu verstehen vorgaben. Und eines von ihnen, das einen bärtigen und etwas schiefgewachsenen Kapuzinermönch darstellte, der einen erbeuteten oder erbettelten Käselaib mit verliebten Augen betrachtete, war dem Römischen Kaiser zu Gesicht gekommen.

Kaiser Rudolf II. war in jenen Zeiten aufs eifrigste darauf bedacht, seine Kunst- und Raritätenkammer zu bereichern, und das Geld, dessen er dazu bedurfte, scharrte er aus allen Ecken und Enden zusammen, so daß die Hofkammer viel Mühe hatte, seine Schulden zu bezahlen. Mit den Staatsgeschäften befaßte er sich in jenen Tagen nur wenig. Er liebte die Künste, er lebte nur für sie. Und wenn er auch die Wahl des Gegenstandes dieser Darstellung vom Standpunkt der Kirche aus mißbilligte, so erschien es ihm doch merkwürdig, ja beinahe unglaublich, daß unter seinen Böhmen, die in der Malerei so wenig Gutes hervorgebracht hatten, daß in einem schmutzigen Winkel der Altstadt ein Maler leben sollte, der hinter keinem der italienischen oder der niederländischen Meister seiner Zeit zurückstand.

Damals verließ der Kaiser noch bisweilen die Prager Burg, er lebte noch nicht in ständiger Furcht vor den Mordanschlägen seines Bruders Matthias und anderer ihm feindlich gesinnter Personen. Und so trat er eines Morgens in der Tracht eines öffentlichen Schreibers, in ausgetretenen Schuhen also und schäbigem Rock, zwei Kielfedern und ein Tintenfaß im Gürtel und um den Hals eine Kette, an der ein Medaillon mit dem Bildnis der heiligen Katharina befestigt war, die die Schutzpatronin aller Schreiber ist, – in dieser Verkleidung also trat er aus einem Seitenpförtchen des Hirschgrabens und ließ sich von seinem Kammerdiener Červenka durch enge und menschenleere Gassen und über den Fluß bis vor das Haus »Zur Baßgeige« geleiten, in dessen Hintertrakt der Flickschneider und der Maler ihre Werkstätte hatten.

Es war ein Tag im Februar und ein kalter Regenschauer war soeben niedergegangen. Fröstelnd verabschiedete der Kaiser den Červenka. Er rückte seine Halskette zurecht, die ihm als ein wesentlicher Teil seiner Verkleidung erschien, und ging mit vorsichtigen Schritten über den durchweichten Boden eines schmalen und jammervoll kahlen Gärtleins, in dem eine Katze hinter den Sperlingen her war. Dann trat er in die Werkstätte ein.

In dem mäßig großen Raum befanden sich drei Personen. Der Flickschneider, der eine Brille trug, die er unaufhörlich zurecht rückte, saß auf einem Schemel und wärmte sich bald den einen, bald den anderen Fuß über einem Messingbecken, in dem ein Häuflein Kohle glühte. Einen alten Mantel von der Art, die man »Surtout« nannte, hatte er vor sich ausgebreitet, um das schadhaft gewordene Futter zu erneuern. In der Mitte der Werkstätte saß auf zwei Stühlen, die aneinandergerückt waren, ein bärtiger Riese, ein Moldauflößer in seinem Sonntagsstaat. Er ließ sich von Signor Brabanzio abkonterfeien und sah dabei recht unglücklich darein, er schien nicht zu wissen, wo er seine mächtigen, schwieligen und behaarten Hände lassen sollte. Im Augenblick hielt er sie weit von sich gestreckt und wie zum Gebet gefaltet. Der Maler hatte ihm eingeschärft, sich nicht zu rühren, und so fürchtete er, daß er mit einer ungeschickten Bewegung seiner Hände irgend etwas in der Werkstatt zerstören oder verderben könnte. Aber just dieser kindlich unbeholfene und ein wenig gequälte Ausdruck des bärtigen Gesichts war es, was der Maler zu sehen und festzuhalten wünschte. Er strich mit dem Rötelstift in der Hand um den vor Angst schwitzenden Flößer herum, betrachtete ihn bald von rechts, bald von links, rückte, indem er ihn am Ohr oder am Bart zupfte, sein Gesicht zurecht, trat zurück, kam wieder näher und fügte dann ein Strichlein dem Konterfei hinzu, das schon so gut wie beendet zu sein schien.

Rudolf II., der Römische Kaiser, zog die Türe hinter sich zu und lüftete sein Hütchen. Unsicher und befangen, wie er es immer war, wenn er sich fremden Gesichtern gegenüber sah, versuchte er eine Verbeugung von der Art wie sie sein Geheimer Rat, der Hegelmüller, vollführte, wenn er mit Rechnungen oder einem Aktenbündel zu ihm in die Kammer trat. Eine solche Verbeugung also versuchte er, aber es kam nicht mehr dabei heraus als ein leichtes Senken des Kopfes und ein Emporziehen der linken Schulter. Dann entschuldigte er sein Eindringen mit dem Wunsch, sich ein wenig zu erwärmen, denn er leide, sagte er, an einem hartnäckigem Brustübel, und das kalte Wetter und die Nässe draußen seien seinem Befinden sehr abträglich. Und zum Beweise, daß dem wirklich so sei, hustete er ein wenig in die hohle Hand.

»Setzt Euch, Herr, wenn es Euch beliebt, zu mir ans Feuer!« lud ihn der Flickschneider ein. »Bei Euch ist's also die Brust. Bei mir ist's der Magen, der mir zu schaffen macht. Ein Brot mit Schmalz, ein Stückchen Bratwurst, – das geht noch. Aber wenn ich dann einen Schluck Bier dazu trinke, dann kommen alle Leiden der heiligen Märtyrer über mich.«

»Was brauchst du Bier?« ließ sich der Maler vernehmen. »Wer ein richtiger Schneider ist, der wird von einem Stückchen Käse betrunken.«

»Kann ich schon aufstehen, Herr?« fragte der Flößer.

»Und bei dem dort«, erklärte der Flickschneider und wies mit der Stopfnadel auf seinen Bruder, »fehlt's, wie Ihr seht, im Kopf. Er ist ein Narr. Und so hat jeder von uns sein Kreuz.«

Mit einer Handbewegung lud er seinen Gast nochmals ein, sich zu setzen, und dann erst fiel es ihm auf, daß der Flößer zwei Stühle für sich in Anspruch genommen hatte, und einen dritten gab es nicht in der Werkstatt. Er wurde zornig.

»Steh auf, du Backtrog! Du Ofenröhre!« schrie er ihn an. »Es wollen andere Leute auch sitzen.«

Der mit diesen sonderbaren Scheltworten bedachte Flößer erhob sich schwerfällig, aber sehr zufrieden, daß er nicht länger bewegungslos sitzen mußte, und schob den einen der beiden Stühle dem vermeintlichen Schreiber hin. Der Maler hatte indessen das Konterfei beendet. Er hielt es in der ausgestreckten Hand und sah es prüfend an, und dabei bewegte er den Kopf hin und her und verzog den Mund, als könnte ihn das, was er da zustande gebracht hatte, nicht völlig zufriedenstellen. Dann reichte er es dem bärtigen Riesen, und der nahm es vorsichtig und erwartungsvoll zwischen zwei Finger.

Der Flößer sah ein Gesicht, das ihm bekannt erschien und das sehr wohl das seine sein mochte. Auch das Tüchlein, das er um den Hals gewickelt trug, erkannte er. Aber von seinem neuen Sonntagsrock war auf dem Bilde nichts zu sehen.

Er war enttäuscht. Ein drängender Wunsch und der Verdruß darüber, daß dieser Wunsch ihm nicht erfüllt worden war, rangen in seinem Hirn nach Ausdruck.

»Warum?« fragte er, »warum, Herr, habe ich meinen Sonntagsrock angezogen?«

»Das frage ich mich auch«, sagte der Maler. »Und ich weiß auch nicht, warum Ihr Euch den Bart habt kürzen lassen. So wie er gestern war, stand er Euch besser. Geht jetzt, geht, ich habe keine Zeit mehr für Euch.«

Und er schob den Flößer, der immer wieder stehen blieb in der Hoffnung, doch noch wenigstens ein Stückchen seines Sonntagsrocks auf das Bild zu bekommen, Schritt um Schritt zur Türe und hinaus.

Der Kaiser hatte sich neben dem Kohlenbecken niedergelassen und wärmte sich die Hände. Jetzt wandte er sich an den Flickschneider.

»Ein Magenübel, sagt Ihr? Und die Ärzte wissen Euch keinen Rat? Denkt nach, ob Ihr nicht irgendeinmal für die Erlösung eines Verdammten gebetet habt.«

»Ich? Für wen?« fragte der Flickschneider und rückte seine Brille zurecht.

»Der heilige Gregor«, erklärte ihm der Kaiser, »hat einmal in großer Inbrunst für die Seele des Heidenkaisers Trajan, dessen Bildnis er auf einem Marmorsarkophag gesehen hatte und der ihm auch mehrmals im Traum erschienen war, gebetet, daß sie aus der Verdammnis erlöst werde. Sein Gebet wurde erhört, aber er mußte dafür ein Magenübel in Kauf nehmen, an dem er sein ganzes Leben hindurch zu leiden hatte.«

»Bei Euch ist's wohl auch nicht richtig dort oben«, meinte der Flickschneider, und er deutete mit seiner Stopfnadel auf des Kaisers Stirne.

Der Kaiser schwieg. Sein Blick war auf ein kleines, in Wasserfarben gemaltes Bild gefallen, das an der Wand befestigt war. Es stellte eben jenes Gärtchen vor, durch das der Kaiser kurz zuvor gegangen war, ohne ihm einen Blick zu schenken. Nicht viel anderes war auf dem Bild zu sehen als ein Schlehdornbusch und ein entlaubter Baum mit dünnem Geäste, eine Schneepfütze und die Latten eines Zauns, aber über all dem lag ein Zauber, der mit Worten nicht auszudrücken war, – winterliche Schwermut und Vorahnung des Frühlings oder vielleicht auch nur jene Anmut, die bisweilen der Armseligkeit und der Unscheinbarkeit zu eigen ist.

Es war das Werk eines großen Meisters, und das erkannte der Kaiser, und es war ihm klar, daß er das Bild besitzen und daß es in der Kunstkammer neben den Werken anderer Meister den Platz finden müsse, der ihm zukam, und im Geiste sah er es schon neben einer Landschaft des Lukas van Valkenborch hängen, die er über alles liebte. Zugleich aber fiel ihm ein, daß er es unterlassen hatte, sich mit Geld zu versehen, als er in dem Rock eines Schreibers mit dem Červenka die Burg verließ. Das war verdrießlich. – Tut nichts, tut nichts, sagte er sich zum Trost. Morgen in der Früh' schick' ich den Červenka, geb' ihm zwei, drei Gulden oder vier, er ist recht geschickt, der Červenka, weiß mit Leuten zu reden, ein Allerweltsbescheißer, das ist der Červenka, er wird das rare Werk um geringes Geld an sich bringen, kauft immer wohlfeil ein.

Dann aber erwog er einen anderen Plan, wie er zu dem Bild und auch noch zu anderen schönen Werken dieses Malers gelangen könnte.

»Das ist gute Arbeit und schön anzusehen«, bemerkte er und wies auf das Bild.

»Das dort? Das mit der Kotlacken?« verwunderte sich der Schneider und rückte seine Brille zurecht.

»Ihr solltet damit«, wandte sich der Kaiser jetzt an den Maler, »hinauf in die Burg gehen, daß man's dort oben weiß, was Ihr in Eurer Kunst vermögt.«

»Ich dank' Euch für den Rat«, sagte der Maler, der eben

dabei war, seinen Rötelstift und seine Kreiden zu spitzen. »Wär's ein Gulden, ich steckte ihn ein.«

»Ihr solltet«, fuhr der Kaiser unbeirrt fort, »versuchen, ob nicht für Euch die Stelle eines kaiserlichen Hofdieners zu erlangen wär'.«

»Ich will nicht so hoch hinaus, bin zufrieden mit meinem Stand«, erklärte der Maler.

»Daran könnt Ihr den Umfang seines Geistes erkennen«, rief der Flickschneider erzürnt. »Ein sicheres Auskommen, daran liegt ihm nichts. Er will sich, sagt er, den rauhen Wind um die Nase wehen lassen. Wenn er nicht just bei mir ist, hat er oft nicht ein Stücklein Brot.«

»Hab' ich nicht Brot, eß' ich die Butter trocken«, tröstete sich der Maler und fuhr fort, seine Kreiden zu spitzen.

»Seine Majestät«, sagte der Kaiser, und bei diesem Wort erhob er sich ein wenig von seinem Stuhl, »wird Euch für Eure rare Arbeit sicherlich alle Gunst und Affection erweisen.«

»Und mir das Salarium schuldig bleiben«, meinte der Maler, »wie dem Miseroni, kaiserlichem Hofdiener und Steinschneider, der in seinem Hause nichts mehr hat, von dem er sagen könnte, es wäre sein. Ja, mit der Hand zum Beutel in der Tasche, das ist bei Seiner Majestät ein weiter Weg.«

»Daß dich ...!« entfuhr es dem Kaiser, aber er unterdrückte den Zorn und den Verdruß, und dann sagte er mit einer Stimme, aus der sogar ein wenig Schuldbekenntnis klang:

»Vor zwei Wochen hat er dem Miseroni zwölf Gulden reichen lassen.«

»Ja, zwölf von den hundertzwanzig, die er ihm schuldet«, stellte der Maler fest.

»Ich mein', zwölf Gulden sind für einen Schneider ein schönes Geld«, meldete sich der Flickschneider zu Wort, der in dem Steinschneider eine Art von Zunftgenossen sah.

»Was aber den Kaiser und böhmischen König betrifft, so sagen die Leute, daß, wer ihn sehen will, sich als Stallbursche, Pferdewärter oder Gärtner verkleiden muß. Denn nur seinen Lustgarten und die Ställe besucht er alle Tage.«

»Vielleicht«, sagte der Kaiser und seine Stirne furchte sich, »meidet er die Menschen, von denen er alle Tage immer nur die gleichen Worte hört: Hilf, Kaiser! Gib! Gewähre! Schenke! Mach mich glücklich! Mach mich reich!«

»Und es heißt auch«, fuhr der Flickschneider fort, »daß drei Leute oben in der Burg, ein Kammerdiener, ein Sterndeuter und ein Antiquar an des Kaisers Stelle das Land regieren und die Steuern ausschreiben.«

»Wenn Ihr morgen um diese Stunde«, wandte sich der Kaiser an den Maler, »in den kaiserlichen Lustgarten kommt, werdet Ihr Seiner Majestät begegnen, könnt Euer Anliegen vorbringen.«

»Mein Anliegen?« verwunderte sich der Maler.

»Ja. Daß Ihr begehrt, Seiner Majestät mit Eurer Kunst zu dienen«, erklärte ihm der Kaiser.

Der Maler Brabanzio nahm seine Stifte und Kreiden und ordnete sie auf dem Fensterbrett zu einer Reihe.

»Toren sind, die den Königen dienen«, sagte er. »Und es steht auch geschrieben: Trauet nicht den Fürsten, denn es ist kein Heil bei ihnen. Herr! Ich will nicht. Weder diesem König noch einem anderen will ich dienen.«

»Da habt Ihr es«, ereiferte sich der Flickschneider. »Wie ich es Euch gesagt hab': ein Narr. Bei dem hilft guter Rat, wie einem Toten der Schröpfkopf hilft. Alle Tage bete ich für ihn zu Gott: Herr, laß ihn lahm sein, laß ihn krumm sein, aber gib ihm ein wenig Verstand, laß ihn nicht länger einen Narren bleiben.«

»Da kommt der Jude wieder«, sagte der Maler, der am Fenster stand. »Der mit dem Ziegenbart. Er kommt zum drittenmal. Ich wollt', ich könnt' ihm helfen, aber ich kann es nicht.«

Der Jude mit dem Ziegenbart, dem der Maler Brabanzio nicht helfen zu können vermeinte, war der Mordechai Meisl.

Er kam um der Esther, seiner Frau, willen. Drei Jahre waren vergangen seit jener Nacht, in der der Melach Hamowed, der Todesengel, sie hinweggenommen hatte. Aber die Zeit hatte seinen Schmerz nicht gelindert. Er dachte immer an sie. Er wollte ihr Bildnis haben.

Er hatte von Malern gehört, die längst dahingegangene Personen sehr getreu dargestellt hätten: Die Erzväter, Moses mit den Gesetzestafeln in seinen Händen, Susanna, die Frau des Jojakim, auch die römischen Kaiser und die böhmischen Könige der vergangenen Zeiten, und er selbst hatte in einem adeligen Schloß das Bildnis des Knaben Absalon gesehen, der jämmerlich an seinen Haaren hing. Und in seinem Kopf hatte sich der Gedanke festgesetzt, daß der Maler Brabanzio imstande sein müsse, ein Bildnis der Esther, die er sein Täubchen, seine Süße, seine Unschuld nannte, zu malen, wenn er sie ihm nur auf die rechte Art beschriebe, und er traute sich zu, sie ihm mit Worten so vor Augen zu bringen, wie sie in ihrem irdischen Leben gewesen war.

Wohl stand geschrieben: Du sollst dir kein Abbild machen. Aber das Haupt der Verbannung, der hohe Rabbi Loew, der ein Gaon war, ein Fürst unter den Wissenden, hatte ihn belehrt, daß dies keines der sieben Noachidischen Verbote sei, und soferne einer nur die Noachidischen Verbote einhalte, habe er am Gottesreiche teil.

»Leben und Segen vom Ordner der Welt, mit Euch sei Friede«, grüßte er nach der Juden Brauch, als er eintrat, und er erkannte den Kaiser nicht und der Kaiser nicht ihn.

»Herr«, sprach ihn der Maler an, und er sah verwirrt und bekümmert drein wie einer, der sich keinen Rat weiß, »Ihr kommt vergeblich. Was Ihr verlangt, kann keiner zuwege bringen, es ist nicht möglich.«

»Ihr könnt es, wenn Ihr nur wollt«, sagte der Mordechai Meisl. »Es kann so schwer nicht sein. Habt Geduld mit mir, versucht es noch einmal, Ihr sollt für Eure Mühe aufs beste kontentiert werden.«

»Ich weiß«, erwiderte der Maler, »Ihr habt mir acht Gulden verwilligt und zugesagt. Aber sie sind mir nicht bestimmt, und ich muß in Armut bleiben.«

»Acht Gulden?« rief der Flickschneider, »meinst du, die läßt ein Jude alle Tage aus seinem Ärmel fallen? Los, mach dich an die Arbeit, stell ihn zufrieden, daß ich nicht ein Pfui mit dir einlege.«

Und er begann, als müsse er dem Maler mit gutem Beispiel vorangehen, eifriger als zuvor an dem Futter des Surtout zu flicken.

Der Maler war zu dem vermeintlichen Schreiber an das Kohlenbecken getreten und wärmte sich die Hände.

»Wenn ich eines Menschen Bildnis male«, sagte er mehr zu sich als zu ihm, »so ist's mir nicht genug, daß ich sein Gesicht betrachte, das wandelbar ist und heute so aussieht und morgen anders. Ich stelle ihm Fragen, und ich lasse nicht nach, ehe ich ihm nicht ins Herz geblickt habe. Denn nur so bringe ich etwas Gutes zuwege.«

»Dieses Verfahren«, meinte der Kaiser, »macht Euch Ehre und wird vielleicht dereinst Euren Ruhm begründen.«

Der Maler Brabanzio machte eine verächtliche und abwehrende Geste, so als wären Ruhm und Ehre für ihn nur eine Handvoll Wind.

»Es geht mir um die acht Gulden«, erklärte er. »Ich soll das Bild seiner Eheliebsten malen, die ihm gestorben ist. Ich kann nicht wie Ulysses zu den Toten hinabsteigen. Aber vielleicht kann ich wie das Weib von Endor ihren Schatten beschwören.«

Und er wandte sich, als hätte er nunmehr seinen Entschluß gefaßt, an den Mordechai Meisl:

»Ihr sagtet, sie sei so schön gewesen. Von welcher Art war ihre Schönheit?«

»Schön war sie wie der silberne Mond, schön und fromm wie Abigail«, sagte der Mordechai Meisl und seine Augen blickten in die vergangene Zeit. »Die Krone meines Hauptes hat Gott mir genommen. Er hat wohl viele und große Sünden an mir gefunden, und so hab' ich sie verlieren müssen. Ich kann nicht mehr lachen mit den Glücklichen, Leid und Jammer sind über mich gekommen wie bewaffnete Häscher.«

»Daraus die Veränderung und Unstetigkeit des Glücks wohl zu erkennen ist«, bemerkte der Schneider.

»Von welcher Art ihre Schönheit war, sollt Ihr mir sagen«, erinnerte ihn der Maler.

»Wie ein Ganzopfer war sie, so schön und ohne Fehle«, sprach der Mordechai Meisl weiter. »Wie eine Blume des Feldes war sie, sehr lieblich in den Augen derer, die sie sahen. Ja, und sie konnte auch schreiben, lesen und Rechnungen machen, aus Seide verfertigte sie kleine Handarbeiten, und wenn ich mit ihr bei Tische saß, wartete sie mir artig auf. So klug war sie, hätte vor dem Kaiser reden können. Sie hatte eine Katze, die liebte sie sehr, gab ihr alle Tage Milch. Manchmal war sie traurig. Sie sagte, die Stunden gingen so langsam dahin und sie wollte, es wäre schon Nacht.«

»Ficht es mit deinem Schöpfer aus!« sagte der Schneider unwirsch. »Wer kann wider Unglück?«

»Wir aßen zu Abend«, fuhr der Mordechai Meisl fort, »und dann gingen wir zu Bett. Sie schlief, sie atmete ruhig. In der Nacht hörte ich sie laut stöhnen und um Hilfe rufen, – ja, sie rief um Hilfe. Ich beugte mich über sie ...«

Er stockte. Nach einer Weile erst sprach er weiter:

»Die Nachbarn kamen. Ich weiß nicht, was dann geschah. Als ich zur Besinnung kam, sah ich auf der Morgenseite der Stube das kleine Öllicht brennen, das Seelenlichtlein, und da wußte ich, daß sie gestorben war.«

Leise sprach der Kaiser die Worte des Predigers:

»Ein Hauch sind die Menschenkinder, auf der Waage schnellen sie empor, sind leichter als ein Hauch allesamt.«

»Sind leichter als ein Hauch allesamt«, wiederholte der Meisl und er warf einen Blick auf den Kaiser, als wäre er erstaunt, daß die heiligen Worte aus dem Mund eines Unwissenden kamen, der niemals die Cheder, das Lernzimmer der Judenkinder, besucht hatte.

»Der Höchste«, fuhr er dann fort, »hat es beschlossen. Was geschen ist, ist nach seinem Willen geschehen. Sie ist tot, und ich habe keine Freude mehr auf Erden. Der Tag vergeht in Mühe und Plage, bisweilen bringen die Nächte Vergessen, doch an jedem neuen Morgen kommt das alte Leid.«

Und wie das der Mordechai Meisl sagte, da widerfuhr dem Kaiser etwas Seltsames. Es war ihm, als hätte er selbst diese Worte gesprochen und nicht der Jude. An jedem neuen Morgen kommt das alte Leid, – sein eigenes Schicksal war in diesen Worten umschlossen, ihm erging es so seit jener Nacht, in der ihm seine Traumgeliebte entrissen worden war.

Er saß verloren in Gedanken. Was der Maler und der Jude miteinander sprachen, hörte er nicht mehr. Er vergaß, wo er sich befand. Von jenen Worten beschworen stieg das Bild der Traumgeliebten vor seinen Augen auf, er sah sie so klar, so deutlich wie nie zuvor. In völliger Entrücktheit holte er, um sie festzuhalten, den Silberstift aus einer der Taschen seines Rocks hervor und griff nach einem Blatt Papier.

Als er das Bild beendet hatte, wich der Bann von ihm. Mit krausen, kleinen, kaum sichtbaren Buchstaben schrieb er sein »Rudolfus fecit« darunter. Er sah es nochmals an, aber je länger er es betrachtete, desto weniger befriedigte es ihn. Er seufzte und schüttelte den Kopf.

Nein, sie war es nicht. Eine andere war es, ihr in manchem

ähnlich, aber nicht sie. Ein Judenmädchen mit großen erschrockenen Augen, auf die vielleicht damals, als er durch die Gassen der Judenstadt ritt, sein Blick gefallen war. Aber nicht sie, nicht seine Traumgeliebte.

Vielleicht, sagte er sich, habe ich zu sehr in ihr Antlitz gesehen und zu wenig in ihr Herz, so konnt' ich's nicht zuwege bringen. – Achtlos ließ er das Bild zu Boden fallen. Er stand auf. Ihn fröstelte, und es war ihm, als hätte er sie jetzt erst für immer verloren.

Noch immer sprach der Jude auf den Maler ein, der den Kopf schüttelte und die Achseln zuckte. Der Kaiser warf noch einen Blick auf das Bild mit der Schneepfütze und dem Schlehdornbusch. Dann neigte er den Kopf und zog die Schulter hoch, und mit diesem Gruß ging er zur Türe, und niemand achtete darauf.

Wie er die Türe öffnete und im Fortgehen hinter sich zuzog, fuhr ein Windstoß durch die Werkstatt, der wirbelte das Blatt Papier, das am Boden lag, durch die Luft und ließ es zu des Malers Füßen niederfallen. Der Mordechai Meisl hob es auf, hielt es einen Augenblick lang in der Hand, dann sah er das Bild und stieß einen Schrei aus.

»Das ist sie ja«, rief er. »Warum habt ihr mir nicht gesagt, daß Ihr's schon gemacht habt? Ihr laßt mich reden, sagt kein Wort. Ja, das ist sie, das ist sie. Mein Täubchen! Meine Seele!«

Der Maler nahm das Bild aus den Händen des Meisl. Er betrachtete es, drehte es hin und her, verzog den Mund ein wenig und gab es ihm wieder.

»Meint Ihr wirklich, daß sie es sei?« fragte er ungläubig und verwundert.

»Ja. Ich danke Euch, Herr. Sie ist es. So wie ich sie Euch beschrieben habe«, sagte der Meisl und er verbarg das Bild unter seinem Pelzrock, als hätte er Furcht, der Maler könnt' es ihm wiederum nehmen.

Dann zählte er ihm die acht Goldgulden auf den Tisch.

Als der Mordechai Meisl gegangen war, griff der Maler nach den Gulden. Er ließ sie in seinen Händen klirren und klingen und erfreute sich der ungewohnten Musik. Er warf zwei von ihnen in die Höh' und fing sie auf, dann drei, dann vier, dann fünf, und schließlich ließ er mit der Geschicklichkeit eines Jahrmarktgauklers alle acht durch die Luft wirbeln, und der Flickschneider sah ihm mit offenem Munde zu.

Dann, als er dieses Spieles müde war, ließ er die Gulden, einen nach dem anderen, in seinen Taschen verschwinden.

»Ja, Geld ist eine gute Ware«, sagte er vergnügt. »Im Sommer verdirbt es nicht, im Winter gefriert es nicht und manchmal ist es recht wohlfeil zu erlangen. Ich weiß nicht, – ich kann mich nicht entsinnen, daß ich dieses Bild, das der Jude mit sich nahm, gezeichnet hätte. Ich kann es nicht verstehen. Es sah auch nicht so aus, als hätte ich es gemacht.«

»Mir ergeht es oft ähnlich«, bemerkte der Schneider. »Ich begegne einer Hose, die ich geflickt habe, auf der Straße, ich sehe ihr nach, weil das so meine Gewohnheit ist, aber ich erkenne sie nicht wieder. Man kann, weißt du, nicht alles im Kopf behalten.«

»Ja, mein Lieber!« beendete mein Hauslehrer, der stud. med. Jakob Meisl, seine Erzählung. »Um diese acht Gulden, die mein Ururur-Großonkel, der Mordechai Meisl, für das von dem kaiserlichen Dilettanten gezeichnete Bild gezahlt hat, hat es mir immer leid getan, nicht meinetwegen, das kannst du mir glauben, denn von Meisls Gut, von dem ganzen märchenhaften Reichtum, ist nicht ein Kreuzer auf mich gekommen, – du weißt ja, was aus Meisls Gut geworden ist. Aber diese acht Gulden sind schuld daran, daß das kleine Bild, das dem Kaiser so wohlgefiel, nicht in seine Kunstkammer gelangte und daß der Name Brabanzio nicht in die Kunstgeschichte eingegangen ist. Denn mit den acht Gulden in der Tasche litt es den Vojtech Brabenec oder Brabanzio nicht länger in der Schneiderwerkstatt seines Bruders, die Ferne lockte ihn, er ging wieder auf Wanderschaft und alles, was er besaß, nahm er mit sich. Als der Kammerdiener des Kaisers, der Červenka, am nächsten Morgen kam, fand er weder das Bild noch den Maler in der Werkstatt. Der Maler Brabanzio war auf dem Wege nach Venedig, wo irgendeine Pestilenz ihn erwartete, an der er starb. Und nur ein einziges Bild ist erhalten geblieben, das das Signum »Brabanzio fecit« trägt. Es hängt in einer kleinen Privatgalerie in Mailand und stellt einen Mann dar, der in einer Hafenkneipe sitzt, vielleicht ihn selbst, und zwei alte häßliche Weiber drängen sich an ihn heran, um ihn zu umarmen, und die eine ist, denk' ich mir, die Pestilenz, und die andere, grau wie ein Leichentuch, ist die Vergessenheit.«

Der vergessene Alchimist

In das Herz des Mordechai Meisl, das so lange Zeit nur von Leid und Trauer erfüllt gewesen war, hatte sich, wie die Jahre gingen und kamen, ein neuer Gast eingeschlichen, die Ehrsucht. Geld und Gut und daß sich sein Reichtum von Tag zu Tag mehrte, das galt ihm nichts. Daß er der Erste in der Judenstadt war, das war ihm nicht genug. Er trachtete nach Freiheiten, Rechten und Privilegien, die ihn über seinen Stand erheben sollten, auch wollte er durch einen Majestätsbrief auf allen seinen Wegen gesichert und befördert sein. Und so hatte er sich mit des Kaisers Leibkammerdiener, dem Philipp Lang, zusammengetan, einem Mann, der beim Kaiser alles galt, von dem geringen Volk aber, von Christen wie von Juden, gehaßt und gefürchtet wurde. Denn ihm gab man die Schuld an jedem Übel, das im Königreich zu Tage trat. Er sei in bösen Stükken geübt und in jedem Betrug erfahren, sagten die Leute, und nie zuvor habe an eines Königs Hof ein Bube gelebt, der über den ehrlichen Mann soviel Unheil gebracht habe wie der Philipp Lang. Und nun sah man ihn bisweilen durch die Judengassen gehen und auf dem Dreibrunnenplatz in dem Haus des Mordechai Meisl verschwinden.

In jenen Tagen war der Römische Kaiser auf seiner Burg zu Prag in äußerster Bedrängnis, denn mehr denn je gebrach es ihm an Geld. Für den kaiserlichen Haushalt konnte das Allernotwendigste nicht beschafft werden, und die Hofkammer, der die Prüfung der eingelaufenen Rechnungen und die Ordnung und Bezahlung der kaiserlichen Schulden oblag, wußte weder aus noch ein. So waren Seiner Majestät vertraute Räte, der Strahlendorf, der Trautson, der Hegelmüller und etliche andere, zusammengetreten, um auf Mittel und Wege zu sinnen, wie dieser Geldnot abgeholfen werden könnte. Es wurden auch etliche Ratschläge auf die Bahn gebracht und, nachdem ihr Für und Wider erwogen worden war, wieder fallen gelassen. Es fehlte auch nicht an schönen Reden und Worten, die aber zu nichts anderem taugten, als heiße Suppen mit ihnen zu blasen. Zum Schluß waren Seiner Majestät vertraute Räte untereinander einig geworden, daß nichts geschehen sollte, und sie hatten eine Resolution gefaßt, in der sie erklärten, es gäbe in dieser Sache weder Trost noch Mittel, solange Seine Majestät, der Kaiser, darauf beharre, nach seinem eigenen Wohlgefallen und nicht nach dem Rat seiner Diener zu leben, zu handeln und sein Geld auszugeben.

Wie nun dem Kaiser diese Resolution und Antwort seiner Räte hinterbracht wurde, da begann er zu rasen, zu wüten und zu toben. Mit einem Rapier in der Hand stürzte er durch die Gänge, Kammern und Säle der Prager Burg und schrie, der Hegelmüller solle ihm nicht vor die Augen kommen, er habe sein Leben verwirkt und der Trautson auch, sie stünden beide im Solde seines Bruders, des Matthias, und wollten ihn betrügen, er aber ließe sich nicht betrügen trotz allen Schelmen, Brüdern, Giftmischern und Erzherzogen. Und während er so schrie und tobte, war er in den großen Speisesaal geraten, dort stieß er das Tafelgeschirr vom Tisch und schlug das geschliffene Glas in Scherben.

Nun wich die Raserei von ihm und eine tiefe Niedergeschlagenheit nahm ihren Platz ein. Er klagte, es gäbe in keinem Land der Christenheit einen Herrscher, der ein so elendes Leben führe wie er. Er sei von Feinden umgeben, habe nur Kummer, Sorgen und Beschwerlichkeiten, keine zeitliche Freude sei ihm vergönnt. Er verzeihe dem Trautson und dem Hegelmüller und sogar seinem Bruder, dem Matthias, der ihm unbrüderlich und unchristlich nach dem Leben trachte. Mit bewegter Stimme bat er Gott um Verzeihung und dann wandte er das Rapier gegen sich, wollt' sich den Hals durchstoßen. Der Philipp Lang, der trepp-auf, treppab und durch die weitläufigen Gänge, durch die Kammern, Stuben, Galerien und Säle dem Kaiser nachgeeilt war, kam gerade zurecht, ihm die Waffe aus der Hand zu winden.

Wie dann der Kaiser in seinem Schlafgemach in einen ruhigeren Gemütszustand, der aber mehr einer Erschlaffung glich, gekommen war, begann der Philipp Lang auf ihn einzusprechen. Der Augenblick erschien ihm günstig, seinen Plan in die Wege zu leiten. Er wollte den Kaiser zum geheimen Teilhaber an des Meisls vielfältigen und weitausgedehnten Kommerzien machen, aber auch zum Nutznießer und alleinigen Erben dieses Reichtums. Dem Meisl, das wußte der Philipp Lang, war kein langes Leben zugemessen, er hatte oft fieberische Zustände, hustete und spie Blut in sein Faceletlein. Er sollte durch Rechte und Privilegien und durch einen Majestätsbrief, der ihn und sein Vermögen dem kaiserlichen Schutz unterstellte, belohnt und zufriedengestellt, in Wahrheit aber um alles betrogen werden. Meisls Gut sollt' in des Kaisers Taschen fließen und er, der Philipp Lang, wollt' dabei auch nicht zu kurz kommen. Von seiten seines kaiserlichen Herrn erwartete er in dieser Sache nur geringe Schwierigkeiten, denn der war des Gelds bedürftig, und wie es gewonnen wurde, das galt ihm gleich. Dennoch mußte er auch bei ihm mit Vorsicht zu Werke gehen.

»Eure Majestät sollten doch nicht verzagen«, redete er dem Kaiser zu. »Die Dinge stehen so schlimm nicht, es könnte wohl noch Rat geschaffen werden. Schulden freilich sind eine mißliche Sache, und man darf sie um alles in der Welt nicht vermehren, noch vergrößern. Es ist mit ihnen wie mit dem Biß einer Schlange: Anfangs meint man, es wäre nichts. Aber man geht daran zu Grunde.«

Der Kaiser verharrte in Schweigen. Seine Schulden, so groß sie auch waren, beschwerten ihn nur wenig, mit denen hatte sich die Hofkammer zu befassen. Was ihn so zornig und verzweifelt machte, war, daß ihm seine Räte das Geld nicht bewilligen wollten, dessen er bedurfte, um etliche Gemälde von hohem Wert zu bezahlen, die ihm durch seine Kommissäre in Rom und in Madrid, den Grafen Harrach und den Grafen Khevenhueller, zum Ankauf angeboten worden waren. Es befanden sich unter diesen Gemälden bedeutende Werke des Roos und des Parmeggianino, zweier Meister, die in seiner Kunstkammer noch nicht vertreten waren. Und der Gedanke, daß sie in andere Hände gelangen könnten, bereitete ihm schlaflose Nächte.

»Eure Majestät haben ihre Hoffnung auf die Alchimie gesetzt«, fuhr indessen der Philipp Lang fort. »Ich habe die Goldmacher, die Adepten und die Eingeweihten, einen nach dem anderen mit großem Gepränge an den Hof kommen und mit Unehre wieder verschwinden gesehen. Den Ezechiel Reisacher, von dem man nicht wußte, ob er ein Mann war oder ein Weib, den Geronimo Scotto, dem ich als einziger ein gutes Angedenken bewahre, weil er mir ein Mittel gegen Ohrensausen und tränende Augen verschrieben hat, den Thaddäus Krenfleisch, der ein Pastetenbäcker war, bevor er Alchimist wurde, den Eduard Kelley ...«

Bei der Erwähnung dieses Namens verzog der Kaiser den Mund und legte die Hand an seinen Hinterkopf.

»Ja, er hatte Haare, die waren so brennendrot wie die Kohlenglut in seinem Schmelzofen«, bestätigte der Philipp Lang. »Und er zog sich Eurer Majestät Ungnade zu, weil er die Nächte mit den Offizieren der Leibwache durchzechte. Nach ihm kam der Graf Bragadino, der kein Graf war, sondern eines Schiffers Knecht aus Famagusta. Und dann der Vitus Renatus, der vorgab, aus Mangel an Übung, weil er nämlich zeitlebens nur mit Gelehrten Umgang gepflogen habe, seine böhmische Muttersprache vergessen zu haben und nur des Lateinischen mächtig zu sein. Es waren ihrer sechs hier in der Burg, und zwei von ihnen sind des Betruges überwiesen und gehenkt worden.«

Der Kaiser machte eine unwillige Bewegung, es sah aus, als wollte er eine Erinnerung verscheuchen. Aber der Philipp Lang deutete sie richtig: Seine Majestät fühlte sich müde und wollte zu Bette gehen.

»Und jetzt sind es zwei Jahre her«, sprach der Philipp Lang nach einem Weilchen weiter, während er dem Kaiser beim Auskleiden behilflich war, »daß Eure Majestät den Jakobus van Delle in Dienst und Brot genommen haben. Er hat sich den Narren zum Freund auserkoren, den Ofenheizer Brouza, und mehr weiß ich nicht von ihm. Aber ich mein', auch er wird die Taube des Trismegistos nicht erjagen, worunter er, wie mir der Brouza sagt, das Pulver oder Elixier versteht, mit dessen Hilfe er dicke Bleiplatten in das allerfeinste Gold verwandeln will.«

Der Kaiser stampfte ärgerlich mit dem Fuß auf.

»Ich weiß, Eure Majestät haben ihm eine Frist gesetzt, sind des Wartens müde«, sagte der Philipp Lang, während er dem Kaiser das seidene und mit Gold gestickte, aber schon ein wenig abgenützte Hemd reichte, das dieser des Nachts trug. »Wie die Sache ausgehen wird, das wird die Zeit weisen. Ich mein' aber ...«

Er zuckte die Achseln.

»Es gibt nur einen wahrhaftigen Goldmacher im Königreich«, fuhr er dann fort, »und das ist der Meisl-Jude.«

»Welcher Jude?« fragte der Kaiser. Er war vor das große gußeiserne Kruzifix getreten, beugte die Knie, senkte das Haupt, betete und schlug das Kreuz.

»Der Mordechäus Meisl in der Judenstadt«, erklärte der Philipp Lang, als der Kaiser sein Gebet beendet hatte. »Der braucht den Vogel des Trismegistos nicht, dem der van Delle so verzweifelt nachjagt. Alle Dinge, die durch seine Hände gehen, werden ihm zu Gold. Wenn ich durch die Gnade Eurer Majestät hundert Gulden oder fünfzig hätte und ich gebe sie einem Bauersmann, so wird er sich Pflug und Zugvieh kaufen, und was wird er damit gewinnen? Alle Tage ein Stücklein Brot mit Salz darauf, mehr nicht. Geb' ich sie dem Schneider unten auf dem Platz, so wird er feines Tuch aus Mecheln dafür kommen lassen und mit diesem Tuch und mit Nadel und Schere wird er Tag für Tag sein Stück Gebratenes oder Gesottenes und einen Schoppen Wein dazu verdienen. Geb' ich aber die hundert Gulden dem Mordechäus Meisl, so macht er im Nu zweihundert daraus. Und das, Eure Majestät, ist die wahre Goldmacherkunst.«

»Dieser Jude ist ein sehr gefährlicher Mensch«, sagte der Kaiser. »Er steht mit bösen Geistern und Dämonen in geheimer Relation, die bringen ihm das Gold.«

»Darüber ist mir nichts bekannt geworden«, beeilte sich der Philipp Lang zu versichern. »Es ist mancherlei wider ihn ausgesprengt worden, die Leute sind ihm neidig, reden viel. Es ist aber sein untertänigstes Bitten und Begehren, daß ihm verstattet sein sollt', Eurer Majestät mit allem, was er besitzt, beizustehen und zu dienen.«

»Will er die Taufe nehmen?« fragte der Kaiser.

»Nein, das will er nicht«, gab der Philipp Lang zur Antwort und rückte dem Kaiser, der sich zu Bett begeben hatte, die Kissen zurecht. »In diesem Punkt ist er den andern Juden gleich, die ein gar halsstarriges, heilloses und verdrießliches Volk sind, wie es schon die Heilige Schrift und die Chronika bezeugen.«

»Und doch ist unser Glaub' und Heil von den Juden hergeflossen«, sagte der Kaiser.

»Ja, und darum muß man sie so, wie sie eben sind, in christlicher Sanftmut gedulden«, meinte der Philipp Lang. »Eurer Majestät wünsch' ich eine gute Ruh'.«

Und auf einen Wink des Kaisers blies er die Lichter aus.

Es gab außer dem van Delle noch einen anderen Goldmacher in der Prager Burg, den Anton Brouza, einen ungelehrten Mann, der sich aber auf die Kunst verstand, empfangene Stockstreiche in gemünztes Gold zu verwandeln. Dieser Brouza, ein Mann mit spitzem Kinn, plattgedrückter Nase und einem ehemals roten, aber jetzt ergrauten borstigen Schnurrbart, war der Hofnarr des verewigten Kaisers Maximilian gewesen, und der hatte an des Brouzas einfältigen Späßen, unflätigen Reden und sonderbaren Einfällen soviel Vergnügen gefunden, daß er seinem Sohn Rudolf, dem Erben des Thrones, das Versprechen abgenommen hatte, den Anton Brouza niemals aus dem Dienst zu entlassen oder ihn aus seiner Nähe zu entfernen. Nun wollt' aber Kaiser Rudolf II. keinen Hofnarren um sich dulden, und so hatte er den Brouza zum Ofenheizer in den kaiserlichen Gemächern gemacht, und der Brouza hatte sich darein gefügt, denn, so hatte er dem Kaiser gesagt, zwei Narren unter einem Dach, das täte nicht gut. Er fuhr aber fort, den Kaiser, wie er es gewohnt war, »Herrlein«, »Junkerlein« oder auch »Gevatter« zu nennen und mit ihm zu streiten und zu katzbalgen, und wenn's dem Kaiser dann zuviel wurde und er ihm mit dem Stock den Rücken zerbleute, dann war der Brouza zufrieden und hielt still, denn er hatte nun Ursach', vom Kaiser Geld oder andere Gaben für die erlittenen Streiche zu fordern. Und sobald er sah, daß des Kaisers Zorn verraucht war, begann er zu schreien und zu lamentieren und verschwor sich, er werde es droben dereinst seinem lieben verewigten Herrn klagen, wie es ihm in diesem Haus ergangen sei, das schlimmer sei als eines Henkers Gewölb', darinnen man die Leute foltert und tötet. Und das Drohen, Wehklagen und Lamentieren nahm kein Ende, bis der Kaiser, um endlich Frieden zu haben, und weil er wirklich daran glaubte, daß der Brouza bei dem verewigten Kaiser dereinst Klage wider ihn führen könnt', in die Tasche griff und die Sache über seinen Geldbeutel ausgehen ließ.

Zu den Obliegenheiten des Brouza gehörte es auch, daß er in die Werkstatt des Jakobus van Delle, der keinen eigenen Bedienten mit sich in die Burg gebracht hatte, täglich große Lasten von Holz und Kohle schleppte und dort die beiden Schmelzöfen heizte, den großen, der Athanor genannt wurde, und den kleinen, der das Wichtelmännchen hieß. Nach beendeter Arbeit kauerte er sich oft in einem Winkel der Stube nieder, denn die vielen sonderbar geformten Glasröhren, Flaschen, Tiegel, Phiolen, Brennkolben und Retorten des Alchimisten erregten seine Neugier. Mit Staunen und mit Entsetzen nahm er bisweilen wahr, wie eine Flamme, über die die Hand des Alchimisten hinglitt, in unbegreiflichem Gehorsam sogleich ihre Farbe wechselte und blau aufleuchtete oder safrangelb, grün oder violett. Er sah, daß die lodernden Feuerzungen den Alchimisten nicht zu sengen vermochten, er spielte mit ihnen, sein Blick bändigte sie, sie waren ihm untertan. Weiter sah er, wie der Jakobus van Delle Glaskugeln aus einem Röhrchen blies und sie im Entstehen mit seinen Händen zu zarten, leuchtenden Gebilden formte. Diese feinen, schmalen und geschickten Hände hatten es dem Brouza angetan, wie auch der auf französische Art gestutzte Bart des Alchimisten, sein feuerfarbener Rock und die weißen Haarsträhnen, die unter seiner seidenen Mütze hervorquollen. Um sich länger in der Werkstatt aufhalten zu können, suchte er sich nützlich zu machen, indem er den Blasebalg bediente, das flüssige Blei mit einem Eisenstab rührte und Schwefel oder Phosphor in einem Mörser zerstieß. Auch brachte er dem van Delle das Essen aus der Küche und Schlag eins auf die Nacht den mit Gewürzen zubereiteten Schlaftrunk.

Es gelang ihm, das Vertrauen des van Delle zu gewinnen, der ihn anfangs kaum beachtet und an ihn nur selten ein

Wort verschwendet hatte. Die unterwürfige Ergebenheit, die ihm der Brouza bezeigte, mußte einem Manne wohltun, der sich von Mißtrauen umgeben fühlte, auf der Burg keinen wahren Freund besaß, ja überhaupt des Umgangs mit Menschen fast völlig entwöhnt war. Denn der van Delle verließ nur Sonntags die Burg, um in der Barnabitenkirche die Messe zu hören, und zu ihm in die Werkstatt kam nur hie und da einer von des Kaisers Kammerherren, der ihn hochmütig anhörte, wenn er von dem Fortgang seiner Arbeit sprach, und dann spöttisch fragte, wie lang er noch an seinem Süpplein kochen werde.

So hatte sich zwischen dem van Delle und dem Brouza mit der Zeit etwas herausgebildet, was man zwar nicht als Freundschaft bezeichnen durfte, denn dazu waren die beiden zu verschieden geartet, auch durch Stand und Herkunft allzu ungleich, wohl aber als eine Art Einverständnis. Der Brouza brachte dem van Delle eine schrankenlose Liebe und Bewunderung entgegen, und der van Delle vergalt sie ihm durch eine nachsichtige Zuneigung, wie sie etwa der Herr seinem etwas struppigen, dafür aber gehorsamen und guten Hund bezeigt.

Dem Brouza gegenüber wurde der Alchimist, der sonst mit Worten kargte, bisweilen mitteilsam, während wiederum der Brouza, solange er bei ihm war, seine Narrheit und sein unflätiges Wesen in strenger Zucht hielt. Beide, der Alchimist und der Ofenheizer, waren, wie in vielen Dingen, so auch darin einig, daß nur für Leute, die zu nichts Gutem taugten und auch nichts Gutes im Sinne hätten, der kaiserliche Hof ein glückseliger Aufenthalt sei. Der Brouza hinterbrachte dem van Delle alles, was in der Prager Burg vor sich ging. Daß in der Hofküche, in der Kleider- und in der Silberkammer, ja sogar in der Hofkapelle Geld und Geldeswert beiseite gebracht würden, und der Philipp Lang wisse darum und schwiege dazu, denn er bekäme von allem seinen Teil. Daß die Eva von Lobkowiz, eine schöne junge Person, die zur Audienz nicht angenommen worden war, als Stallknecht verkleidet in den Bereich der Burg gelangt und dem Kaiser zu Füßen gefallen sei und ihn um Gnade für ihren Vater gebeten habe, der im Schloßturm zu Elbogen in harter Haft gehalten wurde. Der Kaiser habe den Hut gelüftet, sie mit ihrem Namen angeredet, sie aufstehen geheißen und ihr die Erfüllung ihrer Bitte zugesagt, sich die Sache auch in seinem Büchlein vorgemerkt. Dennoch habe er etliche Tage später den Grafen Sternberg, Oberststallmeister, zu sich befohlen und ihn hart angefahren, daß die Stallknechte ihm über den Weg liefen und ihn mit Bagatellen molestierten, er sollt' seine Leute besser in der Hand haben. Ein Koch, berichtete der Brouza, sei mit dem Bratspieß in der Hand aus der Küche gelaufen gekommen, habe sich ein dutzendmal um sich selbst gedreht und geschrien, man sollt' ihm doch um Christi willen helfen, der Bauch stünde ihm hinten, der Rücken vorn. Man habe ihn mit kaltem Wasser übergossen, da sei er wieder zu Vernunft gekommen, habe Bauch und Rücken zu seiner Zufriedenheit placiert gefunden. Zu des verewigten Kaisers Zeiten, sagte der Brouza, und die Tränen liefen ihm aus den Augen, sei er, der Brouza, unter hundert Klugen ein Narr gewesen, jetzt aber bedürfte es unter hundert Narren eines Klugen und unter hundert Dieben eines ehrlichen Mannes.

Der Jakobus van Delle erzählte dem Brouza, für den die Welt nicht weiterging als bis Beraun und von dort vielleicht bis Pisek und bis Rakonitz, von seinen Reisen in fremden Ländern. Wie er in Istanbul gewesen sei, der Metropole der Gelehrsamkeit, um dort die schönen alten Manuskripte zu studieren. Wie er dort Juden gefunden habe, die ihrem Gott abtrünnig geworden seien und einen anbeteten, den sie Asmodai, den Herrn der Geister, nannten. Wie er dem Ewigen Juden begegnet sei, der ihm wunderbare und sehr geheime Aufschlüsse über der Welten Lauf gegeben habe, ihn aber dann um ein kleines Zehr- und Reisegeld angegangen sei. Daß man den Felsen Sinai wohl sehen, aber nicht besteigen könne, denn er sei von riesenhaften weißen Skorpionen umzingelt und bewacht. Daß er ein Mittel zu finden sich getraue, um auf künstliche Art Salpeter zu erzeugen, aber dem Kaiser läge an Salpeter nichts, er wolle Gold. Wie er nach Venedig gegangen sei, um dem Geheimnis des rubinfarbenen Glases auf die Spur zu kommen, das die venezianischen Glasbläser besäßen, aber nicht preisgeben wollten. Welche Gefahren er dabei bestanden habe, wie ihm sein Vorhaben zuletzt mißlungen sei, und daß er dennoch hoffe, mit der Herstellung des rubinroten Glases dereinst zu triumphieren. Daß sein Leben allezeit großen Schwankungen unterworfen gewesen sei, sagte er, – und der Brouza übersetzte sich diese Worte in seine eigene Sprache – ja, meinte er, das kenne er, heute fetten Braten, morgen mageres Mus, so erginge es ihm auch, seit sein allergnädigster Kaiser Maximilian die Welt verlassen hätt'. Und wie ihm nun sein gewesener Herr wiederum in Erinnerung kam, begann er zu weinen, zu flennen und sich die Tränen aus den Augen zu wischen, und der van Delle mußt' ihm Trost zusprechen. Es sei nun einmal auf Erden so, sagte er, daß der Träger der Krone aller Kronen auch nicht länger Bestand hätt' als ein Bauernknecht.

Nun hatte der Jakobus van Delle einstmals dem Kaiser, der in einer üblen Laune die Alchimie verunglimpft und die Alchimisten allesamt Schelme genannt hatte, mit heftigen Worten widersprochen und ihm zugesagt, er werde ihm am St. Wenzelstag, der in Böhmen als ein großes Freudenfest begangen wird, einen Barren Golds, zwölf Pfund schwer, überreichen als eine erste und geringe Probe dessen, was er in der Goldmacherkunst vermöge. Der Kaiser hatte ihn spöttisch gefragt, ob er sich getraue, seinen Kopf dafür einzusetzen, und der van Delle hatte gesagt, ja, das getraue er sich, und die Sache solle gelten. Er hatte das getan, weil er in seiner Ehre verletzt worden war, weil er nach den Mühen so vieler Jahre nun endlich auf dem rechten Wege zu sein glaubte, unedles Metall in edles zu verwandeln, vor allem aber, weil er für die kommenden Wochen eine besondere Konstellation der Gestirne vorhersah, die bisher nur selten sich ergeben hatte, dann aber ihm und seinem Werk immer im höchsten Maße förderlich gewesen war.

Aber diese Konstellation ging vorüber, der allem Neuen mißgünstige Saturn war aus seiner fernen Abgelegenheit, dem schuppichten Schwanz der Wasserschlange, in seinem alten Bereich zurückgekehrt, aber das große Magisterium, die Transmutation der Elemente war dem van Delle nicht gelungen, ja, er sah sich von diesem Ziel weiter entfernt denn je. Schwer lastete das dem Kaiser verpfändete Wort auf seiner Seele. Er hatte gehandelt wie einer, der mit den Sporen klirrt und kein Roß im Stall hat. Und je näher der St. Wenzelstag herankam, desto mehr verfiel der Alchimist der Sorge, der Angst und dem Trübsinn. Bisweilen stürzte er sich wie von Furien gejagt auf seine Arbeit, begann dieses und jenes und führte nichts zu Ende, dann wieder saß er oft stunden-, ja tagelang müßig und starrte vor sich hin.

Der Brouza sah mit Kummer und Besorgnis die Veränderung, die mit seinem Herrn vor sich gegangen war, er wußte sie sich nicht zu erklären. Und als der Alchimist wieder einmal die Schüsseln, die er ihm aus der Küche gebracht hatte, unberührt stehen ließ, da war's dem Brouza zuviel, und er drang in ihn, er solle ihm doch endlich sagen, was ihm Schlimmes widerfahren sei.

Der van Delle schwieg und starrte vor sich hin, als aber der Brouza mit seinem Bitten und Drängen nicht nachließ, da bekannte er, wie übel es um ihn stünde. Daß ihm sein Werk mißlungen sei, daß er dem Kaiser seinen Kopf verpfändet habe, und daß er nun fürchten müsse, ihn zu verlieren.

»Ich müßte fort, sollt' mich davonmachen, aber wie kann ich's?« beendete er seinen Bericht. »Ich stehe unter Bewachung. Du hast's ja auch gemerkt, daß seit etlichen Wochen draußen auf dem Gang, nicht weit von meiner Tür zwei Hakenschützen postiert sind, der eine rechts, der andere links, und wenn ich Sonntags zur Messe gehe, dann sind sie beide dicht hinter mir, lassen mich auch in der Kirche nicht aus den Augen. Verflucht das Schicksal, das mich in dieses Haus geführt hat!«

Der Brouza war ganz bestürzt und verwirrt durch das, was er da vernahm, und anfangs brachte er kein Wort hervor, er konnte nur röcheln und mit den Zähnen knirschen, ein heftiger Schmerz saß würgend in seiner Kehle. Dann, als er endlich einen Gedanken fassen und etliche Worte finden konnte, ihn auszudrücken, bat er den Alchimisten, er solle doch die Sache noch einmal beginnen, sie werde ihm gelingen, alles gelänge ihm, er dürfe nur die Hoffnung nicht fahren lassen.

»Diese Hoffnung«, sagte der van Delle mit einem trüben Lächeln, »ist eine eitle Hoffnung, und wer sie hegt, der bäckt Brot aus Korn, das noch nicht gesät ist. Nein, Brouza, ich bin ein verlorener Mann.«

»So solltet Ihr«, riet nun der Brouza, »hinunter zum Kaiser gehen, ihn um Gnade bitten.«

Der Alchimist schüttelte den Kopf.

»Hast du den Kaiser schon jemals lachen gesehen?« fragte er.

»Nein«, sagte der Brouza. »Ich hab' ihn wohl oftmals in Zorn, aber niemals zum Lachen gebracht.«

»Von einem, der nicht lachen kann, ist auch keine Barmherzigkeit zu erwarten«, erklärte der Alchimist. »Bei den Zyklopen und Bestien im allerdichtesten Wald ist mehr Gnade zu erwarten als von Seiner Majestät, dem Kaiser.«

Der Brouza wollte wissen, ob mit den Zyklopen die Kohlenbrenner gemeint seien. Aber dem van Delle stand jetzt nicht der Sinn danach, dem Brouza vom Ulysses und seinem Abenteuer in der Höhle des Polyphem zu erzählen, und so sagte er nur, die Zyklopen seien keine Kohlenbrenner, sondern Ziegenhirten, aber wilde und gefährliche Leute von bösen Sitten. Dann wiederholte er, er sei ein verlorener Mann.

»Beileibe nicht«, rief der Brouza, der seine Fassung wiedererlangt hatte. »Richtet nur zu, was Ihr mit Euch nehmen wollt, und für das andere laßt mich sorgen. Ich werde Euch ungesehen in den Hirschgraben bringen und von dort ins Freie. Und wenn Ihr in den Wald zu den Zyklopen wollt, so geh' ich mit Euch, vor Ziegenhirten fürchte ich mich nicht.«

Der Alchimist bedeutete ihm, daß er nicht zu den Zyklopen fliehen wollt', sondern ins Bayrische, dort habe er Freunde, die ihn aufnehmen würden. Aber dazu brauche er Geld, und er wisse sich keines zu beschaffen.

Wenn die Red' auf das Geld kommt, und der eine hat es und der andere will es, geht oftmals die Freundschaft in Brüche. Aber hier war es anders.

»Ist es nur Geld?« meinte der Brouza. »Daran wird es uns nicht fehlen. Ich hab' Erspartes und werd' es heute noch um etliche Gulden vermehren.«

Und er ließ den van Delle und ging, um noch einmal und, wie er glaubte, zum letztenmal beim Kaiser seine eigene Goldmacherkunst zu erproben.

Der Kaiser war, als der Brouza zu ihm in die Kammer trat, in die Betrachtung eines der Gemälde vertieft, die er mit dem Geld, das von den Geschäften des Meisl herkam, bezahlt hatte. Er war guter Laune, sah den Brouza und nickte ihm zu.

»Komm her«, sagte er, »und sieh dir das Bild an! Was siehst du da gemalt?«

Das Bild war ein Parmeggianino und zeigte den Heiland mit seinen Jüngern beim Abendmahl. Der Brouza schob sich heran, rieb sich die Nase noch platter, als sie schon war, legte die Stirne in Furchen, streckte die Unterlippe vor und nahm so die Miene eines Mannes an, der den Dingen bis auf den Grund gehen will.

»Das sind«, erklärte er sodann, »die zwölf Söhne des Patriarchen Jakob, ich könnt' beschwören, sie sprechen hebräisch miteinander.«

Und er ahmte mit ein paar rauhen Kehllauten die hebräische Sprache nach.

»Es sind aber dreizehn, nicht zwölf«, meinte der Kaiser.

»Jakob und seine zwölf Söhne, das macht zusammen dreizehn«, hielt ihm der Brouza vor.

»Erkennst du Christum nicht?« fragte der Kaiser und wies mit einem aus buntem Achat geschnittenen Messer auf die Figur des Heilands.

»Jetzt, da du mir ihn weist, Herrlein, jetzt erkenne ich ihn«, sagte der Brouza. »Gott mit dir, Christus! – Sitzt bei Tisch und läßt sich's gut gehen«, fügte er in ärgerlichem Ton hinzu, als müßte Christus, wenn es nach ihm ginge, allezeit unter seinem Kreuz dahinwanken.

»Er spricht mit dem Judas, der ihn verkauft und verraten hat«, erklärte ihm der Kaiser.

»Was geht's mich an? Mag er ihn verraten haben«, fuhr ihn der Brouza an. »Ich misch' mich nicht in der Herren ihre Hadereien. Ich laß' jeden das seine schaffen, scher' mich um keinen.«

Er meinte, auf diese Worte hin, die gotteslästerlich genug klangen, werde nun der Kaiser zum Stock greifen und ihm das Fell gerben. Aber der Kaiser wies ihn nur mit gelinden Worten zurecht.

»Du solltest«, sagte er, »von den heiligen Dingen mit Ehrerbietung sprechen, bist doch ein Christ.«

»Und du? Bist du ein Christ und nennst Christum verschachern ein heilig Ding?« ging ihn der Brouza an. »Nun ja, du treibst ja selbst mit Christo Handelschaft.«

»Ich sollt' mit Christo Handelschaft treiben?« verwunderte sich der Kaiser.

Der Brouza tat, als hätte er vom Kaiser Rechenschaft zu fordern:

»Welcher Judas hat dir denn diesen Christus hier verkauft, und wieviel hast du für ihn bezahlt?«

»Kein Judas, sondern der Granvella, Neffe des Kardinals, hat mir dieses schöne Bild verkauft, und ich hab's mit vierzig Dukaten bezahlt, und jetzt geh, laß mich zufrieden!« sagte der Kaiser.

»Vierzig Dukaten?« schrie der Brouza. »Da siehst du nun, Herrlein, was ich immer sag', daß du wie ein rechter Narr haushältst. Vierzig Dukaten hast du für den gemalten Christus bezahlt, da doch der lebendige nicht höher als mit dreißig Groschen im Preis steht.«

»Nennst du mich einen Narren? Wart nur, ich werd' dir gute Sitte beibringen und Achtung vor der Majestät«, rief der Kaiser, der jetzt die Geduld verlor, und der Brouza wußte, daß es nur noch geringer Anstrengung bedurfte und er kam zu seiner Tracht Prügel. Er stellte sich, als wollte er den Kaiser beschwichtigen.

»Was schreist du? Was erbost du dich?« sagte er. »Du weißt, in welchem Ansehen du bei mir stehst, ich heb' dich noch hoch über den Schellenkönig.«

Das war dem Kaiser zuviel. Der Zorn übermannte ihn, das plattnäsige und einfältige Gesicht des Brouza verschwamm ihm zu einer wilden Teufelsfratze. Er warf ihm an den Kopf, was er gerade zur Hand hatte, zuerst das achatne Messer, dann einen Teller mit Kirschen, und als dieser sein Ziel verfehlte, fiel er mit dem Stock über den Brouza her.

Der Brouza nahm die Prügel in Empfang, wie ein Feld

nach langer Trockenheit den Regen aufnimmt. Und wie dann der Kaiser schwer atmend und erschöpft in seinem Lehnstuhl saß und sein Zorn verging, da war für den Brouza die Zeit gekommen, zu greinen, zu flennen und heftige Beschwerde zu führen.

»Hilf Gott«, klagte er und rieb sich den Rücken, »was hast du mir, Herrlein, für höllische Marter angetan! Ich hab' nicht geglaubt, daß mir solches in deinem Haus widerfahren werde. Aber das soll dein gottseliger Vater, wenn ich dereinst dort droben in seinen allerhöchsten Dienst zurückkehr', erfahren, daß du mich hast steinigen wollen.«

Und er wies auf den zerbrochenen Teller, auf die Kirschen, die über den Boden verstreut lagen, und auf das achatne Messer, das ihm die Stirne geritzt hatte.

Der Kaiser reichte ihm sein Tüchlein, daß er sich die Blutstropfen von der Stirn wische. Dann bat er den Brouza, ihm in christlicher Milde zu verzeihen, er habe es im Zorn getan, es täte ihm leid. Der Brouza aber zeterte und schrie, Zorn sei eine Todsünd', mit Worten sei es diesmal nicht abzutun, zu groß sei die Marter gewesen, und er verlange sieben Gulden für die erlittenen Streiche und einen obendrein für den Wurf mit dem Messer, der ihn beinah' um sein Augenlicht gebracht hätte.

Acht Gulden, meinte der Kaiser, sei unbillig viel, er könnt's nicht geben.

Der Brouza ließ mit sich reden, denn er wußte nicht, wie wohlversehen mit Geld der Kaiser war.

»So zahl mir ein weniges, Herrlein«, schlug er ihm vor, »drei Gulden zahl mir und das übrige laß anstehen, gib mir ein Pfand dafür.«

Er erhielt die drei Gulden. Als er aber den Parmeggianino als ein Pfand für die restlichen fünf mit sich nehmen wollte, da geriet der Kaiser von neuem in Zorn und fuhr mit dem Stock dazwischen. Und der Brouza, der an den empfangenen Streichen für diesmal völlig genug hatte, gab sich mit den drei Gulden zufrieden und wischte zur Tür hinaus.

In der Schlafkammer des Grafen Colloredo, der das Amt eines kaiserlichen Mundschenken versah, hatte der Brouza eine seidene Strickleiter gefunden. Der Colloredo hatte sich ihrer dereinst bei seinen verliebten Abenteuern bedient, deren Schauplatz zumeist die Umgebung der Prager Burg gewesen war. Nun war er freilich mit den Jahren ein sehr beleibter und etwas kurzatmiger Herr geworden, dem die Bequemlichkeit über alles ging, und die Tugend der Kleinseitner und Hradschiner Bürgerstöchter hatte von ihm schon lange nichts mehr zu befürchten. Die Strickleiter jedoch befand sich in gutem Zustand. Und in seinem Rückenkorb, in dem er sonst Holzscheite und Kohle die Stiegen hinauf beförderte, brachte sie der Brouza in die Werkstatt des Alchimisten.

Hier lag sie drei Wochen lang, denn der Zeitpunkt, an dem die Flucht vor sich gehen sollte, mußte mehrere Male hinausgeschoben werden. Zuerst, weil der van Delle von einem mit Fieber verbundenen Halsübel befallen wurde. Dann, weil sich schlechtes Wetter einstellte, zwei Tage und zwei Nächte lang regnete es in Strömen. Eine sich gleich darauf ergebende Konstellation der Gestirne, die dem van Delle nicht günstig genug für ein solches Wagnis zu sein schien, verursachte eine weitere Verzögerung. Schließlich bestimmten sie die Nacht vor dem St. Wenzelstag zur Ausführung ihres Fluchtplans, und ein weiterer Aufschub war nun nicht mehr möglich, so sehr ihn auch der van Delle, der dem Unternehmen mit Sorge und Bangen entgegensah, gewünscht hätte.

Am Abend vor dem St. Wenzelstag brachte der Brouza dem Alchimisten einen Teller mit Fleischbrühe, ein Stück

Hühnerpastete, gesottene Eier, Käse, eine Schnitte Honigkuchen, ein Feigenbrot und eine Kanne Wein.

»Langt zu und stärkt Euch, Herr!« sagte er. »Laßt es Euch wohl bekommen! Wir wissen nicht, wie es mit Essen und Trinken morgen bestellt sein wird.«

Dann riet er ihm, vor dem Aufbruch noch eine oder zwei Stunden zu ruhen.

»Ihr werdet alle Eure Kräfte nötig haben«, meinte er. »Morgen, wenn es tagt, müssen wir ein halbes Dutzend Meilen hinter uns gebracht haben.«

Der van Delle aß mit geringem Appetit. Traurig sprach er von den stolzen Erwartungen, mit denen er an den Hof des Kaisers gekommen war.

»Ich habe mich«, klagte er sich an, »bei meiner Arbeit allzusehr auf Hypothesen gestützt, von bloßen Einbildungen habe ich mich bewegen lassen. So ist es nun dazu gekommen, daß ich mit Infamie und Schande bei Nacht und Nebel das Haus verlassen muß.«

»Ob wir Nebel haben werden, das ist noch sehr die Frage«, bemerkte der Brouza. »Ein wenig Nebel, nicht zu viel, das wäre so übel nicht, aber es sieht nicht danach aus, als ob wir ihn bekämen. Aber ich mein', die Sache wird auch ohne Nebel gut ablaufen, zumal wir Neumond haben.«

»In meinem Herzen«, sprach der Alchimist, »halten Furcht und Hoffnung einander das Gleichgewicht. Aber es ist nun einmal so und auch der Dichter Petrarca hat es gesagt, daß im menschlichen Leben weit öfter die Furcht als die Hoffnung sich verwirklicht. Was bleibt also anderes übrig, als der Bitternis des Schicksals mit fester Stirn entgegenzutreten?«

Schweren Herzens hatte er sich entschlossen, seine Bücher zurückzulassen. Nun ging er zu dem hochgetürmten Stoß, suchte ein Bändchen hervor und schob es in die Tasche seines feuerfarbenen Rocks. Es war Senecas Tractat

»De tranquillitate vitae«, zu deutsch »Von der Geruhsamkeit des Lebens«, den wollte er auf seinen beschwerlichen Weg mit sich nehmen.

»Eine Sache wie diese«, sagte indessen der Brouza, »kann nicht ohne Mühe und Gefahr ausgeführt werden. Ihr habt jedoch den Vorteil, daß ich mein Leben lang noch keinem Menschen bei seiner Flucht behilflich gewesen bin.«

»Und worin liegt da für mich der Vorteil?« fragte der Alchimist.

»Weil«, bedeutete ihm der Brouza, und er fiel für einen Augenblick in sein altes Narrentum zurück, »wie man sagt, ein Pfaffe niemals so gut ist wie bei seiner ersten Messe. Habt also guten Mut. Ihr werdet sehen, daß auch hier wie beim Rosenkranz am Ende das Gloria kommt.«

Als die Uhr eins schlug, befestigte der Brouza die Strickleiter an zwei eisernen Haken, die er in den Fenstersims des Erkers eingetrieben und durch hölzerne Keile gesichert hatte. Dann zeigte er dem van Delle, der vor Angst an allen Gliedern bebte, wie er es anzustellen habe. Er schwang sich auf den Sims und stieg die Leiter hinab, bis sein plattnäsiges Gesicht nicht mehr zu sehen war. Dann kam er wieder, ließ sich das Bündel mit den Habseligkeiten des Alchimisten und seinen eigenen Ranzen reichen und sagte:

»Es ist nicht schwer, und es ist auch keine Gefahr dabei. Merkt Euch nur, daß Ihr hinaufschauen sollt und nicht hinunter. Macht einen Schritt um den anderen, eilt Euch nicht. Wenn Ihr Schritte, Stimmen oder sonst ein Geräusch hört, dann bleibt stehen und rührt Euch nicht. Wenn ich unten bin, werdet Ihr mich pfeifen hören.«

Und damit verschwand er.

Als der van Delle auf der Strickleiter stand, hub einer von des Kaisers Löwen, die unten im Hirschgraben in Käfigen gehalten wurden, zu brüllen an, und ein wenig später durchschnitt der melancholische Schrei des Adlers, der mit einem seiner Fänge an eine eiserne Stange gekettet war, die Stille der Nacht. Diese Laute, so wild sie auch klangen, erschreckten den van Delle nicht. Die Stimme des Löwen wie auch die des Adlers war ihm vertraut. Als aber eine Fledermaus hart an seinem Kopf vorbeischwirrte, konnte er einen Aufschrei nicht völlig unterdrücken.

Wie er dann die Leiter Tritt um Tritt hinunterstieg, minderte sich seine Furcht. Er sah, daß es nicht schwer war, hinunter zu gelangen, auch gab es keine Gefahr. Stärker wurde das Rauschen der Bäume unter ihm, Vögel schwirrten aus dem Schlaf geschreckt auf und flogen davon. Zu seinen Häupten standen die ihm vertrauten Gestirne: der Fuhrmann, der Wagen, der Rabe, der Kopf des Stieres, die Krone der Ariadne und der Gürtel des Orion.

Als er schon beinhahe unten war, wurde er so verwegen, daß er die Leiter vorzeitig losließ und absprang. Er tat dies aus geringer Höhe, aber so wenig geschickt, daß er taumelte und zu Boden fiel.

Er hörte die Stimme des Brouza, der sich über ihn beugte:

»Steht auf Herr, steht auf! Es ist alles gut abgelaufen. Jetzt aber keine Zeit verloren!«

Vom Brouza unterstützt versuchte er aufzustehen, aber es ging nicht. Mit einem Wehlaut sank er wieder zu Boden. Er hatte sich das Bein beschädigt.

An eine Flucht war nun nicht mehr zu denken, aber der Brouza verlor darum den Kopf nicht. Er trug, schleppte und zog den van Delle in eine Hütte, die sich in einem abgelegenen Teil des Hirschgrabens windschief an die Umfassungsmauer lehnte wie ein Betrunkener an einen Türpfosten. Hier bettete er den van Delle, der zu stöhnen nicht aufhörte, auf einen Federsack. Er schlug Feuer und zündete eine Öllampe an. Dann zog er dem van Delle behutsam die Schuhe aus und brachte ihm ein paar türkische Pantoffel, die zwar abgetragen, aber aus dem allerfeinsten Gazellenleder verfertigt waren.

»Wo bin ich hier?« fragte der Alchimist.

»In meinem Hause«, erklärte ihm der Brouza, »und es steht hier alles zu Eurem Gebrauch und Willen. Hier sucht Euch keiner, hier seid Ihr sicher. Mögen sie nun die Landstraßen nach Euch ablaufen. Dieses Haus hat mir der verewigte Kaiser geschenkt, auch die beiden Apfelbäume draußen und das Gärtlein, in dem ich Gemüse ziehe.«

Er wischte sich die Tränen aus den Augen.

»Du siehst nun wohl«, klagte mit matter Stimme der Alchimist, »von welchen Nöten und Beschwerden dieses arme Leben bedroht ist und wie mir das Glück wiederum seine Untreue und Tücke bewiesen hat.«

»Ihr habt Euch«, meinte Brouza, »allzusehr auf Gottes Beistand verlassen, als Ihr von der Leiter sprangt. Es hätte noch schlimmer kommen können.«

Der Alchimist wies auf eine Peitsche mit kurzem Stiel und langen Lederschnüren, die an einem Nagel an der Wand hing.

»Wozu dient sie dir?« fragte er. »Hältst du dir einen Hund?«

»Nein«, sagte der Brouza. »Mit diesem Ding da hat der verewigte Kaiser bisweilen nach mir geschlagen, wenn ich ihm Verdruß bereitet habe. Man nennt das ein Reliquium. Ich habe noch andere Reliquia aus seiner Hand. Die beiden Truhen dort hat er mir verehrt, das kupferne Waschbecken, Strümpfe, Hemden, Halstücher, ein Gebetbüchlein, einen Ring mit blauem Stein, einen Schröpfkopf und vieles andere. Auch die Pantoffel sind von ihm. Denkt daran, Herr, daß Ihr heilige Reliquia an den Füßen tragt. Wehe, nie wieder wird die Welt einen Herrn wie den meinen sehen!«

Er sah aus, als wolle er in Erinnerung an den verstorbenen Kaiser von neuem in Tränen ausbrechen. Aber die Zeit drängte. Er sagte, er müsse nun fort, um die Strickleiter verschwinden zu lassen und um irgendwo außerhalb der Stadt einen Wundarzt oder Feldscher aufzutreiben, einen, von dem sich erwarten ließe, daß er nicht allzuviel Neugierde bezeigen werde. Er holte aus seiner Tasche einen Schlüssel hervor, mit dessen Hilfe er durch eines der Mauerpförtchen ins Freie gelangen konnte. Er empfahl dem van Delle, keine Furcht zu hegen, in Geduld zu warten und den Fuß nicht zu bewegen.

Eine Stunde später kam er mit einem Dorfbader zurück, der auch ein wenig Feldscher war und sich rühmte, zweiundsechzig Arten von Knochenbrüchen und auch Brandwunden richtig behandeln zu können. Er hatte ihn im Wirtshaus des Dörfchens Liben aufgelesen, das zu weit entfernt war, als daß von dort Gerede und Gerüchte in die Prager Burg gelangen konnten.

Der Feldscher, der leicht angetrunken war, betastete den Fuß, den Knöchel und das Bein. Dann sagte er, es sei nicht schlimm, er werden dem Herrn aber Schmerzen zufügen müssen.

»Man muß«, sagte der Alchimist, »durch das Meer der Schmerzen hindurchgehen wie der Salamander durch das Feuer.«

Unmittelbar darauf aber stieß er einen gellenden Schrei aus, so daß ihm der Brouza die Hand auf den Mund legte. Der Feldscher hatte ihm, ehe er sich dessen versah, durch heftiges Ziehen am Fuß den Knöchel eingerenkt. Es war nun nicht mehr viel zu tun. Der Feldscher verlangte zwei Brettchen oder Stäbe, um das Bein zu schienen. Mit dem geschienten Bein, sagte er, müsse der Herr nun zwölf oder vierzehn Tage lang liegen und erst nach Ablauf dieser Zeit könnte er es mit dem Gehen versuchen. Er verordnete kalte Kompressen, und dann fragte er den van Delle, wie ihm dieses Mißgeschick zugestoßen sei.

Der Alchimist setzte ihm auseinander, daß sein Mißgeschick nicht von ihm selbst verschuldet, sondern daß es auf eine besondere Quadratur der obersten Planeten zurückzuführen sei.

»Herr!« rief der Feldscher, »ihr wollt mir doch nicht weismachen, daß sich diese Planeten oben zusammengetan haben, um Euch das Fußgelenk auszukegeln?«

»Sie fügen uns Gutes und Schlimmes zu«, belehrte ihn der Alchimist, »und wir sind ihren Zusammenstellungen mehr, als Ihr erfassen könnt, unterworfen. Aber wenn es Euch recht ist«, fügte er hinzu, »will ich diesen Gegenstand nicht mehr mit Euch erörtern.«

Dem Felscher war das recht. Die Erfahrung hatte ihn gelehrt, daß es besser sei, Leute, die im Fieber lagen oder von Schmerzen geplagt wurden, nicht durch Widerspruch zu reizen, auch wenn er ihre Meinung für verkehrt hielt. Indessen hatte der Brouza aus einer seiner Truhen oder heiligen Reliquien ein Zinngefäß mit Wacholderbranntwein hervorgeholt, das gab er dem Feldscher für seine Mühe und für den weiten Weg. Der Feldscher kostete von dem Branntwein. Sein Gesicht verklärte sich, um gleich darauf den Ausdruck tiefer Besorgnis anzunehmen.

»Schönen Dank«, sagte er. »Ich steh' Euch zu Diensten, wann immer Ihr mich braucht. Auch wenn es sich um Brandwunden handelt, vergeßt das nicht! Aber wie mach' ich's nur, daß mir der listige Teufel nicht diesen Branntwein stiehlt?«

»Stiehlt Euch der Teufel Branntwein?« fragte der van Delle.

»Ja, und auch Wein, Most, Bier, kurzum, jegliches Getränk«, erklärte der Feldscher.

»Stellt er Euch auch sonst nach?« erkundigte sich der van Delle.

»Das will ich meinen«, gab der Feldscher zur Anwort. »Tag und Nacht.«

»Er hat es also auf Eure Seele abgesehen?« wollte der van Delle wissen.

»Nein«, sagte der Feldscher. »Er ist nicht von der Art. Es hat jedermann seinen eigenen Teufel, und der meine liegt bei mir im Ehebett.«

Er nahm noch einen Schluck Branntwein aus der Kanne, und dann ließ er sich vom Brouza durch das Mauerpförtlein auf die Landstraße führen.

Als es Morgen wurde, erhob sich der Brouza von der Erde und rieb sich den Schlaf aus den Augen. Der van Delle lag wach. Der Schmerz im Bein, die ungewohnte Umgebung, vor allem aber die Furcht vor dem Tag, der jetzt anbrach, hatten ihn keine Ruhe finden lassen. Der Brouza schleppte das kupferne Waschbecken, auch eine Reliquie, herbei, holte Wasser und wusch seinem Herrn Gesicht, Hals und Hände. Dann brachte er ihm Brot und Käse und dazu sagte er, wie alle Tage, sein Sprüchlein:

»Eßt, Herr! Ihr werdet Brot und Käse nach Eurem Wunsch finden. Das Brot leicht, den Käse schwer.«

Er erneuerte die Kompresse, und dann bat er den van Delle um Urlaub. Er wollte in die Burg zurück und sehen, wie sich die Dinge dort anließen.

»Es wird einen höllischen Lärm geben, wenn sie merken, daß Ihr das Weite gesucht habt«, prophezeite er. »Die, die es dem Kaiser hinterbringen, werden Beulen und blutige Schrammen davontragen und vielleicht noch Schlimmeres. Er wird in Raserei geraten und ihnen an den Kopf werfen, was er zur Hand hat, Leuchter, Schüsseln, Teller, allerlei Gerät, Messer, Dosen, Figuren aus Holz, Stein oder schwerem Metall, deren stehen immer etliche in des Kaisers Kammer, daß er sie den Leuten an den Kopf werfen kann, und vielleicht wird er sogar mit dem Degen auf sie losgehen. Mir hat er einmal ein Buch mit Bildern von den Leiden Christi nachgeworfen. Später hat er es bereut und bittere Tränen darum vergossen, aber nicht um meinetwillen, sondern des beleidigten Erlösers wegen.«

»Und wie wird es weitergehen?« erkundigte sich voll Sorge der van Delle. »Mit den Leuchtern und Schüsseln wird es wohl nicht abgetan sein.«

»Gewiß nicht«, sagte der Brouza. »Der Kaiser wird den Herrn Obersthofmarschall und den Herrn Oberstburggrafen zu sich befehlen und über sie herfallen, wird toben und schreien, sie hätten Euch zur Flucht verholfen, seien von Matthias dafür bezahlt. Der Herr Obersthofmarschall wird einen roten Kopf bekommen, aber der Herr Oberstburggraf wird den Kaiser beschwichtigen. Er wird Ihm versprechen, Euch zu greifen und zurückzubringen, und er wird Euch auf allen Landstraßen und in allen Herbergen suchen lassen, aber nur eine oder zwei Wochen lang, denn dann wird die Sache dem Kaiser aus dem Sinn gekommen sein, weil sich in seinem Kopf die menschlichen Dinge: Zorn, Verdruß, Reue, wie auch Hoffnung oder Vertrauen oft sehr rasch in ihr Gegenspiel verkehren.«

»Und hier wird man mich nicht suchen?« fragte der van Delle.

»Hier nicht, nein. Hier seid Ihr sicher«, beruhigte ihn der Brouza. »Vielleicht hat sich just darin, daß Ihr so übel von der Leiter gesprungen seid und nicht weiter konntet Gottes liebende Vorsorge für Euch offenbart. Ich gehe jetzt, werd' die Türe hinter mir verschließen. Am Abend bin ich zurück. Laßt Euch inzwischen die Zeit nicht lang werden.«

»Ich werde sie verwenden, um über die vielen Wechselfälle meines Lebens nachzusinnen«, sagte der Alchimist. »Auch werde ich in diesem Buch lesen, daß mir ein Trost in meiner Kümmernis sein wird.«

Und er zog den Seneca aus seiner Tasche.

Aber er fand, als der Brouza gegangen war, die Ruhe nicht, um irgendeinem Gedanken nachzuhängen. Die

Abenteuer und Wechselfälle seines Lebens, aus deren Ablauf und Ausgang er in seiner gegenwärtigen Bedrängnis Zuversicht gewinnen wollte, stoben durcheinander und zerflossen in nichts. Er versuchte, im Seneca zu lesen, aber die Worte ergaben ihm keinen Sinn, er las und wußte nicht, was er gelesen hatte. Er war müde und konnte nicht schlafen. Die Zeit wollt' ihm nicht vergehen, und er suchte nach einem Mittel, sie zu überlisten. Er bewegte den Fuß, der Schmerz fiel über ihn her und wurde unerträglich, dann ließ er nach, wurde milder, blieb noch eine Weile und verschwand. Da war ein wenig Zeit vergangen. Er wiederholte das Spiel, aber da fand er, daß er den Gewinn an Zeit mit allzuviel Schmerz bezahlt hatte. Sein Auge haftete an den Schnecken an der Bretterwand der Hütte und es schien ihm, als wären das die Stunden dieses Tages, die so träge dahinschlichen.

Gegen Mittag schlief er ein. Es war ein kurzer und unruhiger Schlaf, und doch fühlte er sich besser, als er erwachte, er meinte viele Stunden geschlafen zu haben. Er brachte es nun zuwege, ein wenig in seinem Seneca zu lesen. Bald aber legte er das Buch aus der Hand. Er sagte sich, der Tag sei nun zu Ende, gleich käme die Dämmerung, und bei schwindendem Licht sei nicht gut lesen. Es war aber noch früh am Nachmittag.

Dennoch verging ihm der Rest des Tages ein wenig rascher, denn jetzt begannen die Kapuziner in ihrem nahegelegenen Kloster mit ihrem Läuten, Klingeln und Chorsingen. Der Brouza, der gegen neun Uhr abends kam, fand ihn ruhiger, als er erwartet hatte. Der van Delle versuchte sich aufzurichten und wollt' gleich alles wissen, aber der Brouza legte den Finger an die Lippen.

»Leise, Herr, leise!« sagte er. »Es sind zwei von den Gärtnerburschen ganz in der Näh', die könnten Euch hören.«

Flüsternd fragte der van Delle, wie es oben stünde, ob

der Lärm groß gewesen sei, und ob man ihn schon in den Herbergen und auf den Landstraßen suche.

Der Brouza stellte seinen Rückenkorb auf die Erde und wischte sich den Schweiß von der Stirne. Dann schlug er Feuer und machte Licht.

»Es hat keinen Lärm gegeben«, berichtete er. »Sie wissen es noch gar nicht, daß Ihr fort seid.«

»So hat mich der Kaiser nicht zu sich befohlen?« rief der van Delle.

Der Brouza öffnete die Tür ein wenig und blickte hinaus. Die beiden Gärtnerburschen waren nicht mehr zu sehen. Man hörte ihre Stimmen aus einiger Entfernung.

»Sie sind fort«, sagte er. »Nein, der Kaiser hat nicht nach Euch gefragt.«

»Und er hat auch nicht den Palffy oder den Malaspina zu mir geschickt?« wollte der van Delle wissen.

»Nein, keiner von des Kaisers Kammerherren kam, um nach Euch zu sehen«, sagte der Brouza.

»Ich kann das nicht verstehen«, rief mit Kopfschütteln der van Delle. »Ist heute der St. Wenzelstag oder wessen Tag ist heute?«

Der Brouza traf die Vorbereitungen zum Abendessen. Er rückte den Tisch in die Nähe des van Delle und legte ein weißes Tuch auf.

»Vielleicht hat der Kaiser, weil eben heute St. Wenzelstag ist, nicht Zeit gefunden, sich um Euch zu bekümmern«, meinte er. »Denn der St. Wenzelstag ist für ihn immer ein verdrießlicher Tag. Er soll mit der brennenden Kerze in der Hand in der Prozession gehen, sich der Menge zeigen, und das tut er nicht gerne. Der Herr Erzbischof und der Bischof von Olmütz waren beide in Audienz bei ihm, haben ihm beweglich vorgetragen, wie man in einer Zeit, da der Utraquismus überall im Königreich sein ketzerisches Haupt erhebe, dem frommen katholischen Volk das gewohnte Schauspiel und Gepränge nicht vorenthalten dürft' und wie auch sein Vater, der verewigte und in Gott ruhende Kaiser Maximilian II., es niemals unterlassen hätt', an des heiligen Wenzels Tag in der Prozession zu gehen.«

Er fuhr sich mit der Hand über die Augen. Dann holte er aus seinem Korb ein Fischgericht hervor, eine kalte Platte, gesottene Eier, Früchte, Käse und eine Kanne Wein.

»Morgen«, sagte er, als müsse er den van Delle beruhigen und trösten, »wird Seine Majestät sich gewiß daran erinnern, daß Ihr Euren Kopf verwettet und verloren habt.«

Siebzehn Tage blieb der van Delle in seinem Asyl, in der Hütte des Brouza, siebzehn Tage lang ereignete sich nichts, es schien, als ob der Kaiser ihn vergessen hätte. Anfangs fiel es ihm schwer, den Tag in Müßiggang und mit Träumereien zu verbringen, dann aber fand er Mittel, sich die Zeit ein wenig zu vertreiben. Er beobachtete die Ameisen in der Hütte, von denen es zwei Arten oder Völker gab, die roten und die braunen, und sie glichen darin den Menschen, daß die einen mit den andern nicht Frieden halten konnten, sondern sie stellten einander mit meuchlerischen Anschlägen nach. Er sah das Netz der Spinne und wie die kleinen Mücken in der Spinnwebe hängen blieben, indes die großen Wespen hindurchfuhren, auch wiederum ein Sinn- und Spiegelbild der Zeit und der menschlichen Dinge. Er lernte, daß, wenn er dreimal den Rosenkranz betete und zweimal das Credo, just acht Minuten vergangen waren. Er übte sich im Gehen, erst mit Hilfe eines Stocks, dann ohne einen solchen, und des Nachts trat er bisweilen vor die Hütte und betrachtete den Sternenhimmel.

Mit dem Brouza, der hin und wieder auch tagsüber in die Hütte kam, denn Vorsicht war nun minder nötig, führte er lange Gespräche. Über die Natur der Menschen, und wie auch das Glück der Mächtigen und Reichen nur armselig sei, gemessen an der Unersättlichkeit ihrer Wünsche. Über die großen Kräfte, die in Edelsteinen und Metallen, im Blut gewisser Tiere und in den Pflanzen, die man bei Vollmond pflückte, verborgen lagen. Von einem Meerfisch berichtete er ihm, den die Gelehrten »Uranoscopus« nannten, der habe nur ein Auge und mit diesem blicke er immerdar den Himmel an, und die Menschen, begnadet mit zwei Augen, täten dies nicht. Er wies dem Brouza zwei Gestirne, die sich unablässig nach Osten bewegten, einem unbekannten Ziel zustrebend, der eine in höchster Eile fliehend, der andere in Verfolgung. Und dieses Zeichen, sagte er, bedeute den Tod hoher Prinzen, Verräterei der Bedienten, Veränderung in der Religion und in der Regierung vieler Länder, kurz, großen Jammer. Der Astrologe könne diese Ereignisse wohl voraussehen, aber nicht abwenden. Denn die höchste Weisheit, die zu erlangen sei, liege beschlossen in den Worten: Herr, Dein Wille geschehe, so im Himmel, wie auch auf Erden.

Der Brouza wiederum berichtete dem van Delle, daß der Kaiser höchst ungehalten sei über den Erzbischof von Prag, den Olmützer Bischof und den heiligen Wenzel, denn er habe sich bei der Prozession mit dem Kerzenlicht den Bart versengt. Er habe ferner der Hofküche zwei Dukaten bewilligt, um die Klauen der Wildschweine, die auf die kaiserliche Tafel kamen, zu vergolden. Und daß die Metzger der Judenstadt, die das Fleish für die Fütterung der im Hirschgraben gehaltenen wilden Tiere beizustellen gehalten waren, an das Obersthofmeisteramt einen Brief gerichtet hatten, der mit Segenswünschen und einer Anrufung Gottes in hebräischer Sprache begann, und die hebräischen Schriftzeichen sähen Schüreisen, Krückstöcken, Ofenröhren und Mehlschaufeln gleich.

Am achtzehnten Tag kam der Brouza zu einer ungewohnt frühen Stunde schon am Vormittag in die Hütte.

»Herr«, sagte er, als er die Tür hinter sich zugezogen hatte, »ich habe kaum Atem, so eilig bin ich zu Euch gelaufen.«

»Und was bringst du für Nachricht?« fragte der Alchimist.

»Die allerbeste, die Ihr Euch wünschen könnt«, gab der Brouza zur Antwort, und dann berichtete er, daß die beiden Hakenschützen, die vor der Tür der Werkstatt postiert waren, ihrem Leutnant gemeldet hätten, daß er, der van Delle, sich schon seit zwei Wochen nicht gezeigt habe, auch sonntags nicht wie gewohnt zur Messe gegangen sei. Der Leutnant habe das dem Kommandanten der Leibwache rapportiert und hinzugefügt, daß die Türe versperrt sei, und daß auf Pochen keine Antwort käme. Der Kommandant der Leibwache habe dem Obersthofmarschall Meldung erstattet und dieser habe die Tür der Werkstatt gewaltsamm öffnen lassen.

»Das heißt also«, unterbrach ihn der van Delle, »daß sie vielleicht jetzt schon auf der Suche nach mir sind.«

»Nein«, sagte der Brouza. »Hört nur weiter. Als man dem Kaiser hinterbrachte, daß Ihr fort seiet, blickte er kaum auf. Er legte seine Hand zuerst an die Stirn und dann auf sein Ohr, wollte damit sagen, der Kopf schmerze ihn und er wolle nichts weiter hören. Dann fuhr er fort, das Werk einer Uhr zu zerlegen, damit hat er sich den ganzen Morgen beschäftigt. Aber der Phillip Lang, der dabei stand, sagte, man solle Seine Majestät mit der Sache nicht turbieren, Seine Majestät bedürfe Eurer nicht mehr, er habe einen anderen Goldmacher in Dienst genommen, der verstünde diese Kunst besser als alle Philosophen, Alchimisten, Schwarzkünstler und Zigeuner.«

»Einen anderen Goldmacher?« rief der van Delle aufs höchste erregt. »Wie heißt er? Woher kommt er? Wo befindet er sich?«

»Das weiß ich nicht«, erklärte der Brouza. »Der Philipp Lang wollt' es mir nicht sagen, er macht, scheint es, ein großes Geheimnis daraus. Aber es muß wohl wahr sein, denn seit Wochen hat der Kaiser alle Taschen voll Gold, und er gibt es aus, als hätte er noch viel mehr zu erwarten, versteckt es nicht, wie vordem, in Ritzen und Spalten. Erst gestern hat er fünfzehn Dukaten für ein Konterfei Christi bezahlt, er hat ihrer schon ein Dutzend, aber er kann ihrer gar nicht genug bekommen. Ich sag', ein Narr soll nicht kaufen und ein Blinder nicht laufen. Wenn ich ihm morgen einen groben Kiesel hinaufbring', und sag', das sei der Stein, auf dem der Patriarch Jakob gesessen sei, als er die Himmelsleiter sah, – ich wett' mit Euch, er kauft ihn.«

Der van Delle schwieg und starrte vor sich hin. Nach geraumer Zeit erst schien er wie aus einem Traum zu erwachen. Er bat den Brouza, er möge ihn allein lassen, er müsse mit sich zu Rate gehen, was nun zu tun sei. Er ergriff die Hand des Brouza, drückte sie und dankte ihm dafür, daß er soviel getan habe und daß er sogar bereit gewesen sei, sein Leben einzusetzen, um ihn zu retten.

»Das Gott erbarm', was ist da groß zu danken?« meinte der Brouza verlegen und verwirrt. »Ihr wißt, wie ich Euch zugetan bin. Euch zuliebe würde ich auch Kettensklave werden.«

Als der van Delle dann allein war, kam ein Übermaß von Schwermut über ihn. Mit unüberwindlichem Schmerz wurde er dessen inne, daß sein Leben sinn- und wertlos gewesen war. Es war ihm nicht gelungen, das große Magisterium, die Blei in Gold verwandelnde Essenz, die man auch den »roten Löwen«, das »fünfte Element« und die »Taube des Trismegistos« nannte, zu finden, aber einem anderen war es gelungen. Strebend und immer wieder enttäuscht war er über all seiner Müh' ein alter Mann geworden. Was blieb ihm noch im Leben? Hoffnung? Welches Ziel?

Er neigte sich im Geiste vor dem großen, unbekannten und geheimnisvollen Alchimisten, der glücklicher als er gewesen war. Noch einmal blickte er auf sein vergangenes Leben zurück. Es erschien ihm nichtig. Mit seinem Schermesser schnitt er sich die Pulsadern auf.

Der Brouza fand ihn in seinem Blute liegend und ohne Bewußtsein. Er schrie und wollte fort, um Hilfe holen, aber er besann sich. Er nahm eines der Hemden des verstorbenen Kaisers, riß es in Streifen und verband die Handgelenke des van Delle, daß das Blut nicht weiterrinnen sollte. Dann lief er, um einen Arzt herbeizuschaffen.

Der Arzt kam, aber aus dem van Delle war jegliches Leben geschwunden.

Als man ihn am Abend forttrug, um ihn in geweihter Erde zu bestatten, da ging der Brouza hinter der Leiche und schrie, heulte und gebärdete sich unsinnig und wütete gegen sich, so wie er einst geschrien, geheult und gegen sich gewütet hatte, als man seinen Herrn, den Kaiser Maximilian, mit großem Gepränge hinüber nach St. Veit zu Grabe trug.

Der Branntweinkrug

In der Woche zwischen dem Neujahrs- und dem Versöhnungsfest, die man die Bußwoche nennt, in einer Nacht, in der der bleiche neue Mond am Himmel steht, erheben sich auf dem Prager Judenfriedhof die Toten des vergangenen Jahres aus ihren Gräbern, um Gott zu lobpreisen. Es ist ihnen wie den Lebendigen ein Neujahrsfest vergönnt, und sie feiern es in der Altneuschul, dem uralten Hause Gottes, das bis zur halben Höhe seiner Mauern in die Erde versunken scheint. Und wenn sie das Loblied »Owinu Malkenu« – »unser Vater und König« – gesungen und den Almenor dreimal umschritten haben, rufen sie zur Thora. Die, deren Namen sie rufen, weilen noch im Reich der Lebendigen. Doch müssen sie dem Ruf gehorchen und zu denen, die sich da versammelt haben, stoßen, ehe noch das Jahr zu Ende ist, denn ihr Tod ist oben beschlossen.

In dieser Nacht, zu später Stunde, gingen die beiden Hochzeitsmusikanten und Spaßmacher, der Jäckele-Narr und der Koppel-Bär, zwei alte müde Männer, miteinander streitend und einander scheltend durch die Gassen der Judenstadt. Sie hatten bei einer Hochzeitsfeier in der Altstadt für einen Viertelgulden zum Tanz aufgespielt, der Jäckele-Narr auf der Geige, der Koppel-Bär auf der Maultrommel, denn die jüdischen Musikanten standen, weil sie die neuesten Tänze kannten, auch bei den Christen in gutem Ansehen. Nach Mitternacht aber war unter den Gästen, von denen einige dem starken Prager Altbier und danach dem Branntwein über Gebühr zugesprochen hatten, eine Schlägerei entstanden, und wie die erste Bierkanne durch die Luft sauste, hatten die beiden Musikanten mit ihren Instrumenten das Weite gesucht, denn wenn Esau trinkt, so sagten sie sich, bekommt Jakob die Prügel. In dem allgemeinen Durcheinander aber hatte Koppel-Bär ein Krüglein mit Branntwein beiseitegebracht und mit sich gehen lassen, und um dieses Branntweins willen war es jetzt zwischen den beiden zu einem Streit gekommen. Nicht daß der Jäckele-Narr sich und dem Koppel-Bär einen Schluck Branntwein vom Hochzeitstisch mißgönnt hätte. Aber dem Koppel-Bär war der Genuß starker Getränke untersagt, denn er war ein Jahr zuvor von einem Schlagfluß gerührt worden und wochenlang darnieder gelegen und noch jetzt zog er beim Gehen den linken Fuß nach. Er hielt sich freilich nicht an das Verbot, er lachte darüber, die lahmen Hunde, sagte er, lasse der Tod am längsten leben. Aber der Jäckele-Narr war aus Sorge um das Leben und die Gesundheit seines Freunds beinahe hypochondrisch geworden.

»Du bist ein arger Dieb, ich schäme mich deiner«, hielt er ihm vor. »Nichts ist vor deinen Diebsfingern sicher. Du würdest, wenn niemand hinsieht, die fünf Bücher Moses stehlen mitsamt dem achten Gebot. Wenn es wenigstens … es gab dort eine Sorte Fladen mit Honig und Mohn, die der Tafel eines Königs würdig gewesen wären, und wir haben für den Sabbat nichts im Hause als eine Schüssel Bohnen und ein Stückchen Fisch. Aber Branntwein? Was soll uns der Branntwein? Dir ist er verwehrt und mir ist er zuwider.«

»Dir ist der Branntwein so zuwider wie dem Bären der Honig«, meinte der Koppel-Bär. »Und du weißt auch, daß geschrieben steht: Branntwein zum Fisch macht fröhlich den Tisch. Den Fisch hat Gott uns gegeben. Den Branntwein war er uns noch schuldig. Und so hab' ich ein gutes und verdienstliches Werk getan, indem ich von Esaus Tisch nahm, was für Jakob bestimmt war, denn Gott will, das wir den Sabbat in Fröhlichkeit begehen.«

»Aber nicht mit gestohlenem Branntwein«, fuhr ihn der Jäckele-Narr entrüstet an.

»Um die Wahrheit zu sagen, – ich hab' den Branntwein nicht gestohlen«, erklärte ihm der Koppel-Bär, »ich wußte gar nicht, daß Branntwein in dem Krug ist. Es war mir nur um den Krug zu tun, ich wollt' verhüten, daß einer von den Gewalttätern dort einem anderen mit dem Krug den Kopf zerschlägt. Ich habe also, indem ich den Krug zu mir nahm, einem Menschen aus höchster Not geholfen und ihm Leben und Gesundheit gerettet. Nenn du es, wie du willst, Jäckele-Narr, – ich nenn' es ein verdienstliches Werk. Und den Branntwein habe ich obendrein.«

»Möge er dir in der Kehle steckenbleiben!« sagte zornig und verdrossen der Jäckele-Narr.

»Gott behüte!« rief der Koppel-Bär. »Du sagst, ich soll ersticken, da Gott mich will erquicken? Nimm dich in acht, Jäckele-Narr, du weißt, die ersten Stunden nach Mitternacht, wenn der Hahn auf einem Fuß steht und sein Kamm ist so weiß wie Wolfsmilch, – das sind die Stunden Samaels, da gehen die bösen Wünsche in Erfüllung.«

»So wünsch' ich«, sagte der Jäckele-Narr, »du gingest mit deinem Branntwein zum Henker und brächest dir auf dem Wege Hals und Bein und kämest mir nicht mehr vor die Augen.«

»So geh' ich also«, sagte in weinerlichem Ton der Koppel-Bär, »und komm' nicht wieder und du hast mich in diesem Leben zum letztenmal gesehen.«

Er tat, als ginge er, und den Branntweinkrug nahm er mit sich.

»Bleib!« schrie der Jäckele-Narr. »Wohin willst du im Dunkeln laufen?«

»Dir kann man es nicht recht machen«, klagte der Koppel-Bär und er ging an des Jäckele-Narr Seite weiter. »Bin ich bei dir, schickst du mich zum Henker. Geh' ich, schreist du: Bleib, wo du bist. Sitz' ich, sagst du, ich vertrödel' die Zeit, lauf' ich, heißt es, ich zerreiß' die Schuh'. Schweig' ich, fragst du: Bist du stumm? Red' ich was, so nimmst du's krumm. Bring' ich Seide, willst du Zwilch, bring' ich Bier, verlangst du Milch. Koch' ich Kraut, so willst du Zwiebel, ist mir wohl, so ist dir übel. Mach' ich Knödel, willst du Grütze, heiz' ich ein, schreist du ...«

»Schweig still!« unterbrach ihn der Jäckele-Narr. »Siehst du nichts? Hörst du nichts?«

»... ich schwitze«, beendete der Koppel-Bär seinen gereimten Singsang, und dann blieb er stehen und horchte.

Sie hatten die Breite Basse überquert, waren durch das Belelesgäßchen gegangen und standen jetzt vor dem verfallenen, schwärzlich-grauen Mauerwerk der Altneuschul. Da war ein leises Singen und Summen zu vernehmen, und aus den schmalen Fenstern des Gotteshauses kam ein Lichtschein.

»Das ist doch sonderbar, daß da drinnen noch Leut' sind zu so später Stunde«, meinte der Koppel-Bär.

»Sie singen das ›Owinu Malkenu‹, als wäre heut Neujahr«, flüsterte der Jäckele-Narr. »Komm, gehen wir! Es will mir hier nicht gefallen.«

»Sie haben die Kerzen angezündet und singen«, sagte der Koppel-Bär. »Ich muß doch sehen, wer die Leut' sind. Ich muß doch wissen ...«

»Was brauchst du zu sehen, was brauchst du zu wissen!« redete der Jäckele-Narr auf ihn ein. »Komm, sag' ich dir. Es ist hier nicht gut sein.«

Doch der Koppel-Bär hörte nicht auf ihn, er ging über die Gasse auf die Fenster zu, aus denen der Lichtschein kam. Der Jäckele-Narr folgte ihm mit schlotternden Gliedern. So groß seine Furcht auch war, den Freund und Gefährten so vieler Jahre wollte er dennoch nicht allein lassen. Die Geige, die in ein Stück schwarzen Tuchs gehüllt war, trug er unter dem Arm.

»Ich mein', daß es da nicht richtig zugeht«, sagte der Koppel-Bär, der an eines der Fenster getreten war und hinabblickte. »Die Kerzen brennen und ich höre Stimmen und allerlei Geräusch, aber keine Menschenseele ist zu sehen. Und einer hustet so, wie der Neftel Gutmann selig gehustet hat, du weißt, unser Nachbar, der Lebkuchenbäcker, den sie im vorigen Jahr hinausgetragen haben.«

»Möge er unser im Guten gedenken!« sagte am ganzen Leib zitternd der Jäckele-Narr, und die kalten Schweißtropfen traten ihm auf die Stirne. »Er hustet also auch im ewigen Leben, der Neftel Gutmann. Ob er wohl dort auch Lebkuchen backen darf? Und wenn er sie bäckt, – wer nimmt ihm sie ab? Koppel-Bär, ich habe Furcht. Komm fort von hier, hab' ich dir gesagt, es ist hier nicht geheuer, – warum willst du nicht auf mich hören? Sie feiern ihr Fest, – was haben wir dabei zu tun? Komm, wir wollen gehen. Es ist kalt geworden und ein Schluck Branntwein aus deinem Krug, gestohlen oder nicht gestohlen, täte uns, bevor wir zu Bett gehen, beiden gut.«

»Ich bleibe«, erklärte der Koppel-Bär. »Ich will doch sehen, was daraus wird. Wenn du Furcht hast, dann geh!«

»Um deinetwillen hab' ich Furcht«, jammerte der Jäckele-Narr. »Du sollst leben hundert Jahr', aber du weißt, was der Arzt gesagt hat und wie es mit deiner Gesundheit bestellt ist. Ich will's nicht hören, daß sie dich rufen.«

»Hab um meinetwillen nicht Furcht«, sprach ihm der Koppel-Bär zu. »Oft lebt ein alter Scherben länger als ein neuer Topf. Und was kann mir denn geschehen, als daß ich befreit werde aus der Enge und erlöst aus der Hast.«

»Da sieht man wieder, wie du immer nur an dich denkst«, rief erschreckt und verstört der Jäckele-Narr. »Du wirst befreit sein und erlöst sein, aber was aus mir wird, wenn ich ohne dich zurückbleibe, danach fragst du nicht. Eine schöne Treue und brüderliche Liebe, die du mir da bezeigst!«

»Sei still!« gebot ihm der Koppel-Bär. »Sie haben aufgehört zu singen, das ›Owinu Malkenu‹ ist zu Ende.«

»Jetzt –«, sagte mit stockendem Atem der Jäckele-Narr, »jetzt rufen sie zur Thora.«

Und wie er das gesagt hatte, da erhob sich unten in der unsichtbaren Versammlung eine Stimme:

»Den Schmaje, Sohn des Simon, rufe ich. Den Metzger.«

»Der die Fleischbank in der Joachimsgasse hat«, fügte eine andere Stimme erläuternd hinzu, so als wolle sie verhüten, daß in dieser Sache eine Verwechslung unterlaufe.

»Schmaje, Sohn des Simon! Du bist gerufen«, erklang die Stimme des ersten Sprechers nochmals, und dann war Stille.

»Schmaje, Sohn des Simon, – das ist der Metzger Nossek. Ich kenn' ihn und du kennst ihn auch«, sagte der Koppel-Bär. »Er schielt ein wenig, doch er hat ehrlich Fleisch verkauft sein Leben lang, hat immer richtiges Gewicht gegeben.«

»Komm weg von hier! Ich will hier nichts mehr hören«, rief der Jäckele-Narr.

»Und jetzt liegt er«, sprach der Koppel-Bär weiter, »in seiner Stube und schläft und weiß nicht, was über ihn beschlossen ist, und daß der Todesengel Gewalt über ihn bekommen hat. Und morgen in der Früh' erhebt er sich wie alle Tage und geht wie alle Tage an seine Arbeit. Spreu sind wir Menschenkinder, der Engel des Herrn bläst uns hinweg. – Meinst du nicht, daß wir dem Schmaje Nossek schuldig sind, ihm zu sagen, was wir vernommen haben und daß er sich bereit halten muß, bald aus der Zeitlichkeit in die Ewigkeit zu gehen?«

»Nein«, entschied der Jäckele-Narr. Zu solcher Botschaft sind wir nicht bestellt. Auch würde er uns nicht glauben, daß sein Name gerufen worden ist, er würde sagen, wir hätten uns verhört, oder vielleicht sogar, wir hätten's nur geträumt. Denn die Menschen sind so geartet, daß sie auch in ihrer schlimmsten Not ein Fünkchen Hoffnung zu finden und es anzufachen wissen. Komm jetzt, Koppel-Bär, denn wenn sie dich riefen, – ich könnt' es nicht ertragen.«

»Den Mendl, Sohn des Ischiel, rufe ich. Den Goldschmied«, ertönte in diesem Augenblick die Stimme des Unbekannten, der zur Thora rief.

»Der auch Perlen, einzeln oder nach dem Unzengewicht, kauft und verkauft«, ließ sich die andere Stimme vernehmen. »Der das Haus und den Laden in der Schwarzen Gasse hat.«

»Mendl, Sohn des Ischiel! Du bist gerufen«, ertönte die erste Stimme nochmals.

»Das ist der Mendl Raudnitz«, sagte, wie wiederum Stille war, der Koppel-Bär. »Um den wird es nicht gar viel Klagens geben. Sein Weib ist ihm gestorben, und mit seinen Kindern lebt er seit Jahren in Unfrieden. Er ist ein strenger und harter Mann, und wenn er an den Feiertagen auf seinem Platz in der Schul sitzt, zankt er sich mit seinen Nachbarn. Er hat keinem Menschen jemals etwas Gutes getan und sich selbst auch nicht. Vielleicht sollten wir ihm sagen, daß er gerufen ist und daß es Zeit für ihn wäre, sich mit seinen Kindern zu versöhnen.«

»Nein«, entschied der Jäckele-Narr. »Koppel-Bär, du kennst die Menschen nicht. Er würde sagen, es sei nicht wahr und wir hätten es aus Bosheit erfunden, um ihn zu erschrekken. Er wird niemals glauben, daß es die Wahrheit ist, er wird eine Lüge finden und sich mit ihr getrösten. Denn er will auch nicht gerne von dieser Welt scheiden und von dem Gold und dem Silber in seinem Laden. Doch muß er Gold und Silber lassen, wenn ihn der Tod holt von der Gassen.«

Der Koppel-Bär schüttelte unzufrieden den Kopf. Das Versemachen war sein Teil und des Jäckele-Narr Arbeit war, sich die Späße für die Hochzeitsfeste auszudenken.

»Warum von der Gassen?« wendete er ein. »Der Engel Gottes kann ihn ebensogut aus der Stube oder aus dem Laden holen.«

»Da hast du recht«, gab der Jäckele-Narr zu. »Gold und Silber muß er lassen, wenn ihn der Tod bekommt zu fassen.«

»Bekommt zu fassen, das will mir auch nicht recht gefallen, es klingt grob«, erklärte der Koppel-Bär. »Wie wäre es so: Gold und Silber läßt er stehen, wenn Gott ihn heißt von hinnen gehen, – klingt das nicht besser?«

»...wenn Gott ihn heißt von hinnen gehen, – ja, das klingt nicht schlecht«, räumte der Jäckele-Narr ein. »Man hat mir gesagt, daß er in kurzem wieder ehelich werden will, der Mendl Raudnitz. Aber ob ich bei dieser Hochzeit werd' aufspielen können, da ich nun weiß, daß er so bald – wie sagtest du? – von hinnen gehen muß, und ob mir auch nur ein einziger guter Spaß gelingen wird ...«

»Mit wem will er ehelich werden?« wollte der Koppel-Bär wissen.

»Ich müßt' erst darüber nachdenken, ob man mir es gesagt oder nicht gesagt hat«, gab der Jäckele-Narr zur Antwort. »Aber wenn man es mir gesagt hat, so hab' ich es vergessen.«

»Du kannst auch nichts im Kopf behalten«, schalt der Koppel-Bär mit ihm. »Alles mußt du hören, alles erfahren, was dich angeht und was dich nichts angeht, immer bist du auf der Gassen, um etwas aufzuschnappen, und wenn wo zwei zusammenstehen, bist du der dritte. Und dann vergißt du alles, was du gehört hast und was du nicht gehört hast, nichts bleibt dir im Kopf und eines Tages wirst du nicht wissen, wer du bist und wie du heißt.«

»Jakob, Sohn des Juda, den sie den Jäckele-Narr nennen! Dich rufe ich«, erklang die Stimme.

»Der sich sein Leben lang mit seiner Geige ernährt hat. Der auch oft am geheiligten Sabbat zu Gottes Ehr und Preis in der Schul aufgespielt hat, daß jedermann seine Freude daran hatte«, erläuterte die andere Stimme, als gäbe es in der Judenstadt oder sonst irgendwo im Land noch einen zweiten Jäckele-Narr, der mit diesem nicht verwechselt werden sollte.

»Jakob, Sohn des Juda! Du bist gerufen«, kam die erste Stimme wieder.

Da war eine Minute lang ein banges Schweigen und dann sagte, zutiefst erschrocken, aber dennoch gefaßt, der Jäckele-Narr:

»Gelobt seist Du, ewiger und gerechter Richter! Dein Tun ist ohne Fehle.«

»Allmächtiger!« schrie der Koppel-Bär auf. »Hab' ich recht gehört? Was ist mit dir geschehen, Jäckele-Narr? Was will man von dir?«

Allgütiger! Schenk mir jetzt eine Lüge! flehte der Jäckele-Narr zu Gott, doch nichts fand sich, womit er den Koppel-Bär auch nur für einen Augenblick hätte täuschen und betrügen können. Und so sagte er, indem er sich bemühte, seiner Stimme einen gleichmütigen Ton zu geben:

»Was soll geschehen sein? Man hat mir bestätigt, daß jedermann seine Freude daran hatte, wenn ich am Sabbat in der Schul aufspielte. Das ist eine große Ehre, – gönnst du sie mir nicht?«

»Ich vergönn' dir die Ehr' und daß du sollst leben und gesund sein. Aber sie haben dich gerufen! Hast du's denn nicht gehört?« jammerte und schluchzte der Koppel-Bär.

»Ich hab' es gehört, ich bin nicht taub«, erklärte der Jäckele-Narr. »Aber ich weiß nicht, – mir ist gar nicht so zumut', als ob ich schon der anderen Welt angehörte, ich fühle mich recht munter. Auf mein Wort, Koppel-Bär, – ich trau' der Sache nicht. Da liegt ein Irrtum vor, – oder steckt am Ende ein Betrug dahinter? War es dir nicht auch, als ob du die beiden Stimmen kennen müßtest?«

Aber die Lüge, die er nun endlich gefunden hatte, wollte nicht verfangen, das Weinen und Lamentieren des Koppel-Bär nahm kein Ende. Und so versuchte es der Jäckele-Narr mit einem anderen Trost.

»Hör mich an, Koppel-Bär!« begann er. »Hast du nicht heut bei dem Hochzeitsessen den Leuten das Lied aufgespielt und gesungen: ›Wenn uns klingt in der Tasche Geld, gibt es für uns keine schönere Welt?‹ Nun merk auf: An Geld wird es uns nicht fehlen. Ich wollt' es dir schon lange sagen, nur aus Vergeßlichkeit hab' ich es bis heute anstehen lassen. Ich hab' mir zwei und einen halben Gulden Erspartes beiseite gelegt, damit wollen wir uns jetzt gute und vergnügte Tage machen. Du hast sie heute auftragen gesehen Hühner, Feldhühner, Enten und Gänse, wir allein aßen nicht davon, für uns war es unreine Speise. Dafür gehst du morgen mit mir auf den Markt und wir kaufen für den Sabbat einen Kapphahn ein oder eine Gans, denn ich will auch mal wissen, wie schmeckt ein guter Bissen.«

»Schweig mir davon, ich will's nicht hören, für mich gibt es keinen guten Tag mehr«, klagte der Koppel-Bär. »Für mich gilt, was geschrieben steht: Asche wird meine Speise sein, und mit Tränen werde ich meinen Trank mischen. Wenn ich daran denke, daß sie dich in schlechte Leinwand gehüllt hinaustragen werden . . .«

Der Jäckele-Narr tat so, als wäre es nur die schlechte Beschaffenheit der Totenlaken, die dem Koppel-Bär Kummer bereitete.

»Mach doch von der Leinwand nicht so viel Aufhebens, sie mag gut sein oder schlecht«, sagte er. »Was willst du denn, du weißt ja, daß die Beerdigungs-Bruderschaft drei Kreuzer und nicht mehr für die Elle zahlt, wenn es sich um ein Armenbegräbnis handelt. Wie soll da die Leinwand anders als grau und zerschlissen sein! Für drei Kreuzer die Elle darfst du nicht zu viel verlangen. Ja, wenn ich der Mordechai Meisl wäre! Den werden sie dereinst in schwerem Doppeldamast, von dem die Elle einen halben Gulden kostet, zu Grabe tragen.«

»Den Mordechai, Sohn des Samuel, rufe ich. Der sich auch Markus nennt«, erscholl die Stimme.

»Der ein armer Mann ist«, setzte die andere Stimme

fort. »Der nicht einen halben Gulden im Hause hat. Der nichts besitzt, nichts sein eigen nennt.«

»Mordechai, Sohn des Samuel! Du bist gerufen«, ließ sich die erste Stimme noch einmal vernehmen.

»Hast du's gehört, Jäckele-Narr?« rief der Koppel-Bär. »Der Mordechai Meisl! Der große Handelsherr! Auch der ist gerufen.«

»Ja, auch der Mordechai Meisl«, sagte der Jäckele-Narr und dabei begann er leise vor sich hinzulachen. »Der ein armer Mann ist, – hast du das auch gehört? Der nichts sein eigen nennt, – was hältst du davon? Merkst du nicht etwas, Koppel-Bär?«

»Ja, das ist sonderbar, ich versteh' es nicht. Was hat das zu bedeuten?« fragte verwirrt der Koppel-Bär. »Daß er ... daß du ...«

»Daß da unten zwei sind, die sich einen Spaß mit uns gemacht haben, einen recht albernen Spaß«, erklärte ihm der Jäckele-Narr. »Und jetzt führen sie einfältige Reden. Oder ist es nicht einfältig, zu sagen, daß der Mordechai Meisl ein armer Mann ist und nicht einen Gulden im Hause hat? Der Mordechai Meisl, dem das Geld aus allen Ländern zuläuft, – der ein armer Mann? Das sind Narren, die so ungereimtes Zeug schwätzen. Du bist den beiden auf den Leim gegangen, Koppel-Bär, aber mir war es von Anfang an, als müßt ich ihre Stimmen kennen.«

»Und du kennst sie?« rief der Koppel-Bär und haschte nach diesem Fünkchen einer Hoffnung.

»Der Libmann Hirsch, der Goldsticker, – da hast du den einen«, sagte der Jäckele-Narr. »Du erinnerst dich doch, – er hat den Auftrag bekommen, die Stickerei auf der brokatenen Fahne, die in der Altneuschul hängt, auszubessern. Dazu hat er die heutige Nacht verwendet, und damit ihm bei der Arbeit die Zeit nicht lang wird, hat er sich seinen Vetter, den Haschel Selig mitgebracht, du weißt, den Knopfmacher, die beiden stecken ja immer zusammen.«

»Da könntest du, meine ich, recht haben«, sagte nachdenklich und mit einem tiefen Seufzer der Erleichterung der Koppel-Bär.

»Sie haben uns kommen gehört«, fuhr der Jäckele-Narr fort, und er wurde dessen immmer mehr sicher, daß seine Erklärung richtig, ja, daß sie die einzig mögliche sei, »laut genug haben wir geredet, da haben sie sich diesen Spaß ausgedacht, wollten sich ein Gelächter aus uns machen.«

»Sie sollten sich schämen!« entrüstete sich der Koppel-Bär. »Erwachsene Männer sind sie und haben solche Narreteien im Kopf.«

»Soll ich hinunterrufen, daß sie erkannt sind und daß sie sich schämen sollten, solche Bubenstreiche zu begehen?« fragte der Jäckele-Narr, für den kein Zweifel mehr bestand, daß da unten der Goldsticker in Gesellschaft des Knopfmachers bei der Arbeit saß.

»Ach, laß sie, scher dich nicht um sie!« sagte der Koppel-Bär, den das Glück, seinen Freund und Gefährten behalten zu dürfen, verträglich stimmte. »Es steht geschrieben: Du sollst des Toren nicht achten und ihm nicht Anwort geben in seiner Narrheit.«

»Dann also ist mein Rat, daß wir nicht länger hier stehen, sondern nach Hause gehen, und daheim wollen wir in Ruhe und in Freude von unserem Branntwein trinken«, erklärte der Jäckele-Narr. »Ich ein bissel, du ein bissel, und eh' du's merkst ...«

»... ist leer die Schüssel«, fügte der Koppel-Bär, da sein Geselle stockte und nicht weiterkam, den Vers zu Ende.

»Die Schüssel?« rief der Jäckele-Narr. »Welche Schüssel? Wer trinkt denn Branntwein aus einer Schüssel?«

»Man könnte ihn recht gut auch aus einer Schüssel trinken«, wehrte sich der Koppel-Bär. »Aber wie du willst, es geht auch so: Ich einen Zug, du einen Zug, mit einemal ist leer ... Nun?«

»... der Krug«, beendete der Jäckele-Narr mit einem Wiegen des Kopfes, das Anerkennung bedeutete, den Vers.

»Ja, – aber wo ist er? Ich habe ihn nicht mehr«, wehklagte der Koppel-Bär. »Ich muß ihn, als die unten deinen Namen riefen, in meinem Schrecken fallen gelassen haben.«

Der Jäckele-Narr kroch auf allen vieren, tastete die Erde ab und stieß auf den Krug.

»Da ist er«, sagte er und richtete sich auf. »Koppel-Bär, das Herz ist mir stillgestanden. Gelobt sei Gott, daß er es bei dem Schrecken hat bewenden lassen. Ich meinte schon, er sei zerbrochen.«

Die Getreuen des Kaisers

Am Abend des 11. Juni 1621 – neun Jahre nach des Kaisers Tod – begab sich der Anton Brouza, der einstmals Narr, später Ofenheizer auf der Prager Burg gewesen war und sich nunmehr den »vertrauten Freund der verewigten Majestät« nannte, auf seinen gewohnten Weg, der ihn von seiner Behausung auf dem Hradschin über winkelige Treppen, durch Torbogen, Durchlässe und steile Gäßchen in eines der Kleinseitner Wirtshäuser führte, in denen er seine Späße an den Mann zu bringen und auf Kosten anderer eine Mahlzeit einzunehmen pflegte, denn sein eigenes Geld gab er nur ungern aus. Seine Wahl war diesmal auf das Wirtshaus »Zum silbernen Hecht« gefallen, das auf der Insel Kampa lag, denn hier war er schon einige Wochen lang nicht gewesen, auch behandelte der Hechtwirt, der als Sechzehnjähriger Küchenjunge in der Prager Burg gewesen war, ihn, den kaiserlichen Ofenheizer, mit besonderer Hochachtung.

Seit der Schlacht am Weißen Berg, in der sich das Schicksal Böhmens entschieden hatte, war ein halbes Jahr vergangen, und in dieser Zeitspanne war allerlei geschehen. Die böhmischen Stände hatten ihre verbrieften alten Rechte und Freiheiten verloren. Der letzte böhmische König, den man den Winterkönig nannte, war auf der Flucht, und in der Prager Burg residierte ein kaiserlicher Kommissär. Um den Besitz der Kirchen, die man den Protestanten und den »böhmischen Brüdern« weggenommen hatte, stritten sich jetzt die Jesuiten mit den Dominikanern und den Augustinern. Die protestantischen Prediger hatte man des Landes verwiesen. Wer an dem Aufruhr von 1618 teilgenommen hatte, ja, wer auch nur im Verdacht stand, ihn gutgeheißen oder die Rebellen begünstigt zu haben, wurde eingekerkert, und wenn er mit dem Leben davonkam, so verfiel doch sein Hab und Gut dem Fiskus. So verarmten alte Geschlechter und ihre Namen verschwanden aus der Geschichte Böhmens.

Andere Namen waren bestimmt, im Gedächtnis des Volkes weiterzuleben. So die Namen der 27 Personen des Herren-, Ritter- und Bürgerstands, die in den frühen Morgenstunden eben dieses Tages, des 11. Juni 1621, auf dem Altstädter Ring als Hochverräter hingerichtet worden waren. Unter ihnen befanden sich der Führer des protestantischen Adels, Graf Schlick, ein Deutscher, das Haupt der »böhmischen Brüder«, Herr Wenzel Budowetz auf Budow, der aus seinem brandenburgischen Asyl nach Böhmen zurückgekehrt war, um, wie er sagte, seine Heimat jetzt, da sie in Not sei, nicht im Stiche zu lassen, Dr. Jessenius, der berühmte Arzt und Anatom, der als erster in Böhmen öffentlich einen Leichnam seziert hatte, und der Präsident der böhmischen Hofkammer, Christoph Harant, Herr auf Pohlitz, der in seiner Jugend die Länder der Levante bereist und über seine Abenteuer in Ägypten, Palästina und Arabien ein zweibändiges Werk in böhmischer Sprache verfaßt hatte.

Angst, Beklemmung und Niedergeschlagenheit sprachen aus den Gesichtern der Menschen, denen der Brouza auf seinem Weg begegnete. Dies aber schien ihm seine Aussicht, eine Mahlzeit zu erlangen, eher zu vermehren, als zu vermindern. Er kannte die Menschen, er wußte, daß an solch einem Tag keiner gern allein blieb. Viele wollten die Meinung anderer Leute hören, die sie für besser unterrichtet hielten, viele die eigene zur Geltung bringen, jeder erwartete vom anderen ein wenig Trost, Zuspruch und Ermutigung, und so zog es sie alle in die Wirtsstuben.

Freilich, die Zeiten waren schlecht. Drei Jahre schon währte der Krieg, und an einen baldigen Friedensschluß glaubte niemand. Handel und Wandel stockten, die Märkte blieben unbeschickt, die Teuerung nahm zu, das Geld verlor seinen Wert. Man konnte für zwei Gulden nicht das bekommen, was man zu Kaiser Rudolfs Zeiten mit einem halben Gulden bezahlt hatte. Man fragte sich, wohin das noch führen solle. Doch dem Brouza gelang es jetzt bisweilen leichter als zuvor, sich mit der Erzählung erlebter oder erfundener Geschichten, die Rudolf den Zweiten, seinen Hof und sein Gesinde zum Gegenstand hatten, eine Mahlzeit oder die Butter aufs Brot zu verdienen. Denn die Prager Bürger ließen sich gerne von den vergangenen Zeiten berichten, da die gegenwärtigen so betrüblich, so düster und so beängstigend waren.

In der Schankstube des »Silbernen Hechten« wurde, als der Brouza eintrat, von nichts anderem als von den Hinrichtungen, die an diesem Morgen vollzogen worden waren, gesprochen. Der Gerichtsdiener Johann Kokrda, der die Nacht hindurch auf dem Altstädter Ring ausgeharrt hatte, um sich unter den Zuschauern einen guten Platz zu sichern, hatte seine große Stunde. Ohne sich von Fragen und Zwischenrufen beirren zu lassen, berichtete er der Reihe nach, was er gehört und gesehen hatte. Die ganze Nacht über habe man bei Fackelschein an dem Gerüst gearbeitet, und des Morgens sei es nach all dem Hämmern und Pochen furchterregend dagestanden: vier Ellen hoch, zwanzig Ellen im Geviert, und alles, auch der Richtblock, mit schwarzem Tuch überzogen. Für die Behörden, die Geistlichkeit und den Adel seien Tribünen errichtet worden, das gemeine Volk habe dicht gedrängt den Platz und die umliegenden Gassen gefüllt. Dreihundert Hellebardiere und vierhundert Reiter von des Obristen Waldstein oder Wallenstein Regimentern hätten die Ruhe und Ordnung aufrechterhalten. Fliegende Händler hätten den Wartenden, soweit man zu ihnen gelangen konnte, Wurst, Käse, Bier und Schnaps verkauft. Dann seien unter dem Wirbel der Trommeln einer nach dem anderen, ihrer

Rangordnung entsprechend, die Verurteilten herbeigeführt worden. Als erster, wie es sich gehörte, der Graf Schlick. Er sei in schwarzen Sammet gekleidet gewesen, habe ein Büchlein in der Hand gehalten und eine gelassene Miene zur Schau getragen. Als sein Kopf fiel, habe eine Frau in der Menge »Du heiliger Märtyrer!« gerufen, bis hinauf zu den Tribünen habe man es gehört, und die Waldsteinschen Reiter hätten versucht, zu ihr zu gelangen, um sie festzunehmen, da seien etliche Leute niedergestürzt und einer sei von Pferdehufen zu Tode getroffen worden, die Frau aber habe sich in Sicherheit gebracht. Als dann die Ruhe wieder hergestellt war, habe der Herr von Budowetz das Schaffott bestiegen, von keinem Priester begleitet, denn der Trost und Beistands eines kalvinistischen Priesters sei ihm nicht bewilligt worden und die Begleitung eines katholischen habe er verschmäht. Er habe die Zuschauer auf dem Platz mit Freundlichkeit gegrüßt, zum Abschied mit der Hand gewinkt und dem Henker einiges Geld gereicht. Und die Leute unten hätten ihm zugerufen: »Lebewohl, Wenzel! Laß dir's droben gut gehen auf der ganzen Linie!« Dieses »auf der ganzen Linie« hätte ihm Freude bereitet, meinten die Leute, es sei nämlich eines seiner Lieblingsworte gewesen. »Das Evangelium hochhalten auf der ganzen Linie«, »dem Teufel widerstehen auf der ganzen Linie«, – dergleichen hatte man oft von ihm gehört. Als dritter sei Herr Dionys von Czernin auf Chudenitz an die Reihe gekommen. Während er die Stufen des Gerüstes hinaufstieg, habe sein Bruder Hermann, der unter den adeligen Zuschauern seinen Platz hatte, sich von diesem erhoben und die Tribüne verlassen. Dabei habe er sich geschneuzt oder sich vielleicht die Augen gewischt, – er, der Kokrda, habe das von seinem Platze aus nicht mit Sicherheit unterscheiden können.

Auf all dies hörte der Brouza nicht, es war ihm nicht wichtig. Ihm ging es um eine Mahlzeit. Prüfend zog er den

Geruch der Speisen durch die Nase. Sein Blick fiel auf eine Schüssel mit Blutwurst, Kraut und Knödeln, die einem der Gäste soeben aufgetischt worden war. Von dem Duft dieses Gerichtes angezogen, trat er an den Tisch und erkannte hinter der Schüssel seinen Freund und Wirtshauskumpan, den Sattlermeister Votruba.

»Da seid ihr ja. Laßt es Euch nur schmecken«, begrüßte er ihn mit der Herablassung, die er als ehemaliger Hofbediensteter der übrigen Menscheit schuldig zu sein vermeinte. »Nicht jedem geht es in diesen Zeiten so gut, aber ein Hundsfott, wer es Euch mißgönnt, – wie der Adam Sternberg, Seiner verewigten Majestät Oberststallmeister, immer gesagt hat.«

Der Votruba, der den Mund voll hatte, gab ihm mit der Hand ein Zeichen, er solle stille sein, sich setzen und dem Kokrda zuhören. Der Kokrda berichtete, daß einer der Verurteilten, der Herr Zaruba auf Zdar, sich geweigert habe, um sein Leben, das ihm geschenkt werden sollte, zu bitten, und daß er dann gleich den anderen den Tod durch Henkershand erlitten habe.

»Verschluckt Euch nur nicht!« sagte indessen der Brouza zum Votruba. »An einer Blutwurst mit Kraut und Knödeln ist schon manch einer erstickt, ich weiß nicht, ob es ein schöner Tod ist. Wenn Ihr heruntergebracht habt, was Euch in der Kehle steckt, dann sagt mir, wer hierzulande den Regen am frühesten merkt. Das ist eine Frage, die ich dereinst Seiner Majestät, dem verewigten Kaiser vorgelegt habe. Er konnt' es mir nicht sagen, der gute Herr, und so mußte er mir zwei Taler bezahlen. Strengt also Euren Verstand an, vielleicht findet ihr's heraus. Wenn nicht, – Euch mach' ich's billiger, Euch soll es nur eine Kanne Bier kosten. Gilt der Handel?«

Der Vortruba überlegte, wo bei dieser Sache ein Vorteil für ihn heraussähe. Er fand ihn in dem erhebenden Gedanken, daß ihm und Seiner Majestät die gleiche Frage vorgelegt worden sei. Der Kokrda hatte indessen seinen Bericht beendet. Er verabschiedete sich, indem er etliche Hände schüttelte und bald wiederzukommen versprach, und ging dann, um in einem anderen Wirtshaus eine neue Zuhörerschaft um sich zu versammeln.

»Nun?« mahnte der Brouza den Votruba. »Gilt der Handel? Ich erwarte Eure Resolution und Antwort, – wie der verewigte Kaiser zu seinem Geheimen Rat, dem Hegelmüller immer gesagt hat.«

»Hegelmüller? Wer spricht da vom Hegelmüller?« kam vom Nachbartisch eine Stimme. »Bei meiner Seele, es ist der Brouza. Laß dich ansehen, Mensch! Wieviel Jahre ist es her, daß ich dein plattnäsiges Diebsgesicht zuletzt gesehen habe?«

»Herr!« sagte der Brouza mit Würde zu dem Mann am Nachbartisch. »Wählt Eure Worte mit mehr Vorsicht. Ich kenn' Euch nicht.«

»Wie?« rief der Mann verwundert und belustigt. »Du kennst den Svatek nicht? Dem du, weiß Gott wie oft, zugesehen hast, wie er Seiner Majestät zur Ader ließ, die Haare kräuselte, den Bart schor? Den Svatek kennst du nicht, du Kohlenstaubschlucker?«

»Der Svatek! Der Barbier!« sagte der Brouza, und unsägliche Geringschätzung klang in seiner Stimme, denn in seiner Erinnerung hatte er nur mit den Großen der Prager Burg Umgangs gepflogen, mit dem Obersthofmeister etwa, dem Oberstkämmerer, dem Oberstjägermeister und den Geheimen Räten.

»Der Pfaffe, der geschoren ist, der merkt den Regen als erster«, sagte der Votruba, der bis dahin angestrengt nachgedacht hatte. Aber niemand zollte ihm die erwartete Anerkennung.

»Den Svatek kennst du nicht, du Kellerassel?« rief der Barbier des verstorbenen Kaisers. »Den Svatek, der dir oft genug den Buckel mit Salbe eingerieben hat, wenn es Seine

Majestät, unser allergnädigster Herr, für gut befunden hatte, ihn dir zu zerbleuen.«

»Seine Majestät, der verewigte Herr Kaiser, hat höchstselbst und eigenhändig ...«, vernahm man die in Devotion ersterbende Stimme des Votruba.

»Das ist infam gelogen«, protestierte der Brouza in ehrlicher Entrüstung. »Seine Majestät, mein allergnädigster Herr, ist mir jederzeit mit Achtung begegnet, hat mir auch oftmals seine Zuneigung bezeigt und meine Dienste zu schätzen gewußt.«

»Achtung? Zuneigung? Deine – was? Dienste?« lachte der Barbier. »Da halte mich einer, daß ich nicht hinfalle.«

»Dessen habe ich Zeugnis«, erklärte der Brouza.

»Jawohl. Auf dem Buckel«, meinte der Barbier.

Dem Brouza schien es an der Zeit zu sein, dieser Unterhaltung, die seiner Reputation bei den Kleinseitner Bürgern nicht förderlich sein konnte, ein Ende zu machen und sich um die Kanne Bier zu bekümmern, die er von dem Sattlermeister zu erlangen hoffte.

»Zwei stehen immer zusammen, sind einander aber spinnefeind«, wandte er sich, als wäre der Barbier nicht mehr vorhanden, an den Votruba. »Wer sind die beiden? Könnt Ihr mir's sagen?«

»Der Stock und dein Buckel, das ist doch klar«, gab ihm, ehe noch der Votruba den Mund aufmachen konnte, der Barbier zur Antwort, der genau wußte, was gemeint war, nämlich das »Ja« und das »Aber«.

»Schert Euch fort!« fuhr der Brouza ihn empört an. »Ich habe keine Gemeinschaft mit Euch. Gesellt Euch zu Euresgleichen und mich laßt zufrieden!«

»Na, na, Brouza, werd nicht gleich zornig!« suchte ihn der Barbier zu beschwichtigen. »Du wirst dir heute abend meine Gesellschaft schon gefallen lassen müssen. Bist du nicht auch hergekommen, um den alten Červenka wiederzusehen?«

»Ich? Den Červenka? Welchen Červenka?« fragte der Brouza.

»Unseren Červenka«, gab ihm der Barbier Bescheid. »Hat er dir nicht auch Nachricht geschickt, daß er heute abend im ›Silbernen Hechten‹ anzutreffen sei? Er hat sich, scheint es, ein wenig verspätet. Aber nein, da ist er ja.«

Zwei Männer waren in die Schankstube getreten, und der Brouza erkannte sie, obgleich es neun Jahre her war, daß er sie zum letztenmal gesehen hatte. Der eine von den beiden, der etwas gebückt an einem Krückstock gehende alte Herr, dem das schüttere weiße Haar in die Stirne fiel, war der Červenka, des verstorbenen Kaisers zweiter Kammerdiener. Und der andere, der etwas schäbig gekleidete mit der Hakennase, war der Kasparek, der Jahre hindurch des Kaisers Lautenspieler gewesen war. Der Brouza stand auf, um sie zu begrüßen. Zuvor aber suchte er sich seiner Kanne Bier zu versichern.

»Denkt also scharf nach!« sagte er, bevor er ihn verließ, zu dem Sattlermeister Votruba. »Zwei stehen beieinander, sind einander aber spinnefeind. Wer sind die beiden?«

»Bei meiner Seele, ich kenne sie nicht«, versicherte ihm der Vortruba, der nicht mehr an das Rätselraten dachte. »Hier, im ›Silbernen Hechten‹ habe ich sie noch nie gesehen. Aber fragt doch den Wirt, der scheint sie zu kennen, er tanzt mit hundert Kratzfüßen um sie herum.«

»Da bin ich also«, sagte der alte Červenka, während er die Suppe auslöffelte, die der Wirt vor ihn hingestellt hatte. »Und es war gar nicht leicht für mich, hierher zu kommen. Meine Tochter, die, bei der ich lebe, und ihr Mann, der Franta, die wollten mich nicht fortlassen, die hatten es sich in den Kopf gesetzt, es könnt' mir etwas zustoßen auf dieser Reise. – ›Bleib', wo du bist, Alter!‹ sagten sie. ›In der Welt herumzufahren, das ist nichts mehr für dich. Denk nicht immer an die Vergangenheit, was gewesen ist, ist gewesen.

Denk lieber daran, daß wir dich bei der Gartenarbeit brauchen. Heut hast du die Raupen von den Kohlköpfen zu lesen, willst du dich vielleicht davon drücken?‹ – Aber ich ließ sie reden, und die Raupen ließ ich gute Tage haben, und da bin ich nun. Freilich, ich hätte diese ganze beschwerliche Reise von Beneschau nach Prag vergeblich unternommen, wenn mir nicht Seine Excellenz, der Graf Nostiz, dem ich mein Anliegen submissest vortrug, ein Plätzchen ganz oben auf der Tribüne eingeräumt hätte, – in Erinnerung an die Zeiten, da wir oben auf der Burg täglich aneinander vorbeipassierten, ich mit meinem ›Küß die Hände Euer Gnaden‹, und er mit einer Frage nach Seiner Majestät Gelauntsein und Befinden oder auch nur mit einem ›Guten Morgen, Červenka‹, wenn er es eilig hatte, – um es also kurz zu machen: Den Platz oben auf der Tribüne hatte ich, und so habe ich also wirklich mit diesen meinen Augen den Kopf des Doktor Jessenius in des Henkers Händen gesehen, wie es mir mein allergnädigster Herr, der Kaiser, in seinen letzten Stunden vorausgesagt hat.«

Und er wandte sich an den Wirt, der neben ihm stand und neugierig zugehört hatte.

»Paß auf: Nach der Suppe einen Olmützer Käse, einen Rettich, eine Brotschnitte und eine halbe Kanne Warmbier.«

»Seine Majestät, der verewigte Herr Kaiser«, begann der Wirt, der, wenn er aufgeregt war, einen kurzen Atem bekam, »hat Euch, wie es die Zigeuner auf den Jahrmärkten tun, wirklich und wahrhaftig«, er holte tief Atem, »aus der Hand die Zukunft vorausgesagt?«

»Eine Brotschnitte, habe ich gesagt, dazu einen Rettich, Käse und eine halbe Kanne Warmbier, das ist alles und jetzt eil dich!« fertigte ihn der Kammerdiener des verstorbenen Kaisers ab.

»Der Herr Červenka erkennt mich nicht«, sagte der Wirt gekränkt. »Ich bin doch der Wondra.«

»Was für ein Wondra bist du?« fragte der Kammerdiener.

»Der Wondra, der unten in der Küche den Pfeffer stieß«, erklärte ihm der Wirt, »und manchmal ließ man mich auch an den Bratenwender. Ich hab' den Herrn Červenka«, er holte tief Atem, »oft gesehen, wenn der Herr Červenka zu uns kam, um zu sehen, ob die Suppe für Seine Majestät nach der Vorschrift zubereitet wurde.« Er holte wiederum Atem. »Meist war es Hühnerbrühe.«

»So. Dieser Wondra bist du also«, sagte der Červenka. »Schön, daß du jetzt da bist. Läßt man dich hier auch Pfeffer stoßen und den Braten wenden?«

Der Wirt trat einen Schritt zurück und beschrieb mit seinem Arm einen weiten Bogen, um auszudrücken, wie groß sein Herrschaftsbereich sei und daß er über die große und die kleine Schankstube, den Garten, die Küche, die Geschirr- und Vorratskammer und über den Weinkeller zu gebieten hatte.

»Hier«, sagte er aufgeregt und stolz, »mache ich alles. Ich habe den ›Hecht‹ im vorigen Jahr von meinem Vater übernommen.«

»Wenn du also hier alles machst, dann bring mir jetzt, was ich angeschafft habe«, bedeutete ihn der Červenka, der in ihm nicht den Wirt und Kleinseitner Bürger, sondern nur den Küchenjungen von einstmals sah. »Aber rasch, oder man wird dir Beine machen.«

»Lauf! Lauf!« raunte der Brouza dem verdutzten Wirt zu. »Ich kenne ihn. Er hat's nicht gern, wenn man ihn warten läßt.«

»Die Gabe der Prophetie habe ich bei Seiner Majestät niemals wahrgenommen«, äußerte sich jetzt der Barbier Svatek, der über diesen Gegenstand eine ganze Weile nachgedacht hatte. »Um die Wahrheit zu sagen, – oftmals hatte er sogar Mühe, sich in der Gegenwart zurechtzufinden, der arme Herr. Wann hat er dir denn das gesagt, das mit dem Kopf des Doktor Jessenius? War es vor oder nach der Zeit, in der wir drei, die wir hier zusammensitzen, die Geschäfte des Königreiches führten?«

Etliche Leute an den Nachbartischen, die diese Worte gehört hatten, steckten flüsternd die Köpfe zusammen oder tauschten Blicke miteinander. Den Lautenspieler Kasparek verdroß dies.

»Du kannst auch deinen Mund nicht halten«, wies er den Barbier zurecht. »Du weißt, daß ich solche Reden nicht gerne höre. Zumal jetzt, wo denen, die einst groß und mächtig waren, die Köpfe so locker auf den Schultern sitzen.«

»Richtig! Richtig! Das, was ich immer gesagt habe«, ließ sich der Brouza vernehmen, und dabei fuhr er sich mit der Hand rings um den Hals, als wäre er nicht sicher, ob sein Kopf noch dort säße.

»Es war, als alles schon vorüber war«, sagte, in Gedanken versponnen, der alte Kammerdiener. »Du, Kasparek, warst bereits in der Ungnade. Es war, als mein allergnädigster Herr das Königreich und den geheimen Schatz und all seinen Glanz und seine Macht verloren hatte. Als er in seiner letzten Krankheit darnieder lag. Er war gänzlich von Kräften gekommen, denn dieser Mensch, der Doktor Jessenius, von dem sie fabelten, daß er die paracelsischen Geheimnisse besäße, hatte ihn vier Tage lang mit hartem Fasten gepeinigt.«

»Er hat sich also«, erklärte der Barbier, »an die Vorschrift des Galenus gehalten, die besagt, daß man bei hohem Fieber dem Begehren des Kranken, was Speise und Trank betrifft, nicht allzusehr nachgeben soll.«

Der Kammerdiener schnitt den Rettich, den der Wirt ihm gebracht hatte, in dünne Scheiben.

»Er war«, fuhr er fort, »Seiner Majestät gegenüber von einer verdrießlichen Strenge. Ich weiß nichts von diesem Galenus, ich versteh' mich nicht auf die ärztliche Kunst, aber das eine weiß ich: Einmal im Tag ein wenig Fleischbrühe und morgens, mittags und abends drei Löffel guten Malagaweins, das hätte genügt, um Seine Majestät bei Kräften zu erhalten.«

»Ich, wenn ich Fieber habe, esse nichts anderes als gekochten Flußfisch, der bekommt mir recht wohl«, berichtete der Wirt, der sich wieder an den Tisch herangemacht hatte.

Der Kammerdiener des Kaisers sah ihn unwillig und böse an.

»Danach hat dich keiner gefragt. Was ist dir denn zu Kopf gestiegen, daß du dein lumpiges Fieber mit dem seiner Majestät zusammentust? Ihr Burschen aus der Küche meint, Ihr müßtet auf jeden Braten Eure Tunke schütten.«

Er wandte sich an den Barbier.

»Du, Svatek, warst doch oben, warst mit mir in Seiner Majestät Krankenstube, du mußt es doch wissen. Erinnerst du dich nicht an den Tag, da der Jessenius in die Stube trat und schrie und lärmte, das Unkraut müsse hinweg?«

»Ja. Das weiß ich noch als wäre es gestern gewesen«, berichtete der Barbier. »Da Seine Majestät weder bei Tag noch bei Nacht Schlaf zu finden vermochte und immer sich umherwarf und stöhnte, hatte ich mit Consens Seiner Gnaden, des obersten Burggrafen, Blätter und Stengel des Nachtschattens und des Bilsenkrauts aus dem Apothekergärtlein geholt und den Boden damit bestreut, denn der Geruch dieser Kräuter nimmt den Kopf ein und zieht den Schlaf herbei. Auch hatte ich ein mit Katzenblut getränktes Tüchlein um Seiner Majestät Stirne geschlagen, denn auch das befördert den Schlaf, und man soll doch dem Kranken auf jede Art zu Hilfe kommen. Da, als Seiner Majestät Atem schon ruhiger ging und auch kein Ächzen und Keuchen mehr zu vernehmen war, da kam der Doktor Jessenius ...«

»Ja«, unterbrach ihn der Červenka, »so war es, und er riß

beide Fenster auf und schrie, Luft müsse herein und das Unkraut müsse hinweg. Als ich Einwendungen erheben wollte, herrschte er mich an, ich solle schweigen, er wisse, auch ohne daß ich es ihm sage, worüber Seine Majestät klage: über Durst, Hitze, Kopf- und Gliederschmerzen, über Zittern, Beängstigung, Müdigkeit und Schwäche. Und damit trat er an das Krankenbett, griff nach Seiner Majestät Puls und hieß dann Seine Majestät, sich erheben, aber Seine Majestät vermochte es nicht mehr. Da unterstand er sich ...«

Er hielt inne und schüttelte den Kopf, als könne er noch immer nicht fassen, was damals geschehen war.

»Da unterstand sich der Jessenius«, fuhr er dann fort, »meinen allergnädigsten Herrn an der Schulter und am Kopf zu fassen und ihn mit Gewalt emporzuziehen. Und mein allergnädigster Herr sah ihn an und seufzte und sah ihn wiederum an und sagte: ›Helf Euch Gott, Ihr habt Hand an mich gelegt. Ich wollt', Ihr hättet es nicht getan, nun ist es aber geschehen, und so wird dereinst der Henker Hand an Euch legen, er wird Euren Kopf hoch über dem seinen halten, und du, Rotkopf, wirst es mitansehen‹. – Mein allergnädigster Herr nämlich nannte mich noch immer ›Rotkopf‹, wenngleich meine Haare damals schon die Kirchhofsfarbe hatten.«

Und er strich sich über sein schütteres weißes Haar.

Etliche von den Gästen hatten, um zuzuhören, ihre Stühle näher an den Tisch gerückt, und einer von ihnen machte sich zum Wortführer der anderen, erhob sich ein wenig, lüftete seinen Hut und fragte:

»Wenn es verstattet ist, – wie hat der Herr Jessenius die Worte Seiner Majestät aufgenommen?«

Der alte Kammerdiener warf einen prüfenden Blick auf ihn, und dann würdigte er ihn der Ehre einer Antwort.

»Er hat kurz aufgelacht, aber es war ihm anzumerken, daß ihm nicht wohl zumute war. Er sagte, das Fieber habe die Lebensgeister Seiner Majestät aus der Ordnung gebracht. Und daß die Natur dieses Fiebers dunkel und verborgen sei, man müsse ihn gewähren lassen und allen Fleiß aufwenden, es zu erforschen. Dann, als er das gesagt hatte, ging er, und heute auf dem Altstädter Ringplatz habe ich ihn nach dem Willen Gottes wiedergesehen.«

Er schlug ein Kreuz, nahm einen Schluck Bier und legte Käsescheiben und kleine Stückchen Rettich auf seine Brotschnitte.

»Das ist eine gute Geschichte. Bei Gott und den lieben Heiligen, eine Geschichte wie diese hört man nicht alle Tage«, sagte der Brouza, dem in Erinnerung an seinen verstorbenen Herren die Tränen über die Backen liefen, zu sich selbst, und es verdroß ihn nur, daß die Leute im »Hecht« die Geschichte mitangehört hatten, ohne daß es ihm eine Mahlzeit eintrug. Er verspürte Hunger, doch keiner von den Gästen dachte heute daran, ihm einen Happen von irgend etwas auftischen zu lassen, und von dem Červenka war auch nichts zu erhoffen, denn der war sein Leben lang ein Knauser und Pfennigfuchser gewesen, und man konnte schon an dem Rettich und dem Käse sehen, daß er sich selbst keinen Bissen von etwas Gutem vergönnte.

»Seid ihr nicht der Schlossermeister, der hinter dem Loretokirchlein seine Werkstatt hat?« sprach der Lautenspieler Kasparek den Mann an, der mit einem »Wenn es verstattet ist« an den Tisch gekommen war.

»Ja, der bin ich. Georg Jarosch, kaiserlicher Hofschlosser, Euch zu dienen, Herr! Und auch ich bin hinter dem Sarg des Kaisers gegangen mit den Glasbläsern, den Bildschnitzern, den Steinschneidern, den Medailleuren, den Wachsbossierern und all den anderen, denen ihre Kunst Ehre und Lob von Seiner Majestät, aber nur geringes Geld eingebracht hat!«

»So seid Ihr also«, sagte der Lautenspieler in respektvollem Ton, »der Mann, der das schöne und kunstreiche Gitter im St. Veitsdom angefertigt hat, das das steinerne Bildnis des Georgs von Podiebrad umschließt«.

»Einen solchen brauchten wir wieder«, rief einer von den Leuten am Nachbartisch. »Einen böhmischen König wie den Georg von Podiebrad sollten wir haben, dann würden bessere Zeiten für uns kommen.«

Der alte Kammerdiener schüttelte den Kopf.

»Nein«, sagte er. »Hofft nicht auf bessere Tage! Habt Ihr vergessen, daß Seine Majestät, mein allergnädigster Herr, seine ungetreue Stadt Prag verflucht und den Zorn Gottes auf sie herabgerufen hat? Und daß Gott ihn erhört hat, das hat Euch der heutige Tag gezeigt. Jesus Maria, das viele Blut, möge Gott den armen Sündern gnädig sein! Nein, bessere Zeiten werden für uns nicht mehr kommen, und nie wieder wird die Welt einen böhmischen König sehen.«

»Das, was ich immer gesagt habe«, wandte sich der Brouza an seine Zuhörerschaft, und er bekräftigte seine Worte mit einem gewichtigen Kopfnicken.

»O Jesus, so schweigt doch, ihr beiden!« hörte man die verängstigte Stimme des Sattlermeisters Votruba, die aus einem Winkel der Schankstube kam.

»Man weiß es«, sagte einer am Nachbartisch, »daß der verstorbene Kaiser die Böhmen nicht gemocht hat, bei ihm mußte alles welsch oder ausländisch sein.«

»Wenn es wahr ist, daß er Prag verflucht hat«, meinte ein anderer, »so tat er es, weil sein Geist umdüstert war.«

»Nein, er war bei vollen Sinnen, – wer wüßte dies besser als ich, der ich ihm an jenem Tag zur Ader ließ«, erklärte der Barbier. »Ich sehe ihn noch heute, wie er am Fenster stand und auf die Stadt herabblickte, bleich, zitternd und mit Tränen in den Augen. Es war der Tag, an dem ihn die protestantischen Stände in der Burg gefangen hielten. ›Prag hat mir keine Hilfe geleistet‹, sagte er zu dem Herrn Zdenko von Lobkowitz, dem böhmischen Kanzler, der gekommen war, um Urlaub von ihm zu erbitten. ›Es hat mich in meinen Nöten allein gelassen und nichts getan, ja, nicht einmal ein Roß hat es zu meinen Diensten satteln lassen.‹ Und dann warf mein kaiserlicher Herr, von Zorn und Kummer übermannt, seinen Hut mit solcher Heftigkeit zu Boden, daß der große Karfunkelstein, den er an Stelle einer Feder am Hut trug, sich loslöste und davonsprang, und man hat ihn nicht wiedergefunden, so sehr man auch nach ihm suchte, er war und blieb verschwunden.«

»Was seht Ihr mich an?« fuhr der Brouza auf. »Wenn ihr vielleicht damit sagen wollt, daß ich den Stein gefunden und beiseite gebracht habe, so ist das infam gelogen. Jedermann weiß, daß die Mühe der Stellung, in der mich Seine Majestät, der Römische Kaiser, beschäftigt hielt, mir keine Zeit ließ, mich um derlei Lappalien zu bekümmern.«

Und er tat, mit seinen Gedanken noch ganz bei der Beleidigung, die ihm, nach seinem Vermeinen, zugefügt worden war, einen tiefen Zug aus seines Nachbarn, des kaiserlichen Hofschlossers, Bierkrug.

»Wenn unser allerhöchster Herr«, nahm jetzt der Lautenspieler Kasparek das Wort, »nur besser beraten gewesen wäre! Wenn er die Gefahr erkannt, die Stunde wahrgenommen und seinen Beutel nicht verschlossen gehalten hätte! Hohes Spiel will hohen Einsatz. Hätte ich damals nur Fug und Gelegenheit gehabt, – mein allergnädigster Herr, den Musik so tief berührte, hätte mir wie vordem sein Ohr geliehen, aber ich war ja in der Ungnade, durfte dieses Diokletiani wegen, den Gott verdammen möge, nicht mehr vor des Kaisers Augen kommen.«

»Er ist verdammt, dein Diokletianus, dessen magst du getrost sein«,versicherte ihm der Kammerdiener Červenka. »Er war ein verstockter Heide und hat zudem die heilige Kirche verfolgt.«

»Seine Majestät war, müßt Ihr wissen«, erklärte indessen der Barbier dem Schlossermeister und etlichen anderen, »ein großer Liebhaber der alten römischen Münzen, hat auch von ihnen eine schöne Collection zusammengebracht, er nannte sie seine Heidenköpfchen, und aus aller Welt kamen die Gelehrten und Antiquarii, um sie zu besehen. Auch ein schlechtes kupfernes Stück war ihm nicht zu gering, der Kasparek aber hat ihm eine große silberne Münze verehrt mit des Diokletiani, des römischen Kaisers, Bildnis darauf ...«

»Es war ein rares Stück«, nahm ihm der Kasparek das Wort weg, »und Seine Majestät, der Kaiser, hätte seine Freude an ihm gehabt, wenn nur der Diokletianus nicht zu meinem höchsten Unglück dereinst die Krone niedergelegt und seinem Thron entsagt hätte. So aber hat sich mein kaiserlicher Herr ein phantastisch Ding in den Kopf gesetzt: Daß ich mit dieser Münze nichts anderes bezweckt hätte, als ihn zu ermahnen, es dem Diokletiano gleich zu tun, und daß ich also in seines Bruders, des Matthias, Sold stehen müßte.«

»An jedem Fürstenhof lebt ein Kobold, der heißt Argwohn«, bemerkte der kaiserliche Hofschlosser, als der Kasparek, von seinen Erinnerungen überwältigt, stille schwieg.

»Das ist wohl wahr, doch hab' ich mir eine bessere Wiedervergeltung meiner getreuen Dienste erhofft«, sagte in bitterm Ton der Kasparek. »Damals also«, fuhr er dann fort, »als die Rebellion in der Neustadt ausbrach, war ich bei Seiner Majestät nicht mehr in Gnaden. Ihr erinnert Euch, wie die protestantischen Stände rebellisch zusammentraten und das Neustädter Rathaus besetzten, und der Graf Schlick und der Budowetz stellten sich an ihre Spitze und machten den Doktor Jessenius zu einem obersten Defensor, und der Wenzel Kinsky ging umher und sagte jedem, der es hören wollte: ›Dieser König taugt nichts, wir müssen einen anderen haben‹, und in dem Dörfchen Liben wurde mit dem Matthias verhandelt. Aber die Sache war für seine Majestät noch nicht verloren, denn damals war Prag voll abgedankter Soldaten, die schwärmten durch die Gassen, suchten Händel, rauften und warteten darauf, daß der Kaiser sie in seinen Dienst nähme. Wenn nun mein allerhöchster Herr damals nicht am Gelde gespart hätte, wenn er in seine Taschen gegriffen, wenn er eine Heeresmacht aufgestellt hätte ...!«

»Wenn! Wenn! Wenn!« unterbrach ihn der Kammerdiener Červenka. »Es war aber kein Geld da. Nicht einmal für das Allernotwendigste des täglichen Bedarfs war Geld vorhanden. ›Mein Goldmacher‹, hat Seine Majestät geklagt, ›ist gestorben, hat das Geheimnis seiner Kunst mit sich ins Grab genommen und mir von seinem Gold nicht eine halbe Unze zurückgelassen‹.«

»Wer war der Goldmacher Seiner Majestät, der so zur Unzeit gestorben ist?« fragte der Schlossermeister.

»Das hättet Ihr«, gab ihm der Červenka zur Antwort, »den Philipp Lang fragen müssen, bevor er sich mit einer Schnur um den Hals aus dieser Welt geschlichen hat. Er war in dieser Sache Seiner Majestät Vertrauter, ich wußte nichts.«

»Seine Majestät hat oben in der Burg allerlei Goldmacher und Adepten beschäftigt, aber etwas Rühmenswertes hat keiner von ihnen zuwege gebracht«, erklärte der Lautenspieler des Kaisers.»Was aber diesen letzten Goldmacher, über den so viel geredet wurde, betrifft, so meine ich, daß er in Wahrheit nie gelebt hat. Wer hat ihn je zu Gesicht bekommen? Er war nichts als ein Gespinst unseres allerhöchsten Herrn, ein Gebilde aus seinen Träumen.«

»Nein!« sagte der Brouza. »Dieser Goldmacher war kein Gespinst und kein Gebilde. Ich weiß, wer des Kaisers Goldmacher gewesen ist, ja, schaut mich nur an, ich, der Brouza, weiß es. Und wenn ich Euch seinen Namen nennen wollte, so würde es großes Verwundern und Kopfschütteln bei Euch geben.«

»Du weißt, wer er war?« fragte der Kammerdiener in einem Ton, dem anzumerken war, daß er selbst das Geheimnis kannte.

»Ich weiß es, darüber ist nichts zu reden«, sagte der Brouza. »Ich bin dem Philipp Lang auf seinen Wegen oftmals nachgegangen, ich weiß, wohin er ging und in wessen Haus er allemal verschwand. Und ich habe es meinem Herrn, dem Kaiser, auf den Kopf zugesagt, was er da zum Schaden vieler armer Menschen für einen Goldmacher habe, und es sei nicht christlich. Mein Herr, der Kaiser, hat anfangs getan, als ob er mit einem Male die böhmische Sprache nicht mehr verstünde, aber ich ließ nicht nach, ich setzte ihm hart zu, und da begann er beweglich zu klagen, wie elend sein Leben sei und wie schwer die Last, die auf seinen Schultern läge, und wie viele Menschen er zu ernähren habe, und daß er die Kosten der großen Haushaltung ohne dieses Goldmachers Beistand nicht bestreiten könnte.Und dann ließ er mich schwören, daß ich, solange mir Gott das Leben läßt, den Namen nicht verraten und von der Sache zu keinem Menschen sprechen werde, und so hab' ich es bis heute gehalten.«

»Aber das gilt heut nicht mehr, nach so vielen Jahren«, meinte der Barbier. »Uns, deinen alten Freunden, wirst du's doch sagen?«

Der Brouza schüttelte den Kopf.

»Laßt mich das machen!« sagte der kaiserliche Hofschlosser. »Ich weiß, um was es ihm zu tun ist.«

Und er wandte sich an den Brouza:

»Wie wäre es, Gevatter, mit einem Eierkuchen und einem Salat von Kräutern dazu?«

Der Brouza schwieg und schüttelte den Kopf.

»So wollt Ihr also«, sprach der Schlossermeister weiter, »daß ich Euch Gesottenes oder Gebratenes auf den Tisch bringen lasse? Es ist zwar sündteuer in den heutigen Zeiten, der Wirt ist ein Dieb, aber sei's drum!«

Der Brouza gab keine Anwort.

»Na, na! Etwas wird es doch geben, wonach Euch der Sinn steht«, meinte der Schlossermeister. »Einen schönen Schweinebraten mit allem, was dazu gehört?«

Jetzt blickte der Brouza auf.

»Einen Schweinebraten, so wie ich ihn gerne mag?« fragte er. »Nicht zu fett und nicht zu mager? Und mit ein wenig Schwarte daran?«

»Ja, mit Schwarte daran und mit Kraut und Knödeln dazu«, bestätigte ihm der kaiserliche Hofschlosser.

»Alle Wetter! Euch geht's heut gut, Herr Brouza«, sagte einer am Nachbartisch.

Der Brouza seufzte. Er hatte einen kurzen heftigen Kampf mit sich selbst auszufechten gehabt und jetzt widerstand er der Verlockung.

»Nein«, sagte er. »Ich habe es meinem Herrn, dem Kaiser, geschworen und zugelobt bei dem allmächtigen Gott und bei Maria, seiner werten Mutter, und bei dem Heil meiner Seele, das ich erhoffe, und so ist mir in diesem Leben der Mund verschlossen. Aber vielleicht, Herr Jarosch ...«

Er zögerte ein wenig, als müsse er sich die Sache, die er im Sinn hatte, erst noch überlegen.

»Vielleicht«, fuhr er fort, »fügt es Gott, daß wir einander in seinem Himmel wiedersehen. Dann werde ich stracks auf Euch zugehen und Euch dort oben sagen, was ich auf Erden Euch nicht sagen durfte. Möge Gott uns diese Gnade gewähren! Amen.«

»Amen«, sagte der alte Kammerdiener, und er schlug ein Kreuz, und »Amen« wiederholten die anderen. Über den Brouza aber war jetzt seine alte Narrheit wiedergekommen, er meinte, er habe dem Schlossermeister schon zuviel versprochen und könnt' Schaden davon haben, und so beeilte er sich, diesen Fehler gutzumachen.

»Glaubt aber nicht«, klärte er den kaiserlichen Hofschlosser auf, »daß ihr es dann umsonst erfahren werdet. Nein, das schlagt Euch aus dem Kopf, ein Geheimnis wie dieses behält immer seinen Wert. Einen Schweinebraten mit Knödeln und Kraut wird es Euch auch dort oben kosten.«

Er wies gen Himmel und schloß die Augen, und der Gedanke an den himmlischen Schweinebraten lag wie ein Abglanz und Widerschein der ewigen Freuden auf seinem stoppelbärtigen, plattnäsigen und verrunzelten Gesicht.

Das verzehrte Lichtlein

Es war immer schon spät am Abend, wenn der Philipp Lang in dem Haus auf dem Dreibrunnenplatz erschien, wo ihn der Mendel, des Mordechai Meisl vertrauter Diener, erwartete, um ihn die Treppe hinauf zu seinem Herrn zu führen.

Tagsüber war dieses Haus voll von Menschen und ihrem geräuschvollen Treiben. Kaufleute aus aller Herren Länder kamen, um dem Mordechai Meisl ihre Aufwartung zu machen und ihm ihre Waren anzubieten: Sammet, Marderfelle, Hutschnüre, goldene Borten, Gewürze aus Asien, Zucker, Indigo und Aloe von den Inseln der neuen Welt. Ergraute Schreiber saßen an den mit Papieren bedeckten Tischen, entwarfen Briefe und Verträge oder fertigten Rechnungen aus. Junge Männer, die aus Wien, aus Amsterdam, aus Hamburg oder aus Danzig gekommen waren, um im Hause des Mordechai Meisl die Kaufmannschaft zu erlernen, liefen mit der Feder hinter dem Ohr geschäftig hin und her oder saßen über die Papiere gebeugt, von denen sie Abschriften zu machen hatten. Böhmische Edelleute, die gegen einen Schuldschein Geld aufzunehmen begehrten, wurden ungehalten, wenn man sie warten ließ, und klagten einander, wie schlecht die Ernte gewesen sei, und mit der Rinder- und Schafszucht sei heutigen Tags auch nichts zu gewinnen, wenn man nur könnte wie die Juden Geld herleihen und Zinsen nehmen, das sei für den Juden die Egge und der Pflug. Eilige Boten brachten Briefe aus dem Posthaus. Einer von den Schreibern rief nach Siegellack, der andere nach einer frisch gespitzten Feder. Und im Hof unter den Arkaden saßen schwatzend, Bier trinkend und die Beine von sich streckend Fuhrleute, die viele Tage unterwegs gewesen waren, die ließen es sich jetzt gutgehen und sahen zu, wie die schweren Ballen und Kisten und Fässer von ihrem Wagen abgeladen wurden und in den Magazinen verschwanden. Und zwischen den Fuhrleuten, den Pferden und den Lastträgern trieb sich fröhlich kläffend, aufwartend und wedelnd der kleine Pudelhund des Mordechai Meisl umher.

Des Abends war Stille. Die Schreiber, die Lehrjungen und die Bedienten hatten das Haus verlassen, und nur der Mendel blieb bisweilen, wenn der Herr des Hauses seiner bedurfte, und schlief in der Dachkammer. Auch heute war er geblieben, denn er hatte dem Meisl und dem Phlipp Lang des Nachts bei Tische aufzuwarten.

Der Mordechai Meisl hatte an diesem Tag Abrechnungen, die von dem Bankhaus Taxeira in Hamburg gekommen waren, durchgesehen und seinen Schreibern etliche Briefe diktiert. Er hatte des Kaisers Hofkammerrat, den edelgeborenen Herrn Jan Slovsky von Slovič, empfangen, der ihn bat, ihm für die Rückzahlung eines Darlehens von achthundert Goldgulden in Geduld noch einige Zeit zu lassen. Er hatte die Berichte seiner Agenten, die aus Mailand, aus Augsburg, aus Marseille und aus Nischni Nowgorod gekommen waren, angehört und sich dann früher als sonst in seine Wohnstube zurückgezogen.

Dorthin brachte ihm der Mendel nach der Abendsuppe einen Aufguß von Eibisch, Schlüsselblumen und Leinsamen. Denn das Brustübel, an dem der Mordechai Meisl seit Jahren litt, hatte nach einem betrügerischen Stillstand zu einem neuen Angriff ausgeholt, das Fieber und der stechende Husten kamen in immer kürzeren Intervallen über ihn, und manchmal wurde der Hustenanfall so heftig, daß es ihm finster vor den Augen wurde.

Indes er Schluck für Schluck den heißen Kräuteraufguß trank, versuchte er, da er nicht untätig bleiben konnte, in dem Buche des Don Isak Abarbanel zu lesen, das »Die Blicke Gottes« genannt ist. Doch es wollte ihm nicht gelingen, die Gedanken dieses hochberühmten Mannes zu erfassen, der Sinn der Worte erschloß sich ihm nicht, und so legte er, ermüdet und enttäuscht, das Buch aus der Hand und gab sich den Gedanken hin, die in den Stunden der Einsamkeit über ihn kamen und immer die gleichen waren:

Wenn Gott mir einen Sohn geschenkt hätte! Einen Sohn zu haben, den man auf der Welt zurückläßt! Ich hätte ihn in der Weisheit und in der Lehre auferziehen lassen, wie ein aufgebrochener Granatapfel wäre er gewesen, voll Wissen. Ihm hätte es keine Mühe gemacht, in dem Buche des Abarbanel zu lesen, ein Deuter dunkler Worte wäre er geworden, der Hauch seines Atems wäre Weisheit und Erkenntnis gewesen. Gott hat es nicht gewollt. Kinderlos gehe ich dahin, Fremden hinterlasse ich mein Gut. Ist mein Unglück im Plan der göttlichen Weisheit notwendig gewesen, um eines anderen Mannes Glück zu begründen? Wer weiß es? Wer kann es sagen? Der Meerestiefe gleich ist Gottes Recht.

Er stand auf. Seine Gedanken gingen ihren alten Weg, von seinem ungeborenen Sohn glitten sie zu seiner Frau, die schon so lange gestorben war. Aus einem Schrein, der an der Wand stand, holte er ein aus Rosenholz geschnitztes Kästchen hervor, darin lag aufbewahrt, was ihr in ihrem Leben lieb gewesen war. Es war nicht viel. Kleine Dinge, geringe Dinge. Bunte Vogelfedern, ein verblaßtes Seidenband, eine Spielkarte, die ihr einmal in die Hände gekommen war, verwelkte Rosenblätter, die, wenn man sie berührte, in Staub zerfielen, ein silbernes Messerchen, das war zerbrochen, ein Stein, der geädert und wie eines Menschen Hand geformt war, eine Bernsteinkugel, eine Glaskugel und etwas, was dereinst der bunte Flügel eines Schmetterlings gewesen war. All dies betrachtete der Mordechai Meisl nachdenklich, er hatte das Kästchen seit Jahren nicht in den Händen gehabt. Er seufzte und verschloß es und stellte es in den Schrein zurück. Was es enthielt, erschien ihm so unverständlich, so rätselhaft, so schwer zu deuten, wie es die dunkeln und geheimnisschweren Worte in dem Buche des Don Isak Abarbanel waren.

Er hat es so beschlossen und so mußte es geschehen, sagte er zu sich. Er hat sie in das ewige Glück genommen. Und ich ... Der Gedanken und Wünsche sind viele in den Herzen der Menschen, doch nur der Ratschluß Gottes besteht. Wir saßen, und es war wie alle Tage, ich sprach den Segen über das Brot und sie wartete mir beim Essen auf, und dann – nachts ... Wen rief sie in ihrer Todesnot, daß er ihr helfen sollt'? Eines fremden Mannes, eines Christen Name. Sie hat den Römischen Kaiser einmal, ein einziges Mal gesehen, damals, als er durch die Altstadt in das Judenquartier ritt, und die Ältesten und die Räte erwarteten ihn, die Trompeter bliesen und der hohe Rabbi hielt die Thora in den Händen. – Ihre Stimme, dieser Schrei in der Todesnot: Rudolfe, hilf! War er es, den sie so rief? War es ein anderer, von dem ich nichts weiß? Weh' mir, ich werde es nie erfahren.

Der Husten kam über ihn und er preßte sein Tüchlein an den Mund. Der Türe öffnete sich und der Mendel steckte besorgt den Kopf in die Stube. Der Mordechai Meisl gab ihm ein Zeichen, es sei nichts und er bedürfe seiner nicht.

Seine Gedanken nahmen eine andere Richtung. Mit dem Römischen Kaiser war er nun in seinen commerciis heimlich verbunden. Seine Geschäfte waren auch des Kaisers Geschäfte. Des Kaisers Hofkammerrat, der heute bei ihm vorgesprochen hatte, ahnte nicht, daß er seinem Kaiser Monat um Monat Zinsen zahlte. Und wie keinen anderen Juden je zuvor hatte ihn, den Mordechai Meisl, der Kaiser mit Rechten, Vorrechten, Freiheiten und Dignitäten begnadet. »Wir, Rudolf der Andere, von Gottes Gnaden erwählter Römischer Kaiser und König von Böhmen, zu allen Zeiten Mehrer des Reiches, haben beschlossen, unseren getreuen Juden, den Mordechäus Meisl ...«, so begannen die Schutz- und Privilegienbriefe. Kein Gericht durfte seine Person oder sein Gut antasten, keine Gerichtsperson hatte Zutritt in sein Haus, solange er lebte. Lief eine Anklage gegen ihn, so mußte sie vor den Kaiser gebracht werden. Die Silberausfuhr aus dem Königreich war ihm übertragen. Er allein war befugt, Personen des Herren- und Ritterstandes, wie auch den Klöstern, Stiften und Abteien gegen einen Schuldschein Geld zu leihen. Im ganzen Römischen Reich durfte er sich frei bewegen und Handel treiben, und wie ein großer Herr oder Prälat war er auf seinen Reisen vom Kutscher- und Pferdezoll befreit. Und der Philipp Lang hatte mehr als einmal angedeutet, der Kaiser trage sich mit dem Gedanken, seinen getreuen Juden, den Mordechai Meisl, in den böhmischen Ritterstand zu erheben.

Er wiederum hatte dem Philipp Lang, dem vertrauten Boten des Kaisers, alle Vierteljahr Rechnung über das Eingenommene und Verausgabte abgelegt und ihm pünktlich auf den Tag des Kaisers Anteil am Gewinn überreicht. Starb er, dann fiel die Hälfte von allem, was er an Geld und Gut hinterließ, dem Kaiser zu. – Wartete der Kaiser auf seinen Tod? Wollte er lieber die Hauptsumme erlangen als alle Vierteljahre den Gewinn? »Eine Handvoll, das macht den Löwen nicht satt«, hatte der Philipp Lang bisweilen, wenn er das Geld nahm, mit einem Achselzucken gesagt. Eine Handvoll! Vier versiegelte Beutel mit Gold lagen auf dem Tisch und dazu drei Anweisungen auf zusammen vierzigtausend Reichstaler, zwei von ihnen auf der Frankfurter Messe zahlbar und die dritte auf der Leipziger Neujahrsmesse, die auch die »kalte Messe« genannt wurde. Denn ein Vierteljahr war um, und in dieser Nacht kam der Philipp Lang, um die Abrechnung zu erhalten und des Kaisers Geld in Empfang zu nehmen.

Gold zu gewinnen, ging es dem Meisl durch den Sinn,

das war für andere eine große und oft vergebliche Müh und Plage, viele setzten ihr Leben darein und verloren es. Ihm war es immer nur ein Spiel gewesen. Sein Leben lang war das Gold hinter ihm hergelaufen, hatte ihn umbuhlt und umworben, war, wenn er es von sich stieß, wiedergekommen. Manchmal wurde er seines Glückes müde, ja, zuweilen wurde das Gold ein Gegenstand der Furcht für ihn. Es bedrängte ihn, es wollte sein eigen werden und keinem anderen dienen, und wenn es sein eigen geworden war, dann blieb es nicht in den Kästen und Truhen, dann lief es als sein Knecht für ihn durch die Welt. Ja, das Gold liebte ihn, ihm hatte es sich unterworfen. Aber was würde es beginnen, was bewirken, wenn er es fessellos, nicht mehr von seiner Hand gebändigt, in der Welt zurückließ?

Ein kurzer, aber über alle Maßen heftiger Hustenanfall kam über ihn und schüttelte ihn, daß er meinte, vergehen zu müssen, und als er vorüber war, da hatte sich das Tüchlein in seiner Hand rot gefärbt. Und wie er die Flecken Blutes sah, kam ein Verwundern über ihn, daß er noch lebte. Es schien ihm, als wäre er schon lange an das Ende seines Daseins gelangt, aber das Sterben war ihm verwehrt. Der hohe Rabbi Loew, die Leuchte der Verbannung, das Kleinod Israels, er, der Einzige seiner Zeit, war eines Nachts in seiner Kammer gesessen und hatte in den heiligen Büchern gelesen, in denen die Geheimnisse Gottes aufgezeichnet sind. Da war das Wachsstümpfchen, das seine Kammer erhellte, zu Ende gebrannt, sein Licht knisterte und flackerte und war im Erlöschen, und es gab kein anderes Wachslicht in des hohen Rabbis Haus. So sprach der hohe Rabbi sein Zauberwort über das verzehrte Lichtlein, er beschwor es bei den zehn Namen, daß es nicht erlöschen sollte, und es gehorchte. Ruhig und still brannte das Stümpfchen weiter und gab sein Licht die ganze Nacht hindurch, daß der hohe Rabbi in die Geheimnisse Gottes eindringen konnte, und erst als es heller Tag geworden war, erlosch es und verging in nichts. – War er, der Mordechai Meisl, nicht auch solch ein verzehrtes Lichtlein, das lange schon erloschen sein sollt' und dennoch weiterbrannte? Warum läßt Gott mich nicht erlöschen? Warum lebe ich? fragte er sich, während er noch immer auf das von seinem Blut benetzte Tüchlein in seiner Hand blickte. Wozu bedarf Gott meiner noch in dieser Welt?

Es klopfte. Der Mordechai Meisl verbarg das Tüchlein. Der Mendel ließ den Philipp Lang in die Stube treten, und der Mordechai Meisl ging seinem Gast, wie es die Sitte vorschrieb, bis zwei Schritte vor die Türe entgegen, um ihn zu bewillkommenen.

Der Philipp Lang war ein großer, hagerer Mann, er überragte den Mordechai Meisl, wie er vor ihm stand, um eines Hauptes Länge. Sein Haar und Bart waren leicht ergraut. Er trug sich auf spanische Art, und über seiner Brust hing an einer goldenen Kette das Bildnis der Madonna von Loreto.

Wie er eintrat, streifte sein Blick die vier versiegelten Beutel und die Geldanweisungen, die auf dem Tisch lagen, und er erwog, wie schon so oft an diesem Tag, welche Summe nötig sein würde, um den Kaiser für diesmal zufriedenzustellen. Das griechische Marmorbildwerk, das der Kaiser von einem Antiquar in Rom gekauft hatte, war angekommen und mußte bezahlt werden. Es gab noch andere Schulden, die waren weniger drückend. Doch der Kaiser gedachte auch noch das Dürerbildnis zu kaufen, die »Anbetung der Könige« aus der Allerheiligenkirche in Wittenberg, die ihm der Magistrat dieser Stadt angeboten hatte.

Seine Worte verrieten nicht, welche Gedanken ihn beschäftigten. Er sagte zum Meisl:

»Ich hoff', ich komme nicht zur Unzeit. Draußen stürmt's, es wird gleich Regen geben. Und wie steht es um meines werten Freundes Befinden?«

Er hatte die Hand des Mordechai Meisl ergriffen und

hielt sie so, daß er den Pulsschlag fühlen und prüfen konnte. – Er fühlt sich gar nicht wohl, stellte er fest. Der Puls ist sehr behende. Es ist sicherlich Fieber da.

Wenn der Mordechai Meisl nach seinem Befinden gefragt wurde, gab er immer die gleiche Antwort, die nichts besagte. Wie es in Wahrheit um ihn stand, verriet er keinem.

»Es ist gut, ich danke Euch, es ist recht gut«, sagte er. »Was von meiner Krankheit heute noch übrig ist, wird morgen verschwunden sein.«

Und er löste seine Hand aus der des kaiserlichen Kammerdieners.

Der Philipp Lang sah ihn an und machte im Stillen seine Prognosis. Da war kein Zweifel: In diesem abgezehrten Körper war nicht mehr die Kraft, wider die zehrende Krankheit und die drohende Auflösung zu kämpfen. Morgen konnte er seinem Herrn vermelden, daß er nicht lange mehr, nicht länger als zwei Wochen oder drei, auf den geheimen Schatz zu warten haben werde, auf die Dukaten und die Doppeldukaten, die Rosenobles und die Dublonen. Und nicht die Hälfte, nein, das Ganze, alles, was der Meisl-Jude an Geld und Gut hinterließ, mußte nach dem Plan und Willen des Philipp Lang dem Kaiser gehören. Denn ein Löwe und der Kaiser, die teilen mit keinem.

Zum Meisl sagte er:

»Ja, wir müssen dessen froh sein, daß wir just in diesen Zeiten leben, in denen die Ärzte so viele und herrliche Erfindungen gemacht haben, deren sie sich zu unserem Wohle zu bedienen wissen.«

»Ja, das ist gut«, meinte der Meisl. »Doch ich bedarf der Hilfe der Ärzte nicht. Es geht mir alle Tage besser und besser.«

»Das sind gute Nachrichten und ich werde sie mit Freuden meinem allergnädigsten Herrn vermelden«, erklärte der Philipp Lang. »Mein allergnädigster Herr hat mir strengstens aufgetragen, Euch treulich zu ermahnen, daß Ihr gute Achtung auf Eure Gesundheit haben und Euch wohl pflegen sollt.«

»Das werd' ich tun in schuldiger Observanz der allerhöchsten Befehle«, sagte der Mordechai Meisl. »Mögen Seiner Majestät Leben, Ruhm und Friede gemehrt werden vom Herrn der Welt.«

Und nun, da von beiden Seiten der Höflichkeit und dem Brauch genüge getan war, begannen sie, von den Geschäften zu sprechen.

Gegen Mitternacht, als sie nach langem Unterhandeln einig geworden waren, trug der Mendel Wein und kalte Küche auf und heiße, in Öl gebackene Mandelkuchen, die er des Nachts aus dem Backhaus geholt hatte. Und der Philipp Lang erzählte, während er mit Behagen aß und trank, von der kaiserlichen Hofhaltung, wie es da oftmals sonderbar zugehe. Daß des Kaisers Kammerherr, ein Baron Palffy, sich einen Diener hielt, der an seiner Stelle, sooft es Ärger gab, auf die abscheulichste Art fluchen mußte, denn der Baron selbst sei dazu zu gottesfürchtig. Von dem spanischen Gesandten am kaiserlichen Hof, dem Don Balthasar de Zuniga, wisse jedermann, daß er seine schöne und junge Frau alle Woche mit einer anderen Weibsperson betrüge, doch lasse er sich niemals mit einer ein, die auf den Namen Maria getauft sei, denn damit könnte er, wie er meinte, die heilige Jungfrau beleidigen. Zwei gelehrte Herren an des Kaisers Hof, der Martin Ruhland, der das perpetuum mobile anfertigte, und der Italiener di Giorgio, der die großen parabolischen Spiegel schliff, die lägen miteinander im Streit, weil jeder von den beiden sich einbilde, der andere empfange für seine Dienste ein höheres Relutum als er selbst, und wenn sie einander in den Weg liefen, so gäben sie einander mehr Ehrentitel, als das deutsche und das welsche Alphabet zusammen Buchstaben habe, da käme es von der einen Seite: »Betrüger! Hansnarr! Lumpenhund! Hurenbock!« und von der anderen: »Birbone! Furfante! Mascalzone! Furbo!«, und dabei bliebe der Kaiser dem einen wie dem anderen seit Jahren das umstrittene Relutum schuldig. Der junge Graf Khevenhueller, Leutnant in des Kaisers berittener Leibgarde, sei aus dem Türkenkrieg mit einem Säbelhieb quer über den Hals zurückgekommen, der ihm die Sehnen zerschnitten habe, und so trage er, um den Kopf zu stützen, ein Halsband von Silber. Und wie er nun an der Offizierstafel darüber geklagt habe, wie schwer die Zeiten seien und wenn einer heute ginge, sich in der Stadt zu vergnügen, so sei des Geldes lange nicht genug, so teuer seien alle Ding, da habe sein Gegenüber, ein Hauptmann von den Hakenschützen, ihm zugerufen: »Verpfänd deinen Hals, du Narr, so kannst du zu deinen Huren laufen!« Und darüber sei es zu einer Schlägerei gekommen.

Er hielt inne, denn der Mordechai Meisl wurde wieder von seinem Husten geplagt, und schon erschien, als hätte er an der Türe gehorcht, der Mendel mit einer Arzneiflasche in der Stube. Wie ein Schatten glitt er zu seinem Herrn, nahm ihm das Tüchlein aus der Hand und reichte ihm ein neues.

»Es ist nichts«, sagte der Mordechai Meisl, als er wieder Atem hatte. »Ein wenig Husten. Er kommt von der Feuchtigkeit der Luft. Morgen wird er, so Gott es will, verschwunden sein, wenn warmes und trockenes Wetter sich wieder einstellt.«

Und er gab mit einem Kopfnicken dem Mendel das Zeichen, daß er wieder gehen könnt'.

»Bis dahin«, riet ihm der Philipp Lang, »solltet Ihr in allen Räumen, in denen Ihr Euch aufhaltet, reichlich Salz auf den Fußboden streuen. Denn Salz ist ein starker Magnet, zieht das Wasser aus der Luft.«

Die ungarischen und die portugiesischen Weine, denen

er während der Mahlzeit zugesprochen hatte, begannen ihm zu Kopf zu steigen. Es gibt Leute, die, wenn sie ein wenig mehr, als sie's gewohnt sind, getrunken haben, streitsüchtig werden und mit jedermann Händel suchen, und andere wieder, die lassen den Kopf hängen, vergießen Tränen und klagen, wie übel es mit der Welt bestellt sei. Zu keiner der beiden Sorten von Trinkern gehörte der Philipp Lang. Ihn machte der Wein nur geschwätzig und großsprecherisch. Und so begann er, von sich selbst und von seinen hohen Gaben zu reden und sich der Macht, die er ausübte, zu rühmen. Er habe, sagte er, beim Kaiser in allen Dingen das letzte Wort. Er könne alles bewirken, seinen Freunden dienlich sein, nichts könne gegen seinen Willen in Gang gebracht werden. So mancher hochgeborene Herr trachte vergeblich danach, seine Freundschaft zu gewinnen. Der aber, der würdig sei, daß er ihm seine Affection erweise, sei wahrhaft zu beneiden. Und er erhob sein Glas und leerte es auf seines werten Freundes, des Mordechai Meisl, Wohlergehen und währendes Glück.

»Solange ich«, sagte er sodann, »auf meinem Platze bin und im Königreich nach dem Rechten sehe, solange kann mein allergnädigster Herr sich nach seinem Belieben mit Musik die Zeit vertreiben oder in seiner Kunstkammer mit Gemälden seine Kurzweil haben.«

Der Meisl hing schweigend seinen Gedanken nach. Schon viel war ihm von dem seltsamen Mann oben auf der Burg berichtet worden, der erwählter Römischer Kaiser und König von Böhmen war und seine Kammerdiener und Barbiere an seiner Stelle im Königreich schalten und walten ließ. Erst an diesem Morgen wieder hatte ihm der Herr Slovsky auf Slovič, als er seines Schuldscheins halber bei ihm vorgesprochen hatte, von seinem kaiserlichen Herrn erzählt. – »Er liebt die Menschen nicht«, hatte der Hofkammerrat gesagt. »Er schätzt sie allesamt gering, verachtet und verspottet sie. Umgeben von einer lärmenden Schar von Malern und Musikanten, von Glücksrittern und Betrügern, von Gelehrten und Künstlern aller Art, von Quacksalbern und Marktschreiern verbringt er sein Leben als ein in Wahrheit einsamer Mann.«

Einsam war auch er, der Mordechai Meisl, in seinem Haus, das den Tag über voll Lärm und geschäftigem Treiben war.

»Und warum«, fragte er den Philipp Lang, »hat Seine Majestät, der Römische Kaiser – Gott möge seinen Ruhm und seine Tage mehren –, warum hat er nicht Weib noch Kind?«

»Ihr sprecht recht gerade heraus«, meinte mit leichter Mißbilligung der Philipp Lang. »Aber warum sollten wir nicht offenherzig zueinander sein, da wir doch seit Jahr und Tag in Freundschaft miteinander verbunden sind? Warum Euch nicht die Wahrheit sagen? An Heiratsprojekten für meinen allergnädigsten Herrn hat es nicht gefehlt, man hat mit Madrid und mit Florenz Verhandlungen gepflogen. Geheimkuriere ritten hin und her, Bildnisse, die von der Hand berühmter Meister angefertigt waren, trafen ein und wurden besichtigt, – aber mein allergnädigster Herr wollte sich zu einer Ehe nicht bewegen lassen, da war jedes Wort vergeblich gesprochen.«

Er schwieg eine Weile und dann fuhr er im flüsterndem Ton fort, als wären außer dem Meisl noch andere in der Stube, die solch geheime Dinge nicht erfahren sollten.

»Mir hat mein allergnädigster Herr anvertraut, daß er nicht ehelich werden wolle, weil er auf seine Herzliebste von einstmals warte, auf ihr Wiederkommen, das er erhoffe, er könne sie nicht vergessen, sie sei immer in seinem Sinn. Er sprach von ihr in einer recht ungereimten und verworrenen Weise, ich konnte nicht klug aus seinen Reden werden. Sie sei ihm entrissen worden, sagte er, aber wie dies geschehen sei, das könne er nicht sagen. Sie sei nicht wieder zu ihm gekommen. – Und da mein allergnädigster Herr von ihrer immerwährenden Furcht, daß der Zorn Gottes sie treffen werde, gesprochen hat, so meine ich, daß sie eines anderen Mannes Frau gewesen ist.«

Wie der Meisl aus dem Mund des Philipp Lang von der Herzliebsten des Kaisers hörte, wurde das Herz ihm schwer, er wußte nicht, warum, es schlug und pochte und wollt' sich nicht zufrieden geben und war voll Leid.

Er sann darüber nach, warum mit einemmal diese Unruhe und Traurigkeit über ihn gekommen sei, er konnt' es nicht begreifen, ihm war nichts Böses widerfahren. Er war über sich verwundert und sann und überlegte, und dann kam es ihm in den Sinn, daß er vielleicht ein großes Versäumnis begangen habe, das so schwer in seiner Seele wog: Er hatte den Mann, mit dem er in seinen commerciis verbunden war, diesen Mann voll Rätsel und Sonderbarkeiten, voll Glanz und Herrlichkeit, er hatte den Römischen Kaiser niemals von Angesicht gesehen. Es schien ihm, als ob es just diese Unterlassung wäre, die ihn so bedrücke, und als ihm dieser Gedanke kam, wurde ihm leichter ums Herz. Und je länger er der Sache nachsann, desto übermächtiger wurde der Wunsch in ihm, den Kaiser oben auf der Burg zu sehen.

Er wandte sich an den Philipp Lang. Stockend und nach den rechten Worten suchend trug er ihm vor, wie groß sein Wunsch und sein Begehren sei, Seiner Majestät, dem Römischen Kaiser, für alle Guttaten, Gnaden und Freiheiten, die er empfangen habe, den schuldigen Dank zu sagen.

Der Philipp Lang sah bei diesen Worten darein wie einer, dem unversehens die Milben über das Mehl gekommen sind.

»Hör' ich recht?« rief er. »Sprecht Ihr im Ernst? Ihr wollt vor Seine Majestät, den Römischen Kaiser gelangen? Wer zum Henker hat Euch solch ein unsinnig Ding in den Kopf gesetzt?«

Ein Argwohn war in ihm entstanden, der ihn in Angst versetzte. Er glaubte, der Mordechai Meisl habe im Sinn, Unheil zu stiften und ihn beim Kaiser zu verklagen, – aber woher wußte der Jude, auf welche Weise konnt' er's erfahren haben, daß er, der Philipp Lang, als gerechte Wiedervergeltung Seiner getreuen Dienste einmal den vierten, ein andermal den fünften Teil von des Kaisers Geld zurückbehielt? Hatte denn der Meisl-Jude überall seine Aushorcher und Spione? – Was sind doch, sagte er in großer Erbitterung zu sich, die Juden für ein heilloses und verräterisches Volk und Gesinde, sinnen immer auf Böses, wollen sich niemals ruhig, wie es sich gehört, verhalten.

»Seine Majestät, der Kaiser«, sagte der Mordechai Meisl, »hat mich Ehr' und Herrlichkeit genießen lassen, mehr als sonst ein Jude haben und genießen kann. Darum ist mein hochfleißigstes Bitten ...«

»Non si puo«, fiel ihm der Philipp Lang zornig in die Rede. Er war im Trientinischen geboren, und wenn er ärgerlich oder erregt war, kamen ihm italienische Worte statt der deutschen auf die Lippen. »Non si puo. Es ist unmöglich. Es kann nicht sein. Ihr kennt den Hof nicht, Ihr wißt nicht, wie solche Dinge bei Seiner Majestät verlaufen. Der Gesandte des Königs von England wartet seit zwei Monaten darauf, Seiner Majestät die Credentiales überreichen zu können, kann aber keine Audienz erlangen, wird vertröstet und hingehalten, schreibt Protest- und Beschwerdebriefe, droht, von Prag abzureisen, und wird nicht vorgelassen. Der Herr Oberst von Guenderode hat ein Handschreiben des Kurfürsten von Brandenburg zu überreichen, hilft nichts, er wird nicht vorgelassen. Den Fürsten Borghese, päpstlichen Internuntius, einen Neffen Seiner Heiligkeit, konnt' Seine Majestät nicht abweisen, ist ihm aber ins Wort gefallen, hat ihm aufgetragen, sich kurz zu fassen, wenig Worte zu machen, denn er, der Kaiser, sei mit Geschäften zur Genüge molestiert. – Und Ihr wollt vor Seine Majestät gelangen? Was begehrt Ihr von Seiner Majestät? Womit wollt Ihr meinem allergnädigsten Herrn im Ohre liegen, welches Geschwätz ihm hinterbringen? Hab' ich Euch jemals Grund zur Klage gegeben? Kennt Ihr mich nicht als einen – wie nennt Ihr's? – als einen Ohew Israel, einen Freund der Juden? Und bin ich zu Euch nicht immer wie ein Bruder gewesen?«

»Ich habe über nichts Klage zu führen, habe auch nichts zu hinterbringen«, sagte der Mordechai Meisl. »Es ist nur mein Bitten, weil Seine Majestät in angeborener Milde und Gnade ...«

»Es ist gut«, erklärte der Philipp Lang. Er sah, daß der Mordechai Meisl auf seinem Willen beharrte, zugleich aber kam es ihm ins Bewußtsein, daß die Sache so gefährlich nicht sei und daß er sich ihrer mit geringer Mühe erwehren konnte. »Meine Freundschaft für Euch«, fuhr er jetzt in einem völlig anderen Ton fort, »ist zu groß, als daß ich Euch einen Wunsch abschlagen könnte, und wäre es noch so schwierig, ihn zu erfüllen. Ihr sollt zufriedengestellt werden. Nur um eines bitte ich Euch, – habt ein wenig Geduld. Wenn es heut oder morgen nicht sein kann, so ist es darum nicht verloren. Ich muß einen bequemen Tag und Ort finden, daß ich mit Seiner Majestät allein und ungestört über die Sache sprechen kann. Denn mein allergnädigster Herr will mit Vorsicht behandelt sein, da darf nichts übereilt, nichts zur unrechten Stunde getan werden. Versteht mich recht, – ein wenig Zeit, zwei Wochen oder drei, das ist alles, was ich verlange.«

Der Mordechai Meisl durchschaute ihn. Etwas im Klang der Stimme, etwas im Ausdruck des Gesichtes ließ ihn erraten, was sich hinter diesen glatten Worten verbarg: Daß ihn der Philipp Lang schon zu den Toten rechnete, daß er ihm nicht mehr als zwei oder drei Wochen Leben gab, und daß er hoffte, der Müh' enthoben zu sein, wenn es ihm nur gelänge, die Sache hinauszuziehen.

»Ich danke Euch. Ich habe verstanden«, sagte der Mordechai Meisl.

In der Niklasgasse hatte der Philipp Lang seine Kutsche stehen, und dorthin begleitete ihn der Mendel mit der Laterne, denn in der Wirrnis der engen und winkeligen Gassen der Judenstadt konnte einer leicht den Weg verlieren.

Als er in das Haus auf dem Dreibrunnenplatz zurückkam, fand er seinen Herrn noch wach.

»Geh, wenn es Tag wird, zu den Fleischbänken«, trug ihm der Mordechai Meisl auf, »und frag die Metzger, wer von ihnen in dieser Woche das ungarische Ochsenfleisch in den Hirschgraben fährt.«

Es gab in der Judenstadt etliche Leute, die konnten, wenn es ihnen beliebte, den Römischen Kaiser alle Tage sehen, so sehr er sich auch vor der Welt verborgen hielt. Das waren die Metzger und ihre Knechte. Denn die Prager Judenmetzger waren verhalten, dem Kaiser für die beiden Löwen, den Adler und die anderen wilden Tiere, die er sich hielt, täglich vierunddreißig Pfund Fleisch von guten ungarischen Ochsen in den Hirschgraben zu bringen, und so durften sie in ihrem Fleischerwagen ungehindert durch das Tor passieren. Und der Kaiser wiederum versäumte es niemals, der Fütterung seiner Tiere beizuwohnen, er achtete darauf, daß jedes seinen Teil erhielt, und den beiden Löwen, die er selbst gezähmt hatte und mit denen er sich durch den Einfluß der Gestirne auf magische Art verbunden fühlte, – ihnen und dem Adler, der einsam und traurig in seinem Käfig saß, reichte er bisweilen mit eigener Hand das Fleisch.

Als eines Metzgers Knecht gekleidet, mit dem Lederschurz, dem Tragriemen über der Schulter und dem kleinen Metzgerbeil im Gürtel, fuhr der Mordechai Meisl mit dem Metzger Schmaje Nossek über die Moldaubrücke und hinauf auf den Hradschin. Um die Mittagsstunde gelangten sie in den Hirschgraben. Innerhalb der Mauern, die ihn umschlossen, vor dem Pförtnerhaus, ließen sie das Pferd und den Wagen stehen. Sie beluden sich mit dem Fleisch, um den Rest des Weges zu Fuß zurückzulegen, denn das Pferd wurde unruhig, wenn der Geruch der wilden Tiere zu ihm drang.

Es war ein frostiger Tag mit klarem Himmel und einem schneidenden Wind, der die verwelkten Blätter vor sich hintrieb. Der Weg, den sie einschlugen, führte erst zwischen Obst- und Gemüsegärten und dann über einen Wiesengrund. Sie gingen durch Buschholz und durchquerten einen schütteren Buchenwald, in dem Rehe ästen und Füchse ihren Bau hatten. Als sie aus dem Wald traten, hatten sie den Seitenflügel der Burg, der an den Tiergarten stieß, vor sich.

Im Schatten uralter Buchen und Ulmen standen die Käfige und die Zwinger. Ein gezähmter Bär, der sich seine Nahrung in der Hofküche erbettelte, trottete in völliger Freiheit über den Weg. In einem kleinen, ebenerdigen Ziegelbau hatten die Tierwärter ihre Behausung. Es waren ihrer drei, aber nur einer zeigte sich. Und während dieser unter dem Brüllen der Löwen und dem Kreischen der Affen das Fleisch prüfte und wog, erklärte der Metzger Nossek dem Meisl, durch welches Tor der Kaiser in den Garten treten werde. Er beschrieb ihn als einen kleinen, in seinen Bewegungen sehr behenden Mann mit gekraustem Barthaar. Um diese Jahreszeit trage er einen kurzen Mantel, der mit Goldborten eingefaßt sei, die er, der Nossek, auf einen halben Gulden die Elle schätze. Aber auch daran sei der Kaiser leicht zu erkennen, daß er beim Gehen die rechte Hand vorgestreckt halte, so, als weise er sich selbst den Weg, – eine schmale blaugeäderte Hand. Er, der Meisl, werde nicht mehr lang zu warten haben, die Tiere seien hungrig, und das Brüllen der Löwen sei bis zu den Fenstern des Kaisers zu vernehmen.

Als das Fleisch gewogen und als festgestellt war, daß es sich in gutem Zustand befand, empfingen sie das Entgelt: Vier neugeprägte böhmische Groschen der Metzger und einen halben sein Knecht.

Die beiden anderen Wärter traten aus dem Haus, um dem Kaiser entgegen zu gehen. Er war noch nicht zu sehen. Der Schmaje Nossek wies auf einen Gärtnerburschen, der sich nicht weit von ihnen an einem Boskett von Rosensträuchen zu schaffen machte, dabei aber unverwandt auf das Burgtor blickte. Der sehe, meinte der Nossek, gar nicht einem Gärtnerjungen gleich, wisse auch die Gartenschere und das Messer nicht recht zu handhaben. Er, der Nossek, wäre nicht verwundert, wenn es sich erweisen würde, daß dieser Junge, wer auch immer er sei, sich mit der Beihilfe eines Gärtners hier eingeschlichen habe, um dem Kaiser zu begegnen.

Die beiden Schildwachen am Tor stießen wie auf Kommando ihre Hellebarden auf die Erde, das Tor öffnete sich und der Kaiser trat in einem kurzen goldbordierten Mantel, die rechte Hand ein wenig vorgestreckt, so wie es der Nossek beschrieben hatte, in den Hirschgraben.

Rudolf der Zweite, der Römische Kaiser, war in der Nacht von Träumen heimgesucht gewesen, in denen ihn sein Bruder Matthias, der österreichische Erzherzog, in eines Ebers Gestalt verfolgt und bedroht hatte. Als er erwachte, kam zu der Schwermut, die immer in seiner Seele war, noch die Angst und die Verzagtheit des Traumes, die er nicht von sich abtun konnte. Der Červenka, der zweite Kammerdiener, der an diesem Morgen den Dienst versah, wußte, wie er es anzustellen habe, um die Laune des Kaisers um ein weniges zu bessern. Er ließ die spanischen und die italienischen Pferde des Kaisers unter die Fenster seines Schlafgemachs führen. Der Anblick der schönen und stolzen Tiere erfreute den Kaiser. Obwohl er noch im Nachtgewand war, stieß er das Fenster auf, ohne darauf zu achten, daß ein rauher Wind ins Zimmer fuhr. Er beugte sich hinaus und rief bald das eine, bald das andere Tier beim Namen: »Diego! Brusco! Adelante! Carvuccio! Conde!« Und jedes der Tiere, das er rief, hob den Kopf und wieherte hellauf. Doch die Schwermut wich nicht aus dem Herzen des Kaisers.

Während ihm das Frühstück aufgetragen wurde, erschien der Ofenheizer Brouza mit seiner Ofenschaufel und seinem Zuber in der Stube, um die Asche aus dem Kamin zu fegen. Der Kaiser sah ihm eine Weile zu, dann fragte er:

»Brouza, wie steht's mit dir? Hältst du's mit mir oder mit dem Matthias?«

»Gevatter«, gab der Brouza, ohne seine Tätigkeit zu unterbrechen, zur Antwort, »ich halt's mit keinem von euch. Ich halt's mit meinem Kehrbesen und mit meiner Ofenschaufel, denn auf die ist Verlaß. Ihr beide, du und der Matthias, ihr seid mit einerlei Speck gespickt, und der eine ist nicht besser zu dem armen Mann als der andere.«

»Du nennst dich einen armen Mann?« meinte der Kaiser. »Du bist reich, du hast Erspartes. Willst du mir hundert Gulden leihen? Mir fehlt's an Geld.«

Der Brouza sah von seiner Arbeit auf und zeigte sein plattnäsiges, mit Kohlenstaub und Asche besudeltes Gesicht.

»Daß du auf das leidige Geld so sehr erpicht bist!« hielt er dem Kaiser vor. »Wo hast du denn den Bürgen und welches Pfand soll ich von dir haben?«

»Du sollst mir«, forderte der Kaiser, »die hundert Gulden ohne Pfand und ohne Bürgen leihen, nur auf mein Wort und auf mein Gesicht.«

»Nein, Herrlein«, sagte der Brouza. »Lieber leih' ich hundert Gulden auf diesen Zuber Asche als zwei auf dein Gesicht.«

Er ließ den Zuber und die Schaufel stehen und wischte zur Tür hinaus, denn der Kaiser hatte den schweren silbernen Brotkorb ergriffen, und der Brouza sagte sich: Hab' ich kein Loch im Kopf, so brauch' ich kein Pflaster.

Eine Stunde verbrachte der Kaiser in einer Kammer, die zwei Siegelschneidern und einem Wachsbossierer als Werkstätte diente. Schweigend beobachtete er den Fortgang ihrer Arbeit, während sie so taten, als hätten sie sein Kommen nicht bemerkt, denn sie wußten, daß es seinen Unwillen erregte, wenn man ihn aus seinen Gedanken riß.

Dann begab er sich in den Saal, an dessen Wänden die Brueghel, die Dürer, die Cranach, ein Altdorfer und ein Holbein hingen. In der Mitte dieses Saales stand das Marmorbildnis, das am Tage zuvor in seinen Besitz gelangt war, das Werk eines großen antiken Meisters der Bildhauerkunst, dessen Name nicht überliefert war. Es stellte den Knaben Ilioneus dar, einen von den Söhnen der Niobe, die in ihrem Stolz die Götter herausgefordert und ihren Zorn auf sich gezogen hatte.

Der Knabe Ilioneus war, von einem Pfeil Apollos getroffen, zu Boden gesunken. Doch er ergab sich nicht ohne Gegenwehr dem Tode. Mit der rechten Hand versuchte er, den Pfeil aus seiner Brust zu ziehen, die linke stemmte er gegen den Erdboden, um sich aufzurichten, denn er wollte sich zu seiner Mutter flüchten, bei der er Schutz und Hilfe zu finden hoffte. Und so edel war die Haltung des Knaben, so schön sein vom Tode gezeichnetes und doch noch dem Leben zugewandtes Antlitz, daß des Kaisers Augen sich mit Tränen füllten. Es wurde ihm leichter ums Herz. Daß dieses Wunderwerk wieder ans Licht gekommen und daß es in seine, des Kaisers, Hände gelangt war, gab ihm Trost und Zuversicht und richtete ihn auf.

Indessen war die Mittagsstunde gekommen, und er vernahm das Brüllen der Löwen und den Schrei des Adlers, die ihn riefen.

Während er die Treppe hinabstieg und Hut und Mantel aus den Händen eines Dieners nahm, verlor er sich in Träumereien.

Wenn Gott es so gewollt hätte, träumte er, als er, gefolgt von zwei Offizieren der Leibgarde in den Garten trat, daß er nicht in dieser Zeit in die Welt gelangt wäre, sondern in jenem frühen Saeculum, in dem der unbekannte Meister den Ilioneus gebildet hatte, wenn er, so spann er den Gedanken weiter, an des Augustus, an des Nero Stelle über das römische Imperium geherrscht hätte, wen von den Denkern und den Gelehrten seiner Zeit hätte er an seinen Hof gezogen? Von den Dichtern und den Komödienschreibern hielt er nicht eben viel, doch den Vergilius ließ er als einen Gelehrten gelten, ihn und den Plinius und den Seneca hätte er immer um sich gehabt, und eine schmerzliche Enttäuschung kam über ihn, als er bedachte, daß Plato und Aristoteles, Euklides und Epikur, die er hoch über alle anderen stellte, zu des Augustus Zeiten schon lange in ihrem Schattenreich waren.

Seine Gedanken kehrten zu dem Marmorbildnis zurück. Wenn er, so träumte er weiter, im heidnischen Rom nicht Kaiser gewesen wäre, sondern der Schöpfer dieses sterbenden Knaben, wäre sein Ruhm nicht größer gewesen als der der Caesaren? Hatte nicht Tizian an Glanz und Ruhm den großen Maximilian übertroffen? Und während er über den Glanz und Ruhm der Künstler und der Caesaren nachsann und jetzt im heidnischen Rom ein Kaiser war und jetzt im gleichen Rom ein Marmorbildner, – während er so ging und träumte, trat ihm ein Mädchen, das wie ein Gärtnerjunge gekleidet war, in den Weg, warf sich vor ihm auf die Knie und rief mit ihrer hellen Stimme:

»Rudolfe, hilf!«

Der Kaiser fuhr zusammen, trat rasch einen Schritt zurück und machte eine abwehrende Bewegung mit der Hand.

Das Mädchen, das vor ihm auf den Knien lag, war die Tochter eines seiner Feldobristen, eines verdienten Soldaten, der in türkische Gefangenschaft geraten war. Da er ein alter Mann war und von den Türken hart gehalten wurde, fürchtete sie, daß sie ihn nicht wiedersehen werde. Sie hatte nur einen Teil des Lösegelds aufzubringen vermocht. Schon einmal hatte sie vor dem Kaiser einen Fußfall getan, in den Stallungen bei den Pferden, zu denen sich der Kaiser bisweilen begab, und er hatte sie angehört und ihr zugesagt, daß er sich ihrer Sache annehmen werde. Doch es war nichts geschehen.

Der Kaiser erkannte sie nicht. Er hielt sie für einen Jungen aus der Hofküche, der – wie der Červenka ihm berichtet hatte – schon zum zweitenmal beim Bratenwenden eingeschlafen war und nun auf Befehl des Obersthofmarschalls, der die Gerichtsbarkeit über das Hofgesinde ausübte, eine Tracht Stockschläge erhalten sollte.

»Du hast's zum zweitenmal getan«, sagte der Kaiser zu dem knienden Mädchen. »Tu's nicht wieder! Ich werd' mit dem Lichtenstein« – das war der Obersthofmarschall – »reden, daß er dir's erläßt. Du hast Schaden angerichtet. Geh und tu's nicht wieder!«

Er setzte mit raschen Schritten seinen Weg fort. Die Tochter des Obristen richtete sich auf und blickte verwirrt dem Kaiser nach. Er hatte in gnädigem Ton zu ihr gesprochen, hatte ihr auch eine Zusage gemacht, daß er mit irgendwem, der viel vermochte, über ihre Sache sprechen wollt', aber welchen Schaden sie angerichtet hatte, dadurch, daß sie zum zweitenmal vor den Kaiser getreten war, das begriff sie nicht. Oder hatte sie am Ende mit der Gartenschere einen von den Rosensträuchen verdorben? Und während sie darüber nachsann, trat einer der beiden Offiziere der Leibgarde auf sie zu, lüftete den Hut und bat sie mit der Höflichkeit, die er einer Standesperson schuldete, ihm zu folgen.

Ich werd' den Červenka zum Lichtenstein schicken, sagte der Kaiser zu sich, der mag mit ihm reden und ihm meinen Willen in dieser Sache kundtun. Ich will ihn nicht sehen, von mir verlangt er Geld. Alle begehren sie Geld von mir, der Lichtenstein, der Nostiz, der Sternberg, der Harrach, die Leut' aus der Küche und die Leut' aus der Silberkammer, auch der Prediger in der Kapelle und seine Musikanten und Sänger, alle begehren sie Geld und mehr Geld und nochmals Geld, alle wollen sie ihren Teil an dem geheimen Schatz haben. Aber den laß' ich nicht antasten, den werd' ich bitterlich nötig brauchen, daß ich mich der brüderlichen Lieb' des Matthias erwehren kann.

Jetzt war er beim Löwenkäfig angelangt. Er nahm ein Stück von dem ungarischen Ochsenfleisch aus den Händen des Wärters und trat in den Käfig. Die Löwin, die ihn erwartet hatte, richtete sich auf und legte ihre Pranken sacht auf seine Brust. Sie nahm das Fleisch aus seiner Hand, indes der Löwe, um ihn zu begrüßen, sein gewaltiges Haupt an des Kaisers Schulter rieb.

Der Kaiser sprach mit seinen Löwen. Es war die Stunde des Tages, in der er leichten und frohen Herzens war. Er ahnte nicht, er konnte es nicht ahnen, daß er in dieser Stunde seinen geheimen Schatz für immer verloren hatte.

Rudolfe, hilf! – Der Mordechai Meisl, der vor dem Wärterhaus stand und sein Tüchlein vor den Mund hielt, weil der Husten über ihn gekommen war, hatte die Worte wiedergehört, die sein junges Weib, die Esther, gerufen hatte, als sie fühlte, daß der Todesengel nach ihr griff. Rudolfe, hilf! In den letzten Augenblicken ihres Lebens hatte sie dieses Mannes gedacht, der jetzt an ihm vorüberschritt.

Der Römische Kaiser auf seiner Burg war für ihn bis zu dieser Stunde nur ein Schemen gewesen, eine Macht, die man fühlte, ein ferner Glanz. Jetzt aber sah er ihn, – einen

Mann, der mit kurzen, eiligen Schritten seinen Weg ging, die Schultern eingezogen, den Kopf gesenkt, und unter seinen Schuhen knirschte der Kies. Das war der Mann, der ihm das Liebste genommen hatte.

Denn der Gedanke hatte von ihm Besitz ergriffen, daß sein Weib, die Esther, die er nicht vergessen konnte, eines fremden Mannes schuldig geworden, daß sie des Kaisers Geliebte gewesen war, die Geliebte des Mannes, der dort dahinschritt, ja, die Herzliebste, von der der Philipp Lang geredet hatte, als ihm vom Wein die Zunge gelöst war. Und Worte tauchten in seiner Erinnerung auf, die sie im Schlaf an seiner Seite gesprochen oder geflüstert hatte, die Herzliebste des Kaisers. Jetzt wußte er sie zu deuten, und es war ihm, als hätte er die Wahrheit schon immer erkennen müssen.

In seinem Herzen war Trauer, aber größer noch als die Trauer waren sein Haß und das brennende Verlangen, sich an dem Mann zu rächen, der ihm sein Weib genommen hatte.

Als er wieder in seinem Haus auf dem Dreibrunnenplatz war, hatte er seine Pläne gefaßt.

Von allem, was er an Geld und Gut hinterließ, gehörte dem Kaiser der halbe Teil. Darum durfte er nicht Geld noch Gut in der Welt zurücklassen.

Nicht viel Zeit war ihm gegeben. Er wußte, – reich zu werden, das war für ihn ein Leichtes gewesen, fast ein Spiel. Aber ein armer Mann zu werden, – konnte ihm das gelingen? Das Gold hing an ihm. Es mußte fort. Er mußte es von sich stoßen, es verschwenden, vergeuden, verschleudern bis auf den letzten halben Gulden. Er hatte Blutsverwandte: eine Schwester lebte, ein Bruder, drei Geschwisterkinder. Nichts von seinem Geld und Gut sollte in ihre Hände gelangen, denn von ihnen konnten es des Kaisers Richter und Räte mit Gefängnis und Folter leicht zurückgewinnen. Nur die geringen Dinge, die auch der ärmste Mann besaß, die sollten sie empfangen: das Bett, in dem er schlief, den Rock, in dem er ging, das pergamentne Betbuch.

Und wohin das Gold?

Ein Haus für die Armen in der Judenstadt. Ein Haus für Sieche. Ein Haus für Waisenkinder. Ein neues Rathaus. Ein Haus, darin zu lesen und zu lernen. Ein großes und ein kleines Gotteshaus. Alles nicht genug, noch immer würde Geld vorhanden sein. Dukaten in den Truhen, Güter in den Gewölben, Geld in anderer Leute Händen, – es mußte alles fort. Die engen, krummen Gassen der Judenstadt sollten gepflastert und beleuchtet werden. Mochte der Kaiser, mochten seine Räte nach den Pflastersteinen in der Judenstadt greifen!

Wenn ihm nur Zeit blieb, sein Geld und Gut von sich zu tun! Ein armer Mann zu werden, der nichts besaß, der nichts sein eigen nannte, das war der einzige Wunsch, der ihm geblieben war. Verzehrtes Lichtlein, du mußt brennen, bis es geschehen ist. Und dann ...

Dann schlaf ein, Mordechai Meisl! Schlaf und vergiß deinen Kummer, schlaf und vergiß dein Leid! Verzehrtes Licht, erlisch!

Der Engel Asael

In den Nächten des Neumonds stieg aus den himmlischen Bereichen ein »Maggid«, ein lehrender Engel, nieder und trat in die Kammer des hohen Rabbi, den man die Krone und das Diadem nannte und den Feuerbrand und den Einzigen seiner Zeit. Er war gesandt, dem hohen Rabbi die verborgenen Dinge der oberen Welt zu offenbaren, die kein Lebender zu ergründen vermag. Und ihrer sind viele.

Der Engel kam nicht in menschlicher Gestalt. Nichts an ihm war so geschaffen, wie es die Augen der Menschen zu sehen gewohnt sind. Doch war er von großer Schönheit.

»In den Zeichen, aus denen Ihr die Worte formt«, belehrte er den hohen Rabbi, »sind die großen Kräfte und die Gewalten beschlossen, die die Welt in ihrem Gang erhalten. Und wisse, daß alles, was auf Erden zu Worten geformt wird, seine Spuren in der oberen Welt hinterläßt. Aleph, das erste der Zeichen, trägt die Wahrheit in sich. Beth, das zweite, die Größe. Ihr folgt die Erhebung. Die Herrlichkeit der Gotteswelt birgt das vierte Zeichen in sich, und das fünfte die Kraft des Opfers. Das sechste ist das Erbarmen. Nach ihm kommt die Reinheit, dann das Licht. Das Eindringen und Erkennen. Die Gerechtigkeit. Die Ordnung in den Dingen. Die ewige Bewegung. Doch das letzte in der Reihe der Zeichen ist das erhabenste. Es ist das Taph, mit dem der Sabbat scheidet. In ihm ist das Gleichgewicht der Welt beschlossen, zu dessen Hütern die fünf Engel der höchsten Heiligkeit bestellt sind: Michael, der Herr des Gesteins und der Metalle, Gabriel, der über Mensch und Tier gesetzt ist, Rafael, dem die Gewässer gehorchen, Feliel, dem das Gras und alle Gewächse überantwortet sind, und Uriel, der über das Feuer gebietet. Sie wachen über das Gleichgewicht der Welt, und du, Leichtfertiger, ein Sandkorn, ein Sohn des Staubes, hast es dereinst gestört.«

»Ich weiß es, Asael«, sagte der hohe Rabbi zu dem lehrenden Engel, und seine Gedanken flogen zu dem Tag zurück, an dem der Römische Kaiser auf seinem weißen Zelter in die Judenstadt geritten war. Er, der hohe Rabbi, hatte ihn mit der Thora in den Händen erwartet und die Worte des Priestersegens über ihn gesprochen. Und just diesen Ort und diese Stunde hatte ein Vertrauter des Kaisers, der Wuk von Rosenberg, der dem höchsten böhmischen Adel angehörte, ausersehen, um einen Anschlag auf das Leben des Kaisers zu verüben, denn er mißgönnte ihm die böhmische Krone. Einer seiner Diener hielt sich auf dem Dach eines Judenhauses verborgen. Er hatte aus dem Gemäuer einen schweren Stein gelöst, den ließ er, als die Trompeten erklangen und ringsum Jubel ausbrach, auf solche Art aus der Höhe fallen, daß er das Haupt des Kaisers treffen mußte. Und ohne sich zu vergewissern, welchen Ausgang die Sache nahm, eilte er sogleich hinab, um sich in Sicherheit zu bringen und um in den Gassen der Altstadt auszusprengen, die Juden hätten einen verräterischen und meuchlerischen Anschlag auf die Majestät verübt.

Doch der hohe Rabbi hatte den Stein, der aus der Höhe fiel, gewahrt. Und mit der Gewalt, die ihm verliehen war, hatte er ihn in ein Schwalbenpaar verwandelt, das über dem Haupt des Kaisers dahinglitt, sich in die Höhe schwang und in den Lüften sich verlor.

Der Engel war den Gedanken des hohen Rabbi vorausgeeilt. Er sprach:

»Als du aus einem toten Stein die Schwalben schufst, hast du in den Plan der Schöpfung eingegriffen und das Gleichgewicht der Welt gestört. Das Lebende in der Welt überwog das Tote. Du hast Michaels Herrschaftsbereich gemindert und den des Engels Gabriel gemehrt. So ist unter den fünf Engeln der höchsten Heiligkeit Zwietracht Y entstanden, denn auch die Engel Rafael, Uriel und Feliel ergriffen Partei und mengten sich in den Streit. Und hätte dieser Streit um ein weniges länger gewährt, dann hätten sich auf Erden die Flüsse und Ströme wider ihren Lauf erhoben, die Wälder hätten von ihren Stätten und Gründen sich bewegt und die Berge wären in Trümmer gefallen. Die Welt wäre untergegangen wie Sodom, das der Finger Gottes berührt hat.«

Er nannte Gott bei dem neunten seiner Namen, der da lautet: Shadai.

»Doch der Streit nahm ein Ende«, fuhr der Engel fort. »Denn die Erzväter, Abraham, Isak und Jakob, erhoben sich und traten zusammen und vereinigten sich in einem Gebet. Und dieses Gebet, zu dritt verrichtet, hat solche Urkraft, daß es das Ungeschehene geschehen und das Geschehene ungeschehen zu machen vermag. So war das Gleichgewicht der Welt wieder hergestellt und die Eintracht kehrte in den Chor der Engel zurück.«

»Ich weiß es, Asael. Ich trage das Joch meiner zwiefachen Schuld«, sagte der hohe Rabbi und er gedachte des Tages, an dem er, um des Kaisers willen, ein zweites Mal in Schuld gefallen war.

Auf seinem Ritt in das Judenquartier hatte der Kaiser in der Menschenmenge, die sich rechts und links von ihm in den Gassen drängte, ein Gesicht gesehen, das nahm ihn gefangen und ließ ihn nicht frei, und er wußte, daß es immer in seinem Herzen bleiben werde. Es war, so schien es ihm, eines jungen Kindes, eines Judenmädchens Antlitz. Sie stand an die Säule eines Portals geschmiegt, ihre großen Augen waren auf ihn gerichtet, ihr Mund war halb geöffnet, die braunen Locken fielen ihr in die Stirne. Und wie seine Augen sich von den ihren lösten, wie er weiterritt und sie zurückblieb, kam eine Traurigkeit über ihn und er wußte, daß er in Liebe gefallen war.

Er wandte sich und gab seinem Diener, der hinter ihm

im Zuge ritt, den Auftrag, zurückzubleiben, sich in der Nähe dieses Mädchens zu halten und ihr zu folgen, wohin immer sie ginge, denn er war entschlossen, zu erfahren, wer diese Schöne war und wo sie wiederzufinden sei.

Der Diener tat, wie ihm geheißen war. Er blieb zurück, versorgte sein Pferd und ging dann, als die Menge sich zu verlaufen begann, hinter dem Mädchen her in das Judenquartier. Sie ging, als hätte sie es eilig, nach Hause zu kommen, sie blickte nicht nach rechts und links, sie sah sich auch nicht um, und da es zu dunkeln begann, hielt sich der Diener dicht hinter ihr. Doch in einer der Gassen, die zum Dreibrunnenplatz führten, wollte es sein Mißgeschick, daß sich etliche Straßenhändler, die jetzt mit ihren Lichtern und Lämpchen durch die Judenstadt zogen, ihm in den Weg stellten, um ihm ihre Waren anzupreisen, und als er sich von ihnen losgemacht hatte, sah er das Mädchen nicht mehr vor sich, sie war verschwunden und sein Suchen nach ihr blieb vergeblich. Und so vermochte er dem Kaiser nichts Besseres zu berichten, als daß er sie in der Judenstadt aus den Augen verloren habe.

Anfangs meinte der Kaiser, es könne nicht schwer sein, das Mädchen wiederzufinden, gelänge es nicht heute, so werde es morgen gelingen, und so ging der Diener auf sein Geheiß alle Tage in die Judenstadt, strich durch die Gassen und spähte umher, doch das schöne Mädchen ließ sich nicht mehr sehen.

Und wie die Zeit dahinlief, schwand die Hoffnung des Kaisers, daß er die Geliebte wiederfinden werde. Es schien ihm, als wäre sie ihm für immer verloren. Doch konnte er ihr Antlitz nicht vergessen und nicht die Augen, die die seinen gesucht hatten. Schwermut kam über ihn, und nicht tagsüber und nicht des Nachts fand er Ruhe und Trost. Und da er keinen Rat wußte, wie ihm geholfen werden könnte, ließ er den hohen Rabbi zu sich rufen.

Ihm berichtete er von dem Judenmädchen, das er auf

seinem Weg ins Judenquartier gesehen habe. Er wisse nicht, klagte er, wie ihm geschehen sei, er könne sie nicht vergessen, Tag und Nacht sei sie in seinem Sinn. Er malte mit Worten das Antlitz, das ihn bedrängte, und der hohe Rabbi erkannte, daß der Kaiser die junge Esther gesehen hatte, die Frau des Mordechai Meisl, die über alle Maßen schön war.

Er riet dem Kaiser, nicht länger an sie zu denken, denn es gäbe in dieser Sache keine Hoffnung für ihn. Sie sei eines Juden Eheweib und werde niemals eines anderen Mannes schuldig werden.

Doch der Kaiser achtete auf diese Worte nicht.

»Du wirst sie«, befahl er dem hohen Rabbi, »zu mir auf die Burg bringen. Sie wird meine Liebste sein. Und laß mich nicht lange warten, das könnt' ich nicht ertragen. Allzu lange schon hat sie mich warten lassen. Und ich will keine andere, ich will nur sie.«

»Es kann nicht sein«, sagte der hohe Rabbi. »Sie wird sich nicht gegen Gottes Gebot vergehen. Sie ist eines Juden Weib und wird keines anderen Mannes Liebste werden.«

Als der Kaiser sah, daß der hohe Rabbi ihm wiederum widersprach und ihm nicht helfen wollt', kam wie ein Gewittersturm der Zorn über ihn, und er schwur einen Eid:

»Wenn ich bei dir keinen Gehorsam finde und keine Liebe bei der, an die ich immer denke, dann will ich die Juden allesamt als ein ungetreues Volk aus meinen Königreichen und Ländern vertreiben, das ist mein Wille und mein Beschluß, und das werde ich tun, so wahr mir Gott helfe!«

Da ging der hohe Rabbi und er pflanzte am Ufer der Moldau unter der steinernen Brücke, vor den Blicken der Menschen verborgen, einen Rosenstrauch und einen Rosmarin. Und über beide sprach er die Worte des Zaubers. Da öffnete sich eine rote Rose an dem Rosenstrauch, und die Blüte des Rosmarins strebte zu ihr hin und schmiegte sich an sie. Und jede Nacht flog die Seele des Kaisers in die rote Rose und die Seele der Jüdin in die Blüte des Rosmarins.

Und Nacht für Nacht träumte der Kaiser, er halte seine Geliebte, die schöne Jüdin, umschlungen, und Nacht für Nacht träumte die Esther, die Frau des Mordechai Meisl, sie läge in den Armen des Kaisers.

Die Stimme des Engels rief den hohen Rabbi aus seinem Sinnen. In ihr klang Unwille und Vorwurf.

»Du hast«, sprach der Engel, »die Blüte des Rosmarins gebrochen. Doch die rote Rose brachst du nicht!«

Der hohe Rabbi erhob sein Angesicht.

»Nicht an mir ist es«, sagte er, »das Herz der Könige zu wägen, nicht an mir, zu prüfen, welche Schuld in ihm ist. Nicht ich habe in die Hände der Könige die Macht gelegt. Wäre David ein Mörder und Ehebrecher geworden, wenn Er, der Heilige, ihm verstattet hätte, ein Hirte zu bleiben?«

»Ihr Menschenkinder«, sprach der Engel weiter, »gar arm und voll von Kümmernissen ist Euer Leben. Warum beschwert Ihr es mit der Liebe, die Euch den Sinn verstört und Eure Herzen elend macht?«

Der hohe Rabbi blickte mit einem Lächeln zu dem Engel auf, der die geheimen Wege und Pfade der oberen Welt kannte, aber die Wege des Menschenherzens waren ihm fremd geworden.

»Sind nicht«, sprach er zu ihm, »die Kinder Gottes, als die Zeiten begannen, mit den Töchtern der Menschen in Liebe gewesen? Haben sie sie nicht an den Brunnen und Quellen erwartet und sie im Schatten der Ölbäume und Eichen mit dem Kuß ihres Munds geküßt? War nicht Naema schön, die Schwester des Tubalkain, sahst du je wieder ihresgleichen?«

Der Engel Asael senkte sein Haupt und seine Gedanken flogen zurück durch die Jahrtausende zum Urbeginn der Zeiten.

»Ja, sie war schön, Naema, die Schwester des Tubalkain, der die Spangen schmiedete und die goldenen Ketten«, sagte er leise. »Schön war sie und lieblich. Schön war sie wie ein Garten in der Frühlingszeit um die Stunde, da der Morgen anbricht. Ja, sie war schön, die Tochter des Lameth und der Silla.«

Und wie er der Geliebten seiner fernen Jugend gedachte, fielen zwei Tränen aus den Augen des Engels, die waren den Menschentränen gleich.

Epilog

Um die Jahrhundertwende, zu der Zeit, als ich fünfzehn Jahre alt und Schüler des Gymnasiums war – ein schlechter Schüler, der dauernd Nachhilfe benötigte –, sah ich die Prager Judenstadt, die diesen Namen freilich schon lange nicht mehr führte, sondern die »Josefstadt« genannt wurde, zum letztenmal, und in meiner Erinnerung lebt sie, wie sie sich damals mir zeigte: Aneinander gedrängte altersschwache Häuser, Häuser im letzten Stadium des Verfalls, mit Vor- und Zubauten, die die engen Gassen verstellten. Diese krummen und winkeligen Gassen, in deren Gewirr ich mich auf das hoffnungsloseste verlaufen konnte, wenn ich mich nicht vorsah. Lichtlose Durchlässe, düstere Höfe. Mauerlücken und höhlenartige Gewölbe, in denen Trödler ihre Waren feilhielten, Ziehbrunnen und Zisternen, deren Wasser von der Prager Krankheit, dem Typhus, verseucht war, und in jedem Winkel, an jeder Ecke eine Spelunke, in der sich die Prager Unterwelt zusammenfand.

Ja, ich kannte das alte Judenviertel. Dreimal in der Woche durchquerte ich es, um in die Zigeunergasse zu gelangen, die von der Breiten Gasse, der Hauptstraße des einstigen Ghettos, in die Gegend des Moldauufers führte. Hier in der Zigeunergasse, unter dem Dachstuhl des Hauses »Zum Kalkofen«, hatte mein Hauslehrer, der cand. med. Jakob Meisl seine Studentenbude.

Ich habe sie noch heute vor Augen, ein halbes Jahrhundert hat ihr Bild in meinem Gedächtnis nicht verwischen können. Ich sehe den Schrank, der sich nicht schließen lassen wollte und dem Besucher den Ausblick auf zwei Anzüge, einen Regenmantel und ein Paar aufrechtstehender Kanonenstiefel freigab. Ich sehe die Bücher und die Hefte auf dem Tisch, auf den Stühlen, auf dem Bett, auf der Kohlenkiste und auf dem Fußboden, einzeln und in Stößen, und auf dem Fensterbrett die drei Blumentöpfe mit zwei Fuchsien und einer Begonie, von denen mein Hauslehrer sagte, er habe sie nur zu Lehen, sie gehörten der Zimmervermieterin. Unter dem Bett sah der Stiefelzieher hervor, der die Gestalt eines Hirschkäfers mit mächtigem Geweih hatte. Und ich sehe an den stockfleckigen, rauchgeschwärzten und mit Tinte bespritzten Wänden die gekreuzten Schläger des cand. med. Meisl und seine fünf Tabakspfeifen mit ihren Porzellanköpfen, die in lebhaften Farben das Gesicht Schillers, Voltaires, Napoleons, des Feldmarschalls Radetzky und des Hussitenführers Jan Zischka von Trocnow zu Schau trugen.

Mein letzter Besuch in der Judenstadt ist mir deutlicher als meine früheren in Erinnerung geblieben. Es war wenige Tage vor den großen Sommerferien und ich ging mit meinen Schulheften, die ich an einem Riemen trug, durch das einstige Ghetto, dessen Demolierung gerade in diesen Tagen begonnen hatte. Und zu meiner Überraschung stieß ich in der Joachims- und in der Goldenen Gasse auf breite Lücken, die die Spitzhacke gerissen hatte, und durch die Lücken sah ich in Gassen und Gäßchen, die mir bis dahin unbekannt gewesen waren. Und ich mußte mir über Berge von Schutt und Trümmern, von zerbrochenen Ziegelsteinen, Dachschindeln, verbogenen Blechröhren, morschen Brettern und Balken, zerfallenem Hausrat und sonstigem Kehricht meinen Weg bahnen. Verspätet, müde und über und über mit Kalk und Staub bedeckt kam ich in die »Bude« des cand. med. Meisl.

Aus diesem, aber auch noch aus einem anderen Grund ist mir mein letzter Besuch in der Judenstadt so lebhaft und so scharf umrissen im Gedächtnis gebleiben. Denn an diesem Nachmittag zeigte mir mein Hauslehrer das Testament des Mordechai Meisl, das durch Vererbung an ihn gelangt war. Und beide Ereignisse, die Demolierung des

Ghettos und das Auftauchen des legendären Testaments, schienen mir miteinander verknüpft zu sein und zusammen den Schlußpunkt der Geschichte zu bilden, die mir mein Hauslehrer durch viele Winternachmittage hindurch erzählt hat, der Geschichte von »Meisls Gut«.

Diese beiden Worte, »Meisls Gut«, hatte ich seit jeher gekannt. In ihnen lag der Reichtum eingeschlossen, jede Art von Besitz, Gold, Juwelen, Häuser, Liegenschaften und Gewölbe, die mit Waren aller Art in Ballen, Kisten und Fässern angefüllt waren, »Meisls Gut«, das war nicht der Reichtum, das was der Überfluß. Und wenn mein Vater erklärte, daß er sich eine Ausgabe, die man von seiner Freigebigkeit erwartete, nicht leisten könne, dann pflegte er hinzuzusetzen: »Ja, wenn ich Meisls Gut hätte!«

Aus einer abgenützten Ledermappe, in der er augenscheinlich Dokumente und alte Familienbriefe verwahrt hielt, holte mein Hauslehrer das Testament des Mordechai Meisl hervor. Es war auf einen Foliobogen niedergeschrieben, der stark vergilbt, stockig und in fünf oder sechs Stükke zerfallen war, denn im Verlauf der Zeiten war das Dokument vermutlich allzu häufig entfaltet, gelesen und wieder zusammengelegt worden. Behutsam nahm der cand. med. Meisl die einzelnen Stücke in die Hand und fügte sie auf der Tischplatte zu einem Ganzen zusammen.

Das Testament war in böhmischer Sprache abgefaßt. Es begann mit der Anrufung Gottes, der der ewig Lebende und Bestehende und der Erbauer der Welt genannt wurde. In einigen weiteren Zeilen, deren Schrift verwischt und nicht leicht zu entziffern war, bezeichnete der Mordechai Meisl sich als einen armen Mann, der nicht Geld noch Geldeswert sein eigen nenne und dem nichts geblieben sei, als die wenigen Dinge des täglichen oder festtäglichen Gebrauches, über die er nunmehr letztwillig zu verfügen begehre. Doch habe er, fügte er hinzu, keine Schulden und niemand könne mit Fug und Recht eine Forderung gegen ihn geltend machen.

Dann hieß es weiter:

»Das Bett, in dem ich schlafe, wie auch der Schrank sollen meiner Schwester Frummet gehören, daß sie meiner gedenke. Sie sei gesegnet, möge Gott ihr Glück mehren und sie vor Leid behüten. Den Rock für alle Tage und den Feiertagsrock, wie auch den Sitz in der ›alten Schul‹ soll mein Bruder Josef haben. Möge Gott ihn seinen Kindern lassen zu langen Jahren. Das tägliche und das pergamentne Feiertagsbetbuch soll dem Simon, meiner Schwester Frummet Sohn gehören, und die fünf Bücher Moses, auch von Pergament, dazu die Zinnschüssel für die ungesäuerten Brote dem Baruch, meines Bruders Josef Sohn. Die vier Bücher des Don Isak Abarbanel, die genannt sind ›Das Erbteil der Väter‹, ›Die versammelten Propheten‹, ›Die Blicke Gottes‹ und ›Die Tage der Welt‹, soll der Elias haben, meines Bruders Josef Sohn, der Gelehrte, der von Stufe zu Stufe steigt. Und ihnen allen wünsche ich, was ihren Herzen lieb ist, dazu Gesundheit und Frieden vom Herrn der Welt, und daß er ihnen Kinder und Enkel schenke, die in der Weisheit und in der Lehre leben.«

Unter diesen von Segenswünschen begleiteten Verfügungen standen die Namenszüge der beiden Testamentszeugen. Der cand. med. Meisl hatte festgestellt, daß der eine von ihnen der Sekretär der Prager Judengemeinde war, während der andere das Amt des »Schulrufers« versah, also dafür zu sorgen hatte, daß die Mitglieder der Gemeinde vollzählig und pünktlich zum Gottesdienst erschienen.

»Am Tag, nachdem der Mordechai Meisl begraben worden war«, berichtete mein Hauslehrer, »fielen die Gerichtspersonen und die Leute der böhmischen Hofkammer in sein Haus, um auf alles, was an Geld und Geldeswert und in den Magazinen an Gütern vorhanden war, die Hand zu legen. Doch es war nichts da, und die Überraschung darüber mag groß gewesen sein. Man verhaftete den Philipp Lang, er wurde beschuldigt, bei dem Verschwinden des Geldes die Hand im Spiel gehabt zu haben. Auch die Anverwandten des Mordechai Meisl wurden in Haft genommen, doch ließ man sie bald wieder frei, denn sie konnten überzeugend dartun, daß nichts von dem verschwundenen Geld an sie gelangt war. Nun strengte der Fiskus ein Verfahren gegen die Prager Judengemeinde an und verlangte die Rückerstattung des Meislschen Vermögens. Dieser Prozeß zog sich 180 Jahre lang hin, erst unter Kaiser Joseph II. wurde er niedergeschlagen. Die Prozeßakten liegen im k. u. k. Haus-, Hof- und Staatsarchiv in Wien, und wenn du sie Seite um Seite durchgehst, wirst du den wahren Rechtstitel, auf den die Krone ihren Anspruch gründete, mit keinem Wort erwähnt finden.«

Mein Hauslehrer legte die Teile, in die das Testament zerfallen war, sorgfältig wieder zusammen und verwahrte sie in seiner Ledermappe.

»Dieser Elias, der von Stufe zu Stufe stieg«, sagte er, »soll mein Urahne gewesen sein, doch die vier Bücher des Don Isak Abarbanel sind nicht auf mich gekommen. Auf dem Weg durch die drei Jahrhunderte müssen sie sich verlaufen haben, sie sind verschwunden, weiß Gott, welcher meiner Vorfahren sie zum Pfandleiher getragen hat. Denn sie sind allesamt arme Leute gewesen, keiner von ihnen hat es zu etwas Rechtem gebracht. Vielleicht haben sie allzuviel darüber nachgegrübelt, warum nichts von Meisls Gut in ihre Hände gelangt ist. Vielleicht haben sie immer nur zurück auf das verlorene Erbe geschaut und nicht ins Leben, nicht in die Zukunft. Kleine Leute sind sie geblieben, und was bin ich? Ein verbummelter Student! Aber jetzt, vielleicht, da Meisls Gut ...«

Er faßte den Gedanken, der ihm durch den Sinn ging, nicht in Worte. Eine Weile ging er schweigend im Zimmer auf und nieder. Dann erhob sich seine Stimme zu einer Totenklage um die Häuser des Ghettos, die der Zerstörung anheimgefallen waren, denn sein Herz hing an allem, was alt und zum Verschwinden bestimmt war.

»Sie haben das Haus ›Zur kalten Herberg‹ niedergerissen«, sagte er, »und das Haus ›Zum Kuckucksei‹. Sie haben das alte Backhaus niedergerissen, in das meine Mutter Woche für Woche ihren Sabbatkuchen getragen hat. Einmal hat sie mich mit sich genommen, und ich habe die mit Kupfer beschlagenen Tische gesehen, auf denen das Brot geknetet wurde, und die langgestielten Schaufeln, mit denen man es aus dem Ofen holte. Sie haben das Haus ›Zur Blechkrone‹ demoliert und das Haus des hohen Rabbi Loew in der Breiten Gasse. Es hat zuletzt einem Kistenmacher als Magazin gedient, und als man die Kisten forträumte, fand man Vertiefungen in allen Wänden. Sie dienten keinem mystischen Zweck. In ihnen hat der hohe Rabbi seine kabbalistischen Bücher aufbewahrt.«

Er blieb stehen und fuhr fort, die Häuser aufzuzählen, die es nicht mehr gab.

»Das Haus ›Zum Mäuseloch‹. Das Haus ›Zum linken Handschuh‹. Das Haus ›Zum Tode‹. Das Haus ›Zur Pfeffernuß‹. Und das kleine Haus mit dem sonderbaren Namen, hier in der Gasse, das Häuschen ›Keine Zeit‹. In dem hat bis vor kurzem ein Hayduckenschneider seine Werkstatt gehabt, der letzte, der sich noch so nannte. Er fertigte Livreen für Herrschaftsdiener an.«

Er trat ans Fenster und blickte über die Giebel, die Höfe, die Bauplätze und die Hausruinen hinweg.

»Das dort«, sagte er, »war das Siechenhaus und das drüben das Armenhaus. Was du dort siehst, ist Meisls Gut.«

Er wies auf zwei Gebäude, von denen nur noch die bloßen Mauern standen, und die Spitzhacken taten weiter an ihnen ihr Werk. Und wir sahen, wie Meisls Gut in Schutt und Trümmer fiel und wie es sich noch einmal vom Boden erhob und in die Höhe stieg, eine dichte Wolke von rötlichgrauem Staub. Noch immer war es Meisls Gut, und es stand, und wir sahen es, bis es ein Windstoß forttrieb und verschwinden ließ.

NACHWORT

»Mein Tag«, sagte die Rose, »war eines armen Mannes Tag mit Sorge, Müh und Plage. Große Herren und kleine Herren, Schurken, Schwätzer, Schelme und Lügenkredenzer, große Narren und kümmerliche Narren, – sie waren alle da, das war mein Tag.«

»›Was ist mit mir geschehen? Wo bin ich?‹«

»Wo sind wir und was ist mit uns geschehen?«

Der Leser befindet sich im siebten Kapitel des Buchs *Nachts unter der steinernen Brücke* von Leo Perutz. Dieses Buch, Perutz' »kaum auszuschöpfendes Meisterwerk« (Dietrich Neuhaus), ist eines der denkwürdigsten und einzigartigen Erzählwerke deutscher Sprache in diesem Jahrhundert. Denkwürdig ist die Entstehungsgeschichte dieses Werks, die sich von 1924 bis 1951, von der Zwischenkriegszeit über den Faschismus, den Zweiten Weltkrieg bis in die Nachkriegszeit erstreckt und während derer aus dem erfolgreichen Wiener Schriftsteller ein in Palästina lebender nahezu unbekannter Autor wurde. Einzigartig ist die ästhetische Konzeption dieses Werks, das, sowohl Novellen-Zyklus als auch Roman, in der deutschsprachigen Literatur des 20. Jahrhunderts keine Parallele findet.

1

»Mit ›Meisls Gut‹ begonnen«, notierte Leo Perutz am 22. Juli, »die Ghettolegende ganz beendet«, vermerkte er am 15. August 1924 in seinem Notizbuch. »Meisls Gut« war der Arbeitstitel des Romans *Nachts unter der steinernen Brücke* bis zu dessen Drucklegung, der endgültige Titel wurde im Einvernehmen mit dem Verlag gewählt; »Legende aus dem Ghetto« hieß das erste Kapitel dieses Romans, das 1925 im »Neuen Merkur« abgedruckt und in der Buchfassung »Die Pest in der Judenstadt« überschrieben wurde.

Die Niederschrift der Ghettolegende fiel in die produktivste Schaffensperiode des 1882 in Prag geborenen, seit 1899 in Wien lebenden jüdischen Schriftstellers. Sein erster Roman, *Die dritte Kugel* (1915), hatte ihn in literarischen Kreisen Deutschlands und Österreichs bekannt gemacht, der zweite, *Zwischen neun und neun* (1918), wurde, wie Egon Erwin Kisch schrieb, zum »größten Erfolg des deutschen Buchmarkts« der unmittelbaren Nachkriegszeit. Die historischen Romane *Der Marques de Bolibar* (1920), *Turlupin* (1924) und der fälschlich als »Kriminalroman« aufgenommene *Meister des jüngsten Tages* machten Perutz in Deutschland und Österreich zu einem erfolgreichen und geschätzten Autor. Mit »Meisls Gut« hatte Perutz 1924 kaum begonnen, als er sich dem Romanstoff zuwandte, der ihm wegen des Vorabdrucks in der »Berliner Illustrirten Zeitung« 1928 die größte Popularität eintrug: *Wohin rollst du, Äpfelchen*... »Meisls Gut«, das Projekt, von dem nur ein Kapitel geschrieben, das jedoch von vornherein als Roman konzipiert war, blieb für lange Zeit liegen. Unmittelbar vor der Machtübernahme Hitlers, die Perutz' Büchern den deutschen Markt versperrte, erschien der Roman *St. Petri Schnee*; der große historische Roman *Der schwedische Reiter* konnte 1936 nur noch in Österreich, Ungarn und der ČSR erscheinen.

Nach dem Einmarsch der Nazitruppen ging Perutz ins Exil nach Palästina. Mit Wien verlor er nicht nur seine Heimat, sondern die geistige Welt, die kulturelle Umgebung und Atmosphäre, die den Schaffenshintergrund seiner Werke gebildet hatten. In Palästina lebte er unter schwierigen materiellen Bedingungen, am literarischen

Leben nahm er schon wegen des Sprachproblems – Perutz sprach wenig und schrieb kein Iwrit – kaum teil. Um zu erklären, weshalb er in den zurückliegenden Jahren so wenig geschrieben hatte, teilte er Wiener Freunden, die nach Argentinien emigriert waren, im Jahre 1945 mit:

Ich habe hier weder Anregungen, noch Quellenmaterial, nichts, nicht einmal einen Menschen, dem ich meine Geschichten oder Einfälle erzählen könnte, und Sie wissen, wie notwendig ich dieses unaufhörliche Erzählen zur Formung, Abrundung und Weiterentwicklung eines Stoffes brauche.

An Joseph Than, mit dem er in Wien Filmskripts und Drehbücher verfaßt hatte, schrieb Perutz 1942, wie sehr ihn der Krieg und düstere Vorahnungen für die Nachkriegszeit am Sinn seiner Arbeiten zweifeln ließen:

Ich arbeite, gewiß, aber für wen und für wann? Ganz andre Dinge wird die Welt nach dem Kriege hören und lesen als die, die ich mir hier hinter geistigem Stacheldraht abquäle und, ohne jedes Erlebnis und Ereignis, ausdenke und in schönem Deutsch niederschreibe. Mit keinem kann ich über Arbeitsprobleme und Ideen ein Wort sprechen.

Trotz dieser düsteren Zukunftserwartungen arbeitete Perutz. Im April 1943 nahm er das Romanprojekt »Meisls Gut« wieder auf, das er ironisch »mein posthumes Werk« nannte. Novelle um Novelle des Romans wurde fertiggestellt, während Perutz zeitweise gleichzeitig an seinem letzten, tatsächlich posthum erschienenen Werk *Der Judas des Leonardo* arbeitete. Bereits im April 1945 schrieb er an seine Freunde in Argentinien: »›Meisls Gut‹ ist fertig, aber – weh mir und meinem Schlamassel! Wer interessiert sich heute für Novellen aus dem alten Prag?« Zwölf Tage später fügte er hinzu: »Es fehlen nur noch zwei kleine Geschichten, mit denen ich mich noch herumschlage; sie sind notwendig, um den Zusammenhang des Ganzen herzustellen. D.h. um aus einem Dutzend Alt-Prag-Novellen den Roman von Mordechai Meisl und Rudolf II. zu machen.«

Es vergingen annähernd sechs Jahre, bevor Perutz die konzeptionellen Probleme dieser zwei Novellen, »Das verzehrte Lichtlein« und »Der Engel Asael«, gelöst hatte. Am 15. März 1951 berichtete er seinen Freunden, das ganze Buch sei

so geworden, wie ich es mir immer erhofft habe. Ich habe das Maschinenscript vor einer Woche an Zsolnay geschickt, und wenn der – zum Teil – jüdische Inhalt des Romans für einen Verleger von heute kein handicap darstellt, so werde ich Ihnen vielleicht schon Ende des Jahres wieder ein neues Buch zuschicken können.

Ich glaube, das Buch ist mir wirklich gelungen, schade nur, daß ich es nicht vor zwanzig Jahren geschrieben habe. Kisch und Werfel hätten es gewürdigt, aber wo sind die beiden!

Kisch und Werfel waren tot, und die literarische Epoche, in der sie ihre Erfolge hatten, war vorüber. Perutz' Ahnung, daß der jüdische Stoff ein Problem für die Publikation des Romans darstellen könnte, erwies sich als nur allzu begründet. Am 5. Juli 1951 schrieb der Verleger Paul Zsolnay seinem Autor, »wie sehr ich Ihr Werk liebe und schätze, daß ich aber nicht glaube, es mit Erfolg bei der gegenwärtigen Einstellung der Leser in Deutschland und Österreich herausbringen zu können«. Auf diese Weise teilte ein emigrierter jüdischer Verleger einem emigrierten jüdischen Schriftsteller mit, sein Roman könne wegen des jüdischen Stoffes im Nachkriegs-Österreich und -Deutschland nicht erscheinen.

Im Jahre 1953 brachte die Frankfurter Verlagsanstalt den Roman *Nachts unter der steinernen Brücke* heraus. Von der literarischen Kritik wurde der Roman mit hohem Lob bedacht – Hilde Spiel, Friedrich Sieburg, Hans Reimann, Friedrich Torberg und andere namhafte Kritiker bezeichneten Perutz' Prag-Roman als erzählerische Meisterleistung, doch der Erfolg bei den Lesern blieb zunächst aus. Spätere Ausgaben bei der Europäischen Verlagsanstalt, im Zsolnay Verlag und verschiedenen Taschenbuchverlagen brachten dem Roman zwar einen gewissen Erfolg bei der Leserschaft, die gebührende Anerkennung als Meisterwerk historischer Erzählkunst aber hat *Nachts unter der steinernen Brücke* bis heute nicht gefunden.

2

In dieser Nacht erlosch die Pest in den Gassen der Judenstadt.

In dieser Nacht starb in ihrem Haus auf dem Dreibrunnenplatz die schöne Esther, die Frau des Juden Meisl.

In dieser Nacht fuhr auf seiner Burg zu Prag der Kaiser des Römischen Reiches, Rudolf II., mit einem Schrei aus seinem Traum.

Die drei anaphorischen Schlußsätze der Eingangsnovelle »Die Pest in der Judenstadt« stellen zunächst ein komplexes Rätsel dar. Welche Beziehung die schöne Jüdin Esther mit dem Kaiser des Römischen Reichs, Rudolf II., verbindet, schildert erst die siebte Novelle, »Nachts unter der steinernen Brücke«, und der Zusammenhang, der zwischen der Traumliebe Rudolfs zu Esther und der Pest in der Judenstadt besteht, wird nicht vor der letzten, der vierzehnten Novelle des Romans erläutert, die »Der Engel Asael« überschrieben ist. Erst aus der Retrospektive vermag der Leser zu erkennen, daß der Handlungskern des Romans in symmetrischer Anordnung auf die erste, siebte und dreizehnte

Novelle konzentriert ist, daß Rudolf II., Mordechai Meisl, dessen Frau Esther und der hohe Rabbi Loew die Protagonisten des Romans sind, und erst an dessen Ende vermag er all die Fäden zu verknüpfen, die die Schicksale dieser Figuren miteinander verbinden. Die einzelnen Novellen, die den Zeitraum von 1571 bis 1621 umspannen, bieten aus den Lebensgeschichten der Protagonisten lediglich Fragmente auf eine höchst diskontinuierliche Weise dar. So erscheint Mordechai Meisl z. B. in den Novellen abwechselnd als der bloße Name eines Unbekannten, als sagenhaft reicher Kaufmann und Handelsherr, als gänzlich mittelloser Knabe, als Verstorbener, als nach Armut strebender rachsüchtiger Greis – und gleichwohl besitzt der Leser am Ende des Romans nicht nur von ihm, sondern von allen Hauptfiguren eine kontinuierliche und lückenlos motivierte Geschichte. Während der Lektüre selbst aber ist der Leser stets mit der Aufgabe konfrontiert, aus der nicht chronologischen Folge in sich abgeschlossener Novellen eine kontinuierliche Romanhandlung zu entwerfen und zu komplettieren. Das Gelesene will, wie ein Vexierbild, stets auf zwei Ebenen zugleich entziffert und ergänzt werden: während der Leser die innere Ordnung der einzelnen Novelle nachvollzieht, muß er gleichzeitig stets den Beitrag zu ermitteln suchen, den sie zum Aufbau der Romanhandlung leistet. Auf diese Weise gelingt es Perutz, den Leser zum Konstrukteur eines lückenlos durchkonstruierten Romans zu machen.

Für diese Erzählkonzeption lassen sich literarische Vorbilder vor allem in den Novellenzyklen der Romantik finden, doch für die von Perutz gewählte Verknüpfung in sich abgeschlossener, selbständiger Novellen zu einem Roman findet sich weder hier noch in späteren Novellenromanen eine unmittelbare Entsprechung. Wie reflektiert diese Erzählkonzeption ist, läßt sich einer der überaus seltenen Anmerkungen Perutz' zu seinem poetischen Verfahren entnehmen. In einem Begleitbrief zu seinem Romantyposkript schrieb Perutz am 15. März 1951 an Paul Zsolnay:

Es ist, wie Sie sehen werden, ein Roman mit einem etwas eigenwilligen Aufbau. Die einzelnen Kapitel sehen aus und lesen sich wie selbständige Erzählungen, und es dauert einige Zeit, ehe man darauf kommt, daß man Kapitel einer eigentlich ziemlich straffen Romanhandlung vor sich hat, die aber nicht chronologisch erzählt wird. So ist der Beginn der Handlung erst im letzten, dem vierzehnten Kapitel zu finden, während das erste seinen Stoff aus der Mitte der Handlung sich holt. Und doch erscheint mir diese Anordnung nicht willkürlich, sondern als die einzig denkbare und mögliche.

Nachts unter der steinernen Brücke ist der literarischen Gattung nach ein historischer Roman, doch wenngleich der Prag-Roman seinen Stoff der Geschichte, Sage und Legende entnimmt, handelt es sich bei ihm nicht um ein selbstgenügsames historisches Gemälde einer versunkenen Zeit. Der Rahmen des »Epilogs« und die in die zweite, vierte, achte und neunte Novelle eingeschobenen Rahmen-Stücke machen Perutz' Roman zu einer asymmetrischen Rahmenerzählung, in der die Fiktion erzeugt wird, es handle sich bei den Novellen um mündliche Erzählungen, die dem Erzähler im Alter von fünfzehn Jahren von seinem Nachhilfelehrer, dem verbummelten »stud. med. Jakob Meisl«, einem Nachfahren des legendären Mordechai Meisl, überliefert wurden. Beschwört Perutz mit dieser Fiktion einerseits die Ur-Situation des Erzählens und mit ihr die Authentizität der über Generationen hinweg überlieferten Geschichten, so zerstört er andrerseits die Illusion eines naiven historischen Erzählens, indem er den Zeitenabstand zwischen dem Erzählten und dem Erzählen hervorhebt. Jakob Meisl erzählt seine Geschichten zur Zeit der Assanierung des Prager Judenviertels (1896–1902), der die alte historische Judenstadt zum Opfer fiel. Niedergeschrieben wurden diese Erzählungen indes, so erläutert der Erzähler zu Beginn des Epilogs, erst fünfzig Jahre später – und es bedarf keiner Erläuterung, daß dies die Zeit unmittelbar nach dem Ende des Zweiten Weltkriegs ist, in der nach der Vernichtung des Prager Judentums dessen Geschichte und Kultur insgesamt in Vergessenheit zu geraten drohten. Schon die erzählerische Rahmenkonzeption mit ihrem doppelten Zeitenabstand deutet den Zusammenhang zwischen Erinnerung und Vergessen an, der im Roman selbst auf vielfältige Weise zum Thema wird.

3

Die Handlung des Romans *Nachts unter der steinernen Brücke* spielt in zwei getrennten Welten, der Welt der Prager Judenstadt und der Welt der Burg Rudolfs II. Zwischen diesen Welten skizziert Perutz drei Verbindungswege: das Geld, die Kunst und die Liebe. Die einzige reale Verbindung schafft das Geld, das das Schicksal Rudolfs II. mit dem Mordechai Meisls verknüpft. Rudolf, der Repräsentant der dynastischen Macht, ist ständig in Geldnöten, nicht so sehr, weil er sich der protestantischen Stände oder der »brüderlichen Liebe« seines Rivalen Matthias erwehren muß, sondern weil nach dem Verlust der Traumgeliebten Esther seine einzige Liebe der großen, teuren Kunst gilt – »er liebte die Künste, er lebte nur für sie«, berichtet der Erzähler in der Novelle »Der Maler Brabanzio«. Mordechai Meisl hingegen entwickelt nach dem Verlust seiner Frau eine eigentümliche »Ehrsucht«: »Er trachtete nach Freiheiten, Rechten und Privilegien, die ihn über seinen Stand erheben sollten, auch wollte er durch einen Majestätsbrief auf allen seinen Wegen gesichert und befördert sein.« Die geschäftliche Beziehung zwischen Meisl und Rudolf stellt der betrügerische Kaiserliche Rat Philipp Lang her; es ist die einzige längerfristige Verbindung zwischen dem Kaiser und dem Juden.

Die Kunst stiftet nur eine einmalige und zufällige Begegnung zwischen Rudolf und Meisl. Im Haus des Malers Brabanzio begegnen sich unbeabsichtigt der Kaiser, der an den Bildern Brabanzios interessiert ist, und der Jude, der ein Bildnis seiner verstorbenen Frau in Auftrag gegeben hat. Aber Meisl, so heißt es in der Novelle »Der Maler Brabanzio«, »erkannte den Kaiser nicht, und der Kaiser nicht ihn«. So kommt eine Verbindung des Kaisers mit dem Juden über die Kunst nicht zustande, denn daß Meisl das Bild Esthers erhält, das der Kaiser »in völliger Entrücktheit« gezeichnet hatte, ist von Rudolf II. nicht beabsichtigt. Der Maler Brabanzio schließlich ist an dem wenig kunstverständigen Juden ebenso desinteressiert wie an dem kunstverliebten Kaiser – »Toren sind, die den Königen dienen«, weist er den unbekannten Besucher zurecht, der ihm den Kaiser als Mäzen preist. Es sind drei einander wesensfremde Männer, die in Perutz' Künstler-Novelle aufeinandertreffen, unzusammenhängende Reden führen und Dinge tun, die unbeabsichtigte Konsequenzen haben. Der Künstler Brabanzio erhält von Meisl Geld für ein Porträt, das er nicht gezeichnet hat und das seinen künstlerischen Maßstäben nicht entspricht; Meisl ist dankbar für ein lebensähnliches Bild seiner verstorbenen Frau, das nicht der Maler, sondern der Kaiser, der Traumgeliebte Esthers, gezeichnet hat; während der Künstler und der Jude so etwas erhalten, das sie nicht erwarten konnten, geht der Kaiser leer aus, denn er hat kein Geld in der Tasche, um ein Bild Brabanzios kaufen zu können, und das Bild Esthers, das er selbst gezeichnet hat, läßt er »achtlos« fallen.

Die dritte, freilich recht unwirkliche Verbindung zwischen Burg und Judenstadt stellt die Traumliebe Rudolfs zu Esther dar. Das ist keine »glückliche Liebe«, denn sie besitzt keine Zeit, keinen Ort, ihre Wirklichkeit bleibt die des Traums, und eingebettet ist diese Traumliebe in eine Handlungssequenz voller Brutalität und Haß. Der Ursprung dieser Scheinidylle ist eine Erpressung: »Wenn ich bei dir keinen Gehorsam finde und keine Liebe bei der, an die ich immer denke, dann will ich die Juden allesamt als ein ungetreues Volk aus meinen Königreichen und Ländern vertreiben, das ist mein Wille und mein Beschluß, und das werde ich tun, so wahr mir Gott helfe!« Unter dieser blasphemischen Drohung Rudolfs II. hat der hohe Rabbi Loew, dessen Leben dem Erkennen und der Weisheit gewidmet ist, die Traumliebe zwischen Rudolf und Esther auf mystische Weise gestiftet. Dieser Traum verwirklicht aber nicht nur deren Liebe, sondern auch die »Sünde Moabs«, und als deren Sühne kommt »der Zorn Gottes über die unschuldigen Kinder«, die Pest über die Judenstadt, und um sie zu beenden, löscht Rabbi Loew das Leben Esthers aus. Wie erfüllt die Liebe zwischen Rudolf und Esther im Traum sein mag, es ist keine idyllische, sondern eine erpresste Liebe, für deren Verwirklichung die Vertreibung der Juden von Rudolf bewußt einkalkuliert war und deren Konsequenz die Pest und der Tod Esthers sind. Welch eine wahre Idylle ist dagegen die Rettung der Juden durch die Esther der biblischen Erzählung!

Zerstörerisch sind die Folgen seiner Liebe aber letztlich auch für den Kaiser. Mordechai Meisl nämlich, der spät erst Zusammenhänge zu erkennen glaubt, entwickelt das Rachebedürfnis eines Shylock: »In seinem Herzen war Trauer, aber größer noch als die Trauer waren sein Haß und das brennende Verlangen, sich an dem Mann zu rächen, der ihm sein Weib genommen hatte.« Um sein Geld nach seinem Tode nicht dem Kaiser in die Hände fallen zu lassen, beschließt Meisl, es zu Lebzeiten für nützliche Bauwerke und wohltätige Zwecke in der Judenstadt restlos auszugeben: welch ein – übrigens nicht historisches – Motiv für Wohltätigkeit! Dem Kaiser fehlen nach dem Tod Meisls die Mittel, um ein Heer gegen die protestantischen Stände aufzustellen – sein Untergang ist besiegelt.

Eine auf wechselseitigem Vertrauen, Verständnis und Respekt beruhende lebensfähige Verbindung zwischen der Judenstadt und der Prager Burg gibt es in Perutz' Prag-Roman, der um die Wende des 16. zum 17. Jahrhundert spielt, nicht – in einer Zeit, die in der jüdischen Geschichtsschreibung als »das goldene Zeitalter des Prager Judentums« (Leopold Zunz) bezeichnet worden ist.

4

Wenngleich der Roman *Nachts unter der steinernen Brücke* erst aus der Verknüpfung der Novellen hervorgeht, so kann doch jede dieser Novellen als ein selbständiges Kunstwerk für sich bestehen. Novellen wie die »Sarabande« oder »Das Gespräch der Hunde« machen besonders deutlich, daß sie sich keinesfalls auf den Beitrag reduzieren lassen, den sie zur Romanhandlung leisten. Ferner entsteht durch Motiventsprechungen, Verweise, Vorausdeutungen und Prophezeiungen zwischen den Novellen eine enge Verbindung, die mit der für die Romanhandlung notwendigen Verknüpfung nicht identisch ist. So sind, um nur ein Beispiel zu nennen, der hohe Rabbi Loew, der Astronom Kepler und der Alchimist van Delle sehr individuell gestaltete Figuren, die in gänzlich verschiedenen Handlungssträngen auftreten, zugleich aber sind sie als Repräsentanten des Strebens nach Erkenntnis identifizierbar, obgleich sie dieses Ziel auf sehr verschiedenen Wegen zu erreichen suchen.

Das für die literarische Gattung der Novelle charakteristische Motiv des Erkennens und Nicht-Erkennens spielt in einer Vielzahl der Novellen eine Rolle. So macht Wallenstein etwa dadurch sein Glück, daß er seine Nachbarin Lucrezia von Landeck trotz allerlei Täuschungsmanöver und trotz ihrer Maskierung erkennt. Welche Hellsichtigkeit mitunter hinter der ›Blindheit‹ Kaiser Rudolfs verborgen ist, geht aus der Novelle »Der Heinrich aus der Hölle« hervor, in der der Kaiser als einziger im feierlichen »Aufzug eines kaiserlich-marokkanischen Gesandten« seinen einstigen diebischen Futterknecht Heinrich Twaroch wiedererkennt. Das ganze irdische Unglück des mit Glücklosigkeit geschlagenen Berl Landfahrer schließlich wäre auf einen Schlag behoben, wenn Meisls »Pudelhund« ihn zu erkennen und zu dem Geld zu führen vermocht hätte, das Meisl für ihn vergraben hat.

Eine leitmotivische Funktion besitzt der Traum im Roman. Dem im Duell besiegten und von seinem Kontrahenten, Baron Juranic, zum Tanz gezwungenen Grafen Collalto erscheint es in der Novelle »Sarabande« »plötzlich, als ob dies alles, die Stimme des Barons, das Plätschern der Fontäne, die Degenspitze an seiner Brust und die Musik, die jetzt ganz aus der Nähe erklang, nur ein schwerer Traum wäre«. Um sein Leben tanzend muß der Graf erfahren, daß er sich in der Wirklichkeit befindet.

Rudolf II. berichtet seinen Räten in der Novelle »Der Heinrich aus der Hölle« von einem Traum, den er in drei aufeinander folgenden Nächten hatte und in dem ihm drei Teufelsboten in Gestalt einer Krähe, eines Kuckucks und einer Hummel prophezeiten, er werde, wenn er dem Christenglauben nicht abschwöre, seinen »geheimen Schatz« einbüßen und die Kaiserkrone an den Bruder Matthias verlieren: »Und unter des Frevlers Herrschaft werde der Krieg kommen in allen Ländern vom Aufgang bis zum Niedergang, mit Verfinsterung des Mondes und der Sonne, mit vielen feurigen und blutigen Zeichen am Himmel und auf der Erde, mit Rebellion, Blutvergießen, fallenden Seuchen und Hungersnot.« Den kaiserlichen Räten gelingt es, Rudolf davon zu überzeugen, daß sein Traum nur »Teufelstrug und Teufelsgespinst« gewesen sei – aber die im Traum enthaltene Prophezeiung wird Wirklichkeit.

Zum Thema wird das Traum-Motiv in der Kern-Novelle »Nachts unter der steinernen Brücke«, in der Perutz auf eine hintergründige ironische Weise mit der Verkehrung von Traum und Wirklichkeit spielt. Im Traum erinnert sich Rudolf seines ersten Beisammenseins mit Esther, und es ist ihm »wie ein Wunder oder wie ein Traum«. Seiner Geliebten hingegen erscheint die Wirklichkeit ihres Tages als traumhaft: »Ich geh' durch ihn wie durch einen Nebel, ich find' mich nicht zurecht, er ist nicht wirklich, er ist Trug. Phantome rufen mich an, ich höre mich sprechen und weiß nicht, was ich sag'. Dann vergeht der Tag, wie ein Spuk zerstiebt, wie Rauch verweht, und ich bin bei dir. Du allein bist Wirklichkeit.« Wenngleich der Rudolf ihres Traums keine Wirklichkeit besitzt, weiß Esther doch im Traum von der »Sünde Moabs«, die sie Nacht für Nacht begeht; am Tag indes beruhigt sie sich bei dem Gedanken, daß alles »ein schöner Traum, aber, gelobt sei der Schöpfer, doch nur ein Traum« ist. Die innere Logik des Romans enthüllt mit sublimer Ironie, daß Esther im Traum eine wirklichkeitsgerechtere Einsicht in ihre Schuld besitzt als in der Wirklichkeit.

5

Wie in allen seinen historischen Romanen geht Perutz auch in *Nachts unter der steinernen Brücke* mit der historischen Realität sehr frei um. Quellenstudien für den Roman hatte er 1924 vor der Niederschrift der ersten Novelle, »Die Pest in der Judenstadt«, betrieben, in Palästina standen ihm Quellen, wie er seinem Bruder im Oktober 1943 schrieb, nicht zur Verfügung: »Ich habe hier für ›Meisls Gut‹ keine anderen benutzbaren Quellen als meine Jugenderinnerungen, die aber, je älter ich werde, desto reichlicher strömen und mir immer neuen Stoff geben, und wenn sie nicht ganz getreu sind, so kommt das den Geschichten nur zugute.«

Es ist faszinierend zu beobachten, wie Perutz historische Fakten, jüdische Legenden und volksläufige Sagen in seinem Roman teils nach den Quellen, teils in freier Umgestaltung verarbeitet. Alle Figuren im Vordergrund der Romanhandlung sind historische Gestalten, um die sich freilich schon zu Lebzeiten oder bald nach ihrem Tod ein Kranz von Legenden zu ranken begann: Kaiser Rudolf II., Rabbi Loew, Mordechai Meisl, die Kaiserlichen Räte, Wallenstein, Kepler und viele andere. Eine im Jahre 1592 verbürgte Begegnung zwischen Rudolf II. und Rabbi Loew nahm Perutz vermutlich zum Ausgangspunkt der Fabel des Romans; der 1592 ausgestellte, 1598 erneuerte Majestätsbrief Rudolfs II. für Mordechai Meisl ist historisch ebenso überliefert wie die Machinationen des Kaiserlichen Rats Philipp Lang, der sich in einem Gerichtsverfahren für die Unterschlagung von Geldern aus Meisls Vermögen verantworten mußte. Das Liebesverhältnis Rudolfs II. zur Frau des Mordechai Meisl war ein – literarisch schon im 19. Jahrhundert mehrfach verarbeiteter – Stoff, den Perutz einer Prager jüdischen Legendensammlung entnehmen konnte, die auch Rabbi Loews wunderbare Rettung der Judenstadt vor der Pest überlieferte. Für mehrere Einzelzüge der Novellen griff Perutz auf die *Sippurim* zurück, eine Sammlung jüdischer Volkssagen, Mythen und Legenden; sie enthielten z. B. die sagenhafte Erklärung von Mordechai Meisls Reichtum, die Perutz in der Novelle »Der entwendete Taler« ausgestaltete.

Wie souverän Perutz mit der historischen Überlieferung und literarischen Vorbildern verfuhr, kann exemplarisch die Novelle »Das Gespräch der Hunde« verdeutlichen. Die Novelle entnimmt ihren Stoff einem historisch verbürgten Ereignis, das sich um die Jahreswende 1621/22 zutrug. Nachdem ein Wachsoldat in das Haus des Statthalters eingebrochen war, erließ Wallenstein den Befehl, niemand dürfe kaiserliches Gut von einem Soldaten kaufen. Ein Jude, der in Unkenntnis dieses Befehls einen Mantel aus Heeresbeständen erworben hatte, wurde inhaftiert und sollte am nächsten Tag, zusammen mit zwei Hunden, auf dem Schindanger gehängt werden, konnte jedoch gegen eine hohen Geldbetrag von den Ältesten der jüdischen Gemeinde freigekauft werden.

Über das Gespräch, das die beiden Hunde in der Gefängniszelle miteinander und mit dem inhaftierten Juden führten, schweigt sich die historische Quelle freilich aus. Das Vorbild für die sprachmächtigen Hunde entnahm Perutz der literarischen Tradition. In den *Novelas ejemplares* des Cervantes findet sich die »Novelle und Zwiegespräch, das sich begab zwischen Cipion und Berganza, Hunden des Hospitals de la Resurreccion«, auf die Perutz' Vorbild E.T.A. Hoffmann zurückgriff, als er die »Nachricht von den neuesten Schicksalen des Hundes Berganza« in den *Fantasiestücken in Callots Manier* mitteilte. Wenngleich Perutz das Motiv der sprechenden Hunde auch in jüdischen Legenden und in den »Gedanken eines Hundes« finden konnte, die der von ihm verehrte Anatole France der Nachwelt überliefert hatte, so ist doch die Verknüpfung des Gesprächs der Hunde mit der Geschichte Berl Landfahrers und Mordechai Meisls Perutz' eigene Erfindung. Der Dialog zwischen dem »Bauernköter« und dem urbanen »Pudelhund«, in dem die Kommunikationsschwierigkeiten über Wälder, Füchse und Gänse sprachphilosophische Dimensionen annehmen, gehört zweifellos zu den Glanzleistungen der ironischen Erzählkunst von Leo Perutz.

6

In seinem Roman stützt Perutz sich nicht nur auf eine Vielzahl historischer Quellen, er gibt auch die wichtigsten Stationen der Geschichte Prags und Böhmens in Übereinstimmung mit der Geschichtsschreibung wieder. Die Pointe in seinen historischen Romanen liegt stets darin, daß er den historischen Ereignissen ihre Stellung und Bedeutung im Geschichtsprozeß beläßt, sie jedoch auf gänzlich andere Weise als die wissenschaftliche Geschichtsschreibung »erklärt«. »Ein Hund, der bellte, und ein Hahn, der krähte, die haben das Glück des Wallenstein begründet. [...] Davon wirst du freilich in deinem Gymnasium nichts gehört haben, denn dort trichtert man euch nur Jahreszahlen ein.« Die Erklärung für den Reichtum Wallensteins, die der Nachhilfelehrer seinem Zögling zum Abschluß der Novelle »Der Stern des Wallenstein« gibt, dürfte in der Tat nicht zum Lehrstoff der Gymnasien gehören. Auch die Gründe für die Niederlage der böhmischen Protestanten und den Verlust der »evangelischen Freiheit«, die der Erzähler in der Novelle »Des Kaisers Tisch« anführt, dürften in keinem Geschichtsbuch zu finden sein. Aber was die »Geschichtsprofessoren am Gymnasium und die Herren, die die Geschichtsbücher für die Schulen verfassen« an Ursachen für die Niederlage der Protestanten in der Schlacht am Weißen Berge anführen, ist – so verkündet der Nachhilfelehrer stud. med. Jakob Meisl selbstbewußt – »alles Unsinn«; die Schlacht ging verloren, weil der Peter Zaruba von Zdar, ohne es zu wissen, »von des Kaisers Tisch« gegessen hatte.

Der Geschichtsverlauf in Perutz' Roman scheint determiniert von Prophezeiungen, Träumen und Verwünschungen. Am Weg eines Geldstücks in der Novelle »Der entwendete Taler« zeigt Perutz exemplarisch, welch verschlungene Pfade das Schicksal oder – wie der junge

Rudolf glaubt – »die göttliche Providenz« geht, um sich schließlich im Sinne der traumhaften Prophezeiung zu erfüllen. Die in Träumen, Warnungen und Verwünschungen enthaltenen Prophezeiungen werden Wirklichkeit, ohne auf die Einsichten und Absichten der handelnden Menschen Rücksicht zu nehmen: Peter Zaruba kennt »die Prophezeiung des Johannes Zischka« und ißt gleichwohl »von des Kaisers Tisch«. Die determinierende Kraft solcher Prophezeiungen hat Alfred Polgar einmal als die »überlogische Kausalität« in Perutz' Romanen bezeichnet:

Es ist ein Wirkungs-Geheimnis dieser Bücher, daß die Ereignisse, deren Chronik sie sind, nicht nur ihre, mit aller Technik und Schlauheit einer ausgepichten Erzählerbegabung gefügte logische Folgerichtigkeit haben, sondern auch eine überlogische Kausalität, deren Kette letztes Stück durch Gottes Finger läuft. Der ist in jedem Buch von Perutz, so fern es aller Gläubigkeit und Religiosität, merkbar.

Diese »überlogische Kausalität« stiftet in den Romanen von Perutz eine ungeheuer dichte narrative Ordnung zwischen den kontingenten Handlungen der Romanfiguren. Das Geschehen ist von Vorausdeutungen bestimmt, die den handelnden Figuren nicht helfen, ihren Handlungen aber zumindest im nachhinein einen Sinn zu geben vermögen. Die simplen Fakten in der Lebensgeschichte eines Menschen wie in der großen Geschichte sind mit vielen Deutungen vereinbar, mit denen der Geschichtsbücher ebenso wie mit denen der historischen Romane. Für die Figuren in Perutz' Romanen müssen die Erklärungen historischer Fakten keinen wissenschaftlichen Ansprüchen genügen, sondern einen befriedigenden lebensgeschichtlichen Sinn ergeben, denn ohne ihn kann ein Mensch weder leben noch sterben, wie der Tod des Alchimisten van Delle (»Der vergessene Alchimist«) und das Nicht-Sterben-Können Mordechai Meisls (»Das verzehrte Lichtlein«) sinnbildlich verdeutlichen.

»Wer hat Recht? Die Dichtung oder die Historiker?« fragte Perutz in der Rezension eines historischen Romans von Anatole France schon im Jahre 1907. Perutz hat diese Frage nie zu beantworten gesucht. Die seit Nietzsches ›Unzeitgemäßer Betrachtung‹ *Vom Nutzen und Nachteil der Historie für das Leben* in der deutschen Literatur von der Jahrhundertwende bis in die Exilliteratur heiß diskutierte Frage, ob die Wahrheit der Geschichte eine Domäne der Dichtung oder der wissenschaftlichen Historiographie sei, dürfte Perutz wenig interessiert haben. Der in der Wahrscheinlichkeitstheorie versierte Versicherungsmathematiker war auch als Romancier ein hartgesottener Skeptiker; Historiographie und Dichtung erschienen ihm als zwei gänzlich andersartige, verschiedene Ziele verfolgende und nach unterschiedlichen Methoden verfahrende konstruktive Bemühungen der Menschen, sich der Geschichte zu erinnern und sich ihres Ortes in ihr zu vergewissern. Perutz gestaltete die Geschichte in seinen Romanen stets als Tragikomödie, er glaubte an keinen der menschlichen Vernunft zugänglichen Sinn der Geschichte. Die den jüdischen Legenden zugrunde liegende Überzeugung, daß alle Ereignisse der Geschichte in einem geheimnisvollen Zusammenhang stehen und nach einem einheitlichen Plan verlaufen, mag ihm für *Nachts unter der steinernen Brücke* als ästhetisches Konzept gedient haben – geteilt hat er diese Überzeugung nicht. Als überlegen erweist sich die historische Dichtung gegenüber der wissenschaftlichen Historiographie nicht im Hinblick auf den Wahrheitsanspruch, sondern nur auf ihrem eigenen Feld: in der ästhetischen Prinzipien verpflichteten, möglichst dichten, keinen Charakterzug und keine Handlung überflüssig oder ungedeutet lassenden narrativen Verknüpfung der Ereignisse zu einem konsistenten Bild. Der Roman *Nachts unter der steinernen Brücke* beansprucht nicht, ein wahres Bild der Geschichte Prags im Übergang vom 16. zum 17. Jahrhundert zu geben, sondern ein das kontingente Handeln historischer und fiktiver Figuren zu möglichst großem und vielfältigem Sinn- und Beziehungsreichtum verdichtendes Erinnerungsbild.

7

Die tiefste Wirkung der Kunst der Erinnerungsbilder ist eine mystische, die die Menschen aus ihrer Selbstvergessenheit befreit und sie zu Einkehr und Umkehr führt.

Der Baron Juranic schenkt dem im Duell besiegten hochfahrenden und überheblichen Grafen Collalto das Leben, aber nur um sich am musikalischen Spektakel einer »Sarabande« zu ergötzen, zu der sein Gegner durch die nächtlichen Straßen Prags um sein Leben tanzen muß. Der zu Tode erschöpfte Graf wendet sich um Hilfe an den hohen Rabbi Loew, dieser möge ein Jesusbild erscheinen lassen, damit die katholischen Diener des Barons eine Andachtpause einlegen und ihn zu Atem kommen lassen. Der Rabbi läßt auf einer Mauer »aus Mondlicht und Moder, aus Ruß und Regen, aus Moos und Mörtel ein Bild entstehen«, das den Ecce Homo zeigt. Dieses Bild besitzt eine derartige Kraft, »daß der Baron mit seinem steinernen Herzen von einem Blitzschlag des Selbsterkennens getroffen wurde und als erster in die Knie sank. Und vor diesem ›Ecce Homo‹ klagte er sich an, daß er in dieser Nacht ohne Erbarmen und ohne die Furcht Gottes war.«

Es war aber nicht Christus, den das aus dem Staub der Geschichte geformte Bild zeigte. Es »war nicht der Heiland, nicht der Gottessohn, auch nicht der Sohn des Zimmermanns, der aus dem galiläischen Gebirge in die heilige Stadt gekommen war, um das Volk zu lehren und für seine

Lehre den Tod zu erleiden«, nein, es war, wie der Nachhilfelehrer seinem Schüler erläutert, »das Judentum, das durch die Jahrhunderte hindurch verfolgte und verhöhnte Judentum, das auf diesem Bild seine Leiden offenbart hat«. Der Rabbi hat in der Ikonographie des Christentums die Leiden des Judentums offenbart: es ist ein mystisches Bild, in dem die Geschichte und der Streit um den wahren Glauben stillgestellt sind. Leo Perutz war kein Mystiker, und so nimmt das Bild des Rabbi, das durch seine Darstellung jüdischen Leidens zwei selbstvergessene Christen zur Einkehr bewegt, in seinem Roman ebensosehr eine Sonderstellung ein wie die Novelle »Sarabande«, in der allein es erscheint.

Daß Christen durch die Offenbarung jüdischen Leidens im Bild des Ecce Homo aus ihrer Selbstvergessenheit erlöst und gerettet werden könnten – das war im Jahre 1943, als die Vernichtung der Juden durch die Deutschen in Europa einen Höhepunkt erreichte, ein sehr kühnes literarisches Bild. Die Novelle »Sarabande«, die er 1943 schrieb, konnte, so vermerkte Perutz in seinem Notizbuch dieses Jahres, nicht früher entstehen – »das persönliche Erlebnis hätte gefehlt«.

Die nicht mystische Funktion der Kunst ist die Verwandlung von Unbedeutendem in Bedeutendes, von Ungedeutetem in Gedeutetes. In der Schneiderwerkstatt des Malers Brabanzio fällt der Blick des Kaisers auf ein Aquarell des Künstlers:

Es stellte eben jenes Gärtchen vor, durch das der Kaiser kurz zuvor gegangen war, ohne ihm einen Blick zu schenken. Nicht viel anderes war auf dem Bild zu sehen als ein Schlehendornbusch und ein entlaubter Baum mit dünnem Geäste, eine Schneepfütze und die Latten eines Zauns, aber über all dem lag ein Zauber, der mit Worten nicht auszudrücken war, – winterliche Schwermut und Vorahnung des Frühlings oder vielleicht auch nur jene Anmut, die bisweilen der Armseligkeit und der Unscheinbarkeit zu eigen ist.

Der Maler Brabanzio soll nach dem Willen des Mordechai Meisl ein Porträt von dessen verstorbener Frau anfertigen, aber er erklärt sich trotz des ihm winkenden überaus stattlichen Honorars außerstande dazu: »›Wenn ich eines Menschen Bildnis male‹, sagte er mehr zu sich als zu ihm, ›so ist's mir nicht genug, daß ich sein Gesicht betrachte, das wandelbar ist und heute so aussieht und morgen anders. Ich stelle ihm Fragen, und ich lasse nicht nach, ehe ich ihm nicht ins Herz geblickt habe. Denn nur so bringe ich etwas Gutes zuwege.‹« Mordechai Meisl beschreibt seine Frau in Gleichnissen und Bildern, die Brabanzio nicht einmal eine Vorstellung von Esthers Physiognomie zu geben vermögen, aber vor dem in der Maske eines Schreibers eingetretenen Kaiser steigt, »von jenen Worten beschworen, [...] das Bild der Traumgeliebten vor seinen Augen auf, er sah sie so klar, so deutlich wie nie zuvor«. Rudolf fertigt eine Silberstiftzeichnung von Esther an, doch das Bild ist ihrem Wesen nicht ähnlich:

Vielleicht, sagte er sich, habe ich ihr zu sehr ins Antlitz gesehen und zu wenig in ihr Herz, so konnt' ich's nicht zuwege bringen. – Achtlos ließ er das Bild zu Boden fallen. Er stand auf. Ihn fröstelte, und es war ihm, als hätte er sie jetzt erst für immer verloren.

Das Bewußtsein, Esther für immer verloren zu haben, ergreift Rudolf in dem Augenblick, als er feststellt, daß er kein Erinnerungsbild von ihr zu zeichnen vermag, da er ihr »zu wenig ins Herz« gesehen hat. Verloren ist, wovon wir uns kein Bild zu machen vermögen, das dem Wesen der erinnerten Person oder des erinnerten Gegenstandes entspricht.

Mordechai Meisl vermag sein »Täubchen« auf dem Bild wiederzuerkennen, aber er besaß kurz zuvor nicht einmal eine genaue visuelle Erinnerung des Antlitzes seiner Frau, und in seinem Herzen überwiegt, als er die Verbindung Rudolfs zu Esther entdeckt zu haben glaubt, die Rache der Trauer. Der Kaiser hingegen reagiert auf den Verlust seiner Geliebten mit einer geradezu manischen Liebe zur Kunst, als wolle er den Verlust des Bildes von Esther durch den Besitz bedeutender Bilder kompensieren.

Der Maler Brabanzio schließlich, der nach Rudolfs Urteil »hinter keinem der italienischen oder der niederländischen Meister seiner Zeit zurückstand«, findet für seine Bilder keine Anerkennung. Mit dem von Meisl erhaltenen Honorar begibt er sich, wie der Erzähler am Ende der Novelle berichtet, »nach Venedig, wo irgendeine Pestilenz ihn erwartete, an der er starb. Und nur ein einziges Bild ist erhalten geblieben, das das Signum ›Brabanzio fecit‹ trägt. Es hängt in einer kleinen Privatgalerie in Mailand und stellt einen Mann dar, der in einer Hafenkneipe sitzt, vielleicht ihn selbst, und zwei alte häßliche Weiber drängen sich an ihn heran, um ihn zu umarmen, und die eine ist, denk' ich mir, die Pestilenz, und die andere, grau wie ein Leichentuch, ist die Vergessenheit.« Das Erinnerungsbild des Malers Brabanzio verweist auf das Bild Prags, das Leo Perutz in seinem Roman *Nachts unter der steinernen Brücke* zeichnet, der mit der »Pest in der Judenstadt« anhebt und »Meisls Gut« im »Epilog« in einer dichten »Wolke« von rötlichgrauem Staub« verschwinden läßt. Die Kunst der Erinnerung ist eingerahmt von Pestilenz und Vergessenheit, sie erzählt von ihnen und fällt dem Vergessen anheim.

8

In der deutschsprachigen Literatur des zwanzigsten Jahrhunderts war Leo Perutz sicher einer der konsequentesten Anhänger der Auffassung von der Autonomie der Kunst. Sein Roman *Nachts unter der steinernen Brücke* enthält, obgleich im wesentlichen während des Zweiten Weltkriegs geschrieben, keine Anklage, keine politische oder weltanschauliche Botschaft, sondern ein kunstvolles Bild der Geschichte. Die ästhetische Eigenart dieses Bildes besteht darin, daß es erst in der Phantasiearbeit des Lesers Gestalt gewinnt. Der Leser muß – freilich auf eine spielerische, spannende und überaus genußvolle Weise – jene kreative Konstruktionsaufgabe nachvollziehen, die Aufgabe jeder narrativen Geschichtsschreibung ist. Von der Vergangenheit selbst nämlich bleiben nur stumme Reste, vieldeutige Quellen, Fragmente und Trümmer, die für eine Erzählung nicht mehr als den Stoff bieten. Wer vermöchte aus dem Inhalt des von Esther hinterlassenen Kästchens, in dem aufbewahrt lag, »was ihr in ihrem Leben lieb gewesen war«, die Geschichte ihres Lebens zu rekonstruieren?

Es war nicht viel. Kleine Dinge, geringe Dinge. Bunte Vogelfedern, ein verblaßtes Seidenband, eine Spielkarte, die ihr einmal in die Hände gekommen war, verwelkte Rosenblätter, die, wenn man sie berührte, in Staub zerfielen, ein silbernes Messerchen, das war zerbrochen, ein Stein, der geädert und wie eines Menschen Hand geformt war, eine Bernsteinkugel, eine Glaskugel und etwas, was dereinst der bunte Flügel eines Schmetterlings gewesen war.

Das Testament des Mordechai Meisl, der einzige Besitz, der von seinem berühmten Vorfahren auf den Erzähler, jenen verbummelten Jakob Meisl, gelangte, ist »in fünf oder sechs Stücke zerfallen« und enthält »Zeilen, deren Schrift verwischt und nicht leicht zu entziffern war«. Leo Perutz' Roman *Nachts unter der steinernen Brücke*, in einer altertümlichen, streng stilisierten Kunstsprache geschrieben, ist ein moderner skeptizistischer historischer Roman, in dem die Zerstörung und das Vergessen für eine Erinnerung konstitutiv werden, die niemals Besitz ist, sondern, wie die Deutung des Romans selbst, eine unabschließbare, konstruktive Aufgabe.

EDITORISCHE NOTIZ

Der 1953 in Frankfurt am Main erschienenen Erstausgabe des Romans *Nachts unter der steinernen Brücke* lag ein Typoskript zugrunde, das nicht erhalten ist. Für die vorliegende Ausgabe wurde der Text der Erstausgabe mit dem von Perutz geschriebenen Manuskript verglichen, das sich im Exil-Archiv der Deutschen Bibliothek in Frankfurt am Main befindet. Da die Erstausgabe nur unerhebliche Abweichungen vom Wortlaut des Manuskripts aufweist, folgt die vorliegende Ausgabe dem Text der Erstausgabe. Die mitunter altertümliche Orthographie der Erstausgabe wurde beibehalten; Modernisierungen der Schreibweise, wie sie fast alle späteren Ausgaben des Romans durchgeführt haben, wurden nicht vorgenommen. So wurde, um nur ein Beispiel zu nennen, die alte Schreibweise mit »c« der Erstausgabe belassen, wo der Duden »k« (z. B. in »Perfection«, »Collection« usw.) bzw. »z« (z. B. in »excellent«, »Disciplin« usw.) vorschreibt.

Änderungen gegenüber der Erstausgabe wurden in den folgenden Fällen vorgenommen:

1. Die in der Erstausgabe inkonsistent verwendete Apostrophierung wurde nach einheitlichen Prinzipien durchgeführt.

2. Geringfügige Inkonsistenzen in der Interpunktion und der Verwendung von Gedankenstrichen wurden vereinheitlicht.

3. Die Schreibweise der Eigennamen der historischen Figuren »Caesar« und »Matthias« wurde der üblichen Schreibweise angeglichen (die Erstausgabe schreibt »Cäsar« und »Mathias«).

4. Für die ungewöhnliche Schreibweise »Alchymist« in der Erstausgabe wurde die Schreibweise »Alchimist« ge-

wählt (Perutz' Manuskript enthält die Schreibweisen »Alchymist«, »Alchemist« und »Alchimist« nebeneinander).

Der Titel des in der Novelle »Der vergessene Alchimist« erwähnten Seneca-Tractats »De tranquillitate vitae« lautet korrekt »De tranquillitate animi«. Eine Änderung wurde in diesem Fall nicht vorgenommen.

Wilhelm Schernus habe ich für die Redaktion und Korrektur der Satzvorlage zu danken. Für das Nachwort verdanke ich Anregungen den Magisterarbeiten von Dagmar Fretter *(Geschichte als poetische Konstruktion. Das Bild der Geschichte in Leo Perutz' Roman »Nachts unter der steinernen Brücke«*. Hamburg 1987) und Michael Maria Mandelartz *(Problem und Bild der Geschichte bei Leo Perutz am Beispiel ausgewählter Romane.* Aachen 1987).

H.-H. M.

[illegible]

[illegible]

[illegible]

Knaur

Historische Romane

(63058)

(63002)

(63072)

(63011)

(63082)

(63010)